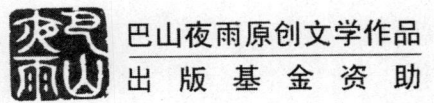 巴山夜雨原创文学作品出版基金资助

海娆◎著
MORNING,
CHONGQING

早安，重庆

重庆出版集团 重庆出版社

图书在版编目(CIP)数据

早安,重庆 / 海娆著. —重庆:重庆出版社,2012.4
ISBN 978-7-229-04728-3

Ⅰ.①早… Ⅱ.①海… Ⅲ.①长篇小说—中国—当代 Ⅳ.①I247.5

中国版本图书馆 CIP 数据核字(2011)第 260617 号

早安,重庆
ZAO'AN, CHONGQING
海娆 著

出 版 人:罗小卫
责任编辑:杨希之 钟丽娟
责任校对:杨 婧
装帧设计:重庆出版集团艺术设计有限公司·刘 尚

重庆出版集团
重庆出版社 出版

重庆长江二路 205 号 邮政编码:400016 http://www.cqph.com
重庆出版集团艺术设计有限公司制版
自贡兴华印务有限公司印刷
重庆出版集团图书发行有限公司发行
E-MAIL:fxchu@cqph.com 邮购电话:023-68809452
全国新华书店经销

开本:720mm×1 000mm 1/16 印张:20 字数:300 千
2012 年 4 月第 1 版 2012 年 4 月第 1 次印刷
ISBN 978-7-229-04728-3
定价:29.00 元

如有印装质量问题,请向本集团图书发行有限公司调换:023-68706683

版权所有 侵权必究

01

郑长乐从没想到自己有一天会离婚。

从街道办事处的旧楼出来，他重一脚轻一脚，有些恍惚。外面的热浪波涛般涌来，他躲在屋檐下的阴凉处，望了一眼外面惨白的天空，就感觉身体冒烟了。这是一片旧城区，临街的房屋破旧低矮，安上空调后，散热器都架在马路边上，轰隆隆地朝外排放热气。天在烧，地在烤，内心在煎熬。郑长乐感觉自己快变成一缕轻烟，被骄阳蒸发。

廖艳从后面跟上来，因为穿了双恨天高凉鞋，走路一摇一摆，像跳脚尖舞，见郑长乐在门口踌躇，以为是等她，眼睛一亮，就快步上前："老公，要不……我们一起去喝点什么？然后再一起吃顿晚饭，算我们的最后晚餐，好不好？"

"婚都离了，不要再乱喊！"郑长乐眉头一皱，满脸厌烦。

这离婚手续也太简单了，简单得让郑长乐很失落。他准备了一堆堂皇的理由，比如说性格不合，要给廖艳留些面子。结果呢，人家根本不问。红本本缴上去，绿本本领回来，五分钟不到就解决问题。这时代真是现代化了，什么都追求高效率。只是，十八年的婚姻，也曾经温馨幸福的家，就这么眨眼之间灰飞烟灭，让郑长乐实在有些恍惚。十八年呀，从青春到中年。自欺也好，欺人也罢，欢乐痛苦，层层叠叠加起来，毕竟是一段厚重的岁月，就这样轻飘飘一笔勾销？郑长乐头重脚轻，恍然如梦。

廖艳见他踌躇不语,还以为他心痛钱。她太了解他了,一贯节俭,就豪气道:"那算我请你,好不好?天这么热,我们去那边的水吧坐坐,歇一会儿凉。那里有空调,环境不错。你不晓得,现在的年轻人才会享受哟,哪像我们年轻那阵,你一支四分钱的香蕉冰糕就把我打发了。现在耍朋友兴讲情调,喝啥子'钟爱一生','月亮代表我的心',没听说过吧?名字都取得嘿(很)好听,其实就是当年的清凉饮料,只不过加了些花哨的颜色。走吧走吧,看在我们夫妻一场的情分上,我们也去学回年轻人,浪漫一把。对了,我请你喝一杯'激情岁月',保证你喜欢。"

郑长乐白她一眼,厌烦中却又有些好奇:"啥子'激情岁月'哟,我听都没听说过,啷个会喜欢?"

廖艳神秘一笑,暗暗得意。她是与时俱进了,趁郑长乐上班,悄悄跟人溜出来潇洒。泡水吧,逛迪厅夜总会,洗脚泡澡,享受生活。郑长乐还是老一套,每天只晓得上班下班,买菜做饭,最多周末跟兄弟伙搓两圈麻将,喝杯啤酒,完全还生活在上个世纪,简直就是个土包子,也可怜。不过她不想刺激他,就装出一脸不以为然:"咳,就是过去八分钱一杯的酸梅汤,你不是最爱喝吗?现在换个名字叫'激情岁月',卖八块钱一杯了,说那种酸酸甜甜的味道是生活的味道,是岁月的味道。说你落伍跟不上形势吧,你还不承认。走走走,今天是个特殊的日子,我请客,带你去开个洋荤,也时髦一回。"说完就上前要挽他的手。

这个女人,昨天还哭哭啼啼,求他不要离婚,说要痛改前非,要给儿子一个完整的家,可今天真离了,她竟屁事没得,甚至还有点欢天喜地。真是没心没肺啊。郑长乐胳膊一抖,甩开她,说:"傍大款了?有钱学会玩洋格了?"

廖艳收起笑意,顿时又一脸楚楚可怜:"老公,人活一世不容易,能快乐一天,就享受一天。就算我跟你赔礼道歉,还不行吗?"说完身子一软,又贴上来了。

郑长乐突然烦了,觉得她真是不要脸。一把推开她,掏出刚领的离婚证说:"你看清楚了,这是啥子?国家法律,打脱离。啥叫打脱离你懂噻?不懂我再跟你解释一遍,就是从今天起,我们两个断绝关系。你走你的阳关道,我过我的独木桥。我是井水，你是河水，我们互不侵犯，懂了噻？所以请你放尊重点，不要再跟我拉拉扯扯，乱喊老公。我不是你老公，也担当不起！"

廖艳立即眼睛红了，嘴一嘟，也有些愤愤道："那只是你的说法！要我说呢，你是小龙的爸，我是小龙的妈。只要小龙还在，我们两个就脱不了关系，一辈子都断绝不了，除非哪天小龙死了。"

郑长乐一听，火冒三丈："啥子呢，你咒小龙死？咒我们郑家断子绝孙？"他一生气就瞪眼，眼珠子都快蹦出来了。郑家就这一根独苗，她居然这样咒人，太歹毒了。

廖艳慌了，她最怕郑长乐这种眼神，凶神恶煞，能把人恨出一个洞来，何况她并没有那意思，却百嘴难辩，急得满地打转，跺脚赌咒："哎呀！天打五雷轰的，我哪里是那个意思嘛？我不过想说，打断骨头还连着筋。不管离婚不离婚，我们都永远是小龙的父母。人家说一日夫妻百日恩。我们都做了十八年夫妻……"

廖艳心一酸，眼一眨，长长密密的睫毛下，竟滚出长串泪珠来。"小龙是你们郑家的独苗，难道不是我廖艳的独苗？当妈的再是罪该万死，也还不至于咒自己身上落下来的肉吧？"

"哼，你还好意思说这些？"郑长乐最恨她说一套做一套，"你心里要还有这十八年婚姻，还有小龙这个儿子，就不会干出那些丢人现眼的丑事来！"说完咬牙切齿，用离婚证狠狠去戳她的脸，"我怀疑你这里长的不是脸，是城墙拐拐！"

廖艳一个踉跄，后退几步，呜呜咽咽得更伤心了。郑长乐转过身去，不想看她。受伤的是他，该哭的是他，她倒抢先一步，先演起戏来。身旁有行人停下脚步，朝他们张望。郑长乐觉得很没面子，就抬头望天。是下午的光景，天空惨白，像火焰深处的那团白光，看一眼就眼发花，心发毛，感觉身体也着火了。郑长乐努力让自己不燃烧起来，就压低嗓音："算了，廖艳，别的我也不想多说，说多了伤心，也伤身。一句话，我们夫妻缘分尽了。从今以后，你就好自为之吧。"

他说完一抬腿，一脚踩进阳光里，走了。

郑长乐是典型的重庆男人，身材不高，却干精火旺。即使三天不吃不喝，也精神抖擞，脚步铿锵。太阳火辣辣的，身上的T恤衫成了刚刚出锅的烙饼，软塌塌地贴着他烫。他仿佛听见身体被炙烤得"吱吱"冒油的声音，索性抬起头来，迎着太阳，自嘲道："共产党员死都不怕，还怕困难？我郑长乐，死都不怕，还怕离婚？！笑话！"

廖艳目送郑长乐渐行渐远，一跺脚，丢下一句："哼，敬酒不吃吃罚酒！郑长乐，你个茅厕头的石头，又臭又硬！"一扭一扭，也走了。昨天她哭哭啼啼，不想离婚，是真的。今天真离了，她无所谓，也是真的。她会这么想，都是多年来郑长乐调教的结果。郑长乐常说："塞翁失马，看起来是祸，其实是福。""天塌下来，大不了扯来当铺盖。""船到桥头自然直，车到山前必有路。"由此推来，离婚也不只是坏事，因为所有的坏事都有可能变成好事。婚姻的枷锁失去了，换回的，是爱的自由。她才三十八岁，不算太老，喜欢她的男人还有几个。离了婚正好如鱼得水，至少还可以在老男人的湖里去畅游几年。她有时恨自己生不逢时，如果能晚生十年八年，她就不仅仅在湖里游了，她得去畅游大海，人生一定比现在精彩。

穿街过巷，郑长乐毫无目的一路疾行，不觉竟来到一段旧城墙上。再往下就是嘉陵江了。夏天的嘉陵江，没有了春天的碧蓝如带，却也温温婉婉，像个羞涩的旧式女人去赴约会。那长江大河一路由西咆哮而来，经过了千里万里的追寻，似乎早已迫不及待，一过朝天门，就将恋人揽裹入怀。你如果见过这两江相遇时的激情澎湃；见过它们交合时的沉醉忘情，狂欢舞蹈；见过它们义无反顾难分难舍，滚滚东去，你就知道江河的爱情，比人类的爱情更久远坚贞。那才是真正的不离不弃，永不分离。郑长乐站在旧城墙上的黄葛树下，望着前方起伏的山峦，奔涌的江河，人就有些发呆了。他半眯着眼睛，任目光抚过远处的山峦，对岸的楼宇，最后疲惫地落在江边戏水的孩童身上。这情景既熟悉又陌生，让他感到隐隐的酸涩。山城是著名的"火炉"。小时候，哪家临江而居的男孩子，没有偷偷溜下河，去享受烈日下江水的清凉？那种光着屁股，纵身跃入水中的舒畅，恍若昨日，而他已经人到中年，连儿子都早过了戏水的年龄。人生真是如梦啊，梦醒之后一场空。郑长乐心里一悲，想哭。

沿城墙是一溜低矮破旧的居民房，被骄阳烤晒得无精打采，东倒西歪。一对老夫妻躺在路边的竹椅上乘凉，懒洋洋地沉默无言。与江对面渝中区的热闹繁华比起来，这里像一个被时光遗忘的角落。如果从天空俯视，你一定会惊诧这一江之隔的城市两岸，居然有这样大的不同。就像时间的两只脚，一只已踏进21世纪，另一只还停留在20世纪。江那边的渝中区是一张彩色照片，色彩浓烈，线条清晰，亮晶晶新崭崭透着华丽的现代气息；江这边的江北城呢，却是泛黄的黑白照片，影像模糊，色彩暗淡，是一段衰败的旧时光。

郑长乐的家，就在这段旧时光里。那是单位几年前分的集资房，就在后面不远的半坡上，一室一厅，不大，但他已经知足了，好歹算是自己的窝。现在这里却成了伤心地。一想到刚刚经历的离婚手续，前后不到五分钟，近二十年的婚姻就解体了。人散了，家没了，他就又一次感到了痛。黄葛树上的金阿子一声比一声叫得凄厉，像钝刀割人，割得他的心一颤，又一颤。他点上烟，深深吸了一口，再仰头狠狠吐出来，看着软绵绵的烟圈在空中挣扎着散去，脸上便有了一种英雄的壮烈。

"要学那，泰山顶上一青松，呃呃呃……"

嗓子里突然自己就冒出这歌来，同时身体也站出相应的姿式，就像当年舞台上的那个英雄。郑长乐生于20世纪50年代，青年时代喜欢的那些歌，早已血液一样融于生命，成了他生活里不可分割的一部分。

"挺然屹立傲苍穹。八千里风暴吹不倒，九千个雷霆也难轰。烈日喷炎晒不死，严寒冰雪郁郁葱葱……"

他紧闭双眼，摇头晃脑，声情并茂，几乎是一口气将歌唱完，才慢慢睁眼。那歌声像一道光，让他纷乱的思绪渐渐显出清晰的轮廓。他这才缓过神来，无意中发现，那对老夫妻正伸长脖子，一脸惊愕地望着他。他尴尬地笑笑。老人担忧的眼神让他突然想起母亲。他得去看母亲。都说女人受了伤，喜欢回娘家去寻找安慰。其实男人也一样，只是不如女人那样直白而已。母亲老了，已失去了庇护孩子的能力，那就在她身边坐一会儿吧，陪她说说话，重温一段旧时光也好啊。妻子走了，儿子不归。有母亲的地方，仍然是家。

"咳，离了也好，旧的不去，新的不来。天涯何处无芳草。现在这世界，钱不好找,两条腿的人还不好找么?满大街都是,任我挑,任我选。"郑长乐潇洒地甩了甩头,自言自语道。

"世间溜溜的女子,任我溜溜地爱哟……"他哼着小曲,又幸福起来,直奔不远处的菜市场。

02

  母亲住得不远。一爬上坡顶，再往下，就是母亲住的老房子了。那地方叫谢家沟，沟背后是一面山坡，一边是菜地，另一边是低矮民房，密密麻麻，直至江边。翻过山去是金厂沟，沟那边又连着一匹山——这里处于长江北岸，地势起伏，有爬不完的坡，翻不完的坎。这也是典型的重庆地形。有首歌是这么唱的："好个重庆城，山高路不平……"

  这些民房大都建于20世纪五六十年代，有老式的竹木混搭的吊脚楼，油毛毡盖顶，也有篾笆条加黄泥巴敷的棚屋，最好的要算砖房了，却都无一例外低矮破败。这里曾经是大型国营企业如织布厂、港务局，以及长江航运的家属区，后来随着国营企业的不景气、织布厂的倒闭、长江航运的凋零，这片曾经火热的生活区才衰败下来，只剩些退休老人和下岗工人，整天无所事事，聚在一起靠搓麻将、摆龙门阵打发不死不活的光阴。

  郑长乐每次去看母亲，走在熟悉的山路上，都有梦回童年的感觉。遗憾的是，山坡上绿油油的菜地不见了，到处都是荒草和垃圾。路上的石板也松了，脚踏上去晃晃悠悠，似乎再难承载行人。

  母亲住的房子位于菜地和居民区交界处，共有四户人家，三户都是和母亲一样的空巢老人，一窝儿女翅膀硬了，飞出去就很少回来。只有一户年轻些，是一对下岗的中年夫妻带个读书的儿子。小院的木门敞开着，里面清丝哑静。郑长乐一进去，就感到一股舒适的凉意。母亲不在家，她一定是打麻将还没回来。他掏钥匙开门,才有邻居探出身子跟他说话:"哦,原来是长乐回来了。我还以为是贼娃子进屋了耶。"因为没有好心情,郑长乐跟邻居支吾两句,算打过招呼,便进了屋。里面黑咕隆咚的,只见一个人影一动不动坐在床头。那是大哥郑长宝。

郑长宝是傻子,十六岁那年被一颗流弹击中,就傻了。那一年重庆搞武斗,几家兵工厂的轻重型兵器都被造反派们搬出来。子弹在天上如焰火乱绽,大炮隔着江,轰来轰去。学校都停课闹革命了。郑家家教严,怕孩子们出去惹事,就把他们统统关在家里。长宝是老大,最懂事,负责在家看管弟妹和煮饭。母亲在织布厂上三班倒。有一天,他为母亲送饭回来,独自走在回家的路上,被一颗不知从哪里飞来的流弹击中了后脑勺。送去医院取出了弹片,捡了条命,人却傻了。后来他的左边身体慢慢萎缩,只剩右边身体还能动弹。耳朵能听懂些简单的句子,却说不出话来,从此就只能吃喝拉撒,跟植物人一样。死也不死,活又活不抻展。一晃几十年过去了,一直是郑家最沉重的痛。

"大白天的,屋里怎么这么黑?"郑长乐有些不适应,去拉开用旧床单改做的窗帘。

屋子顿时明亮起来,一屋的破败便一览无余。发黑的竹碗柜,油漆脱落的木饭桌,粗糙的水泥地面,墙上发旧的年历画。郑长宝似乎不太适应这样的明亮,头压得更低。郑长乐厌烦地皱了皱眉,瞥一眼他身后的床,又用鼻子吸吸,没发现怪味,才说:"长宝,你今天没有画地图呀?"郑长宝抬起头来,用呆滞的目光望他一眼,算是回应,又低下头去。郑长乐不再看他,把箢里的菜拿出来放在桌上,藤藤菜、豆腐干、瘦肉、番茄,还有鸡蛋。都是母亲爱吃的。爱情实在靠不住,唯有这母爱,任时光荏苒,仍坚如磐石。

这房子依山而建,几家住房在坡下,共用厨房在坡上。中间由几步石梯相连。郑长乐脱下衣衫,光着上身,拿了脸盆和毛巾,就去厨房,想接水洗脸,这才发现接不了水,水龙头都加了锁。那小木盒还是自己的杰作,怎么就忘了?便自嘲地笑笑,想他真是老了啊,忘性好大。从前几家人共用一个水龙头,费用平摊,几十年都相安无事过来了,近几年才突然有了隔阂,计较起各家用水不均,平摊起来不划算,最终想出这个法子,不仅各家分装了水表和水龙头，还嫌不够，又在水龙头上加了盒子上了锁，邻里之间当贼防。他悻悻转身，揭开旁边的水缸盖，发现水缸也空了。再看旁边母亲的灶台，也冷锅冷灶，就想，母亲一天没生火，难道中午没吃饭？赶紧下楼回屋去，打开冰箱，发现里面除了一锅绿豆稀饭，就是一碗泡豇豆，几块豆腐乳。母亲把日子过成这样，郑长乐心酸起来，便拎了水桶去打水。过了门前的小河沟，对面不远处的菜地间，有一口老井。郑长乐一桶水打起来，先把自己擦洗得浑身清凉，再一桶一桶拎回家，直到把母亲的水缸灌满，才关了门，去找母亲。

　　屋背后的半山坡上，有一个当年为备战而挖下的防空洞，从没派上防空用途，倒成了这一带居民夏天里的避暑天堂。郑长乐人还没走拢，就听到一阵稀里哗啦的洗牌声，和着阵阵浸骨的凉意，向他袭来。有人远远见了他，扯起嗓子通风报信："郑婆婆，你家长乐来了。"

　　郑母正在兴头上，没料到儿子突然来了，既惊喜又慌张，抬起头来嗔怨道："啷个今天不上班有时间了？"旁边看牌的人就趁机打趣："难怪郑婆婆今天手气好，连打自摸。原来是儿子带来的好运气。"

　　郑长乐跟众人打过嘻哈，就站到旁边看母亲打牌。郑母哪里还有心思，吃了一个包席，自己都不好意思了。直到最后点了个炮，掏出五角钱来索性撤退。说儿子难得回来一趟，她得回家为儿子煮饭。

　　母子俩就手牵手回家。郑母瘦瘦小小的，笑眯眯的一脸慈悲。走到拐角无人处，她伸手去摸了摸胀鼓鼓的荷包，高兴道："长乐，妈今天手气好惨了，接连打了几个自摸，还做了一个清一色，赢惨了！"郑长乐也顺势侧过身去，伸手拍了拍母亲的荷包，夸张道："当真！看来这两天的菜钱又有着（落）了。"

　　等拐下山坡，快到家时，郑母突然停下脚步，转过身来，仰头望着儿子说："对了，这么大的事，你看我怎么就差点忘了？长乐，下个月这里就要拆迁了。这回是真的。还说，提前搬走有奖励。五千块钱的搬迁奖呢。你赶快帮妈找房子吧。"

　　"真的？"郑长乐也有些不敢相信。早就传说这里要拆迁，沸沸扬扬好几年了，耳根子都起老茧了，却一直是只吹风，不下雨，没动静。

"煮的！难道妈还骗你？今天上午都来人了，正式通知，说下月初开始正式拆迁。有两个方案让我们选，一个是领拆迁补贴，自找住处；另一个是不领钱，得安置房。听说安置房偏远得很，在机场那边。我是不想搬那么远。你们几个娃儿都在城里，妈年纪大了，不想离开你们住得太远。你说呢？"

"那当然。妈，你住远了我们也不放心啊，去看你一趟都不方便。"

"就是。这一天一天的，腿脚越来越不利索了。你就赶快帮妈找房子去吧。早搬有奖，五千块呢。"

两个人的心都要飞起来了。谢天谢地，终于要搬了。"看报纸上说，政府准备把整个江北老城都拆掉，重新规划，要建文化中心、歌剧院。今后市政府都要搬过来。你们下面这一动，我们上面也快了。"

"那就好了，这沟沟头我住了几十年，早住够了。正愁这人啊，一天一天就老了，出门爬坡上坎的，买菜都难。还以为妈这把年纪，等不到搬新房那天了呢！真是老天开眼啊！"

一张老脸都笑开了花。

一进屋，郑母就直奔里屋，迫不及待，在门背后的尿罐上解了一泡长长的小便。然后出来站在老头的遗像前，嘀咕道："老头子，这里马上要拆迁了。拆迁后，我们就要搬去住楼房了。新楼房都建在大街上，出门就是菜市场，方便得很。房子还有厕所，就不用再倒尿罐了。厨房呢，不烧煤，都烧气。开关一拧火就来了。那日子才叫幸福哟，就像进入共产主义。你个人要早走，没那个命。不然也跟我们一起搬新家，享福去了。"

郑父一副慈眉善目，在黑框里朝她微笑，听了也不嫉妒，依然笑眯眯的，仿佛在说："去吧去吧，把我的福也一起享了。"

郑长乐嘴里叼了根烟，皱着眉头在厨房发火煮饭。他动作娴熟，先掏空煤灰，往炉芯里塞些废纸碎柴，上面再搁上几块煤球，打火机往炉底一伸，"咔嚓"一声，火就来了。郑长乐拍了拍手上的灰，站在楼梯口，朝下喊："长宝，扇火！"就见屋里那雕像动了动。郑长宝佝偻着背，手里拿一把烂蒲扇，一颠一颠走上来了，坐在小木凳上，对准煤炉口，一下又一下，有力而准确地扇起火来。这是他干得最好的家务活。

郑母一边理菜，一边说："长乐呀，今天又不是星期天，啷个突然就跑来了？害得妈火也没发，饭也没煮，家里连像样的菜都没得。还好你带了菜来，不然今天晚上就只有稀饭咸菜了。"

"咳，想妈了，就来，难道还要预约么？我就是专门搞突然袭击，看你过得好不好？结果呢，不行哟，妈，你看你都吃些啥？就是稀饭下泡豇豆呀？有啥子营养？自己的身体都不要了，还说不要我们操心，你会自己照顾自己。你就是这样照顾自己的？"

郑母有些不好意思："唉，这么热的天，也吃不下东西。再说了，出门买菜，爬坡上坎的，懒得走。反正两个人也吃不了多少，不想太麻烦。"

洗菜水被倒进桶里，拎到屋外。郑母走进里屋，端出藏在门背后的瓦尿罐，一颠一颠出了门。还有长宝床下的尿壶，也满了，也得倒掉。这是她每天必做的工作，黄昏时分，倒掉蓄存了一夜一天的宿便，洗菜洗衣剩下的水，正好用来冲洗尿罐。

郑长乐在厨房煮焖锅饭。把米放进锑锅，加水煮开，滗干米汤，再侧起锅来一圈一圈慢慢焖。灶旁边的石板下，上次买的煤球已所剩无几。看来又该买煤了。他从前不觉得，自从从这里搬出去，住进单位集资的楼房，用上天然气，才发现烧煤太麻烦了。买煤挑煤，发火背火，通火时煤灰乱飞，用后还得掏渣清理，太落后了。拆吧拆吧，他都有些等不急了。

趁焖饭的间歇，郑长乐去厨房门外抽烟，正看见母亲端着尿罐颤颤巍巍走出来。门前的小溪沟，终年流水叮咚，从后面坡上的大堰塘流出，一路往下，流过三洞桥，再流进长江。母亲站在溪沟边，一边跟邻居说着话，一边动作熟练，把尿罐往条石上一放，揭开盖子，朝前一倾，郑长乐就闻到一股浓烈的臊臭味在空中飘来。

不能住了，不能住了。都进入21世纪了，看看城里的有钱人，都住洋房开小车了，过起电影里外国人的生活。这里还这么原始落后，简直还像旧社会。郑长乐愤愤然，把手里的烟头用力一扔，弹进沟里。记忆里的这条溪沟可不这样。夏天一场暴雨后，溪水猛涨，从上面的农田漫涌下来。郑长乐还记得当年在沟里撮鱼的情景，小伙伴们纷纷偷出家里淘菜的筲箕，在水草间这里一撮，那里一搂，总能捞到几条活蹦乱跳的鱼虾。那时的沟边石缝里，还时常可见螃蟹出没。夏天人们还喜欢在沟里淘菜洗衣。这才过去多少年啊，清澈的溪沟竟然变成露天公厕，浊水横流，臭气熏天。这一坡下去的居民才惨，如同生活在粪坑旁。只是美了溪沟两边的杂草野花，一年比一年更长势丰美。

可这又能怪谁呢？先是坡上的农田荒芜，纷纷建立的皮革厂、塑胶厂等，都把废水排进这沟里。沟水一会儿是刺鼻的污红，一会儿是呛人的浊黄，有一阵还冒着一层厚厚的白沫，令人一闻就恶心想吐。

这一带民房都没有厕所。早几年还有农民每天黄昏挑着木桶，来挨家收粪。人还没走拢，悠长一声"倒桶了——"，家家户户就行动起来。那时候三洞桥外的长江边上，总泊着一只收粪的木船。也不知从何时起，木船不再来了，收粪人也不再见踪影，推算起来，应该是从农村用上化肥开始吧。有了化肥，便不再稀罕城里人的粪便，也因此苦了城里人。刚开始大家还讲文明，把尿罐端到附近的公共厕所去倒，但很快就放弃了。因为厕所也没人来清理。这一带坡地，车来不了，上下全是狭窄的石梯路，运输只能靠人力，肩挑背扛。公厕的便池满了，一场大雨，冲得四处横流。不久公厕就被封了，人们只得把家门前后的阴沟水渠，当成天然的排污设施。流水也真是好东西，能冲走一切污浊秽物。至于冲去哪里，他们就不管了，也管不了。只求眼不见，心不烦。也得感谢这山坡地势，这江河东流，再臭再脏，来一场大雨，稀里哗啦水一冲，又干净了。这真是老天对重庆的厚爱。

晚饭时又说起拆迁的事来。郑母兴奋道："长乐啊，我们下面这一动，你们上面也快了。依我看呢，今后我们买房子，也买到一堆儿，好不好？妈是一天天就老了，不想离开你们住得太远，害怕到时候想看你们一眼都难。"

"那当然，还用你说。最好是一幢楼里，楼上楼下，就更方便了。"

他们一边吃饭，一边憧憬美好未来。刚吃完饭，郑长乐腰间的小灵通突然响了。是熊大哥，问他事情办妥没得。说身边有好几个候补人选，都等着郑长乐合法解套，恢复单身。

郑长乐接完电话，情绪高涨。郑母耳背，在机声隆隆的织布厂当了三十多年的织布工，听觉早就迟钝了，就盯着儿子："啥事啊，这么高兴？捡到钱包了啊?"

郑长乐这才把离婚的事情告诉了母亲，说今天刚刚办了手续，就有人要帮他介绍女朋友。他都还没喘过气来呢，想歇歇再说。郑长乐边说边装出一脸的轻描淡写和对别人热心的不耐烦。仿佛离婚是一件美事，他梦寐以求很久了，终于如愿。

"真的离了?"郑母半信半疑。再看儿子一脸轻松，就释然了。她尽管从来不喜欢廖艳，但很少跟儿子抱怨，怕惹得小两口吵架。没想到他们搬出去自立门户这几年，貌似过得风平浪静，却突然离了。

"不信呀？给你看这个。"郑长乐把离婚证拿出来，摆在桌上。

郑母这才信了，便叹口气，一把拉过儿子的手，安慰道："儿啊，离了也好。廖艳不是个好妻子。你看你，跟她结婚这么多年，自己过得好累哟。离了也好，你还不老，睁大眼睛，重新好好再找一个。年轻不年轻，漂亮不漂亮，都不重要。关键要顾家，要勤快，要贤惠。那样你也可以轻松点，享几天福。"

郑长乐笑道："那是那是。妈你就放心吧。这回我一定睁大眼睛，好好挑，给你挑个好儿媳回来，让她好好孝敬你。你也可以享几天福。"

"孝不孝敬我倒没关系。关键是你们两个要恩恩爱爱，不要吵架。你不晓得，以前看你们一吵架，妈就胸口痛。你呢，也得改改你那火暴脾气。"

郑母又数落了一大筐廖艳的罪状，这才慢慢转移话题。郑长乐从厨房洗碗回来，说家里没煤了，妈我得给你买点煤下来。郑母却犹豫起来："下个月就要搬家了，还买煤呀？反正现在天热，熬一锅稀饭，够我和长宝吃几天了。"

"离下个月还有二十几天呢，也不能天天喝稀饭啊。那我看能不能少买点，买个五斤十斤，恐怕就够了。"

"从来最少都买五十斤。煤店的磅秤，五斤十斤的，怕砣都打不起哟。"

郑长乐想了想，就说："妈，干脆这样，你这里马上就要拆了，你和长宝暂时搬到我那去。反正廖艳也搬走了，就我一个人在家。"

"小龙呢？"

"小龙现在很少落屋。住公司呢。就是他回来，也有地方住。他反正睡屋顶花园的那间屋。"

郑母还是摇头："算了，长乐，如果我一个人，还好说，带着长宝，不方便。你上面也不宽敞，外面那一间屋，巴掌大点，哪里住得下两个人？我还是再坚持坚持吧，都坚持了四十几年，最后这几天还熬不住啊？你有时间，赶紧帮我找房子吧。楼层要低点，最好地段平一些，出门就是菜市场，其余的就不要求了，只要能放两张小床就够了。"

03

　　家还是原来的那个家，家具没少，只是少了一个人，就怎么看怎么都是凄凉。郑长乐下班回家，站在屋中间，左看右看，越看心里越酸涩。

　　还好，他有自救的尚方宝剑。床头墙上，密密麻麻贴了些纸条，抽屉里还有个小本本，也抄满了。那是他的精神食粮。每每情绪不佳，心境低落，只要高声朗读一遍这些纸片上的句子，他就能再次神清气爽。他是工厂保安，主要任务是守大门，次要任务是收管邮件。邮递员每天送来报纸，他负责分类，等人来取，也顺便读读。最初是为了教育儿子，读到心有所感的好句子，摘抄下来拿回家让儿子学习。后来发现，那些句子耐人寻味，对自己也很有启迪作用，就喜欢上了，开始收集摘抄，活学活用。

　　"守住你的心，它才是你幸福和悲伤的源泉。"这是他最喜欢的一句话，他从中悟出心态的重要。幸福与不幸，原来不靠外在物质，而靠内心。他双手捂胸，自言道："是啊，只要我的心不变，只要我的心快乐，就没有什么能让我痛苦。"

　　"人生不如意的事，占八九，如意的事，只占一二。快乐就是，不思八九，只想一二。"他一边念叨，一边点头，还嘿嘿笑了。这句话他也好喜欢。人生从来不如意，何必埋怨谁？

　　有一则故事，叫"塞翁失马，焉知非福"，他也喜欢。这个故事的妙处在于，教人在逆境中看到光明，在顺境中不要得意忘形。比如离婚，是坏事，因为它证明了婚姻的失败，但也是好事，因为你有了机会重新选择。

不是吗？反正廖艳也毛病多，虚荣，好吃懒做，既不是好妻子，也不是好母亲，更不是好儿媳。多年来只因心太软，考虑到上有老下有小，才将婚姻维持下来。这下好了，她出轨正好自取灭亡。都说中年男人三大宝，升官发财死老婆。他虽然不是官也没发财，但不贤惠的老婆自动出局，自己又没财产损失，也算是捡了一块宝吧！

想起廖艳离婚时的喜笑颜开，郑长乐冷笑了。她有什么得意啊？快四十的女人，最多只能到老男人的湖里去游几圈。而自己面临的才是海。熊大哥在电话里说，有个才二十五岁的打工妹也对他有意，还说就喜欢中年男人。看来只要他愿意，他甚至可以在老中青三代女人的海里去尽情畅游。

屋子太静，隐隐能听见隔壁夫妻的拌嘴声，能闻到邻居厨房飘来的菜香。他也饿了，就端过屋角的小木梯，搭在天花板上的窗口上，哼着小曲爬了上去。

"伤心总是难免的，你又何必一往情深。有些人你完全不必爱，有些事你完全不必想……"

郑长乐的房子很小，只有里外两间。里面是卧室，刚够摆一张双人床和一个大衣柜，外间更小，仅能摆一张长沙发和饭桌，是饭厅兼客厅。儿子小时，夜里就睡沙发。后来郑长乐学邻居，也在天花板上戳了扇窗，把平坦的屋顶利用起来，为儿子搭了间木板小房，还用砖头和泥土垒了个菜园，权当他的屋顶花园。

江北城也是一面大斜坡。郑长乐住的这幢小筒子楼，是见缝插针，挤在一片旧建筑群中。一面紧挨另一幢楼，望出去是人家青灰的墙。但另一面不错，视野开阔，能望见江对面的朝天门码头，天气好时，还能望见南山顶上的金鹰像。郑长乐光着上身，站在屋顶，看渝中区的高楼大厦在夕阳的余晖下慢慢沉静下去。天气太热，他种的那些菜都奄奄一息，他就又赶紧折身下楼，把存起来的洗脸水拎上来，为菜园浇水。他喜欢这些绿色的植物，喜欢看它们在自己的关爱下，发芽抽枝，开花结果。

这天他的晚餐是一碗麻辣小面。即使只剩他一人，对于吃，他也不会偷工减料:葱姜蒜、味精酱油醋、花椒粉、海椒油、榨菜粒、花生粒、芝麻酱,一样不少。按他的话说,一个人如果吃都不爱,活着还有什么意思?他爱吃,还爱弄吃的。再简单的材料,都能弄得色香味俱全,让人胃口大开。他一边吹风扇一边吃面,还一边看新闻联播。等一碗滚烫的红油小面下了肚,他早已汗流浃背像蒸了桑拿,却觉得浑身筋络舒通,好不痛快。

晚饭后,郑长乐站在窗前抽烟,看天空慢慢灰暗下来,随着江上一道悠长的汽笛声,城市仿佛突然从一场深沉的午睡中睁眼醒来,东一点西一点亮起灯光,然后浑身一抖,星星点点的灯光就连成一片,红的绿的,五彩缤纷地热闹起来。

白天上班他已经跟姐姐长英和妹妹长娟打了电话,让她们也一起为母亲找房。郑家兄妹一共四个。傻子大哥长宝下面,就是长英、长乐、长娟。长英早年到云南支边,回城后顶了母亲的工作,进织布厂当织布工。织布厂一倒闭,她就成了下岗工人。姐夫冯元几乎跟长英同时失业。一家人过得很不容易。只有妹妹长娟好点,初中毕业考上中师,后来就留在城里当小学老师。结过婚,又离了,一直单身,是郑家兄妹中最有文化、经济条件也最好的一个。

任务布置下去了,郑长乐下班后最先行动。母亲的房子听说能领到一平米一千五的拆迁补贴,市场上也差不多是这个价。但母亲的房子面积太小,两间屋加起来不到二十平米。如果再算上厨房过道等公摊面积,也许能算到三十平米,可市场上近几年建的商品房,最小户型都五六十平米,哪有二三十平米的房子?还要地段好,楼层低,买菜方便。他一连转了好几家中介,都没找到合适的房源,高涨的心绪就有些低落。

搁在桌上的小灵通响了,又是熊大哥,叫他去喝夜啤酒。熊大哥是他多年的哥们儿,一起下乡,又一起回城。回城后,熊大哥顶替母亲进了织布厂,后来单位垮了,他也成了下岗工人。他妻子多年前跟一个包工头跑了,留下个儿子。不过熊大哥运气不错,遇到农村进城的打工妹红琴。红琴当年才十九岁,不仅年轻漂亮,吃苦耐劳,还对熊大哥的儿子视如己出。两人同居多年,直到前几年红琴为熊大哥生下女儿,两人才正式结婚。为了维持一家人生计,熊大哥将家门前的斜坡开发出来,垒了堡坎,筑了坝子,支起阳篷,取了个美名叫

"逍遥台"，白天开麻将馆，晚上卖夜啤酒，没想到生意竟顺风顺水。虽然赚不了大钱，却足以养活一家老小。

电话里，熊大哥说，今晚不仅有酒喝，还有人看。新生活正式开始了。"世间溜溜的女子，任我溜溜地爱哟——"郑长乐哼着小曲，冲凉，更衣，旋风似的出了门。

夏夜的重庆城很迷人。白天的燥热不见了，霓虹闪烁的夜色中，有缕缕的江风迎面拂来，令人感到温柔而舒适。在空调屋里憋了一整天的人们，终于可以出门舒展筋骨，透一透户外的新鲜空气。城市便顿时生动起来。婷婷袅袅的小女子们，扭着小腰，一路都是巧笑生辉，形成一道动人的风景。大街小巷的夜宵摊也不甘寂寞，纷纷登场，香味能飘过几条街，令人禁不住味蕾颤抖。于是男女老少赤膊上阵欢聚一堂，烫火锅，喝冰啤，笑闹声、猜拳令此起彼伏，让这座既现代又古老的码头城市顿时充满活色生香，江湖豪情。

郑长乐人还没走拢，就听他们在高声划拳："两兄弟好呀，好得不得了啊——"一见他来，就纷纷起身，举起酒杯向他敬酒，恭喜他大学毕业。婚姻是一所社会大学，红本本是入学通知，绿本本就是毕业证。郑长乐也爽快，接过酒杯，一仰头，咕噜一声，一杯啤酒就见底了。等坐下身来，才发现果然有两位美女，一位老美女约四十出头，画了浓妆，却穿了件旁边年轻美女一个样式的裸肩吊带。郑长乐最看不惯女人涂脂抹粉。廖艳么，恋爱的时候也很清纯，妖精十怪是后来的事。就暗想，应该不是这位吧？可旁边那年轻美女又太年轻了，他是找爱人，不是找女儿。他就故作轻松，跟人搭讪："这二位长得好像——是两姐妹吧？"

熊大哥正为大家续酒，排骨身材，一口黑牙，接话道："长乐果然眼力非凡。他们几个都没看出，就你厉害，一眼识破。对头对头，这位是曹姐姐曹老板，比你早两年大学毕业，单身贵族。现在你们算同道中人，今后可以多多交流，相互帮助，共同进步。这一位么，是曹姐姐的……"

"妹儿妹儿。"大家不约而同一起起哄。那曹姐姐也笑道："哎呀，你们好抬举我哟。谢了谢了。我要真是她姐姐就好了。"说罢转身对郑长乐道："郑哥，多谢鼓励。我们虽是第一次见面，却也真人不说假话。我不是她姐姐，是她妈！"

郑长乐心里并不吃惊，却装出一脸惊讶，半张着嘴，愣了愣才道："真的呀？那你也太会保养了，怎么也看不出是她妈。不行不行，得罚你一杯，你把我们都骗了。"

大家又相互斟酒，碰杯，在清脆的玻璃杯碰撞声中，嘻嘻哈哈，闹成一团。

这"逍遥台"背山临江，看江对面的渝中区风景，就像在电影院的最佳位置看电影。特别是在这夏天的晚上，浴着江风，喝着冰啤，吃着美食，看着岸上的夜景和倒映在江面的流光溢彩，那份舒适惬意，用重庆话说，"不摆了！"开业时正是夏天，白天的麻将一张桌才收五角钱，还提供免费开水，再抠门的人都觉得划算。晚上的夜啤酒，荤三素一，好吃又便宜，再穷的人都潇洒得起。这就是江北城的百姓生活。国营企业一家家垮掉，暂时没垮的也在苟延残喘。大家的荷包都是瘪的，穷日子也得过下去，还得过出幸福的滋味。熊大哥这"逍遥台"，就成了这一带居民的乐园。

这天的主题曲是炒田螺，装了满满一大脸盆，红艳艳的很养眼，再配几碟开胃小吃，盐水花生，麻油豇豆，算浓淡相宜。那田螺得用牙签挑肉。肉不多，壳却堆成一座座小山，吃的完全是味道和气氛。一箱啤酒空了，再来一箱。熊大哥陪大家走了几圈，嘻哈一阵，把气氛搞得热闹起来，又去招呼别的客人。

然而热闹只是暂时的。午夜时分，郑长乐头顶星空，脚踩影子，摇摇晃晃回到家才发现孤寂依旧。聚了，散了，再聚，再散。天下没有不散的宴席，这就是人生，悲又如何，喜又如何？你别无选择。床空着，他眼光迷蒙，仿佛看见廖艳还蜷在上面向他撒娇："老公，你快点嘛——"声音嗲嗲地拖得老长。他其实已经浑身燥热，却喜欢逗她。每次行事前，他都喜欢吊她的胃口，故意慢腾腾的，看她心急火燎的样子。廖艳小他九岁，爱撒娇，爱缠人。从前喊他乐哥哥，近几年看多了港台片，改喊老公。恋爱时她才十七岁，刚进厂当学徒工，清清纯纯的，梳着两条藕结巴，莫名其妙就爱上他。后来不知怎么的，她变了，虚荣，攀比，嫌贫爱富？她不想上班，吃劳保回家后无所事事？或者，是现在社会上那些吃香喝辣的傍款女刺激了她？郑长乐实在想不明白，只觉得这场婚变太突然，像一场噩梦。他一头扑倒在床上，抱着枕头有想哭的冲动。原来他高估了自己的坚强。亲情固然美好，可是，在这寂寞的午夜时分，面对无边的孤寂，只有爱情，与亲密爱人的肌肤相亲，才能给人温暖和力量。

　　第二天上班，正在分报纸，郑长乐就接到熊大哥的电话。他紧张起来。昨晚那个曹女士，他感觉不好，正犹豫该如何措词，就听熊大哥在电话那头先跟他道歉，说："长乐啊，对不起。我们是兄弟，就不耍那些弯弯绕了。曹女士说对你没啥感觉。"

　　"啥子呢？她还对我没啥感觉？"这下轮到郑长乐吃惊了，感觉像受了谁的愚弄。

　　"唉，她觉得你……人稍稍矮了点。"熊大哥也直，口气却软了，好像郑长乐的矮是他的错。

　　"事先你没跟她把我的硬件说清楚啊？"

　　"我说了啊，说你形象中等，这话绝对属实嚛？还说你是典型的新好男人，又勤快又顾家，烧菜技术一流，能文能武，爱好广泛。她自己也说不看重外表，不看重金钱，只求人好心灵美。唉，不是我说，我不过是看她还算能干，自己开了家复印店，经济不错，才优先考虑。不然别个年轻妹儿等起的，哪里还轮得到她上哟！"

　　郑长乐觉得好冤枉："熊大哥，不是我现在放马后炮，其实我昨晚见她第一眼，就没看上，真的。女人嘛，我还是喜欢朴素点的。这位曹女士年纪也不轻了，你看她昨晚上那身打扮，浓妆艳抹，还穿得那么暴露。明摆着不是我的菜。"

　　"懂了。其实我对她也不很满意，是她自己太主动了，一听我说有个哥们儿离婚了，就马上要我安排节目，一起坐坐见个面。还要我多关心她这个困难户。我想她毕竟年纪大些，才心软了。算了，长乐，你千万不要为这事有压力哈。如果你真喜欢朴素的，那还不好说？农村小芳，红琴老家出来的那些打工妹，一堆一堆的，都想嫁个城里人呢。"

　　郑长乐嘿嘿笑了："不瞒你说，我还就喜欢农村小芳，老实本分，善良朴素，又会持家过日子。像你家红琴那样的，又温柔又贤惠又体贴，哪点不好？"

有辆大卡车在外面按喇叭，郑长乐匆匆收了线，跑出去开铁门放行。看着卡车缓缓进了厂区，郑长乐一边关铁门，一边摇头苦笑，想，明明是我看不起她，她倒好，还先嫌我个子矮。真他妈冤！看来出师不利啊。

又钻进门岗的小房子，接着分报纸，在每一份报角写上科室名，再把挂号信快件的收信人名写在外面的小黑板上，基本上就完成了一天的工作。剩下来的时间里，就坐在那把乌黑发亮的旧藤椅上，喝茶，看报。读到有喜欢的好句子，继续摘抄，丰富他的幸福语录。这守大门的工作，其实真的很舒服。

04

喧嚣的街头，冯元拉着卖早点的板板车，正慢慢走着。板车上，特大号的锑锅里还剩小半锅绿豆稀饭，旁边还有半袋油茶，一些糯米丸子和两格包子、馒头。冯元一边拉车一边埋怨："让你少弄点少弄点，非不听，看嘛，今天又剩这么多。"

郑长英围着白围裙，跟在旁边，一听他这话，就撅着嘴，气鼓鼓道："这个啷个算得准嘛，昨天早早就卖得精光，没吃到的，都喊我今天多弄点来，哪晓得今天弄来了，又没人来吃。这些年轻人哟，也真是，嘴吃刁了，难得伺候。"

"天天都吃这些东西，哪个都想换换口味。不说别人，就是我，每天吃你卖剩下的，也不舒服，手脚发软，浑身无力，再吃几顿怕要吐了。"

"手脚发软，浑身无力？有这些给你吃就不错了。一分钱都找不回来，没让你饿肚子去喝西北风，就不错了，你知足吧。有吃有喝还嫌不好。"

冯元这下不开腔了。他所在的江运公司几年了都不死不活，工人们差不多都放回家了，没一分钱工资，也不办下岗手续，就这样让你干耗着。去闹了好几回，都没用，运气好时，领导赏个一百两百，让回家等着。偶尔单位捞到点业务，也先照顾特困员工，或者大家排队轮流，跑一趟水，好歹能挣几百块钱。大家又都穷慌了，船上拉什么就偷什么，煤、盐、木材。家里用不着就拿出去卖，多多少少换回点钱。近几年随着陆路交通的迅猛发展，水上货运便日渐凋零。冯元所在的江运公司有好几百人，祖祖辈辈沿河而居，靠水吃饭。现在这水也靠不住了。还不如郑长英所在的纺织厂，干脆垮了，让工人们统统买断工龄，一年按一个月的工资了结，好歹也能拿两万多块钱，至少可以买份养老保险。手里有张下岗证，找工作都有些照顾。像他这样，不明不白等着耗着，还不知何时是个头。

两口子一路骂骂咧咧，拐进背街一条小巷。幸亏他们住在街上，还可以做点小生意。也算靠街吃街了。郑长英不像冯元面子薄。她是母亲，为了孩子不饿肚子，早早就磨炼出不怕人嘲笑的厚脸皮。只要不违法，能挣钱，她都敢做。她曾去帮人带过孩子，扫过卫生，照顾过卧床不起的老人。也曾在冬天的街头卖过烧烤，夏天的车站卖过冰粉，就像一只在茫茫荒原上孤独求生的小动物，靠着最原始的求生本能，睁大眼睛，扇动鼻翼，四处觅食。岩石缝里，枯草丛中，哪怕是脏兮兮、臭烘烘的食物，只要能果腹充饥，能活命，她都不嫌弃。

趁冯元在外收拾板车，郑长英赶紧进了屋，一屁股坐在床头，解下身上的皮包，抖出包里鼓胀胀的一包钱来。那钱花花绿绿的，堆成小山，都是些零钞，角票居多，看起来喜人，其实只是虚张声势。郑长英一张一张捡起来，理开，叠好，数钱。这是她一天里最快乐的时候，虽然不多，只要没赔本，挣多挣少都高兴。她实在是个知足的人。等冯元进屋，她就笑道："也还不错，今天总收入九十八块，除去成本，大概也能赚四十块。"

"人工呢？时间呢？水电呢？就不算了？有你这样做生意的？"冯元一脸不屑。

郑长英嘻嘻笑着，起身进了厨房："人工么，反正力气长在身上，不做也不会生一分钱。时间么，不做还不是拿来睡觉。水电费又用得了多少？还说我不会算账！"

这房子也是老式平房，里外两间，带一角厨房，没有厕所。煮饭靠烧煤，方便必须去附近的公厕，小问题才在家解决，用床下的痰盂，然后往厨房的排水池倒，再用水冲。这一带住老平房的居民都这样，习惯了也不觉得臭。夫妻俩的卧室在里间，外间摆了张小床，床前搁了张饭桌，是女儿睡觉和全家吃饭的地方。女儿橄榄不久前结婚了,租了间小屋,搬出去后,家里从此就空了。

冯元耷拉着一张脸,脱了外套,光着上身,让郑长英给他擦背。他虽然闲在家里,没班上,不挣钱,可穷讲究一点也没少。隔夜的饭菜是不吃的,宁愿饿了喝白开水。做点事吧,稍微出汗,就得换衣服,擦洗身体。郑长英一千个看不惯,一边不停地骂骂咧咧,一边认真帮他擦洗。她是拿他没办法,离婚的念头比鼻头上冒的汗珠还多,最后也被一把擦掉了。他其实也没有别的毛病,居家男人,不赌不嫖,除了懒点,不挣钱,面子薄。"可那也不是我的错呀,单位没事做,怎么能怪到我身上?"每次他都振振有词。反正郑长英嘴笨,歪理正理都说不过他。

为冯元擦洗完身体,郑长英匆匆把剩下的早点打了个包,换了身衣服要出门。说好久没去看妈了,正好今天剩了这么多包子、馒头,搁在家里也吃不完,不如干脆给妈送去。妈一直都喜欢吃她做的面食。她走到门边换鞋时,抬起头来,又有口无心补了一句:"你要不要一起去?"

冯元换了件干净的背心,坐在床边伸懒腰,正准备倒头再补一个回笼觉,就说:"我瞌睡还没睡醒呢,走路脚都打闪闪,你成心要把我累死啊?"

郑长英就睁大双眼,提高了嗓子:"嘿,这就怪了。我三点就起床开始忙,熬稀饭、蒸馒头、包子、炸油茶。你睡到六点半才起床,不过就帮我端端锅,推推车,就累成这样?装吧你,死人子!不是我要累死你,而是你成心要累死我。"

她说完把门一带,转身走了。

她就知道他不会去,不过没管住自己的嘴,顺口一说。娘家人都看不惯他,嫌他没本事,不养家,不像个男人。这他自己也晓得,所以不到万不得已,他不轻易去她娘家。妹妹郑长娟甚至还暗中怂恿过姐姐,干脆离婚算了。他们其实都为长英好,不忍心看她一个人养家,太辛苦。尤其是前几年橄榄还小时,上学没钱缴学费,家里几天都揭不开锅,郑长英实在想不出办法,总是厚起脸皮回娘家求援。娘家人虽然看不惯冯元,骂归骂,一见长英愁苦着脸,人也日渐憔悴消瘦,也不能无动于衷。尤其是郑母,总是在一番嘘叹之后,一分不少地悄悄把钱塞给她。说是借,其实也没让长英还过。

是上午十点多钟的光景，太阳已经白晃晃的，当空高悬，只是温度还没酝酿起来，有些闷热，还不灼人。郑长英走在大街上，一边走，一边张望。这城市仿佛突然被谁施了魔咒，一夜之间，房产中介就遍地开花。临街的玻璃大窗里，密密麻麻贴满了广告。郑长英好奇地探头张望，脑子里还想着长乐在电话里的交代：楼层低，地段平，离菜市近，价格嘛，当然越便宜越好。

中介人员听了她的话，直摇头，笑说："这样的价格，这样的条件，几乎没有。除非在郊外。"又说："老人嘛，又不每天上下班，住在郊外还清静些。"

"清静是清静，可老人年龄大了，也不能一个人住那么远啊，身边总得有人照顾吧。"郑长英瞪了那人一眼，想，现在的年轻人，真是站着说话不腰痛，对有老人的生活简直没有一点概念。

日头渐渐高起来了，郑长英一看时间不早了，也不敢再逗留。她还得把手里的包子、馒头送给母亲当午饭呢，就急急忙忙地走了。

人还走在半坡上，郑长英就远远看见井边有人，孤零零的，像母亲，又不太像，便三步并两步，加快了脚步。等走近一看，果然是母亲，在洗衣服。郑母坐在一条小木凳上，弯着腰，正把衣服放在搓衣板上，一下一下吃力搓洗。她动作迟缓，洗洗停停，不时还直起腰来，扭扭脖子。一头稀疏灰白的头发，在阳光下显得更加醒目。郑长英见了，心一酸，喊了一声"妈"，就要母亲起来回家，把包子、馒头拿回去蒸热，这些衣服让她来洗。

郑母一见长英来了，就笑了，两手往围裙上擦了擦，抓住长英伸来的胳膊，十分吃力地站起来。长英把手里的袋子递给母亲，一屁股坐下，抓起水里的衣物就往搓衣板上一砸，气鼓鼓地对母亲嚷道："妈，你哪个不听人劝嘛，又到井边来洗衣服。你这么大年纪了，拎这些桶啊盆的，叮叮当当的，万一摔倒了哪个办？自己都说腿脚无力，万一打水的时候，水没提起来，人跟桶一起掉下井里，哪个办？真是的，洗这几件衣服，又能省下几个水钱？"

郑母有些难为情了，有气无力地分辩说："妈哪里是图省几个水钱嘛。长宝昨夜又乱屙了，我怕在厨房洗，会臭到邻居。人家都提过好几回意见，说他们在做饭，我在边上洗屎洗尿，不合适。"

郑长英皱起眉头，把衣服搓出很大的动静，水都溅到木盆外了，气鼓鼓地继续嚷嚷说:"长宝也是！是条狗都教会了,他怎么就是教不会嘛。"

"他是傻子,哪个能够跟狗比嘛。唉,也不怪他,那么大个人,那么小的尿罐,坐上去哪个屙得出嘛。"

"妈,我看呀,以后干脆专门给他准备个盆子,我让冯元再做个木凳,把盆子架在木凳中间,他坐上去,就方便了。我还是不久前去帮一家人,看那家得痴呆症的老人,就是这样解手的。"

"长英啊,你又去帮人了？不是在卖早点么？"郑母一听长英去帮人,就心痛。

"卖早点就早晨那几个钟头,最多到十点就完了。还有下午大半天呢,能找点事做就做吧,反正闲着也是闲着,闲着又生不出一分钱来。"

"你去帮人,也不怕丢人。那就是过去说的老妈子啊。"郑母说得怯怯的,生怕女儿听了会生气。长英才不管那么多呢,一脸都是理直气壮:"妈,现在时代不同了,那叫家政工。我不偷不抢,凭劳动吃饭。怕啥子丢人？"

郑母呆呆地凝望着女儿,嘴一撇,眼睛就红了:"我这都是啥子命哟,一个人受苦还不够,几个孩子还跟着受苦……"

"受啥子苦？都是些力气活,不用还不是浪费了。累了休息一阵又好了。"郑长英不想那么多,能活下去才最重要,丢不丢人,她顾不了。

"冯元呢,还是没去找工作呀？"

"唉,他那个人,面子薄,赶都赶不出去,说有钱吃好点,没钱吃孬点,一样活。说离婚吧,他又不干,写好离婚书硬不签字。我有啥子办法呢？不过最近也算有点进步,肯帮忙了,端上端下,推车子。重点的体力活几乎都是他在干。就是卖的时候不好意思,一看到老远有熟人来了,就猫一样溜了,躲得老远,一张脸红得像猴子屁股。"

"哼,一个大男人,死要面子活受罪。我一没偷,二没抢,还怕碰到熟人？"一提到冯元,郑母柔软的心立即变得坚硬起来,说话也是咬牙切齿。

等郑长英把衣服洗好,木盆水桶搓衣板,提的拎的一大堆都搬回来,郑长宝早已扛着晾衣竿等在外面。长长的竹竿细的一头搭在房子窗沿上,另一头就由长宝扛着。郑长英拎起衣服,一件件抖开,穿进竿里,再从长宝肩头接过竹竿，用力一挑，另一头就搭在对面的苦楝子树上，这一头再用叉棍往上一顶，搁在高高的屋檐下。这衣服就算晾好了。见郑长宝还呆站在原地不动，望着那满竿子衣服傻笑。郑长英恨他一眼说："看嘛看嘛，妈这么大年纪，还要帮你洗屎洗尿，满竿子都是你的臭衣服。你是成心要把妈累死，是不是？把妈累死了，我看哪个来照顾你！"

郑长宝仿佛听懂了她是在骂他，收起笑来，低下头。长英又喝了一声："还不快回屋！"他就一颠一颠进了屋。郑长英拎着叉棍跟在后面，就听坐在门边理菜的邻居笑说："长宝是越来越听话了。"

郑母已经把馒头、包子蒸好了，热气腾腾端上桌，一人一碗绿豆稀饭，再配一碗凉拌藤藤菜，几块豆腐乳，就围坐在一起吃午饭。重庆人普遍不会做面食，郑长英是在云南支边当炊事员时，学会了揉面和面做包子、馒头。郑母从此就有了口福，她最喜欢吃长英做的面食，一边吃一边感叹说："长英啊，妈好久都没吃到你做的包子、馒头了，真香呵。"长英就笑道："妈，好吃你就多吃点。等今后搬了家，离得近了，我天天做给你吃。"

她们就说起拆迁的事来，说下个月一动迁，就快了。先是三洞桥谢家沟一带，然后是上面的江北城，长乐他们住的那一片，再然后呢，也许长英他们那里也会拆吧？她住的地方离江北城不远，也算老城。如果大家一起搬家，就太好了。最好今后住得近点，串起门来也方便。然而，当郑长英把今天逛房子的事跟郑母一说，郑母的脸就阴下来了。

"那……这样看来，用拆迁补偿的钱，还买不回一套房子啊？"

"那要看在啥子地段。主要是现在很少有这样的小户型。妈，你不晓得，现在新建的商品房，动不动就是七八十平米，或者一两百平米的。你这房子才多大？拆迁补贴哪里够！或者就是偏远点，比如机场那边，房价便宜，你的拆迁费可以在那边买一套两室一厅，你愿不愿意嘛？"

郑母沉默了，幽幽道："我年纪大了，只想住得离你们几个孩子都近点。如果今后长乐的房子拆了，也搬到那边去，那也行。不然我一个人带长宝住那么远，你们来看我一趟都不容易。"

长英白了母亲一眼："长乐搬去那边住？他不上班了？听说从机场那边进

一趟城,坐车要坐一个小时,车票也贵,要好几块。长乐天天上班下班,哪里现实!"见母亲一脸忧虑,长英反过来又安慰她道,"不过,妈你也不要着急。买房子也要碰运气。我们三兄妹分头行动,网撒得大,说不定明天就碰到一套合适的,也不一定。"

05

一转眼就到月底了，理想的房子还没找到。郑长乐急了，打电话跟长英和长娟商量。母亲是一定要尽快搬走，五千块的搬迁奖呢，不是一笔小数目。即使一时找不到合适的房子，也得在规定时间内搬出去，房子以后再慢慢找吧。

可又能搬去哪里呢？

郑长乐虽然离婚了，可房子太小，住不下。长英家呢，也不行，母亲那么看不惯冯元。最后还是长娟开口，说干脆先搬她那里去吧。兄妹三人中，就她的房子最宽敞，是学校几年前分的公房，两室一厅，有七十多平米。条件也好，有天然气，有卫生间，还就她一人。她离婚多年，单身无子，关系单纯。

"正好学校放暑假了，要组织一批教师去沿海培训考察，得去一个月呢，就让妈先搬过来吧，住下再慢慢找房子。"

搬家这天，郑长乐租了一辆小货车，又喊了两个"棒棒"下来。长英和冯元也来帮忙。长娟也来了。郑母早就打好包，几床铺盖棉絮，换洗衣服和生活用品，堆在床头和屋角。一家人好久没在这老屋里相聚，突然聚在一起，感觉好挤。郑长娟四处张望，惊诧道："怎么突然觉得家里好窄？转身都打不过。小时候也没觉得窄啊！"长乐正弯腰，看母亲的包裹捆扎实没有，就扭身笑道："那是因为小时候你个子小。小娃儿嘛，看啥子都仰起脑袋，就觉得啥都又高又大。现在长大了再回来，当然就觉得啥都小了。"长英也在一旁附和："妈，也不晓得当年我们四个娃儿，是哪个在这么小的屋里挤大的？"郑母愣在旁边,这才回过神来说:"啷个挤?你忘了?我和你们爸爸睡里屋大床,外面这两张床,最早长宝跟外婆睡,你们两个挤这小床。后来外婆死了,你们两个慢慢大了,长乐就去挨长宝睡,长娟呢,一岁就送到农村去带,等到了六岁才回来上学,后来你们两个一个支边,一个支农,都走了,逢年过节才回来,时间也短,哪里又挤了好久呢?"

电视还是那台黑白的,是长娟参加工作那年为父母买的。冰箱是老式的单开门,边角都有些生锈了。郑长娟嚷嚷道:"扔了吧扔了吧,这么多年了,哪还有人看黑白电视?妈,等你房子买下来,我送你一台彩色的。"郑母嘟着嘴瞪她一眼:"扔啥子扔?虽是看了这么多年,又没坏。看彩色的我还嫌眼睛花!"两个"棒棒"按长乐的吩咐,先把冰箱搬出去。床、衣柜、桌子、凳子,都是实木的,又大又笨重。郑母啥都舍不得扔,心里也知道不可能,就悻悻然退到一旁,由着孩子们去定夺。她神情恍惚,摸着里屋的大床道:"这张床还是我和你们爸爸结婚后买的第一件家具,最早安家在菜园坝,后来才搬到江北来,五十多年了,还这么结实。你们几个娃儿,都是生在这床上的哟,再看看吧。要扔掉我还真的舍不得。"几个人这才停下动作,凝视那床,表情也都肃然起来,仿佛回望自己的生命源头。那是一张黑色的木架床,一年四季挂着蚊帐。大家还记得小时候,在床上钻父母被窝的情景,翻来滚去,真幸福啊!现在父亲走了,母亲也老了,大家为了生活各奔东西。再回首时,没有了父母温情和童年时光的床,只剩一副空洞的架子,竟满目苍凉。

长乐笑了:"妈,舍不得又啷个办嘛?说实话我也有点舍不得。可你今后的房子肯定不大,也用不着这大床了。我们几个呢,一是不需要,二是想要也没地方搁。不扔又能啷个办呢?"

床边有个暗红的橱柜,长英拉开抽屉看了看,说:"这五斗橱还是当年抄家分的刨财呢,是人家蓝家大院蓝二小姐的陪嫁。当年那么稀罕,现在也过时了哟!"

那五斗橱斑斑驳驳,精致雕花也磨掉了棱角。郑长乐摸了一把,笑说:"咳,这个还真有点舍不得,像个古董。你们忘了啊,当年还是我和长宝去搬回来的。"又转过头去看长娟,"长娟,你那里地方宽,搬过去吧?"长娟"哼"

了一声："想得出来！不要。舍不得你就自己搬去。"长乐道："我那屋巴掌大一点，想要也没地方搁啊。"郑母的嘴嚅了嚅，几十年的光阴在她眼前晃来晃去。燕子含泥筑起的家，眼睁睁就这样拆了散了，分崩离析，像她的生命，正被岁月的河流冲得七零八落。

这房子，这门窗，这家具，这气味，连同这门前的小溪沟，窗外的苦楝子树，都黯淡衰落，像一张张发黄的老照片，凝固的都是难忘的旧时光。郑母这里摸摸，那里看看。自从丈夫走后，这个家就由儿女做主。她这一生，夫在从夫，夫去从子。现在风烛残年，有儿女安排她的生活，也知足了。她把丈夫的遗像抱在怀里，喃喃道："老头子，我知道你舍不得这个家，这些家什破烂虽说不值几个钱，你也一直稀奇得很，舍不得扔。可我现在是没办法呀。房子还没买下来，孩子们的家也不宽敞，没地方搁。你就不要怨我了。"

收旧家具旧电器的早守在门外，大家谈好价钱，就地便宜处理，卖的卖，搬的搬，抬的抬，两间小屋很快腾空。

临走前，他们一家人跟邻居道别。

"这就走啊，郑婆婆？"

"走了走了，先去长娟家暂时住着。住下再慢慢找房子。你们呢，啥时候搬啊？"

"也快了。先搬去过渡房，等安置房盖好，再搬进去。"

"那好远啊，今后进城都不方便了。"

"有啥办法啊！我们也想住在城里，可那点拆迁费，在城里哪里买得到房啊？"

"安置房在机场那边，听说也不错，空气比城里好，还清静。远就远点吧，反正退休了又不用上班。"

"唉，几十年的邻居，就这样说散就散了。"

郑母眼睛都红了。同一屋檐下住了几十年的老邻居，平常虽然也磕磕碰碰，真要分开，却亲热起来，又都一大把年纪了，不知道今朝一别，还能否再见，就有些生离死别的味道。大家一一握了手，走的走了，留下来的，还聚在门前，不停挥手目送。

一家人慢腾腾地爬上对面的半山坡，还依依不舍地回头望。都意识到这一走，再也回不来了。他们告别的不仅仅是那幢老屋，更是生命里的一段岁月。

"长乐啊，听说拆迁后，政府会把这山沟沟填平，再在上面建高楼？"

"是啊，报纸上是这么说的。"

"那……以后这些老房子都会被埋在地底下啊？想再看都看不到了？"

"是哦，舍不得啊？那就赶紧再多看几眼吧。"

一家人果真停下脚步，一起朝山下张望。他们家那幢白墙黑瓦的老平房，跟周围那些低矮破旧的各式民房连成一片，看上去虽然寒碜，却无比亲切。

"舍不得啊，妈？真舍不得，我们又搬回去算了。"

郑母知道儿子在逗她，嗔怨道："是哦，我是舍不得哟。你们几个，除了长宝和长英，长乐和长娟都是在这屋里生的，还有死去的缺嘴长庆和长秀。我一共在这屋里生了四个孩子。唉，一晃，在这里就住了差不多五十年，大半辈子啊，都在这里住过去了……"

"妈，这地方有啥舍不得啊？出门爬坡上坎，买菜看病都不方便，煮饭烧煤，没厕所，也没地方洗澡，我们回来看你一趟都嫌累。依我看呀，早就应该搬出来了。"长英努力寻找搬离的理由，为了让自己不伤感。

"是啊，是早就该搬出来了，住楼房，烧天然气，用抽水马桶……"郑母也觉得是这个理，点点头，最后再深深望了一眼山坡下的那幢老屋，便心一横，转过身去，不再回望，眼睛却湿了。理是理，情是情，这是完全不同的两回事啊！

郑长娟的家很清爽整洁，宽敞明亮的两室一厅。一大队人马大包小包进屋后，屋子马上就热闹起来。腾出来的那间屋，已经安了两张小床，只要把母亲带来的被子枕头铺上就完事。一些暂时派不上用场的零碎杂物就先堆在阳台上，屋角落，等买下房子再搬走。搬家总算大功告成。

一家人这才消停下来，纷纷去卫生间洗了洗，又回到客厅吹空调。郑长娟打开冰箱，拿出饮料和西瓜招待大家。郑母歇过气来，就牵起长宝的手，要带他先熟悉环境。

"长宝啊，这是你妹妹长娟的家，你看好干净好漂亮，你可不许乱来哟。

你看看，这里有厕所。今后你要解手呢，就来这里。"说完去掀起马桶盖，让长宝站在一旁看自己演示，"看好了，就像我这样坐在上面。屁股一定要坐在正中间，解小手也这样。现在没得夜壶了，你得学会大手小手都坐马桶，一定要坐正，不能歪了。听懂没得？"那长宝怔怔地望着母亲，傻笑着，也不知到底听懂了多少。郑母起身后，又拉过长宝，让他当场再操练一遍，才放心。

郑母又带他先进厨房，再回卧室，指着两张小床道："这就是我们睡觉的地方。你睡里边那张床，我睡外面这张床。你看窗外还有黄葛树，绿荫荫的好好看。"

安置好母亲，郑长乐没敢松懈下来，反倒感觉更紧急了。房价已经开始上涨，前一阵主城区还有一千五一平米的房子，只是楼层地段不太好，户型不理想。这才过多久，这个价位就几乎绝迹。他天天泡在房产市场，找房源，看房子。母亲的房子还没眉目，他住的那片区也要拆了，政策一样，提前搬走有搬迁奖，五千块呢。他的房子地段好些，房子新些，拆迁补贴提到一千八。可他的房子面积也小啊，总共还不到三十平米，能拿到手的拆迁补贴，怕也难买回一套房了。看看这房市，哪有二三十平米的商品房卖？简直急死人了！

形势逼人。郑长乐几乎发动了所有能发动的人帮忙找房。有一次还真的差点如愿。那是一套三十五平米的一室一厅，二楼，楼下就是菜市场，环境太脏太闹，室内采光也不好，厨房客厅都没窗，房价比母亲的拆迁费还高出两万。但郑长乐已顾不上这些。跟母亲一商量，郑母就催他赶快买，说钱不够，她还有点存款可以拿出来补上。长娟也说，妈买房子，钱不够她也可以作点贡献。郑长乐就缴了两千块钱订金，说好第二天一下班，就拿母亲的身份证去银行取钱，然后缴全款签正式合同。没想到第二天下班时，正匆匆走在去银行的路上，就接到中介打来的电话，说："对不起啊，郑先生，有人多出了一万块，把那房子买走了。"郑长乐一怔，说："不可能吧？我订金都缴了？"中介说："那也没办法，房主愿意按合同赔偿违约金。"郑长乐就不说话了。他向来有化悲伤为快乐的力量，就想，那样黑咕隆咚的房子，让妈去住还觉得委屈了妈，居然有人跟我抢？抢吧抢吧。两千块钱订金，得翻倍赔，他一晚上就净赚两千，也不错。

没想到，过了这村，再没这店。母亲的房子还没落实，他也该搬了。可他又能搬去哪儿呢？租房吧，又要花钱。想来想去，实在想不出好办法，就决定也搬到长娟家去。长娟刚动身去沿海，一个月后才回来。他有这一个月时间，还买不到房子？就呼呼啦啦收拾东西，搬了家。他也自觉，长娟的卧室他不动，只在客厅的木地板上扔了床竹席，晚上睡觉。搬过来的家具什物，把长娟家塞得满当当的，像个杂货铺，只留出一条窄窄的过道来走路。

　　郑母急了："长乐啊，房子啥时才买啊？得抓紧点。长娟回来，看见家里被堆得乱七糟八的，怕不高兴哟。"

　　郑长乐笑了，轻轻拍了拍母亲的肩说："妈，不着急哈。面包会有的，一切都会有的。"

06

这拆迁就像瘟疫泛滥，一处爆发，就一片接一片蔓延开来。旧城改造，老屋拆迁，说了N年也没动。没想到一旦真动起来，又太快了，一瞬间就稀里哗啦，铺天盖地，不仅江北老城，渝中区、沙坪坝都在拆，有恨不得把全重庆都掀翻了重建的架势。房价迅速向上飙。那么多拆迁户需要住处，实在是供不应求啊。郑长乐口头说不急，其实早已心急如焚，连离婚的悲伤也顾不上，脑子里除了房子，还是房子。熊大哥的几次夜啤酒相亲，他人去了，一颗心却还在房子上。害得女方事后跟熊大哥抱怨：这个人好像没有诚意。

现在的郑长乐，几乎成了房产市场最脸熟的顾客，一走拢就有人跟他打招呼："郑老师，房子还没找到啊？"

"是啊，任务又加重了。不仅为老母亲找，我自己也要。唉……"

"上次那套底楼你没要，嫌光线不好，环境不好。结果第二天就被人买了，说门前的坝子正好可以开麻将馆。郑老师，你得抓紧点哟。现在全重庆都在拆迁，这房价恐怕还得涨。"

郑长乐的心就缩成一团。这个还用你来提醒？母亲房子刚拆的时候，十万能在主城区买一套单间，只是条件不太好。现在呢，才过多久？同样地段，十万的房源已经绝迹。

郑长娟学校外面的这一条街，几乎成了房产中介一条街，卖房的，买房的，看热闹的，把一条街挤得水泄不通，像农村赶集。旁边又有人上前插嘴，也不知是哪一家房产公司的:"郑老师,我这里刚来一套房,一室一厅,就在附近,七楼,没电梯,精装修带全套家具,有没有兴趣?"

"一室一厅?我住肯定不行,我还有个儿子,儿子总得要一间房吧?给老母亲呢,七楼没电梯,也不行,七八十岁的老人,哪里爬得了那么高的楼?"

"郑老师,就你那价位,还想再挑?恐怕悬。我给你出个主意吧,既然是你自己的妈,为什么不两笔拆迁费合起来,买一套好点的一起住呢?我昨天刚接了一套房,就在这附近,两室一厅,简装,带部分家具家电,还有你想要的屋顶花园。我去看了,很不错。屋顶花园上还有一间房,带卫生间,正适合两代人合住。老人住楼顶,年轻人住楼下,既不相互影响,又能相互照顾。怎么样,这样的房源千载难逢!"

"真的?"郑长乐听了心一动,眼睛也亮了。他想到了长宝,如果能把长宝隔开,母亲完全可以跟他住。这个主意其实不错,反正母亲老了,也需要人照顾。他搔了搔脑门,恍然道:"好像也行哈!我考虑考虑。"

"抓紧点哟,这一带的房子都很俏,地段好,社区成熟,旁边又有学校、公园、大超市,到市区的公交车四通八达,方便得很。房子是昨天才登记的。我敢肯定,要不了两天就会出手。"

郑长乐的心真痒起来了。

中介笑了笑,歉意道:"只是……这房子啥都好,唯一的遗憾是,九楼,没电梯。"

郑长乐的兴奋立即消失,一脸失望地说:"那就算了。我自己住还行,七八十岁的老人,没电梯,啷个爬得了那么高的楼?"

做中介的,都有一张巧嘴。"其实,老人又不上班,哪里需要天天爬楼梯呢?就是买菜,也可以由儿女代劳。屋顶花园上又开阔,空气又好。老人家没事,正好可以在上面种种菜,养养花,打打太极拳,晒晒太阳,又清静又舒服,你还说不好!"

这也仿佛有些道理。郑长乐又动心了。中介看出来他的心事,趁热打铁:"干脆这样,郑老师,房子就在附近不远,走几步就到了,我先带你上去看看,看了再说。买房子就像谈恋爱,也讲缘分,讲感觉。反正看房也不要钱。"

郑长乐脑子一热，去就去吧。他刚下班，正好有时间。

一行人说说笑笑爬那楼梯，也不觉得有多累。宽宽敞敞的两室一厅，跟郑长娟家差不多大小。两间卧室，大客厅，还有阳台。大件家具如床和衣柜，固定电器如空调热水器，都留下。郑长乐看得一阵心动。

又上楼去看屋顶花园。是从外面的楼梯直接上屋顶。这种楼，每层两家。屋顶也被一分为二，用矮墙隔开。圆拱门内，有一垄翠竹，旁边就是一间小屋。青砖砌的，里面有床，有衣柜，还有卫生间，瓷砖地面。屋外还有个带顶棚的露台，有带假山的小鱼池，靠边一溜长花圃，种了些月季花草，几棵果树。葡萄架上正枝繁叶茂，已经挂了些葡萄串。

郑长乐这下就不仅是动心，简直是爱上了。这楼顶小屋正好可以让长宝住啊。妈呢，下面两间卧室随便她住。小龙回来就睡沙发吧，或者在这上面再安张小床。唯一的不足是，九楼啊，妈这年纪，怎么爬？虽说不上班，不用天天爬，可偶尔还是得下趟楼吧？妈又爱热闹，喜欢打牌逛街，哪能整天待在上面？

中介一眼看穿了他的心思，说："郑老师，这套房子特别划算，知道为啥？房主两口子在闹离婚，想尽快卖了房，好分钱走人，所以喊价才十五万。你看看这装修，这家具，这几部空调，还有这屋顶花园，加起来也得好几万吧？还不说房价！"

郑长乐的心都要蹦出来了。他天天泡房产市场，还不知道现在这行情？中介说的不是假话。可是老母亲该怎么办啊？毕竟九楼不是三五楼。

"这样吧，回去跟老人商量一下，也许老人会喜欢呢，也难说。楼层低的，方便出门逛街。可人老了，难道会天天去逛街？还不如在自家花园里种花种菜晒太阳舒服。再说了，这样的地段，这样的装修，家具家电，还有这样的花园，这个价位，哪里去找？真的是过了这村，就没有这店。回去好好想想吧。抓紧点。如果想要，尽快电话通知我。"

一行人就悻悻然地下了楼。

长娟不在家，郑母为了省电，也不开空调。家里杂物堆积如山，更闷热。

郑长乐心事重重地回到家，就钻进厨房忙晚饭。郑母摇了一把旧蒲扇，跟在儿子旁边，一边为儿子打扇，一边跟儿子说话，听儿子说了今天看房的事，也若有所思，打扇的动作有一下没一下的，成了一种下意识。"长乐啊，房价天天涨，他们这样说，也不是没有一点道理。如果是我一个人呢，还好说，可拖着个长宝跟你住，就是你不嫌弃，你今后还要结婚成家，你今后的爱人怕也要嫌啊。我看要实在不行，我还是和长宝搬郊外去吧。"

郑长乐洗了菜，砰砰砰地开始切，语气也变得急促起来："妈，那咋个行哟！你一个人搬那么远，我们想去看你都不方便。何况你年纪一天天大了，身边也需要有人照顾。不行不行，妈，绝对不行。"

母亲闷闷地，不再吱声。郑长乐备好菜，转过身来，望着母亲长叹一声："唉，说句实话，我也觉得机场那边不错，清静，空气好，菜都比这边便宜几角，唯一的不好，是我上下班太不方便。那么远的路，天天一个来回跑下来，路上要一两个小时不说，车费钱也遭不住。一趟就要四五块，就我那点工资，不吃饭了？"

两人都沉默了，你望我，我望你。郑母的眉头拧成一堆："儿啊，那可怎么办才好啊？这房价眼看又涨了，我是怕再耽误不起啊！"

郑长乐这才眼睛一亮，说起今天的那套房。

"那你还犹豫啥？就赶紧买呀。"郑母用扇子拍了一下儿子的屁股。她都为他着急了。

郑长乐一脸忧伤道："妈，这房啥子都好，唯一的缺点是楼层太高，九楼，没电梯。你咋个爬哟？"

郑母一听也吓了一跳："哎呀，九楼！要是低点，哪怕五六楼也行啊，我咬咬牙，还能一步一步慢慢爬。九楼是太高了点。"

"五六楼的房子，又不可能有屋顶花园了。"

"那倒是！唉，有得有失，顾不周全。"郑母沮丧起来。儿子喜欢屋顶花园，当年单位分的房子，硬是自己在屋顶戳了洞，搭个梯子钻上去，一挑土一挑泥，在屋顶建了一个花园。她望着儿子，忧虑道："房价涨得这么快。长乐你说，如果我们再不买，会不会哪天，我们两套房子的钱，连一套房都买不回了啊?"

"完全有这可能啊!妈,没看这城里,到处都在旧城改造,大片大片搞拆迁?这些拆迁户都要买房住。要指望房价下降,恐怕不大可能了。我也担心,再按这架势涨上去,我们这两套房的钱,连一套房都买不回了。"

"那就买吧,只要你喜欢就行了。楼层高点就高点吧,反正我这把年纪,也懒得走动。"

"真的?"郑长乐有些喜出望外。母亲从来都好说话,凡事以他为重。这他知道。但买房毕竟是大事。母亲居然不顾自己近八十高龄,愿意跟他去住九楼,还是让他有些意外。

"也没有别的办法了啊。我是担心再不买,这手里的钱就变成纸了。"母亲摇着扇子走开了,仿佛突然明白了自己的不足轻重,"房子就在学校附近?这地段好啊,平阳,热闹,出门就是大街,买菜方便,逛公园也方便,离长娟还近。你去上班,坐车也方便,长英要过来看我,也不远。好好好,买吧买吧,楼层高我就慢慢爬,现在还走得,爬一层歇一阵。今后走不动了,你就背我。电视上不是天天说,牺牲我一个,幸福千万家么?那就牺牲我这个老太婆吧。"

郑长乐还是不敢相信,盯着母亲的背影道:"妈,你要想好哟,这世上没有后悔药卖哟。"

"我想好了!"郑母坚定地说,"我这把年纪,还能活几年?你就不要考虑我了。只要你自己觉得好,自己喜欢,就赶紧买。再不买,我怕手里的钱都变成纸了。"

郑长乐立即揩了手,进屋去抓电话,可拿起电话又迟疑了。九楼,没电梯,母亲就是愿意牺牲自己,当儿的也不能太自私,一点都不为母亲想啊。一天两天不下楼,行;十天半月不下楼,也行。可总不能一月两月都不下楼呀。那还不成蹲牢房了?母亲又那么爱打牌,爱热闹。不方便,实在太不方便了。这样一想,又犹豫着放下电话,掏出烟来,独自去阳台抽闷烟。生活真是太麻烦啊,总有解不完的疙瘩,翻不完的坎。离婚后个人感情还没着落,这房子的事又火烧眉毛。他就是泰山顶上一棵青松,现在也摇摇欲坠,快顶不住了。这套房子，买也难，不买也难。郑长乐简直愁肠百结。一贯自诩潇洒的人，天垮下来能当被盖，都没这么纠结过。

　　一根烟抽完，还没想出办法来，就索性掏出一枚硬币，用双手捧住，抖了抖，仰头闭眼："国徽上，买。国徽下，不买。"自己定夺不了的事，就只能听天由命了。

　　那硬币叮叮当当，在地上打了几个转，滚到旁边的桌子下。郑长乐刚弯下腰，腰间的小灵通就响了。他撅着屁股，保持一动不动的姿态接电话。是中介打来的，声音急切："郑老师，今天看的那套房子你要不要？又有客人看上啦，是我们另一个业务员带去看的房。但那房源是我的，只有我有房主电话。如果你要，我就跟经理说，这房子我已经卖了。不然等我把房主电话给他们，那套房你就没戏了。"

　　郑长乐的目光盯着那硬币一动不动。国徽，上！浑身就触电一样，热血奔涌。看来这是天意了，就果断地喊道："要！"

07

  这天上午,郑长英又拎了没卖完的包子、馒头来看母亲。门开了,她一见满屋子黑咕隆咚,堆满了杂物,就嚷开了:"天啦!妈,人家长娟好端端一个家,怎么被你们弄得像个杂货铺!"

  郑母也不理她,接过她手里的包,带她穿过杂物堆间的狭窄过道,进了厨房才叹口气,安慰她说:"快了快了,长乐已经找到房子,今天就去缴订金。过几天等我们一搬走,这里就好了。"

  "真的,房子找到了?"郑长英也高兴起来。两人就在厨房说话。说着说着,郑长英的表情就变了,"九楼?没电梯?长乐他疯了!妈你这么大年纪,哪里能住那么高?不行不行,我得赶紧跟他打电话,这房子不能买。"

  郑母一把拉住她:"长英,你别急,房子是我让他买的,他事先也问了我的,我愿意。"

  "你愿意?你愿意也不行啊。也不想想你这年龄,九楼哟,又不是四五楼,你慢慢爬就上去了。不行不行。长乐他简直太自私了。"

  两人拉拉扯扯来到客厅。郑母把长英按到沙发上,硬不许她去抓电话。"长英,你听我说嘛。现在房价涨这么快,我那一套房的拆迁费,根本买不回一套房了。我是担心,要再不买啊,我和长乐两套房的拆迁费合起来都怕买不回一套房了。长英啊,是形势逼人,你也不能怪长乐。他也是实在没得办法。"

郑长英天天泡房产市场,也知道这形势严峻,但心里就是不舒服。长乐在家一贯喜欢大事小事擅自做主。父亲在时,重男轻女,女儿都是偏户,嫁出去的女儿,泼出门的水,只有尽孝的份儿,没有做主的权。只有儿子才是正户。郑长乐因此养成霸气。郑长英对他早有积怨,只是敢怒不敢言。

"就是合买,也该跟人商量一下,也不能买这么高啊。九楼,我们爬一趟都喊累,何况你?"郑长英口气虽然软下来,却还是一副不依不饶的样子。

"唉!"郑母这才靠着她坐下,除了叹息,还是叹息,"这也是实在没办法啊。好在顶楼有屋顶花园,可以和长宝隔开住。不然的话,挤在一起更麻烦。长乐还要再结婚呢,就是他不嫌弃自己的傻哥哥,人家女的也要嫌啊。至于我嘛,反正也老了,懒得出门。听说那屋顶花园上有花有草,还有鱼,我就在上面种菜养花,享享清福。"

"享清福?说得轻巧!麻将呢,不打了?你那么喜欢打牌,喜欢热闹。搬上去一个人冷冷清清,我看你熬得住几天?"

"不打了不打了,反正现在也老眼昏花,经常吃包席。我早就想戒了,搬上去正好,强制戒牌。"郑母嘿嘿苦笑了。郑长英不满地白母亲一眼:"正好!你就是,啥事都听长乐摆布。哪天儿子把你卖了,你还帮他数钱。"

这天下午回到家,郑长英跟冯元说了这事。冯元一听,就冷笑:"你这兄弟可真聪明,明明想独霸你妈的拆迁费,还使出这一招来蒙人耳目。"郑长英一听就蒙了,瞪了他半天,也没明白过来。"你这人才怪哟。长乐又不是不管妈了。那屋顶花园上有间屋,正好可以让长宝住。妈和他就住下面的正屋。这样也好。现在的房价,你又不是不知道。他们那点拆迁费,按原来的想法想各买各的,哪里行!我看合住也是个办法。妈年纪大了,身边正好需要人照顾。长乐呢,就是太自私。自己喜欢屋顶花园,就忘了妈都这把年纪,怎么爬得动那么高的楼?我晓得你一直看不惯他,但也不至于把他想得那么坏吧?"

冯元坐在电视机前打游戏。家里就那几套游戏,他翻来覆去天天打,也不嫌烦,只是有点淡心无常,就继续冷笑:"我说你是猪脑壳嘛,你还不信。妈那么爱打牌,肯定在上面住不了几天就想下来找人打牌。九楼哟,她一上一下爬得了几回?这最后的结果肯定是:长娟是个大孝女,看不得妈在上面受委屈，心一软，肯定接妈去她那里住。反正她一个人，也有住处。长乐呢，不就顺理成章，达到独霸拆迁费的目的？不信我们走着瞧。"

郑长英想想，也觉得冯元分析得有理，气得直喘粗气。想长乐也太阴险了，简直是吃骨头不吐渣。自己没本事去外面挣钱，就会打自己家人的算盘，啃老人。太过分了！不行，她得赶紧跟长娟联系。她不敢跟长乐单斗，但长娟敢。恶人也得有人收拾。

隔壁的小卖部有公用电话，郑长英气鼓鼓去打长娟的手机，可惜用户不在服务区。

郑长娟第二天就回来了。学校的汽车从机场把他们接回学校，大家都晒得满脸通红，拎着大包小包的土特产。郑长娟跟同事一路说笑上了楼，掏出钥匙一开门，吓得一愣，还以为自己开错了门。

黑咕隆咚的杂货堆里，冒出一张母亲的笑脸："是长娟回来了啊？"

"怎么回事啊？妈。"郑长娟这才小心翼翼抬脚进门，望着一屋子杂物，一脸迷惑。

听完母亲解释，她拉下脸来，闷声闷气说了声："长乐也是！事先也不跟人打声招呼，当我这里是他的库房啊。"就进了卧室。还好卧室完好无损。她拿了衣物进卫生间。郑母就站在杂货堆里，一脸惶恐，不知所措。直到卫生间响起稀里哗啦的冲澡声，郑母才慢慢进了厨房，从冰箱里舀了一碗绿豆汤，放在桌上，一个人静静坐在旁边。等长娟冲凉出来，郑母小心翼翼讨好道："长娟啊，这绿豆汤是长乐炖的，你先喝一碗，解解渴，清清凉。"

看郑长娟把洗好的衣服在阳台上晾好，郑母一脸堆笑："长娟啊，长乐今天拿钥匙，明天我们就搬走。"接着，她又讲了买房的经过。

郑长娟坐下来一口气喝掉半碗绿豆汤，依然是一张阴沉的脸，盯着母亲："妈，那么高的楼，你真愿意住？"

郑母一脸无奈，苦笑道："要说是真愿意住呢，那是假话。这不是实在没办法吗？总不能长期耗在你这里呀。再说了，房价涨得这么快，我是担心再不买，这拆迁费都快变成纸了。到时候，只怕我和长乐的钱合起来都买不回一套房了。到时候又该怎么办啊？"

郑长娟便长叹一声，不再吱声了。

没过多久，郑长乐下班回来了。进屋一见长娟回来了，脸色不对，就觍着脸跟妹妹道歉，说明天就还妹妹一个清爽的家。上面已经收拾好了，他今天就开始陆陆续续搬些小件上去，明天就叫"棒棒"来正式搬家。郑长娟不提搬家的事，只直愣愣地盯着他说："长乐，你买那么高的房子，有没有为妈考虑过啊？"

"有啊，"郑长乐一脸无辜，还以为因为他把长娟家搞得乱七糟八，惹她生气，原来她是生气他买房子的事，就满脸委屈，理直气壮道，"我最先也犹疑，就是担心楼层太高，妈住不方便。没想到跟妈一说，妈愿意，还催我赶快买。妈，你自己说，是不是这样？"

旁边的郑母赶紧点头："是啊是啊，是我让长乐买的。高点就高点。反正我又不上班，也不用下楼。买米买菜有长乐，今后我就只在上面种花种菜，照顾长宝，享清福。"

郑长乐得到鼓励，又把房子的诸多好处重申了一遍，把形势的严峻再分析了一遍。郑长娟就不再开腔了，房款都缴了，钥匙也拿了，一切都已成定局，说也白说。

那房子花去十四万五。郑母的拆迁费八万零点，郑长乐的拆迁费九万多。两笔钱凑起来买房后，加上中介和税费，也所剩无几。郑长乐把一张张缴费清单摆在桌上，让长娟和母亲过目。长娟淡淡扫一眼就说："既然这样，那剩下的钱，就给妈留着。妈年纪大了，今后生病吃药，还要用钱。"

"那是那是，不用你说，我也正是这么想的。剩下的钱都留给妈，今后看病吃药专款专用。"郑长乐大大松了口气。

第二天是星期六。早餐后，郑长乐出门喊了几个"棒棒"，正式搬家。其实上面已有些家具，郑长乐节省惯了，自己的旧家什舍不得扔，冰箱电视，当年结婚时打的实木家具，一律统统往上搬，把上面原来还算宽敞的空间填充得满满当当。那房子原本有一套带转角的红色人造革沙发，五成新。郑长乐把自己那只墨绿色的长沙发也搬上去，凑在旁边围成一圈。两间卧室都有一壁订做的衣柜，郑长乐的大衣柜搬上去，只得搁在客厅里。大衣柜是20世纪80年代流行的偷油婆色，在灰白色的地砖衬托下，和红红绿绿的沙发挤在一起，使客厅显得更加杂乱，但郑长乐自己很喜欢。他对色彩和美丑没有感觉，只喜欢满满当当拥有的感觉。

郑长娟等他们都搬完了，就拎了些小杂碎，送母亲和长宝一路过去。那房子不远，出校门转弯几分钟就到了，是重庆早期的商品房，没有小区，没有绿化，外观也陈旧。郑长娟牵着母亲，郑长乐牵着长宝，一行人慢慢爬楼。刚开始还慢悠悠的，说着话，走走停停，也不觉累。可上了几层就不行了。那楼是一层两户，上一层楼就转弯再上，没有过渡，人就像在原地打转转。每一层楼又没有标志，郑长娟觉得头都转晕了，还望不到头，就问郑长乐还有几层。郑长乐只说快了快了，也不说爬到第几层了。长娟就无比同情地望着母亲。母亲却笑眯眯的，手扶栏杆，爬一步，停一脚，还说，这辈子活到快八十了，还是第一次爬这么高的楼，得慢慢适应。凡事一旦习惯，就好了。郑长娟长吁一声，知道母亲为了不让长乐为难，再苦再累也硬撑着。

终于到了！郑母被长娟扶进屋，一屁股落在沙发上，就散架似的，再起不来了。空调开着，凉悠悠倒也舒服。长娟为母亲拧了一把湿毛巾，帮她擦汗。郑长乐端了一杯饮料过来，递给母亲道："来，妈，喝橘子汁，昨天专门去为你买的哟。"说罢又为长娟也倒了一杯，自己却抱起一大缸凉开水，咕噜咕噜喝起来。

郑母和长娟缓过气来，就参观房子。一主一次两间卧室，并排着，都有衣柜，挂了好看的碎花窗帘。郑母站在门口，双腿还在打闪闪，一手由长娟牵着，另一只手还得去扶门沿。郑长乐说："妈，这间小卧室就给你住，人家女儿的公主房哟。你住里面，就是这里的老公主了。"

郑母好奇地朝里张望，笑道："老公主，还老妖精哟。"

几间房都巡视了一圈，出来站在屋中间，郑母问："长乐，这房子你一间，我一间，小龙呢？小龙回来住哪里？"

"他呀，反正也很少回来。回来就让他睡沙发吧，或者让他睡屋顶。走，上去看看屋顶花园。"一行人这才慢慢腾腾出了门，上楼顶。

快临近中午，阳光明晃晃从天而降，刺得人刹那间有些眩晕。还好入口处有一垄翠竹，里面有间红砖小屋，一行人就来到小屋前的遮阳棚下，定睛一看，才发现上面别有洞天。这远远近近的楼顶，居然都长满各式树木，还开了好多艳丽的花。有的还有亭台楼阁，简直就是空中花园。大家都看得惊呆了。郑长乐便得意起来，叉着腰感叹："唉，一直都梦想能有一块地，春耕秋实，当农民。现在总算如愿了。"又跟大家介绍这园子的景观，这棵是柑橘，那棵是枇杷，靠墙爬的是葡萄。郑母已经一扫愁容，指着地面的花圃道："这个我认得，是月季花。这些是小葱，这几棵是茄子。这个应该是黄瓜吧？哎呀，都长这么长了，可以直接摘下凉拌吃了。"郑长乐探头一看，果然，就顺手摘了两根下来，说中午的凉菜有了。露台边有个带假山的鱼池，隐隐可见一些小鱼在游动。

小屋很简陋，但也刷得白白的。靠窗左右各放了一张单人床，一角还有卫生间。郑长乐打开窗户，让空气对流，也不觉得有多热。郑长娟不得不在心里承认，这里应该是郑长宝的最佳住处。

郑母摸了摸床上的凉席，说："长乐，干脆我和长宝就住这上面，下面的那间公主房，留给小龙。"

"那啷个要得？妈，小龙他反正很少回来，回来他可以睡客厅的沙发，也可以上来睡，跟长宝做伴。"

"唉，还是让我住上面吧，跟长宝住一起，也好照顾他。下面那间就留给小龙。他回不回来都留给他。你们一离婚，家没了。小龙回来再没一个属于他自己的窝，就更可怜了。"

中午了，一家人在客厅吹着空调，吃郑长乐做的简易午餐，稀饭，凉面，拌黄瓜。黄瓜是刚从花园里摘的。"绿色食物哟，没打农药，多吃点。"郑长乐为母亲和妹妹各夹了一筷子，大家吃在嘴里，都觉得特别香脆可口，仿佛那就是幸福的味道。

"长乐啊，现在房子有了，万事俱备，就差个人，成个家，你这日子就完美了。"母亲搁了碗筷，说。

郑长乐咧嘴笑了："妈，不急不急，心急吃不了热豆腐。面包会有的，一切都会有的。你老人家就放心吧。这次你儿子一定要给你找个好媳妇回来，把廖艳欠你的，都补回来。"

08

　　郑长乐嘴上说不急,心里其实暗暗急。前一阵为房子忙碌,没顾上。现在房子有了,情感空白便成了主题。有过的几次相亲都不顺,不是他看不上别人,就是别人看不上他,心里便蒙了一层阴影。后来他想,熟人的圈子还是太小,就在一天下班的路上,拐进一家路边婚介所,本来只想打听一下,像他这样的男人,行情如何。结果服务人员抱出几本厚厚的会员资料给他看,说只要入会,这上面的女士就可以随便约见。那些照片上的女人个个美貌,笑容温婉,条件很不错,他头脑一热,当即就掏出两百块钱,登记入会。

　　果然当天就联系了一位,是护士,安排第二天见面。第二天郑长乐如约而至,一见护士白皙清秀,就心花暗放。婚介所临街,巴掌大的门面,又人来人往,护士就提议,我们另外找地方坐坐吧。街对面正好有家茶馆,两人就径直走了进去。里面也清幽,没多少人,郑长乐是坐下后才知道决策失误。这里最便宜一壶茶要28块,够他买只鸡炖汤喝了,就暗中后悔,又不好明说,故作潇洒地问护士,想喝点什么。护士也不看价目表,只瞟着窗外,熟门熟路说:"就来一壶碧螺春吧,外加一碟开心果。"郑长乐眼睛朝价目表一扫,就像中了暗器,一阵心痛。一壶碧螺春要68块,开心果12块。这哪是喝茶,简直是抢人! 幸亏他有备而来,裤兜里揣了两百块钱,不然就惨了。两人就在郑长乐的心惊肉痛中开始了谈话,一问一答,像查户口。正渐入佳境,护士的手机响了。她接了手机就要走,说对不起,家里孩子出了点事。郑长乐虽然很失望,却理解，还信以为真，问需不需要他去帮忙。她女儿五岁，正是让人操心的年龄。他觉得自己有责任担起父亲的义务。当晚回家还放心不下，又打电话去询问。护士语气就淡了，说："对不起，我们不合适，算了吧。"郑长乐一听就蒙了，想白天还聊得好好的，怎么突然就不合适了？是不是她看出他出手寒碜，荷包太瘪？还是……他躺在床上，望着天花板苦想了一阵才释怀。一个开口就要喝68块一壶碧螺春的女人，是不会勤俭持家过日子的。不要也罢！

但他还是很难过，是心痛钱。见一个女人，坐了不到半小时，就花掉他80块，这见面费也太贵了点。

有了这次喝茶的教训，郑长乐第二次就学乖了，把见面地点约在公园里。说公园空气好，风景美，可以边走边聊，同时赏花观景，多浪漫。对方爽快答应了。郑长乐盘算了可能产生的见面成本，最多花两张门票钱，渴了再买两瓶汽水。这个他还承担得起。

天气渐渐转凉了，是个阴天，两人在公园里走走停停，也惬意。女人是商场售货员，姿色中等，说离婚已经好多年了，以前孩子小，个人的事没顾上。现在孩子上大学了，才决定考虑个人问题。不幸的婚史让两个人有些同病相怜，围着湖走了一圈又一圈，都有些累了。湖心有人在划船。郑长乐问她想不想坐船。她摇着头说没必要吧，就去亭子里坐坐行了。到傍晚了，肚子开始咕咕乱叫。郑长乐问她想吃什么。她笑笑说，随你便，要不就去吃碗小面。两人就出了公园，找了一家路边面馆。郑长乐觉得只吃小面也太简单了，有点对不起人家，就自作主张，慷慨地要了两碗牛肉面。

这一次见面感觉不错，郑长乐一高兴，再约会就约到家里，买了菜，自己动手做饭吃。女人性情也随和，见了郑母也不拘谨，饭后还主动帮着洗碗。就这样开始正式接触。有一天，她走时，郑长乐送她下楼，路上再约下次见面时间，她就面有难色，说那天正好是她四十岁生日，恐怕来不了。家里人要为她庆生呢。郑长乐先是一惊，然后就笑问，他该送什么生日礼物。她笑笑说，其实无所谓送什么，只要对她好就行。快到汽车站了，她才伸出手来，翘起五个手指头叹口气说："唉，一晃就到四十岁了，还没尝过戴金戒指的滋味呢。真是枉做了一回女人。"郑长乐一听就明白了，人家把话都递到他嘴边，他不接真过意不去，就大义凛然冲口而出："咳，不过一只金戒指，小事一桩。这个梦想我帮你实现。"

一个人走在回家的路上，他才后悔自己英雄气概。一只金戒指，再怎么也得几百块。两人才接触三五次，就送这么大的礼，万一以后不合适吹了，岂不太亏？可她话都说到那份儿上，他如果还懂不起，也说不过去。自己对她又印象不错，还希望能和她继续接触。唉，真纠结！这晚上郑长乐辗转难眠，最后决定把父亲留下的那枚戒指送出去。那还是父亲七十岁生日时长娟买的，说是让一生贫穷没沾过金的父亲也开开洋荤。父亲病逝时郑长乐正好守在身边，就顺势摘下那枚戒指，保存起来。他自己是不会戴的，还准备今后小龙结婚送给儿媳妇儿作纪念呢。现在看来，还是先送自己媳妇儿吧。

于是就在她生日这天约她出来，说要给她一个惊喜。两人在街头一见面，他就让她闭上眼，等她睁开眼睛，看见手心一枚沉甸甸的大金戒指，激动得抱过他就亲了一口。他心里甜丝丝的，告诉她说，那是父亲留下的传家宝。本来该传给儿媳妇儿的，现在送给她作生日礼物，可见他对她的诚意和看重。两人当场就手挽手，找了家街边的小金店。那戒指原本没有式样，重新打造后，竟格外晶莹漂亮。女人戴在手上兴高采烈，说她会佩戴一辈子。然后转身就要走，她还要赶赴家里的聚会。郑长乐好失望。他送她这么大的礼，居然还没资格去见她家人，陪她过生。她抱歉地说，时机还不成熟。因为她父亲前不久给她说了个对象，她没看上，父亲这几天正在气头上，这个时候怎么方便带他回家？郑长乐又理解了。他一贯高喊理解万岁。

她说好第二天来陪他单过，也信守承诺。等郑长乐下班，她已经买好菜，等在他回家的路上。这天晚饭后她没走，温温柔柔给了他实惠的一夜。郑长乐心情又明朗起来，想她还是喜欢他的。

几天后的一个傍晚，他突然接到她的电话，说她父亲被车撞了，要送医院。撞人的车子早跑了，可她手里钱不够，还差三千，问郑长乐能不能帮帮她。郑长乐一听也急了。她父亲一直是他们交往的一道关卡，现在正是攻关的时候。他手头没钱，存折上有。可银行又都下班了，他又没卡，就打电话跟长娟求援。长娟住得近，也方便。但长娟手里没那么多现金，只有卡，兄妹俩就约在街边碰头，一起去银行取款机取钱。郑长娟取钱的时候，听见他跟人打电话，问在哪家医院，要送钱过去。可电话里好像不情愿，要让她弟弟过来取。郑长娟站在旁边，手里捏着三千块钱，越听越觉得事情蹊跷。再一细问，知道了两人的来龙去脉，就把钱往包里一揣，瞪眼道："长乐，你遇到骗子了。婚介所那些人，都是媒子，电视上早就报道过，你还去信！"郑长乐也瞪大眼："不可能！"郑长娟冷笑："不相信啊？那简单，现在你就坚持亲自把钱送去，看她啥子反应。"郑长乐说："人家体贴我上班累了，医院又远，不忍心让我跑一趟。"郑长娟见他还执迷不悟，就一把抢过他手里的小灵通，按了回拨键，说："我是郑长乐的妹妹郑长娟，我们准备给你送钱过去。请问在哪家医院。哦……不远不远，我这里正好朋友有车，很方便。对了，那家医院我还有熟人，那外科主任是我一个学生家长。我们还是过来看看吧，也许还能帮上忙……什么，算了呀？钱已筹到，不差了？那好那好，不客气……"

说完把小灵通一把塞回郑长乐手里："听清楚了？不是骗子还怕我们去医院？不是怕露馅是怕什么？"

郑长乐急出一身冷汗，人都傻了。郑长娟又狠狠搡他一把："今后遇事多长个心眼。整人之心不可有，防人之心不可无。这么笨的骗术，你居然也栽得进去！她不是说在超市上班吗？你去看一眼不就清楚了？家呢？你都带她回家了，她也应该礼尚往来，带你去她家才合情理，不带就肯定有问题。"

长娟还不知道戒指的事，知道了还不晓得会怎样骂他。那是她孝敬父亲的，他却拿去讨骗子欢心。郑长乐恨不得扇自己两耳光，真是猪头！罪该万死！

他越想越气，活了大半辈子，还没如此被女人耍过。郑长乐闷闷不乐回到家，半夜睡不着，爬起来打电话，果然关机，更一夜难眠。第二天头重脚轻去上班，满脑子都在想怎样找她，至少把戒指要回来，不然这口气总咽不下。他一有空就拨电话，总关机，这才后悔自己糊涂，也没要她家地址，工作单位只是"南坪的一家小超市"。南坪那么多超市，他去哪里找？好不容易熬到下班，他决定直奔婚介所，想和尚跑了，庙还在。婚介所依然生意兴隆，人来人往。郑长乐不好明说，只说要查对方资料。就坐在一角，翻看那几大本会员资料。后来等人少了些,才说被骗了,一定要找到那女人,把东西要回来。婚介所的人听了,一脸的见怪不怪,说这种事,只有靠自己多小心。他们只负责登记,负责牵线搭桥,负责不了人品好坏和证件真假。见郑长乐还气呼呼的,就安慰他说:"郑先生,不要急。这个不行,我们再继续帮你介绍别的,直到你找到满意的为止。"郑长乐一听就怕了。他还敢继续?都是些没根没底的人,一个比一个更老奸巨滑。他玩不过,也玩不起。他不要再征婚了,要求退那二百块钱的入会费。婚介所的却不同意,说我们是签了合同的,也信守合同,愿意继续为你提供服务。而你不愿意继续享受我们的服务,是你的事,款是绝对不会退了。

郑长乐肺都快气炸了,又觉得对方说得有理,最后只好自认倒霉,愤愤离开,两百块钱就当打麻将输了。

后来他又接到几次婚介所的电话,说有新的人选,让他去见面。他哪里敢再去?一日遭蛇咬,十年怕井绳。那里的女人哪怕就是仙女下凡,他也怕了,都是温柔一刀。郑长乐每每回想起这段征婚经历,就恨得咬牙切齿。她们居然连这种钱也骗,利用别人对爱情的向往,对家庭的渴望,利用别人的善良和同情,她们居然也狠得下心,下得了手!真他妈的——不是人!

不过也好,吃一堑,长一智。他也算长了见识。这叫花钱买教训。

不久又有熟人提亲。郑长乐稍有犹豫,又去了。生命不息,战斗不止。这世上虽然骗子多,他还是坚信好人也不少。经历了婚介所的惊心动魄,他又偏向熟人介绍,面虽窄些,但知根知底,至少没有被骗的风险。

女人四十五岁,只比郑长乐小一岁。单凭年龄,郑长乐不太愿意。他理想的妻子应该比他小五到十岁。只是碍于熟人的热心和自己频频受挫的经历,才勉强答应跟人见了面。女人是坐办公室的,单位不错,郑长乐叫她女干部。女干部是因丈夫出轨离的婚,有个儿子在读大学。因为受过感情伤害,说要找个老实男人过日子,挣钱多少无所谓,反正她也不缺钱,缺的是男人的忠诚和关爱。这对郑长乐不是难事。长这么大,他还从没对爱情不忠过。他对她说不上喜欢,也说不上讨厌。但她条件确实不错,住的是带花园的小区房,比自己的房子高了不止一个档次。形象嘛,除了胖点,五官也还过得去。最重要的是,她那么愿意跟自己交往，那就交往吧。反正他闲着也是闲着。这把年纪的男女，感觉不靠一天两天，得在接触中慢慢产生，于是两人就交往起来。

郑长乐烧得一手好菜，女干部吃了上顿，想下顿，一个人吃嫌不够，还要请朋友来一起分享。有一个周末，她又请了人到家里吃饭。郑长乐精心露了一手，吃得那帮姐妹赞不绝口。饭后她们在客厅搓起了麻将，唧唧喳喳像一群闹山麻雀。郑长乐在厨房收拾残局，就听有人羡慕地说："吃遍了重庆，没有哪顿像今天这顿吃得过瘾。看来今后我们要经常来蹭饭了。"又有人说："这样的优质男人，得去哪里找呢？传点经给我们这些剩女吧？"就听女干部很不屑道："咳，啥子优质男人哟，在单位不过一个小科长，月工资也才两三千，找他我还觉得委屈呢。不过我也无所谓，想开了，就图他人好。现在这社会，钱好找，好男人难找，你们说是不？"郑长乐正叼着烟，喜滋滋一张脸，为她们泡制自己发明的美容果茶，一听这话就愣了，想她这人怎么这样啊？假打！手里削了一半的苹果也不削了，不想继续讨好她了。

晚上，曲终人散，女干部累了，倒在沙发上让郑长乐帮她揉脖子捶腰。郑长乐心里有了芥蒂，一边揉捏一面还想着白天的话，就说她："我不是科长，你为什么要乱吹？真是吹牛不打稿子嗦？晓不晓得，我这人最恨假打？以后万一你的朋友晓得真相，你不觉得……"

女干部被揉捏得舒服，飘飘然道："我也不想假打。不过就你那守大门的工作，一个月几百块钱的工资，我说得出口吗？"

郑长乐停下动作，突然觉得手下这具肉体令人厌恶。他呼地一下站起身来："你看不起我就明说，又没人逼你跟我好。"

他竟敢用这种口气跟她说话。她也急了，侧过身来瞪他一眼，呼噜一下翻身坐起，指着他道："你一个大男人，整天就守个破大门，干那么个没出息的工作，挣得还不如'棒棒'多，就不容我扯个谎，在朋友面前绷个面子？"

"守大门又啷个啦？嫌没出息，就不要跟我来往。我干什么，挣多少，一开头就没骗你。你自己愿意才跟我交往。现在又嫌我配不上你，丢你的人啦?!"郑长乐也急了，瞪大眼睛，谁怕谁呀。人不求人一般高。

女干部离婚多年，高不成，低不就，眼看青春年华似水东流，好不容易才决定向现实低头，不求富贵，只求一个知冷知暖的人共度余生。没想到郑长乐这么不体谅她的苦衷，顿时气得浑身颤抖。她是经历过男人的人。郑长乐身上的好和不好都那么明显。她已经退而求其次，只希望以自己的屈尊降贵，换来一份平淡幸福。她甚至都准备让他搬过来算了。她就拿他身上的好，去抵他的不好，拿他能烧好吃的饭菜，拿他在床上带给她的销魂快乐，去抵消他的贫穷和卑微吧。没想到他居然不识抬举，不领情！

"对不起，扯谎太累，我学不会，也不需要靠它来绷面子。不过请你记住，穷人也有穷人的尊严。"郑长乐说罢，一甩手，就转身要走。在过道换鞋时，听到身后"咣当"一声，是什么东西摔碎的声音，接着又响起一声厉吼："郑长乐，你给老子站住！如果你今天真走了，就永远不要再回来！"郑长乐冷笑，头也不抬，继续穿鞋："不来就不来，有啥子了不起嘛。"然后就去开门，女干部又歇斯底里号叫起来："郑长乐，你他妈不识抬举！就是一摊糊不上墙的烂泥巴！"郑长乐停下脚步，本想回敬她几句，又见对面邻居也开着门，怕对她影响不好，就忍了，轻轻"哼"了一声，自嘲道："我就是一摊烂泥巴，也不想糊上你这堵墙。"就下楼走了。

两人从此再不来往。

然而伤痛却留下了，深深的挫败感，乌云一样笼罩心头。是的，他只是个保安，守大门的，工作一般，挣钱也不多，但多年来他一贯感觉良好。无论过去上山下乡当知青，还是后来回城顶替父亲进厂，他一路都走得顺风顺水，到哪里都有女人缘。没想这一晃才过去几年，风不吹了，水倒流了，他竟然不再被女人待见。

可是，可是，那些当年的风光还清晰如昨。那时候，金钱还没有今天的魔力。他是单位的先进标兵，大头像贴在厂门口的宣传栏里，在路上就总有陌生姑娘朝他笑。那些笑含情脉脉，意味深长，让他莫名其妙地感到温暖。那时他还在食堂工作，他的窗口排队的姑娘总是最多。后来他调去当保安，她们对他穿制服的样子更着迷。他在值班室外耍九节鞭的身影，曾是她们午夜的深深眷恋。夏天的黄昏，她们喜欢听他在黄葛树下拉二胡，听他用沙哑的嗓音唱"山中只有藤缠树，世上哪有树缠藤"。她们都想做刘三姐，向他勇敢抛出绣球。这个悄悄织围巾，那个偷偷送电影票。郑长乐就像电影里的阿牛，傻乎乎地懂不起。在男女之事上他醒得较晚，也迟钝。直到后来遇到廖艳。

廖艳是那种头脑简单、想啥做啥且不计后果的女人。十七岁顶替母亲参加工作。那一年的春节联欢会上，郑长乐代表先进标兵发了言，然后又在文娱演出中，拉了一曲二胡独奏《喜洋洋》，还表演了一套长拳。他的又红又专和文武双全立即引起全厂轰动，也打动了不少姑娘的芳心。廖艳就是其中之一，疯疯癫癫爱上了，主动跑去找郑长乐，说喜欢听他拉二胡，喜欢看他耍武术。自从在联欢会上见了他，她就吃不香睡不着，整天就想看到他。她真是拿自己没办法啊，说完双手捂脸，呜呜咽咽地哭起来。

郑长乐从没谈过恋爱，更没经历过女人，哪里招架得住这种攻势？更何况还是个模样乖巧肉嘟嘟的小姑娘，当场就慌了，手足无措，说妹儿莫哭，有话好说。廖艳一把抓住他的手，把他拉到旁边无人的角落，眼睛直愣愣地盯着他，电得他浑身发麻，她这才又突然破啼为笑，伸手去摸他的脸，说："长乐哥哥，我喜欢你！"郑长乐的心都快蹦出来了。这还是20世纪80年代初，男女普遍授受不亲。还没等郑长乐反应过来，廖艳就将他环腰一抱，把自己柔软滚烫的身体紧贴上去。郑长乐来不及躲闪，双腿打着闪闪往后退，直到被廖艳推进墙角落里。

他就这样投降了，被一个十七岁的少女征服。这一年他虽然已二十六了，当了六年知青，回城工作已经三年，可面对女人还是一张纯净的白纸。

等他后来慢慢清醒，发现廖艳年纪太小不懂事，只会撒娇耍嗲，讲吃讲穿，不会家务，不是贤妻良母，不适合结婚，就想和她断了。可为时已晚，他已经和她那个了。

在那个年代，未婚就跟人发生关系，还是一件很严重的事，轻则属于道德败坏，作风不好，重则可以判流氓罪，一生完蛋。郑长乐是先进标兵，当然知道这事的轻重，何况他骨子里也很传统，只能勇敢承担结婚的责任。

郑长乐是后来才意识到，原来自己还是不少姑娘的梦中情人。婚礼上，他收到些莫名其妙的礼物，还在一对鸳鸯戏水的枕巾里，发现了一张小纸条，上面写有"你结婚了，我的梦也碎了"的字样，没有落名。他最终也没弄明白是谁的梦碎了。直到多年以后，大家都成家生子，聚在一起打牌喝酒，他才听说，当年他结婚，伤了好多姑娘的心。

　　这一转眼，时光才过去多少年？他竟风光不再。他郑长乐还是当年那个郑长乐啊，却从受人追捧到门庭冷落。是他魅力大减今不如昔，还是这世道变化太快？他不明白。晚上临睡前，他望着卧室穿衣镜里的自己，一踢腿，一出拳，依然身手矫健，除了眼角的几条皱纹，他并没有多大的变化呀。

　　"别怪我不明白，是世道变化快……"郑长乐觉得这歌好像专为他写的。

09

"好山好水,好地方,条条大路都宽广……"郑长乐认识陈月梅后,心情大爽,天天笑口常开,歌不离口。

陈月梅是熊大哥妻子红琴的老乡,三十二岁,身高一米六八,比郑长乐还高两厘米,且长发披肩,五官清秀,远看绝对算得上美女。只是近看差了些,主要是那两道眉,一眼就看出是前几年盲目跟风的结果。那时候社会上时兴文眉,大城市的柳叶眉,流行到郊县农村,就走样成那样的扫帚眉了。手也粗糙了些,摸不得,一摸就硌人。郑长乐曾拉着她的手开玩笑说:"看你这一手老茧疤,是不是小时候红苕藤割多了?"

陈月梅人很老实,说:"我三岁就开始割猪草,哪里才只割红苕藤哟。"郑长乐就笑了,露出两排醒目的白牙。想这是逗她的,都不懂!这女人缺乏幽默感。不过也好,单纯朴实。另一只手就柔情蜜意盖上去,抚摸那些硬邦邦的老茧疤说:"原来是公社的小社员嗦,手拿小镰刀呀,身背小竹篮……"

陈月梅一脸恍惚,愣愣地望着他,不懂他在唱什么。郑长乐这才醒豁过来,她比自己小十四岁,他唱这首歌的时候,她怕还没有生出来。顿时又多了几分爱怜,想他一不小心,怎么就找了个下一代,把自己升级成了长辈。

星期天,他带陈月梅回家。这是他们第三次见面。第一次在熊大哥的"逍遥台"喝夜啤酒,第二次是逛公园,双方的情况都基本了解,又都感觉不错,就得从虚处落到实处。他在车站接了她,两人一起去买菜。快到家时,郑长乐问她:"九楼哟,怕不怕爬楼梯?"陈月梅听了,只冲他笑笑,也不说话。郑长乐又问:"怕了?如果后悔,还来得及撤退。"他有些忐忑,却故作潇洒。她这才淡淡说:"不是怕,是觉得好巧!今天在公司,才听她们说要多爬楼梯,不仅减肥,还塑身。我就想,以后上下班不坐电梯,就爬楼算了。可惜公司楼层也不高,在四楼,每天上下几趟,效果恐怕也不明显。没想到,你这里居然……你说巧不巧呢?"

郑长乐就乐了,捏住她的手说:"这不是巧,这就叫缘分,心想事成。看来你找我找对了。九楼,一天不爬多了,就一个来回。就你这身材,本来就好,几趟楼梯爬下来,还不练成魔鬼身材?到时候迷倒一大片男人,我还有没得希望哟?"说完侧身去看她的脸,看得她不好意思,脸都红了。

说说笑笑一起爬楼,也不觉得有多累,就到了。郑长乐指着门牌号说:"月梅,你看,9-2,啥意思,看懂没得?"

陈月梅一脸懵懂。她已经走得满脸通红,胸脯一起一伏喘着粗气,盯着那门牌号,直摇头。郑长乐就耐心道:"月梅,你还是白领哟,怎么这都不懂?9就是天长地久,2就是住这里面的两个人,懂了噻?"

陈月梅这才恍然笑了:"你这人好有意思哦,连一个普通的门牌号码,都能看出些意义来。"

"是噻,所以说,我们缺少的不是幸福,而是发现幸福的眼睛。"说罢,夸张地眨了眨眼,"别看我的眼睛小,能量可不小。我这双眼,能在黑暗的地方发现光明,痛苦的地方发现幸福。你跟我接触时间久了,你就会发现,跟我在一起会很幸福。"

又说:"这就是为什么别人说,'大眼睛,吓死人,小眼睛,迷死人。不大不小,气死人'。"

陈月梅又笑了,心想,他可真有意思啊,说出来的每一句话,都好有学问。

电视开着,郑母蜷在沙发上打瞌睡。自从搬进新家,没麻将打,没龙门阵摆,郑母就靠看电视度日。防盗门的声音"吱嘎"一响,她才醒来。陈月梅也大方,一进屋,就亲热地喊了一声"郑妈,你好"。郑母慌忙站起身来,笑说:"稀客稀客,快请坐。"心里止不住直打鼓。儿子前后已带过好几个女人回来,却一个都没成。她这个当妈的都着急了,一见陈月梅这般人材,又这么年轻,心里便直打鼓,想儿子越来越不靠谱了。

郑长乐先带陈月梅参观屋子。下面浏览一圈,就上楼去。

屋顶花园的花花草草已经被郑长乐全部拔掉,叫"棒棒"挑来几担新土,将花圃改造成菜园,种了些青菜。陈月梅跟在郑长乐身后上了屋顶,一脚踏进圆拱门,望见那片菜园子,就惊讶道:"哎呀,这上面还有一片'自留地'。"

郑长乐扑哧一声笑了,觉得她好土。"我们城里人把这叫做'屋顶花园','自留地'是农村人的叫法。"

陈月梅就有些窘了,笑眯眯地不再说话。自从两人认识以来,郑长乐总喜欢教育她,她也习惯了。从农村到城市,反正需要她学习的地方还很多。她也正想改造自己。她性格温和,没什么脾气。他说啥,她都笑眯眯地听着,态度恭敬谦卑,像个乖巧的小学生。郑长乐很喜欢这种感觉。

小屋的门大开着,郑长宝坐在床边一动不动。郑长乐一脚踏进屋,就低头逗他:"长宝,你又在想啥子?是低头认罪,还是在考虑国家大事?"又侧过身来对陈月梅说,"这是长宝,我们家老大。武斗期间脑壳挨了流弹,医生说有几根神经断了,接了几次没接起,就傻了。"

陈月梅对"武斗"没概念,但她不问,怕郑长乐又要笑她无知,就只轻轻"啊"了一声,一脸惊愕望着长宝。长宝睡的是草席子,虽然干干净净,却隐隐散发出尿臊味。陈月梅闻到了,却没觉得有啥异样,只是看长宝愣愣的,对郑长乐的话没反应,才低声问:"他……听不见啊?"

"听得见,就是说不出口。除了神经短路,脑壳傻了,又没别的啥子病。能吃能睡,百事不忧,身体比哪个都健康。唉,只是可怜了老母亲,遇到他,一辈子都不得清闲。"

长宝似乎知道他们在说他,抬起头来,冲他们傻笑,然后鼻子一抽,流出两条鼻涕来。陈月梅赶紧掏出纸巾,递过去,看他也不伸手接,就干脆上前为他擦拭。郑长乐大惊。以前来过几个女人,都怕长宝,远远瞅一眼就走开了。即使是廖艳,做了十几年郑家媳妇,也从没帮长宝擦过鼻涕,陈月梅居然这么慈悲。

正好郑母进屋看见，赶紧去拉陈月梅："哎呀，让我来。长乐，你也是！这种事哪个让客人做呢？"

"没得啥子，郑妈，反正我也不是客人。"陈月梅把手纸捏成一团，左右看看，找到垃圾桶扔进去。

郑长乐听了，心里一乐："对头，妈，月梅又不是客人，看看我们家的原生态也好。不然今后成一家人了，说我骗她，就麻烦了。"

该做饭了，陈月梅陪郑母在露台上理菜。掐下来的菜根烂叶堆在菜园一角，郑长乐说沤起来肥土。去水池洗菜时，发现水池里泡了些衣服，陈月梅就问："郑妈，这池里的衣服要不要洗？"郑母一听就慌了，那还是早晨长宝换下的，泡在池里竟忘了。就一脸尴尬地说："哎呀，你看我，年纪一大，忘性也大了，早晨泡的衣服都忘了。"陈月梅就笑笑，"年纪大了都这样，我妈也是。"边说边把盆子端开，先洗菜。菜洗好了，匆匆送到楼下的厨房，又上来，要洗衣服。郑母已经在动手了，她轻轻把郑母拉开："还是让我来吧。郑妈，你别客气。我年轻，力气大。这几件衣服，两把就搓出来了，不费事。"郑母哪里肯让。长宝的衣物都臭烘烘的，沾过屎尿，人家又是第一次来，却拧不过她。两人一番推让之后，郑母就妥协了，湿着双手站在旁边，一脸惶惶地说："那哪个要得，那哪个要得！"又叹息，"唉，长乐下面也有洗衣机，老让我用，我嫌洗不干净。用手洗还有个好处，清衣服的水，可以留起来浇菜园。"

小屋前面牵了两根晾衣绳，晾晒衣服特别方便。是个晴朗天，隐约有些稀薄的阳光。陈月梅晾完衣服，这才细细环顾四周，发现附近的楼顶也都是花园，长着各式茂盛的树。她从没想到城里人居然能在这么高的楼顶上开荒种植，再低头细看，郑家的园子也不过就在水泥地板上铺了些泥土。就靠这么点并不肥沃的土，居然能长出这么青油油的翠竹、果树和青菜。这些城里人也太会生活了，就感叹道："哎呀，郑妈，住楼顶原来还这么好啊，还有这么宽的地方种菜、晾衣服，就像我们农村的一个院坝。"

郑母坐在藤椅上看米虫，抬起头来感叹说："是啊，长乐就是看中了这个屋顶花园才买的这房子。他喜欢种菜,说自己种的菜不用化肥,吃了不得癌症。我也喜欢这上面,唯一不好就是楼梯难爬。"

饭菜的香味飘出来了,回锅肉、水煮鱼、虎皮青椒、麻婆豆腐、西红柿蛋汤。陈月梅牵着郑母下楼进屋,悄悄咽了咽清口水说:"好香啊!"

郑长宝不下楼吃饭。郑长乐拿出他专用的洋瓷大碗,添了半碗米饭,荤的素的胡乱夹了些菜进去,就给长宝送上楼。郑母叹了口气,对陈月梅说:"小陈啊,我们家长乐也辛苦。遇到这么个傻子哥哥,他也和我一起受累,唉!"

陈月梅就突然同情起郑长乐来。想他平时笑哈哈的,哼歌打趣,没见他有什么烦恼,原来是把烦恼深藏心里。她原以为只有自己可怜,进城打工,飘泊多年,钱没挣多少,气却没少受,老家还有个非婚生女需要她养。一心梦想能在城里扎下根来,做个真正的城里人。没想到,这些城里人生活也不容易。

"郑妈,今后你如果需要帮忙,就让长乐告诉我,我来帮你。"她一脸真诚地望着郑母。

"小陈啊,你真的不嫌弃我们家的长宝吗?"郑母一把抓住她的手。

"郑妈,他毕竟是个病人啊。又不是他自己愿意这样。"

见陈月梅长得这样好看,又这么善良勤劳,郑母眉头一展,欣慰地笑了:"小陈啊,你不知道,长宝刚生下来时好乖哟,足足八斤,又白又胖,又是我们的头胎。当时把我和长乐他爸爸都高兴坏了。抱出门去,肉嘟嘟的人见人爱,哪个都要来拧他一把。唉,都怪我。那年武斗搞得那么凶,我还让他给我送饭。"郑母最怕回忆这段历史,就像把结痂的伤口又一次撕开。

又问陈月梅有没有孩子。原来她也是母亲,有个八岁的女儿在老家。女儿也可怜,生下来就没见过父亲。陈月梅的丈夫是个转业军人,跟陈月梅同村,两人办了酒席,还没来得及正式登记,就因为打架,失手杀人,被判了死缓,发配新疆。出事时陈月梅已怀胎七月,简直觉得天崩地裂。因为悲伤过度,孩子早产,不足月就出生了。她含悲茹苦,独自把孩子养到两岁,才跟同村的来重庆打工,孩子托付给她舅舅抚养,她只是不定期寄些生活费回去。

同是母亲,生养孩子的艰辛,使这一老一少两个女人一瞬间就缩短了距离。到陈月梅走时,郑母竟有些依依不舍。他们都下楼了,她还站在楼梯口朝她挥手:"小陈,慢慢走啊,今后一定再来耍哈。"

郑长乐笑了:"看出来没有?我妈很喜欢你哟。"

陈月梅没笑,只说:"你妈妈她好辛苦啊。"

第二天早晨,郑母在厨房弄早餐,把头天的剩饭菜加点水,煮成烫饭。见郑长乐终于懒洋洋从睡房出来,就焦眉愁眼凑上前:"长乐啊,我昨晚觉都没睡好,就想你昨天带回家来的那个小陈。"郑长乐被吓了一跳,用力揉了揉眼睛道:"你没事想她做啥子?"

"唉,这个小陈好可惜啊,人那么好,可惜家里有个娃儿。"

郑长乐就乐了,笑嘻嘻钻进卫生间,一边洗漱,一边跟母亲说话:"妈,人家就昨天来了一次,你啷个就说她那么好啊?"

郑母得意道:"妈活了几十年,看人还是很准的。这个小陈,我一眼就看起了,只可惜她还拖了个娃儿。唉!"又幽幽地道,"长乐啊,如果你们要结婚,她肯定要把她女儿弄来,这个家怎么住啊?那间房我是留给小龙的。再说了,她女儿才八岁,还要上学读书,还要花钱。就你那点工资,哪里够!唉,太可惜了。要不然你们只耍朋友,不结婚?"

郑长乐从卫生间出来就笑了:"妈,你思想比年轻人还开化呢,只耍朋友不结婚!"

郑母就急了:"儿啊,我是替你着想啊。结婚你就得负责任。孩子太小是个包袱,会拖累你。其实要妈说呢,你最好找个没负担的,有稳定工作,性格脾气也合得来,那样你两个才能幸福。比如上次那个女干部,人家条件就不错,孩子也大了,不用负担,跟你年龄也相当……"

郑长乐已经坐在餐桌边,端起碗开始吃早饭。"妈,你一会儿说这个好,一会儿又说那个好,干脆呀,我给你多找几个回来,好不好?"

"多找几个?你以为是在旧社会呀,可以三妻四妾!可惜你一没当官,二不是老板,做梦吧。"

郑长乐一边吃饭,一边逗母亲:"哟,妈,你还晓得,现在虽然是新社会,当官的和当老板的也可以三妻四妾呀?"

"啷个不晓得嘛。别以为你妈是老古董。妈现在不打麻将了,天天看电视,多少也了解现在的社会。现在不兴叫三妻四妾,叫大奶二奶,叫小三,就是旧社会的大老婆小老婆,换汤不换药,实质还不是一个样。只不过现在的人都虚假得很,法律上明的不允许,他们就只能来暗的。"

"可惜你儿子既没当官,又没发财,所以只能找一个。"

"一个才好呢,一对一,专心专意过日子。你以为找多了好啊,旧社会那些有钱人,讨那么多房小老婆,整天钩心斗角闹矛盾,才麻烦呢。"

这天下午,郑长娟买了些母亲爱吃的菜和点心,爬得气喘吁吁,来看母亲。郑长乐也刚下班回家,就一起做饭。晚饭后,郑母在客厅跟长娟说话,说到长乐最近交往的几个女人,郑母突然忧心忡忡,说那天那个陈月梅,人很不错,勤快,面善,心好,就是太年轻了,还拖个女儿,负担太重,可惜了。

郑长乐坐在旁边看新闻联播,听了就苦笑:"妈,你就少操点闲心嘛!"

"这叫闲心哟?事关你后半辈子的幸福生活。"郑母瞪他一眼,继续跟长娟唠叨,"家呢,又是农村的,也不好。农村人最喜欢走亲戚,今后老的小的,七姑八婶,麻烦死了。"

郑长乐就有些不耐烦了:"妈,你还说你与时俱进。就不晓得,现在哪里还分得那么清?农村人城市人都一样了。你看看现在的城里人,下岗失业的一大堆,还不是跟那些民工一样,到处打工。陈月梅说起来呢,也不完全是农民。她爸爸还是小学老师,也算半个知识分子,可惜死早了。妈妈虽然是农民,也早就来重庆打工了,听说一个月也挣一千多,跟你的退休工资差不多。哪里需要我们负担?她还有两个兄弟也都在重庆。哥哥帮人搞装修,已经在城里买了房,弟弟在商场当保安,也能自己养活自己。她那些亲戚,表哥堂妹什么的,一大帮全都在城里打工,农村哪里还有人?至于她女儿今后进城读书嘛,她自己说了,绝对不会拖累我。一旦结婚,她的工资都交我保管,一个月至少存五百块,就留给她女儿今后读书,专款专用。"

郑母长叹一声:"唉,现在的农村人,哪个都往城里头跑嘛?好像这城里满地黄金。都不种庄稼了,哪来粮食?难道又要像自然灾害那几年,饿肚子去喝西北风?"

郑母见两个人都盯着电视,不接她话,又接着说:"一家人虽说都进城打工，可万一哪天生疮害病，哪个办？现在的医药费那么贵，医院根本进不起。农村人又不比得我们，多少能报点医药费，他们全都靠自己。到时候哪个来负担？"

郑长乐这才对长娟说："你看你看，妈成天就操心这些事。万一这个，万一那个！"又掉过头去对母亲说："妈，现在时代不同了，城里人也下岗回家，自谋生路。远的不说，就说姐姐和冯元，下岗了一样没得医保。冯元连基本的生活费都没得，我看还不如农民。人家农民再不好，还可以回家种地，也饿不死。城市人呢，找不到工作，挣不到钱，就真的会饿死。长娟，你说对不对？就是那些大学毕业生又哪个嘛？关系不硬，也不过找份合同工，甚至好多还找不到工作，一样去洗碗端盘子，当服务员，跟那些进城打工的民工一样。你们说说，这城里人和农村人，哪还有区别？妈，要是每个人都像你这样想，就不要活了。"

儿子说得有道理，这世界变化实在太快。郑母想了想，喃喃道："儿啊，妈是担心你，怕你今后吃苦受拖累。古人说，人无远虑，必有近忧。"

郑长乐又笑了："妈，你就不要乱担心了，啥子远虑近忧。操心多了要得病，得了病，又要花钱进医院，划不来。"见母亲闷闷的没有反应，郑长乐伸手，拍了拍母亲的肩膀说，"妈，人活一天就要快乐一天。船到桥头自然直，马到山前必有路，长娟，你说对不对？"

郑长娟这才掉过头来望着长乐："长乐，妈的担心也不是完全没道理。我看你还是谨慎点吧，至少不要找个包袱来扛。你这离婚才多久啊？就心急火燎成这个样子。你看我离婚都几年了，也没你急。你还是男人，四十一枝花，急什么急！要实在寂寞，有合适的就先交往着。至于结婚嘛，还是要找个条件相当的。你自己也挣钱不多，找个包袱你不嫌累呀？"

郑母赶紧附和道："是呀，长乐，不要急，慢慢挑，一定挑个各方面都满意的。"

郑长乐就苦笑了，想她们并不知道他离婚后遭受的挫败和打击。时代变了，作为男人，纵有万千优点，穷，永远是致命的硬伤。何况他还其貌不扬。摆在明处的硬件样样不行，心灵美等等软件，别人一时又发现不了。所以条件不错的城市女人，没有几个看得起他。条件差的呢，他又看不上。感谢上帝，幸亏还有陈月梅这些农村进城的打工女，带着鲜活的青春，前赴后继涌进城。她们的目光从贫瘠的田野上游曳过来，郑长乐这样的城市底层草根男，才因此有了一些高度——至少可以承载她们最卑微的梦想，比如通过结婚，让她们有一纸城市户口，成为真正的城市人。

10

郑长乐年轻时代的理想是当兵,当一名光荣的解放军战士,最好能亲历一场战争,挂点小彩,立一次战功,一生就足矣。但他时运不佳。当年在乡下当知青,报名参军体检时,被查出肝的尺寸不合格,大了半厘米,当兵的理想从此破灭。后来回城顶替父亲进厂,他最初的工种是当炊哥,在职工食堂抡大勺,锅边舞跳了三年半,等保卫科招人,他凭着会些拳脚功夫,改换工种,荣升为一名保安员。保安员统一穿制服,戴宽边盖帽,配警棒,还经常跟派出所有往来,与正规警察联合出勤,从事治安联防协勤工作,有那么一点点当兵的感觉,郑长乐就很满足了,也算间接实现了当兵的理想。

早年的郑长乐也曾春风得意。因为踏实肯干,不怕吃苦,又耿直仗义,很受单位领导赏识,多次被评为先进标兵,不到三十岁就被提为保卫科的副科长,手下管着几个兵,还有一辆带拖斗的三轮摩托供他使唤。在20世纪80年代中期的重庆城,他驾着那辆印有"武警"字样的三轮摩托,在大街小巷"突突突"地呼啸而过,很让人羡慕。那是他生命的辉煌期,妻子刚生了胖儿子,家庭生活甜美温馨。社会上流行倒卖钢材,他所在的钢厂生意火红,发年终奖叫发"砣砣钱",不论张数,论砣数,即使厂里最歪瓜裂枣的小伙子,拉出去都是姑娘们的抢手货。

那一年保卫科得到个名额,到北京武警学校进修一年。厂领导有意培养郑长乐,问他愿不愿去。郑长乐一向以家为重,说要回家跟妻子商量。廖艳一听，想都不想就脸一垮，说，不准去。儿子小龙刚满一岁，她既不会洗衣也不会做饭，他走了，她跟孩子喝西北风啊？就算家务事让老人帮忙，可最最重要的那件事呢，一年啊，那么漫长，总不能也找人帮忙吧？说着一把搂过他，千般不舍万般缠绵，让郑长乐既受用又遗憾。他长这么大还没去过北京呢，那可是祖国首都啊，真想借此机会去看看，站在天安门前的金水桥头照张像。这么好的机会，不去真是可惜了。但廖艳如此离不开他，让他有种被人依赖被人需要的巨大幸福。意识到自己对廖艳对家庭都举足轻重不可缺少，郑长乐当即就悲壮决定：不去了！何况进修期间只拿基本工资，没奖金，一年下来经济损失也不小。第二天他就去回了领导，理由是孩子太小丢不开。

那名额后来给了郑长乐手下的保安小何。小何去了一趟北京回来，沉默了两年就时来运转。先是科长病退，小何被破格越级提升为科长，由郑长乐的手下一跃而成他的上司。几年后单位改制划归地方，保卫科也归地方公安，小何因为有进修文凭，摇身一变成公务员，工资拿到两千多。郑长乐还拿企业工资，原工资不动，不足一千，差了人家一大截。郑长乐心里的那个悔，简直就是翻江倒海。后来和廖艳吵架就说："你好意思嫌贫爱富！那次去北京进修，要不是你拖我后腿……"廖艳从此便不吭声了，只能将积怨压在心底。

特别是后来，当他还是一如既往以家为重，廖艳却不管不顾在外胡来，闹得一切都不可收拾，不得不以离婚收场，郑长乐才无比痛心地意识到，他当初的牺牲多么不值。

好在他性格阳光，凡事会想。对生活中的不愉快，从来都是"能不想的尽量不想，不能不想的尽量少想"，以免幸福生活受到影响，那后悔之痛也就如寒风拂面，没有留下太多痕迹。

但郑长乐的命运，从此却滑向另一条轨道。

小何当了科长后，对年龄、资历都比他老的郑长乐，态度谦和，毕恭毕敬仍如从前。但郑长乐却对他横看竖看不顺眼。小何对他越礼让，他越在心里憋得慌，就像小何借了他谷子还了他糠。后来趁单位搞改革开放，总厂在外办分公司之际，郑长乐写了申请，就离开了总厂，跟着胡经理去了外面的分公司，当保安主任。

那分公司开在渝中区,自成一体,自主经营。胡经理一人为大,秘书小唐也跟着人五人六起来,飞扬跋扈,任谁都不放在眼里,还动不动对人颐指气使。大家都敢怒不敢言,看她浓妆艳抹经常往胡经理办公室钻,就猜两人有些首尾,不然她不敢这般轻狂。只有郑长乐不怕她。保安部负责兼打考勤,小唐迟到早退,别人都不敢打,就郑长乐敢,一次迟到早退扣五块钱,小唐的出勤栏里打满了叉叉,都是郑长乐的大胆手笔。

被扣了几次钱的小唐,心里窝火,常在公司指桑骂槐:"是哪个龟儿子吃饱了撑的,总跟老子过不去?"郑长乐明人不做暗事,挺身而出:"小唐,你有话就说,有屁就放,大清早满嘴喷粪骂哪个?"小唐柳眉倒竖杏眼圆睁:"我就骂你又啷个嘛?龟儿子的,以为当个保安部主任就了不起了!"一句话还没说完,郑长乐把手中的烟头往烟缸一戳,蹿起身来,一手直指小唐的粉脸,拉丝眼瞪成了碗豆眼:"你骂的啥子?再骂小心老子抽你!"小唐也不怕事,不信郑长乐真敢抽她,脖子一昂,轻蔑道:"老子今天就骂你了,又啷个?龟儿子的……"话音未落,就感到脸上划过一道寒光,郑长乐一巴掌真扇上去了。

当天胡经理就找郑长乐谈话,批评他打人不对,要他立即当着全公司职员的面,跟小唐秘书赔礼道歉。郑长乐很委屈:"胡经理,是你亲口说的,打考勤要一视同仁,不能对某些人网开一面。我是在严格执行你的指示,难道错了?!"胡经理在心里喊了声"要命"。他说那话是针对一位副经理的,这郑长乐怎么就懂不起?又不好挑明,只得满脸无奈:"打考勤没错,但你打人错了。"郑长乐一脸认真:"我打人是有原因的。我又不是神经病,难道会平白无故乱打人?她小唐经常迟到早退,别人都怕她,不打她考勤。我秉公办事,打了,她居然当着那么多人的面,大骂我是龟儿子。一遍不够,还骂了两遍。我是个男人,我也有尊严。"

胡经理不再说话,只摇头,阴着脸,掏出烟来慢慢点上。

透过身边的玻璃门,郑长乐看见小唐秘书双手捂脸坐在沙发上,哭得双肩一抖一抖的。这女人一定找胡经理闹了,可怜胡经理英雄气短,儿女情长,看来要栽在这贱女人身上。郑长乐怔怔地发了一会儿呆,心突然软了,对胡经理说:"要我赔礼道歉也可以,她得先跟我赔礼道歉。如果她不先骂我,我不会打她，事情要分前因后果。"

　　胡经理突然发怒了，但压低嗓子："郑长乐，你脑壳啷个不开窍哟？！这事你让我很为难，你晓不晓得？去给她说声对不起，又不会少你一根汗毛，怎么就比登天还难？就算是给我一个面子，行不行？"

　　话都说到这份儿上，郑长乐只觉全身血液直冲头顶。他双手在胸前一握，很江湖地作了个揖："理解万岁！胡经理，有你这句话就够了。歉我是不会道的，除非她先来跟我道歉。因为我没错。这样吧，为了不让你为难，我走，回总厂去，算我怕她。好不好？惹不起我总躲得起吧。"说完悲壮地转身走了。

　　就在半年前，郑长乐还为公司立过功。那是陪胡经理去外地出差，在街上遇到小偷打劫，胡经理夹在腋下的黑皮包被抢了。那时候社会上刚流行下海，初当经理的男人们，都喜欢在腋下夹只黑皮包，用来装钱和砖头般的"大哥大"，因此也成了小偷的最爱。郑长乐个头不高其貌不扬，看上去瘦不拉叽的，却是个拼命三郎，冲上去一阵拳打脚踢。小偷有刀，郑长乐赤手空拳，不小心手臂被划了一刀，鲜血淋漓也没放弃，直到最后制伏小偷，夺回皮包。那皮包里有五万元现金，是公款，算是保卫了国家财产。亲历了郑长乐的忠心耿耿和拼命精神，胡经理对他青睐有加，陪他去医院包扎出来，就拍着他的肩说："郑长乐，跟着我好好干，老胡我绝不会亏待你。从今以后，有我一口干的吃，绝不会让你喝稀的。"郑长乐听了大为感动，从此更加言听计从，忠心不二。

　　胡经理说话算话，不久向总厂汇报了郑长乐的英雄事迹，还为他申请了一千块钱的保卫国家财产奖，并亲自召开表彰大会，号召大家向他学习。以后但凡有商务活动要外出，都把郑长乐带在身边，像贴身保镖。郑长乐落寞多时无人问津，总算被发现是块闪光的真金，眼睛湿了好几次。高山流水，知音难遇。滴水之恩当涌泉相报。他暗暗发誓，士为知己者死，跟着胡经理革命到底。没想到，一段刚刚才拉开序幕的美好前途，竟然毁在一个小女人手里，太遗憾了！

　　郑长乐回保安部收拾东西，会计小杨推门进来。"郑主任，"他喊了一声，见四下无人，关上门，朝郑长乐竖大拇指，"郑主任今天好解恨哟，真是替我们出了口恶气。"郑长乐冷冷地望他一眼，鼻子一哼："拜托，别叫我主任。我有名有姓叫郑长乐。"小杨嘿嘿一笑凑上前来："其实大家早就看不惯小唐了，又不敢得罪，就是怕……"郑长乐眼睛一瞪："怕她个锤子！她就是王母娘娘老子都不怕，何况她不过是一只鸡！"又摇头叹息，"只是可惜了胡经理，瞎了眼，遇到这么个贱女人，真是倒了八辈子大霉。"

是胡经理叫小杨来劝郑长乐的，劝他冷静点，不要感情用事。一股热浪滚过心头。

"郑主任，你别意气用事，听我一句劝，好男人能屈能伸，好汉还不吃眼前亏呢。道歉就道歉吧，不过一句话。话个嘛，说了就化了，也没得啥子大不了，就当是为了胡经理。我们大家都理解。总厂现在效益不好，奖金也没得了，你可千万别回去。这边好歹还有奖金。你每个月拿的两百块，跟业务经理一个级别，是公司奖金的最高等了，也算胡经理对你不薄。你看我才拿一百五，小唐也才拿一百二，你自己好好想想吧，一个月两百，一年多少？这笔账你算过没有？就为一句话，蒙受这么大经济损失，值不值得？"

又一股热浪从心底滚过。郑长乐深深地倒吸了一口长气："小杨，你懂不懂啥子叫'士可杀，不可辱'？这不是一句话的问题，是尊严问题。小唐那个贱女人，啥子东西！狗仗人势，以为这公司是她开的，哪个都怕她。老子就不信她这根弦！胡经理说的打考勤要一视同仁，我就想不通，我秉公办事哪里错了？！她敢骂我？要不是看在胡经理的面子上，不再抽她几耳光我不姓郑。要我向这种贱女人去低三下四赔不是，讨一口饭吃，除非把我的脑壳拧下来，别在裤腰带上当夜壶！"

小杨凑上前来，正要开口再说什么。郑长乐把手一挡："小杨，你啥也别说了，回头替我谢谢胡经理，就说我郑长乐辜负了他，今后有机会再报答。这次就让我回总厂吧，钱多钱少无所谓。人活一口气，气不顺畅，钱再多也憋死人。"

就这样，郑长乐在外晃荡一圈又回到总厂，从此开始了他的守大门生涯。

刚开始他还心态失衡，硬着头皮去上班，脸没处搁，怕见熟人，就埋头读报。那些报纸上的文章就这样不经意间，带他进入了另一个世界。从那个世界回望现实，他便有了新的发现：原来守大门这工作也不错，风吹不着，雨淋不着，一杯茶，一份报，轻轻松松就是一天。钱虽不多，但自由自在，不受气。人就要活得有骨气。富贵如浮云，平平淡淡才是真。从前物质匮乏，人们却生活幸福。现在物质丰富了，幸福的人却越来越少。世人皆醉，唯我独醒。郑长乐就要做这独醒者。报上说，只要精神屹立，幸福就会无处不在。还有一句话也说得好：守住你的心，它才是幸福和痛苦的源泉。他就要守住自己的心，让精神屹立，笑傲人生。

就这样他懂得了精神的力量，学会知足常乐，凡事都往好处想。近几年企业效益不好，但好歹没垮，职工们还能享受些福利，比如生病可报销部分医药费，老了还有退休工资，这就够了。看看这个社会吧，改革改得人心惶惶，正式工改成下岗工，大学毕业也不过找份临时工或者合同工，一个个饭碗都轮起放，工作岗位都不是很稳当，更别说医药费和退休金了。谢天谢地，他的单位还没垮，手里的泥饭碗虽然比不上人家捧的金饭碗，但好歹还可以充饥果腹，这就是幸福。

他挣得不多，每月工资杂七杂八加起来才九百八，拿到手只有七百六，还得养儿子郑小龙。没离婚时，加上廖艳每个月两百块的劳保费，一家三口日子过得紧巴巴的。在这座富人越来越多的重庆城，他这点工资实在寒碜。但郑长乐不怕，他有一句口头禅："啥子嘛，大不了我吃咸点，看淡点。"苦不苦，想想红军二万五；累不累，想想革命老前辈。人家那样艰苦的日子都过下来了，爬雪山，过草地，吃野菜，啃皮带，我这算啥子？肉虽不能天天吃，但至少一周能吃上两次，也比当年的红军战士幸福多了。

当身边有朋友下岗离婚，愁眉不展，郑长乐还去安慰人家："老兄，这世上的事，不如意的占八九，如意的呢，只占一二。送你两句话：不思八九，只想一二。然后你就能幸福地生活，像我。"

朋友不以为然地冲他一句："你娃是站起说话不腰疼！"再呛他一句，"幸福个屁，我这辈子，简直就是个霉冬瓜，从头霉到脚，哪有半点如意的事！"他便诡异一笑，帮助人家寻找幸福："不会吧？你看你四肢健全，不比那缺胳膊少腿的幸福？你没病没灾，不比那得癌症遭车祸的幸福？你有老婆还有儿子，不比那断子绝孙娶不上老婆的单身汉幸福？"

一语惊醒梦中人，再不幸的人，这时也会挤出苦笑，怀疑自己真是身在福中不知福。郑长乐不失时机，继续为人指点迷津："懂了噻？我们缺少的不是幸福，而是发现幸福的眼睛。"说完小眼睛用力眨巴，仿佛要证明，他郑长乐之所以贫穷而无忧，卑微而自乐，秘诀全在这里了：有一双能发现幸福的眯眯眼。

从前廖艳爱抱怨，说那些进城拾荒的农民都挣得比他多。那又怎样？他看见那些人在厂门前晃荡，背兜拎筐，东张西望，就冲出去吼："干啥子的？没事给老子滚远点。"那些人挨了骂也不生气，还点头哈腰送上笑脸："老板，那里边有个矿泉水瓶子，你高抬贵手，让我进去捡了嘛。"他们居然叫他老板！他心情好时会不耐烦把贵手一挥："去吧去吧，搞快当点。"那叫恩准，换来的是感激。有时候他会眼睛一瞪吼过去："捡啥子捡，没见这是工厂重地，闲人免进。滚开滚开。"这叫发威，让人敬畏。他穿一身灰色的保安服，头戴宽边大盖帽，一根尺把长的警棍，像军人的驳壳枪别在腰间晃来荡去，看上去很像那么回事。被骂的人灰溜溜地走远了，他才踱着方步，意犹未尽地回到门岗，端起那只满是茶垢的大洋瓷杯，咕噜咕噜喝口浓茶。没错，他兜里的钱也许没有那些人多，那又怎样？他是城里人，是国营企业的正式职工，可以由着性子冲这些盲流施恩发威。这就是幸福。

尤其是走在大街上，碰到那些挑担叫卖的农民，他这身灰皮皮就更威风了。农民们搞不懂他是啥身份，见了他都小心翼翼，赔上笑脸，生怕触犯了哪条王法，被抓去法办。有的还脚板抹油，见他就跑。这时候郑长乐就会开心大笑："嘿，你们跑啥子嘛？未必我是麻老虎嗦，会把你们吃了！"

郑长乐幸福的理由很多，比如身体健康，从小到大几乎从没进过医院，从没受过打针吃药的皮肉之苦。

又比如婚恋大事，他在该恋爱时恋爱，该结婚时结婚，该生孩子时也心想事成，喜得贵子。人生的几大步都算走得风调雨顺。除了兜里的钱少点，差不多就是花好月圆。

他热爱生活，有无数多的兴趣和爱好。比如烧菜煮饭，围着灶台跳锅边舞。比如用破盆烂碗刨点路边的黄泥巴，搁在窗台种花种菜。他还爱好音乐，拉二胡，吹笛子，歪着嘴唱新老情歌。他是典型的重庆人性格，干精火旺，耿直豪爽，还古道热肠。谁需要帮忙，吭一声，他就鞍前马后，不辞辛劳，他也因此拥有很多朋友——这就是幸福。

有部电视剧名叫《幸福像花儿开放》。郑长乐说："错！花儿开放好短暂哟，几天就谢了，那是摆设，供人观赏，华而不实。真正的幸福像空气，看不见，摸不着，仿佛没有，实际上却无处不在，需要的只是细心感受。"郑长乐认为，钱多不一定就幸福。他说："不信你看那些有钱人，人前风光，人后说不定多烦恼。钱多好吗？买得来别墅买不来安全，买得来美食买不来健康，提心吊胆过日子，怕偷怕抢怕遭人绑架，怕被谋财怕被害命。这类悲剧几乎天天都在发生。"郑长乐最爱看报纸上这类社会新闻，阅读时总是眼睛发亮，精神抖擞。有时嫌一个人读不过瘾，还带回家去教育廖艳，眉头一皱嘴一撇，一脸悲悯感叹说："看嘛看嘛，都是钱多惹的祸。好惨哟，才三十八岁就遭人割喉，就因为包里有两万块钱。还有这里，看这篇文章，一家惨遭灭门血洗。夫妻两人，加上两岁的孩子，岳父母和小保姆，一共六条人命，一夜之间就全部洗白。也是因为太有钱，大老板噻，整整六条人命呀，太惨了，真是太惨了。"然后意味深长地问廖艳："老婆，你是情愿有钱少活几年呢，还是情愿像我们这样，粗茶淡饭，平平淡淡多活几年？"

廖艳已经被吓得龇牙咧嘴，毛骨悚然，怕兮兮的，紧抱着郑长乐撒娇说："老公，要这么说呢，我还是宁愿平平淡淡，守着你和儿子多活几年。"

苦心积虑的教育终于初见成效，郑长乐笑了，把报纸一搁，拍一把廖艳的香肩说："这就对了，老婆，古人说，钱财都是催命鬼。富贵如浮云，平平淡淡才是真。我们钱虽少点，但平平安安，不用提心吊胆过日子，也不怕有人来谋财害命，这就是幸福。"

幸福就是拿自己的长处，比人家的短处。幸福就是，一杯水喝掉一半，我说，多好啊，还有一半。你却说，惨了，只剩一半了。为什么同样多的水，让我幸福，却让你痛苦？心态问题。

所以幸福不在贫富贵贱，幸福只是一种感觉，一种心态。郑长乐坚信，他之所以幸福，就在于他有一颗想幸福的心。

11

陈月梅在一幢写字楼里做勤杂工，每月收入杂七杂八加起来，能拿到八百二，比郑长乐少点，但比郑长乐前妻廖艳多。廖艳当年不想上班，找人开了病假证明，吃劳保，每个月只有两百块。所以单从经济看，陈月梅并不比廖艳差。差的是她的农村人身份。

陈月梅家乡出来的人，都有很浓的地方口音，"坐飞机"说成"坐灰机"，"一路走好"说成"夜路走好"，"猪蹄髈"说成"猪铁髈"。别人都说，她不开口是城市白领，一开口就是农村小芳，口音土得掉渣渣。郑长乐听了宽和一笑，说你们不懂，那叫乡音淳朴。陈月梅的乡音让他回想起自己的知青时代，回想起那些淳朴老实的农村人。他怀念那段青春时光，怀念跟农民在一起的那种感觉，受人崇拜，受人景仰，浑身都是优越感。

其实陈月梅也算不上真正的农民。她来重庆打工多年，由最早在餐馆端盘子洗碗，到后来进公司当勤杂工，不知不觉已城市化了。她打工的那家公司在一幢高档写字楼里，通体蓝色玻璃幕墙，进进出出都是白领，耳濡目染，她也跟着白领起来，穿西装套裙，擦胭脂口红，跟着一起上下班，进出大楼，也学会挺胸收腹款款而行。看不出她与她们的区别。

这天郑长乐又打来电话，约她下班后去他家吃饭。还问她喜欢吃什么，他为她做。下班后还是在车站碰面。她到时，他已经站在那里东张西望。她笑吟吟朝他走去，裙裾和头发随风飘动。郑长乐觉得她美极了，努力眨巴小眼睛，不敢相信,这么漂亮的女人竟然是自己的女朋友。他朝她抬起胳膊,她乖巧地把手搭进去。

"今天想吃啥子?酸菜鱼?粉蒸肉?麻辣泥鳅?"他侧过身,微微抬起头来,看她的脸。

"随便。"她依然微笑,一脸幸福。

"随便?我啥子菜都会做,就是不会做一道叫'随便'的菜。说吧,不用客气。现在我是你的专用厨师,不用白不用哈。"

她笑得更开心了:"真的,你做的啥子菜都好吃。那就……麻辣泥鳅吧,我一想起还会流清口水。"她边说边"咕咙"一声做出咽口水的样子。

郑长乐拍拍她的手:"好说好说,今天就给你烧麻辣泥鳅,再配两道清淡的素菜。"

"乐哥,你还是不要把菜烧得那么好吃嘛,你知不知道你是在害我?"她几乎在求他,微嘟着嘴,娇嗔道,"我又长胖了!可是我不想长胖。真的,我想少吃点。可你烧的菜都那么好吃,我又实在忍不住……"

这下轮到郑长乐哈哈大笑起来:"哪里会胖?吃一顿饭,一上一下爬那么高的楼梯,又消耗了。"

陈月梅瞥他一眼:"那是你。天天爬上爬下,吃再多都不会胖。我……"

"那你就天天过来,吃饭,爬楼梯?"

陈月梅突然停下脚步,望着郑长乐,支吾道:"乐哥,你还真的别说,下周我又该缴房租了,你看我该咋个办?是继续缴呢,还是……"她想说,还是把房退了,搬到他家去住,但又开不了这个口。

郑长乐也一愣。她住的地方,他去过,在旧城区一幢吊脚楼上,木桩子搭成的一个楠竹偏房,没有卫生间,去公共厕所得走两分钟。屋顶铺的油毛毡,雨天漏雨,热天闷热,就那样还要一百块钱一个月。

他想了想,就说:"月梅,我的情况你也了解得差不多了。如果你愿意跟我过平平淡淡的小日子呢,就干脆退了那边的房,搬过来。我们一起搭伙过日子,至少你可以省下每月的房租钱,还有专人给你做饭,你就天天吃香喝辣,爬楼梯减肥,好不好?"

陈月梅等的就是这句话,惊喜中又有些失望:"就一起搭伙过日子呀?不结婚就住在一起,恐怕……"

"恐怕啥子?"郑长乐打断她说,"现在这社会,哪个还会在乎这个?况且我们都这把年纪,难道你还怕有人说我们未婚同居?"

陈月梅脸一红,腼腆道:"也不是……只是,觉得不太好。如果你不嫌弃我,我们最好还是结婚吧,不然,名不正,言不顺。万一哪天你喊我滚,我又滚到哪儿去呢?"

郑长乐一把推开她,好像不认识她似的,瞪大眼睛,诧异道:"搞半天你是不相信我嗦?喊你滚?难道我郑长乐是那种……低素质男人?无情无义?像你去年那个男朋友,喝了酒,无缘无故拿你出气,打你骂你,还拿烟屁股烫你,把你扫地出门?"

那是陈月梅不堪回首的伤心往事。她有些急了:"也不是,就是觉得……不结婚在一起不太好……"

郑长乐又抓过她的手,用力一捏,宽慰道:"结婚也不是不可以,但现在就结,你不觉得太快了点么?我们才接触多长时间?你觉得这么快结婚合适么?"

这下陈月梅不吱声了,也暗暗怪自己太性急。认识的时间毕竟不长。她是女人,这样主动急切,确实不好,会被男方看轻的。可是,如果她不开口,他会不会就一直稳起?这种事女人是稳不起的。

两人就不再说话,一路沉默,去菜市场买了菜,再一起回家。

这城市正到处拆迁,大片大片的旧城改造,搞得空气污浊,灰尘满天。房间里一天不做清洁,手一抹,又是一层灰。陈月梅一进屋就找来抹布,擦桌子,抹柜子,拖地板,已经习惯成自然了,忙完楼下,又忙楼上。郑母戴着老花眼镜,和长宝坐在小屋前的藤椅上。她在补一条长宝的裤子,一见陈月梅,就喜笑颜开:"月梅来了?"

郑长乐也跟上来,看到一园子青菜绿油油的,欢喜道:"哎呀,这些菜长得好好呀,既健康环保,又省钱。怎么样?我这屋顶花园不错吧?还能陶冶人的性情。"

"还不是全靠我,天天浇水。"郑母的眼光从眼镜片上睃出来,瞥了一眼那些菜。

陈月梅正在擦小屋的灰,探出头来,笑望了一眼。

郑长乐先摘了一把小白菜,又开始浇水,感叹说:"我就觉得当农民好,自己劳动,自己收获,吃的都是放心菜。月梅,今后等我退休了,干脆去你老家当农民算了,反正你老家还有地,一起自耕自足,像牛郎织女那样,过男耕女织的田园生活,好不好?"说罢又轻轻哼唱起来,"我耕田来你织布,我挑水来你浇园……夫妻双双啊把家还……"

陈月梅已经开始拖地,握着拖布不动了,只是怔怔地望着他。郑长乐不解道:"月梅,你好像不喜欢音乐?我每次唱歌,你都没反应。是不是缺少音乐细胞?农村的学校没音乐课啊?"

陈月梅这才轻声道:"我们那凼的人,都往城头跑,地都荒起了,没人种。你是城里人,啷个还想往农村跑嘛?农村种地好辛苦,蚊子又多,靠天吃饭……"

"种地是辛苦,但我们又不靠种地为生,只是种点菜自己吃,当兴趣爱好,就不辛苦了。"郑长乐浇完菜园,去水池洗菜,"不信你问我妈。过去讲,'一工一农,辈子不穷'。是不是,妈?依我看呢,这话就是放到今天,也不过时。要我说呢,各种生活都有利弊。城市生活虽然方便些,但空气污染,环境不好,菜贵不说,还都是用激素化肥催出来的。没见现在得癌症怪病的那么多?就是这原因。昨天的报纸上还说,现在市场上百分之九十蔬菜农药超标。吓死人哟。农村呢,空气好,水也好,吃自己种的菜,又不喷化肥农药,人还能长寿不生病。你说是不是?"

看陈月梅还愣愣的,不吱声,郑长乐又说:"不过你也不用担心。我的意思是,等我退休以后,到时候你也老了,恐怕打工也打累了,我们就城里住半年,农村住半年,优哉游哉安享晚年,好不好?"

郑母突然嚷道:"想得美!这边半年,那边半年!跑来跑去,又不晓得要帮补好多路费钱。"

郑长乐不接母亲的话,继续沉浸在自己的梦里:"唉,我也不晓得为啥子，就是喜欢农村，种点菜，栽几棵果树，喂一群鸡鸭，再养条狗，整天在山上转来转去，空气也新鲜，满眼都是青山绿水，好舒服。"

"我说你呀，就像你爸爸，骨子里头还是农民！"郑母收起手中的篮子，站起身来，进屋去了。

陈月梅怯怯道："那些山山水水，我从小看到大，就没觉得好看过。我还是觉得城里好，高楼多，人多，又热闹。"

这天晚上，陈月梅没走。两个人亲热完，郑长乐半躺在床头抽烟，陈月梅从卫生间冲洗回来，爬上床就依在他身边，冲他意味深长一笑。"乐哥，我已经想好了，如果你不嫌弃，我还是把那边的房子退了，搬过来跟你一起过。到时候，如果你嫌弃我了，我也不怨你。我再重新找房子搬出去就是了。"

话虽说得轻描淡写，表情却是楚楚可怜。郑长乐心里一暖，嘴一嘟，头一仰，吐出一道烟圈，顺势腾出一只手来，一把揽过她说："放心吧，月梅，时间久了，你会发现，你乐哥我，绝对是个重情义讲道理的高素质男人。跟你从前的男朋友不一个档次。"

两人就决定星期天搬家。陈月梅东西不多，只有几件换洗衣物和几件简易生活用品，"棒棒"都不用叫。两人吃了早餐，前脚一走，就剩郑母在家忧心忡忡。她左想右想，决定跟长娟打电话。"长娟啊，陈月梅今天就要搬过来了。唉，我好担心，你说好不好啊？"

长娟还没有起床，半躺在床头懒懒道："妈，搬就搬吧！长乐这么大个人了，他又不是不晓得轻重。何况……你不是总说这个陈月梅好吗？我看呀，只要她勤快，对长乐和你好，又不嫌弃长宝，搬来就搬来吧，多少也能照顾你们，也是件好事。"

郑母一时没了主意："好事是好事，我是怕她下一步把女儿也弄过来，长乐不就负担重了？"

"妈，你管她的！人家是母女，你也不能让她不认自己的女儿吧？"

"可长乐是我儿子，我也不能不为儿子着想啊！"

"那怎么办？除非让长乐跟她断了？"

"长乐哪里会听我的？唉，可惜了，人倒是个难得的好人。"

郑长娟搁了电话，想了想，拨通了郑长乐的小灵通。她知道他在忙着搬家，也不多说："哥，今天晚上我上来吃饭哈，家里还有没得菜？那我就买点菜上来，想吃你做的水煮鳝鱼。"

下午五点钟左右的光景，郑长娟来了，拎着菜，爬得上气不接下气。一进屋，眼睛就亮了。这屋子有没有女主人，完全两样。虽然仍是东西多，色彩杂，但整洁了，温馨了。陈月梅正在卫生间洗什么，一听声音，带着满手的白泡子就出来了，头发在后面梳了个马尾，红扑扑的圆脸，显得健康而充满活力。郑长娟心里一惊，想，长乐真是"哈（傻）儿有哈（傻）福"。

郑长娟一贯讨厌廖艳，尤其痛恨廖艳对父母不好。郑长乐离婚，她第一个举双手赞成。现在见了陈月梅，又听母亲说了她种种好处，心中便大喜。跟陈月梅热情打了招呼，就去了厨房，把买的菜一样样拿出来，摆在桌上。郑长乐正在剥大蒜备料，不忘向妹妹传授烧菜秘诀："吃鳝鱼少不了葱姜蒜，尤其是大蒜，不仅压腥，还消毒提味……"郑长娟打断他说："你不用教我，反正现在住得近，今后我干脆上来搭伙。一个人在家，有心情吃，没心情做。"

郑母在旁边听见了，过来揉一把长娟，低声怨道："长娟啊，不是我说你，你自己的事还是该抓紧些。女的年纪越大，越不好找。不像男的，越老越俏，像你哥哥。"

郑长乐开口笑了："妈，我哪里就越老越俏嘛？"

郑母盯他一眼说："不是哟？"又拉过郑长娟的手，悄悄望一眼外面的客厅，见陈月梅抱着一盆子衣服上楼去了，低声道，"看你哥哥才离婚多久，就接触了好多女朋友。别看他要钱没钱，要人没人，喜欢他的人还那么多。就这陈月梅，人又年轻，长得也好，还主动得很，生怕长乐不要她了，要搬过来住。长娟啊，你也要向你哥哥学习，抓紧点，早点把个人问题解决了。"

郑长乐喜滋滋的，谦虚起来："哪里有好多人喜欢我嘛？还不是有人嫌弃我，看不起我。只是你们没看到个嘛。其实要说呢，这种事情得讲缘分。不过，长娟你也不要太挑了，真的！你这个年纪，经不起再挑三拣四的了。我看那些女的呀，一个比一个更着急。"

郑长娟最不爱听这个，一甩手就出去了："哼，挑不到好的，就一个人过，也没啥子大不了。"

晚饭后，陈月梅在厨房收拾洗碗，郑长乐陪母亲和妹妹上屋顶花园。现在终于解放了，不用他洗碗，真幸福啊。那是他唯一讨厌的家务活，却因为从前懒不过廖艳，居然洗了十几年，便有些得意，道："怎么样，长娟，陈月梅比廖艳强吧？"

郑长娟笑道："还不错吧。至少看她对妈还可以。"

郑母也笑了："人倒是比廖艳好一百倍，就是有个女儿不好，是负担，担心今后会拖累你。"

郑长乐却不以为然："妈，你还莫说。我正想要个女儿呢，嘿，她就来了，而且别人已经帮我带到八岁，可以直接使嘴打酱油了，也省了我洗尿布的辛苦，这就叫做心想事成，还说不好！"

黄昏的屋顶凉风习习，三个人看看菜园子，再望望四周的风景，都觉得很舒畅。郑长乐从屋里拿了苹果出来，表情突然凝重起来："我跟你们说嘛，小龙这娃儿，也太让我失望了，几个月都不回一趟家，也不跟我打个电话。我打电话过去，说搬家了，还专门给你留了间公主房，你还是回来看看吧。他还不耐烦，爱理不理的，一点不领情。你们说，养儿子有啥用啊？唉，我现在也想好了，月梅的女儿如果过来，我一定视如己出。人心都是肉长的。我就不相信，如果我对她好，长大了她会不认我。反正她从小也没得父爱，怪可怜的。至于经济嘛，紧点就紧点，一起拖吧。月梅自己也上班挣钱。她说的，她自己负担女儿的学费。"

郑母嗔怨道："就你会想！自己负担，她有好多钱来自己负担？"

郑长乐开始削苹果，嬉皮笑脸起来："是要会想噻。不会想这一辈子啷个活哟？快快乐乐是一辈子，痛苦烦恼也是一辈子。是不是长娟？"

郑长娟还在想陈月梅："你们还别说，还真看不出她是农村人。洗碗知道用洗涤剂，剩饭剩菜进冰箱，也知道要用保鲜膜。尤其是拖地板，知道木地板沾不得水，会先拧干拖布再拖地。不像我以前请的保姆，那叫个傻，水淋淋的湿拖布直接就往木地板上甩，用洗衣粉水抹完桌子也不清，气得我都不敢请保姆了。"

郑长乐得意地笑了，把削好的苹果划成小牙，用牙签挑起，递给母亲和妹妹："开玩笑，人家进城这么多年，在办公室工作，好歹也算白领丽人，比我都还要高一篾片，早就脱胎换骨，是城市人了。这些事情当然晓得。"

这时陈月梅上来了，擦拭着双手，笑眯眯的。郑长乐顺势递给她一牙苹果，道："来来来，白领丽人辛苦了，吃块苹果。"陈月梅接过来就顺手递给郑母："妈先吃。"郑母手里已有一块，摇摇头说："我一块就够了，不敢多吃。你自己吃吧。"陈月梅又侧身递给郑长娟："来，长娟，你吃。"郑长娟摆摆手："我们都吃了，你自己吃吧。"她便转身进屋，把那苹果递给了长宝："来，长宝，你吃。"郑长宝也不客气，接过来就塞进嘴里。郑长娟看在眼里，暗暗佩服。就是她这个亲妹妹，对长宝也没这份心。

从此陈月梅便跟郑长乐出双入对，形影不离，就像一对恩爱夫妻。她高挑的身材在重庆女人中并不多见，还长发齐腰，唇红齿白，颇有姿色，挽着瘦小的郑长乐在街上一走，年龄和形象的反差效果就出来了，惹得不少路人回头。他们还以为她是他的小蜜或二奶，不然她凭什么跟他?!有个朋友就这样说过，说郑长乐虽然个头不高，其貌不扬，却很有老板派头。陈月梅亭亭玉立挎在他身边，简直就像他的小蜜。郑长乐听后仰天长笑，比夏天里喝冰镇啤酒感觉还爽。被廖艳红杏出墙压弯的腰身，就这样迅速挺拔起来，破碎的自信也得到修复。陈月梅成了一轮太阳，把他黯淡的世界照得一片辉煌。

卑微的人也需要尊严。欠缺物质支撑的人生，尊严尤显珍贵，如寒冬里的一点星火，是温暖一生的希望。几年后陈月梅病危，郑长乐负债累累，几乎崩溃，才对当年的这一选择进行了深刻分析和反思。他问自己，当初为什么宁愿选择一贫如洗、但对他顺从敬重的陈月梅，而不愿选那个富裕虚荣、却对他颐指气使的女干部？难道仅仅是贪恋陈月梅的青春和美貌？不，他郑长乐还不是那种低俗男人，他有他的梦想和追求，那就是尊严。城市女干部不能给他，但农村来的陈月梅能。

12

　　生活终于安顿下来，郑长乐就张罗着，要请朋友来家里玩，一是要感谢熊大哥做的这个好媒，二来也算庆乔迁之喜，三来呢，想让母亲热闹热闹。母亲好久没摸牌了，手恐怕早就发痒了。

　　客厅的大窗正对着街，街对面是一排居民楼，下面沿街是一溜店铺。郑长乐发现母亲最近有个嗜好，喜欢在客厅的窗前打望。母亲个头矮小，搭了根小板凳，站上去扶在窗台上，伸长脑袋往外张望。有一天，郑长乐下班回家，看母亲望得津津有味，还以为外面发生了什么，也过去张望，却发现根本没啥可看。就问母亲："妈，你在看啥子稀奇？看得这么专心，连儿子进屋都没听见。"母亲就不好意思地笑了，说："没看啥子，数对面那幢楼有好多扇窗子。有一家怕是集体宿舍，里面人来人往的，看起来好挤，还安的上下铺，也不晓得是些干啥的。还有一家呢，一天到黑都拉着窗帘，大白天也开粉红的灯，就不怕费电。一定是住的年轻人，不晓得节约。"郑长乐的心就酸楚起来，想母亲一贯喜欢热闹，搬到这楼上，街不能逛，牌不能打，没事就数人家的窗子，也太委屈她老人家了。

　　陈月梅一听要请客，就像要过年一样兴奋，赶紧忙着收拾屋子，楼上楼下、角角落落都打扫了一遍，还把窗帘被子都拆来洗了，里里外外都焕然一新，又陪郑长乐去买菜，回来帮他打下手，弄出一大桌好吃的饭菜。

　　这天来了很多人，熊大哥两口子、黑娃、小五、地滚龙等等，都是江北老城区的，是郑长乐多年的难兄难弟。大家在客厅吃了午饭，就上楼去打牌。上面摆了两张牌桌，一桌是动真格的，打五块，另一桌是为母亲摆的，打五角。大家围坐在翠竹下，喝茶抽烟，嗑瓜子，一边搓麻将摆龙门阵，一边望风景，晒太阳。已是秋天，太阳照在身上暖洋洋的，十分舒服。远处的青山，近处高高低低的楼群，尽收眼底。他们都是和郑长乐境况相似的人，却没有郑长乐这样的福气。黑娃家里兄妹多，为争父母的拆迁费，早已闹得反目成仇，不相往来。地滚龙是独子，独得了家里的拆迁费，可要在城里买一套二手房，还不够，只得向银行贷了款，当起了房奴，一想起猴年马月才还得清贷款，就摇头直说脑壳痛。"但人总得有个落脚处呀，是不是？人又不是雀雀，可以在天上飞，飞累了，随便找棵树就停下来睡觉。"他说。小五要的是安置房，还在等待，暂时被安排在棚屋过渡。那棚屋建在偏僻的市郊，上下班交通都极不方便，月票车也少得可怜，就更悲惨。安置房要明年才完工，在一个只听过名字、谁也没去过的地方，想来一定很偏远。他跟郑长乐开玩笑说："长乐，这一拆迁，我们就散了。你还做你的城里人，我们却成了郊区人，今后进城，就像农村人赶场，来一趟都不容易了。唉，旧城改造，大拆迁，本来天天一起耍的兄弟伙，也聚了散了……"

  被人羡慕的感觉真好。郑长乐嘻哈着，再次尝到幸福的滋味，就更殷勤了，不断为他们端水送茶，散烟点火，还一个劲地安慰他们："郊外好啊，空气新鲜，环境好，不像这城里挤死人。我要不是嫌上班太远，还真想就要安置房，搬到郊外去，享受几天清静日子。"

  只有熊大哥一家还在坚守，成了悬念。拆迁办的来丈量面积，不把"逍遥台"算计在内，说是违章建筑。熊大哥就火了。当年他建这"逍遥台"还上过报纸，被写成下岗工人自谋生路、不找政府麻烦的好榜样，被大肆表彰。这一转眼，就成违章建筑。你政府不能只为自己的利益，翻手为云，覆手为雨，不顾我们百姓的死活！他们一家老小可就靠这活命了，就坚决不搬，除非答应他的条件，要么按实际面积补偿，要么给一套安置房，再补个门面。拆迁办的又不干，双方就这样僵持不下。

  现在那一片都成了废墟，水断了，电断了，路也断了，到了晚上尤其可怕，黢黑一片。只有些野猫野狗蹿来蹿去。可熊大哥不怕，买了整箱的蜡烛和方便面，还把在外打工的儿子也叫回来，加上和红琴生的女儿，八十岁的老母亲，一家五口就驻扎在里面，成了那一带的钉子户，准备跟拆迁办决战到底。

熊大哥两年前患了肺癌，左肺被切掉，只剩右肺。这使他的孤军奋战更显得悲壮。"反正老子只剩半条命，大不了把这半条命再搭进去，也要给婆娘娃儿换一条活路。"说起拆迁，说起房子，熊大哥就是一肚子气。他烟不离口，抽成了肺癌也不悔改，一口的黑牙，笑起来尤其恐怖，那嘴成了可怕的黑洞。

可红琴还是爱他爱得不行。红琴娇娇小小的，依在他身边，笑眯眯地提醒他："嗨嗨嗨，啷个又搞忘了，医生说的，不能激动哈，有话你就好好说嘛。"

"好说个锤子！我一想起那帮人，就是气。凭啥子要断老子的生路？惹毛了，真的想杀他几爷子来摆起，不活大家都不要活，一起完蛋。"熊大哥人长得瘦骨嶙峋，出牌却铿锵有力，掷地有声。

"有点夸张，有点夸张。"红琴依然轻言细语，"人家其实挺客气的，来了好几次，每次都说要好好商量，就你，每次都是说不到两句就跟人来起。"

"这个社会就是这样，欺软怕硬。撑死胆大的，饿死胆小的。熊大哥，如果哪天需要帮忙，哼一声，我们兄弟几个去帮你扎起。"坐他对面的地滚龙说。

"谢了，谢了。"熊大哥嘿嘿一笑，得意道，"哼，老子不怕。老子就是要跟他们磨，看到底哪个磨得过哪个。我不信，我们一家五口大活人都住在里面，他们就敢动挖土机？其实我的要求也不过分。我们两口子都没得工作，老的老，小的小，也不在乎搬去郊外，但全家人总得有条活路，对不对？你不给我一间门面做生意，或者多给我一套房子拿去出租，难道要让我去偷去抢？说实话，拆迁老子损失最大。我们家那位置，你们也都是看到起的，白天看江景，晚上看夜景，舒服得很。做生意，无论是开麻将馆火锅馆，还是夜啤酒，都打得走。不说赚钱，至少可以养活全家。他们这一拆迁，我就啥都没得了，要两套安置房还嫌多哟？要求按实际面积给拆迁补偿，还过分哟？我已经跟他们挑明了，不满足要求，老子就是稳起不动，钉子户就钉子户，等你江北新城建起来后，我的'逍遥台'再继续营业，麻将馆照开，夜啤酒照卖。到时候恐怕生意还更好。"

"对头，熊大哥，你一定要雄起。我们都是胆子太小，不然也去当钉子户，也许还可以多得点好处。都说会哭的娃儿有奶吃。"

"你们跟我不一样，我反正只剩半条命，怕他个锤子。惹毛了，老子就抱一包炸药，去跟他们同归于尽。啥子嘛，要除脱大家一起除脱。不要忘了当年搞武斗，老子是'完蛋就完蛋'那一派的，还划破手指写了血书，誓死保卫毛主席，提把冲锋枪，闭起眼睛就朝前冲。当年的那帮兄弟伙，早就长眠在沙坪公园。那时候老子没完蛋，活到今天都是赚的，死了也值。'为有牺牲多壮志，敢叫日月换新天'。现在时代不同了，这口号该改改了，应该叫'为有牺牲多壮志，敢拿命去换房子'。"

熊大哥是个老天棒，天不怕，地不怕，惹横了命都可以不要。

"熊大哥，不着急，慢慢来。要相信明天，相信未来。面包会有的，一切都会有的。"郑长乐在旁边打哈哈，为大家递烟送水。武斗那段历史，是熊大哥一生的辉煌史，他总爱提及，念念不忘当年的英雄气概。而郑长乐自己呢，留下的只有痛苦的回忆：被大人关在家里，不准出门。一听到外面打枪放炮，一家老小都躲桌底，钻床脚。长宝遭了流弹，妈哭哭啼啼四处借钱，带着长宝一趟一趟跑医院……不堪回首。

"那倒也是。"熊大哥得意地笑了，一口黑牙尤其醒目，"他们现在也开始软了。前几天又派人来谈判，答应把我后面搭的偏屋算进来。老子没干！光算那偏屋哪个行哟？老子就坚持提出的条件，不答应啥都免谈。"

他又侧过头去，瞥了陈月梅一眼，压低嗓音对郑长乐说："长乐，廖艳可能也有戏哟。前天我还碰到她，她说拆迁办的让她登记了。好像是让她先搬到过渡房去，等经适房建好了，会分她一套。"

另一张桌上的陈月梅，正笨手笨脚陪郑母打牌。因为不熟，就打得特别认真专注。大家这才放心了，鬼鬼祟祟相视一笑，继续听熊大哥讲他们钉子户如何智斗拆迁办。

"她才划算哟。搬都搬走了，也不晓得是哪个想到这个点子，又搬回来了。"

"啥子叫经适房哟？"

"就是经济适用房。听说只有居住权，没得所有权。"

"管他啥子权，我看只要给我房子住，有一辈子的居住权，我就满足了。"

郑长乐摇头冷笑，没有言语。

不久前，他正在上班，突然接到廖艳的电话，要房子的钥匙，说她要搬回去住。郑长乐当时还吃了一惊。两个人离婚后就没再联系，听说她很快又跟了个男人，在沙坪坝，怎么突然又要搬回去住？还以为是跟那男人闹翻了。可那房子也不能住啊，水电都断了，也没家具，听说连窗子都被人偷了。一追问，就听她在电话那头一阵笑，说："你就不要管那么多了，我要搬回去住，自然有我的理由。"郑长乐也犟，说："你不说清楚，我啷个把钥匙给你？要出了啥事啷个办？毕竟我才是那房子的房主。如果你在里面违法乱纪，追究的是我的责任。"廖艳这才吞吞吐吐道出真情，说她也是刚听别人说，像她这种离婚后没有住处的人，只要户口还在，赖着不走，也有希望得一套房，或者得一笔拆迁补偿。

"政府也有好说话的时候。这种便宜，不占白不占，你说是不？"廖艳在电话里说得斩钉截铁，"人家好多人为了多得拆迁补贴，还专门去办假离婚。我们真离的，凭啥子不要？"

郑长乐就犹豫了。这事他也听说过，但没细想。没想到一贯大大咧咧的廖艳，居然还有这个心计。他恨过她。她给他戴了绿帽子，给他带来一生都难以洗净的耻辱。离婚时，他曾发誓一辈子不再见她。可这才过多久，那恨仿佛就淡了许多。特别是当他有了陈月梅，那恨就仿佛结疤了，伤痕还在，痛却没了。

廖艳在电话里很激动，恶狠狠一声吼过来："你还在犹豫啥子！跟你就说句老实话，我还不是为了你儿子！你也不想想，我一个女的，随便嫁个人，哪里没得房子住？可你儿子呢？慢慢大了，不说结婚成家，就是谈恋爱耍朋友，也需要个窝！听说你买的房子也不宽，还跟妈和长宝挤在一起，哪里还有小龙的位置？要他凭自己打工挣钱买房子，我看也希望渺茫。所以我一听说这个主意，就立马决定搬回去。管他的，死马当做活马医！只要能为我们儿子捞一套房子，或者捞一笔拆迁补偿，不要说去当钉子户，去住没水没电的空房子，就是上刀山，下火海，我也去！"

郑长乐一怔，没想她身上原来也有伟大的母爱，他怎么从前就没发觉？也不管真的假的，当即就约好时间，送钥匙过去。

老城已经被拆得七零八落，到处都是瓦砾和乱石，灰尘满天，叮叮咚咚的敲打声，此起彼伏。谢天谢地，公共汽车还能开到上横街，但再往下的城区街道就没有了，两人就凭着大致方向，在一片废墟瓦砾中摸索前行。廖艳背了一只大行李包，像要出远门度假，打扮也妖娆，却穿了一双高跟鞋，走路风摆杨柳，左摇右晃，像走钢丝。郑长乐一直都绷着脸，敌人似的，看她走路要摔不摔的样子，又有些紧张，埋怨道："明明杀回来当钉子户，却穿得像去参加舞会！你这个人啦……"一手就接过她的包，背在肩上，另一只手伸去扶她。廖艳一把抓住他，就触电似的不动了，抬起头来，一双眼立即泪汪汪的，长长地喊了一声"老公——"，就要哭了。

郑长乐最怕她哭，顿时就慌了手脚，不知她演的哪出戏，瞪眼道："哭啥子哭！是你自己要回来的，难道怪我？算了算了，我走了，你一个人去吧，免得让人看见了，说不清楚。"说罢就要把行李包还她。廖艳这才停止了抽泣，知道自己表错了情，抽耸着肩，揉了揉眼，嘴一嘟，说："我只不过是触景生情嘛。你看这么大一座江北城，啷个说没就没了，像遭日本鬼子丢了一颗炸弹下来，一下子把全城都炸平了。"

郑长乐也有些伤感，这毕竟是他出生和长大的城市，真的一瞬间就消失了。两人就停下来，环顾四周，那些熟悉的街道房屋都不见了，整座城市成了一座大垃圾场。只有几家钉子户的房子孤零零的，东一幢，西一幢，在做最后的垂死挣扎。郑长乐长叹一声，道："好啊，旧的不去，新的不来。"是无奈，也是安慰，一语双关。廖艳却没听出来，还愣在那里，感叹说："幸好还有这些房子在，看来我也不是孤军奋斗。"

他们住的那幢楼房拆了一半。跟他们同一层楼的一对夫妻，拆迁前办了假离婚。由于拆迁条件没谈妥，一家人就还在坚守。廖艳搬回来，也是受了他们的启发。坚守的日子很无聊，夫妻俩就天天斗地主。见廖艳和郑长乐杀回来了，便高兴起来，说他们的队伍又壮大了。四个人可以扯一桌麻将。

家里空荡荡的，搬家时扔下的一些旧家什还在。铝合金窗户果然被撬了，四处都是厚厚的尘埃。江风从窗外吹进来，夹带着浓浓的尿臊味。两人皱着眉头，愣在屋中间，想清理出一个容身之处，都不行，因为没水。这时邻居过来了，问他们需要什么，去他们家拿。郑长乐就去搬了一床凉板过来，往地上一搁，再把廖艳包里的烂棉毯往上一铺，就成了一张床。廖艳一屁股坐下去，把包里的干粮矿泉水蜡烛卷纸一一拿出，摆在床头，就抬起头来冲郑长乐傻笑，说："好了，老公，我胡汉三又回来了。"

她居然还笑得出来，以为是好耍，办家家酒？郑长乐扭过头去，觉得廖艳有时候真像没长大的孩子。他实在想象不出，这里的日子该怎么过？没电还凑和，大不了不看电视，天黑睡觉。没水就惨了，不洗不漱？不上厕所？郑长乐楼里楼外转了一圈，发现楼下的空房，楼梯转角，房外墙脚，都成了臭气熏人的天然厕所，苍蝇蚊子嗡嗡乱飞。他捏着鼻子，收罗了一些别人扔下的家什回来，把屋子稍微布置了一下，至少得让拆迁办的人感觉廖艳是真住这里，而不是演戏。看廖艳还笑得一脸灿烂，他就在心里说，看你到底能坚持多久！

没想到廖艳竟然真坚持下来。几天后郑长乐的小灵通再次响起，一看是廖艳的手机号，就以为她已经撤退了，却听她撒娇说："老公，我好可怜啊，天天吃饼干，都吃得想吐了。你能不能为我送一次饭啊？我现在浑身无力，特别特别地想吃你做的红烧鸡翅。"

郑长乐眼前就立即出现她撒娇的样子，撅起两片红嘟嘟的肉唇，眼光迷离，身体还左一拧右一扭的。都有了新男人，还跟前夫撒娇。他一想起她跟别的男人也这副样子，就厌恶道："你不是有男人了么？让他送好了。找我做啥子！"

廖艳就急了，变了种口气骂道："郑长乐，你还有点良心没得？我放下那边好吃好喝的日子不过，一个人跑过来受这种罪，是为哪个？难道是为我自己？还不是为你儿子！你帮我就是帮你儿子！还好意思说这种风凉话，有你这样当老子的吗？"

郑长乐就不吭声了。他从来都说不过她，有理也被她说成无理。她的歪歪道理有一箩筐，黑可以说成白，白可以说成黑，全看她的心情。他最怕她这招，正茫然，电话那头又突然伤心地哭起来，满是委屈："哼，为了这事，我还跟人家吵了一架。人家要我天天在家吃香喝辣，享清福，我不听，要自己犯贱，一个人跑出来受苦受难。我真是脑壳进水了啊！一辈子没受过这份洋罪，宁愿自己忍饥挨饿，也要为别个郑家后代谋福利，没想到人家还不领情，连一顿饭都不愿送！"

郑长乐被她这劈头盖脸一番数落，心就乱了："有话你就好好说嘛，不要再'老公老公'的乱喊行不？现在你有人了，我也有人了，让人听到了，对我们两个都不好。何必呢？"廖艳这才又平静下来。

做了十多年的夫妻，他当然知道她的胃口。这天他不仅为她烧了红烧鸡翅，还烧了她爱吃的麻婆豆腐，放了很多花椒、海椒。她就喜欢重口味，一边被辣得"咻咻"喘气，闭不拢嘴，一边还大叫好好吃啊。送饭去时，见她一个人蜷在凉板上玩游戏，头发零乱，衣衫不整，人也似乎瘦了一圈，却还那么兴致勃勃，他的心就真的动了一下。她一贯都那么爱打扮，妖精十怪，现在居然为了儿子，宁愿素面朝天，形象邋遢，也难为她了。

她大概是真的饿慌了，接过饭就狼吞虎咽，一边还喜滋滋跟他汇报，说上面终于来人了，问了她的情况，还让她填了表格，说要尽快解决。看来真的有希望了。

看她吃饭猴急的样子，他有些担心："慢点吃，小心哽到了。吃了再说，吃了再说。"

她却不听，一口气啃掉四只鸡翅，囫囵吃掉半碗麻婆豆腐，才缓过劲来，一手揉胸，大张着嘴"咻啊咻"地傻笑："这下好了，老公，吃了你给我做的饭，我觉得浑身又有劲了。又可以再坚持好几天了。"见郑长乐冷冷的，没反应，她也无所谓，继续感叹，"其实当钉子户也没得啥子，别的苦我都吃得消，晚上睡素瞌睡也没关系，就是有点怕偷儿贼。你不晓得，前天晚上，有个小偷来敲门，把我吓得缩成一团，大气都不敢出。幸亏被邻居吼走了。后来我又担心那窗子，怕有人从窗子爬进屋，一夜都没敢合眼睛。还好昨天小龙来了，我就让他陪了我一夜。"

"小龙昨天来了？"郑长乐眼睛一亮。

"是啊，老公，我发现我们儿子变乖了。"廖艳刚刚还一脸可怜，说起儿子，一张脸又灿烂起来。"我上午跟他打电话，说儿子，妈妈在为你战斗哟，你能不能给妈妈买点水来？妈的水喝完了。他马上就答应了，下午就来了，不仅买了水，还买了水果。看我在这里这么辛苦，他还说，'妈妈，你这是何必呢？太辛苦了，这房子我不要。'我就说，'傻儿子，妈妈愿意为你辛苦。'你看，我们儿子懂事了，能体谅当妈的辛苦了。有他这句话，我受再大的苦都心甘情愿。我说别的其实没啥，妈都可以忍，就是晚上睡觉害怕。结果他就留下来陪了我一夜，就跟我挤在这凉板上睡的。"枕头边搁了一袋苹果，她抓起一只，递过来，"吃吧，这是你儿子买的。"

郑长乐手里握着苹果，心里就百感交集起来。他好久没见儿子了。搬家后儿子一直没回来，他还专门给他留了房间，打电话过去，总不接，一定还在生他的气。那苹果在手里滚来滚去，便格外沉甸甸起来。

"老公，不管过去怎么样，现在为了儿子，我们一定要团结起来，齐心协力，我在前方孤军奋战，你和儿子在后方一定要支持我，不然我一个人坚持不下去，听到没得？"

郑长乐胡乱地点了点头。

那天郑长乐离开时，天已经擦黑。他穿过乱石瓦砾的街道，想起廖艳那么胆小的一个人，在那黑灯瞎火窗口洞开的房子里，该怎样熬过这漫漫长夜，心里竟有些酸涩起来。

麻将还继续打下去，稀里哗啦的洗牌声，清脆响亮，传递的都是百姓生活简单的快乐。这是个秋日暖暖的下午，阳光慷慨地普照大地，不管是有钱人住的洋房别墅，还是郑长乐家简易的楼顶，甚至被人当做救命稻草来坚守的废墟，都感受到了明媚和温暖。这世间其实也有公平而温暖人心的时候。

13

　　离郑长乐家不远，有一个公园。那公园从前凭票进入，冷冷清清。郑长乐上班下班都从公园大门前经过，有一天突然发现，逛公园的人多了起来，特别是黄昏，简直就是游人如织，仿佛逢年过节。一问才知道，原来是政府为民造福，取消了门票。开放的公园，顿时成了这一带居民的后花园。

　　郑长乐也欢天喜地起来，当天晚饭后，就拉陈月梅一起下楼去逛公园。里面小桥流水，亭台楼阁，鸟语花香，曲径通幽。两人沿湖畔慢走了两圈，见湖里游鱼戏水，岸上花红草绿，不少老人孩子喜笑颜开一路逛来，郑长乐就想起了母亲："月梅，干脆，星期天我们把妈也带下来，一起逛逛。她喜欢热闹，也喜欢这些花花草草。自从搬过来，她就下过一次楼，嫌楼梯难爬。在楼上闷了那么久，一定憋慌了。唉，也难为妈了……"

　　"要得。"陈月梅对郑长乐一贯依顺，"现在天气也好，不冷不热。我们再带点妈喜欢吃的零食，让妈在公园多耍一阵。"两人虽然并没结婚，但自从搬进郑家，陈月梅就叫郑母"妈"了。

　　郑母一听儿子要带她去逛公园，也高兴。但一想到这么高的楼梯，腿脚先软了："哎呀，我看算了，长乐，这一去一回，好累人哟。"

　　郑长乐却不依不饶，一心要带母亲去享受："妈，我和月梅牵你下楼，慢慢走，就当锻炼。反正是星期天，我们有时间，你又不上班，走不动就慢慢走，走走歇歇。实在不行，我们背你。"

陈月梅也很配合："对头，妈。长乐背不动，还有我呢。你看我这么大的个子，背你一点都不累。"

郑母想了想，点头说："也要得，出去沾沾地气也好。"长期憋在这九楼上，上不沾天，下不着地，她的心早就闷慌了，只是一直不好说。又建议把长宝也一起带上。郑长乐不干了："妈，你啷个啥子都把长宝想到哟。他一个傻子，什么都不懂，带他去逛啥子公园嘛。"

"他也该下楼去沾点地气了。你不是说，公园反正又不用买门票么？就把他一起带上吧。他又不怕爬楼梯，再傻也是我的儿啊。"

郑长乐就不便再反对了。

星期天吃过早饭，陈月梅就陪郑母一起，为长宝洗了脸，换了一身干净衣服，郑母也为自己换了一套平时舍不得穿的好衣服，正正式式的，像过年，一家人就出门了。

在楼梯口，还没抬脚，郑母只探头往下一望，就一脸愁容。郑长乐就嗔怨道："妈，叫你不要先望，你偏不听，啷个像个小娃儿不听话哟。像我，每天上楼下楼都埋起脑壳，也不觉得这楼梯高了。"郑母就苦笑了："越怕看，还越想看看到底有多高，真的像个小娃儿！老小老小，人老了就真成了小娃儿了。"陈月梅拎了一个大包出来，去牵郑母。那包里装了水和食物，还有卷纸和郑母的坐垫。郑母一手扶栏杆，一手搀住陈月梅，一步一步慢慢下楼。郑长乐在后面牵长宝。郑长宝半边身体肌肉萎缩，走路不稳，一颠一颠的，郑长乐有时都得很费些劲才能稳住他，就紧紧攥住他的手说："长宝，慢点，你要摔倒了，我可背不动你啊！"

一家人走走停停，慢慢下楼。郑长乐为了分散母亲的注意力，一边走，一边没话找话说。

"妈，人家都说，走一走，活到九十九。你觉得这话有没得道理？"

郑母在织布厂当了几十年的纺纱工，整天在机声隆隆的织布车间走来走去，耳朵背了，听人说话，稍微远点就听走样。她扭过头来问儿子："啥子呢？你想喝酒啊？啤酒可以，白酒还是少喝点好。"

郑长乐和陈月梅就笑开了。郑长乐说："月梅，你听到没得？妈这就叫：

聋子会安名,瞎子会弹琴。我说九十九,她说要喝酒。我说逛公园,她说去打牌。"

郑母知道儿子在取笑自己耳朵背,也不生气,反而跟他们一起笑了:"没得办法。我这耳朵就是个摆设。你们跟我说话要大声点。"

"妈你真的好难将就!跟你说话声音大了,你又说我吼你,态度不谦和,像吵架。声音小了呢,你又听不清楚,说我故意跟你绕弯弯。"

郑母嘴一撇,一脸委屈:"那啷个办嘛?你遇到一个聋子妈了。"

"啷个办?只有凉拌噻!凉拌藤藤菜,麻辣清淡都好吃。既开胃,又健脾。"

他打趣了母亲,又打趣陈月梅。

"月梅,你看你才搬过来好久,腰杆就细了好多哦。公司有没有人说你身材变好了,苗条了?"

陈月梅低头看自己的腹部,喜滋滋道:"好像是哈。我最近也觉得肚子平了,裤腰都没有以前紧了。看来爬楼梯对减肥真的有好处。"

"那就继续爬,光是上下班两趟还不够,还得增加新项目。比如我们每天晚饭后,去逛一趟公园,用不了好久,你就会爬成魔鬼身材,都可以去当模特儿了。"

"真的?"陈月梅笑了。她永远分不清郑长乐是在跟她开玩笑呢,还是认真的。

星期天的街上人来人往,只是没有平常的行色匆忙,大家都脚步悠悠,说说笑笑,一派祥和。郑母好久没下楼了,走在人群中,像个孩子,睁大眼睛,看什么都觉得新鲜。一家人慢慢悠悠就进了公园。

"这些花才开得好看哟,红的红,黄的黄。这么一大片。"

"妈,这是菊花,那是秋海棠。"

穿过一片树林,就来到一座廊桥上,湖面倒映着灰白的天光,一家人站在栏杆前,看湖里的游鱼。郑母道:"你们看这些鱼,一群一群的,红得好鲜艳,就像是画上的一样。"

"一条怕至少有三四斤,才肥实哟,这种鲤鱼,红烧最好。"郑长乐看什么都联想到吃。

　　湖畔的亭子里坐了一圈人。一家人从前面慢慢走过，竟然听见有人在喊"刘素珍——"扭头一望，原来是从前工厂的同事，还有从前的老街坊，郑母便惊喜得走不动了。

　　"郑婆婆，你也来逛公园啊？"

　　"是啊，老房子拆了，就跟儿子搬过来了，买的房子就在公园外边。你们呢？"

　　"我们也是。我是跟女儿过来的，她是跟儿子一起住。"

　　"你儿子媳妇才孝顺哟，还陪你出来逛公园。我那几个娃儿，从来不陪我出来逛街。"

　　"咦！那不是你家长宝吗？当年看电影《智取威虎山》，我们都喊他小常宝，现在一晃就成了老常宝。"

　　"是啊，都五十了，还不老哟？"

　　郑母一激动，眼睛就红了，掏出手帕来擦眼睛。郑长乐赶紧找好座位，铺上软垫，又拿了些水和零食出来，安排母亲和长宝坐下来，跟老熟人好好摆龙门阵。又约好再来接她的时间，才拉上陈月梅，走开了。

　　老城改造，旧房拆迁，像河水冲沙，把一起住了几十年的老熟人冲得流沙四散，只有少数在旋涡里打了个转儿，又重新被冲到一起了。他们就是这幸运的一族。人老了，更恋旧。那些共同的往事，苍白了，远去了，能重新跟人分享回忆，也是一种莫大的幸福。

　　"刘素珍，还记不记得我们车间的徐主任？听说得了癌症，都要死了。他儿子也搬到这边来了，前几天在街上买菜碰到，跟我说的。"

　　"真的啊？就是那个胖乎乎的徐光头啊？那么豁达的一个人，啷个就得了癌症哟？"

　　"我还说哪天去看他呢。现在碰到你了，哪天我们约一下，一起去看他，要不要得？"

　　"要得要得。他当主任那阵子还帮过我不少忙呢。记得我们长宝当年看病，他还借给我十五块钱。那时候的十五块，怕相当于现在的一百五，或者一千五了。唉，都说好人有好报，他啷个就命不长嘛——"

"你家长宝才可惜哟，要不是搞武斗，啷个会成个废人嘛。"

"哎，也怪他自己命不好。"

众人都侧过头去看长宝，长宝却伸长脑袋，看亭子外面的湖。晚秋了，湖面的荷花已经凋谢，只剩些枯枝败叶，浮在水中。有红色的鱼在下面游动。郑长宝咧嘴笑了，嚅动嘴唇，像是在跟鱼嘀咕什么。

"长宝，你还记不记得我们家文华?"花白头发的黄阿姨站起身来，弯腰拍了一下长宝的肩，大声问他。郑长宝知道有人喊他，回过头来，木然地看了黄阿姨一眼，又掉过头去，继续看鱼。

"唉，长宝真是可惜了。跟我们家文华一年生的，两个人上学还同班。记得长宝还是班长，学习好，人也长得好。我当时那么喜欢他，想跟你打娃娃亲，还记不记得？要不是搞武斗，长宝就是我的女婿了，我们也是亲家了，孙子怕都上大学了。"黄阿姨站在郑母面前，大声地说话。

"是啊，你家文华呢，现在还好噻?"郑母抬起头来，望着她。

"好哟，在单位都当副主任了，每个月拿两三千，儿子都大学快毕业了。"

"那你才享福哟!"郑母无比羡慕道。

"享啥子福哟，气都气死了。女婿在外头乱搞噻，当了个处长，就自以为不起了，丢下好端端的家不要，在外面找了个小妹儿，才二十几，把人家肚皮都搞大了，两口子正在闹离婚。唉，我看文华的日子也不好过。不过她就是经济好点。这大的经济好点呢，小的又不行了。我小儿子两口子都下岗了，孙子的学费都没得钱缴，还找我要。你说我辛辛苦苦一辈子，供大了儿女，还要继续供孙子？我这把老骨头，哪辈子才能松活些哟？"

"哎！都不容易。"

说的都是些家长里短，零碎琐事，任思绪东一下西一下，自由跳跃。这是老熟人在一起才独有的乐趣，因为熟悉，所以亲切。有时候累了，你望我，我望你，啥也不说，就相对无言，一起发呆，东张西望，看风景，看游人，于无声处，也觉得舒服。总比一个人待在家里好。

一晃就快到中午了，该回家忙午饭了，就要相互留地址电话，约着串门。

郑母记不住电话号码，只能告诉他们她的地址。一听她住在九楼上，又没有电梯，大家都哑了，真是吓了一大跳。

"郑婆婆你都快八十了吧，还爬得动啊？"

"爬得动爬得动，爬不动就慢慢爬，当锻炼身体。"

"那你的身体才叫好哟。我还比你小几岁，住六楼，爬一趟都喊累得慌，要歇几歇。哎，真是不比不知道，一比吓一跳。"

"我们天天上午都到这公园来走两圈，走累了就在这里歇气摆龙门阵。刘素珍，你也来嘛？人多好耍。"

"郑婆婆住九楼，走一趟怕不容易哟！"

"看嘛，如果不累，我尽量来。"

公园游玩的人渐渐散了。郑长乐和陈月梅拎着菜正好回来。母亲已经站起身来，跟人家一一挥手道别。郑长乐笑眯眯走过来："看妈红光满面的，就晓得妈遇到开心事了。难怪别个都说：老果果，亲热又亲火。"郑长乐最爱逗母亲开心。

"是啊，都是以前厂里的同事，住在江北城的。还以为这一拆迁，都散了哟，结果转来转去，又转到一起来了。那个黄阿姨，年轻的时候还想跟我打亲家，把她的大女儿说给长宝。那妹儿长得文文静静的，我也喜欢。唉，要不是武斗，跟她就是亲家母了。"

陈月梅帮郑母和长宝收拾好东西，就挽着郑母，一行人慢慢往回走。郑长乐搀长宝走后面，问："妈，这公园好不好耍？"

"好耍。"

"好耍以后就经常来耍。每个星期都来耍一趟。"

"每个星期？我倒是想来，但懒得走。"

"你懒得走，我背你。"

"背我？算了，你不累哟？"

"累啥子累，就你这身体？才几十斤？也把你儿子看得太扁了。"

慢慢就来到大楼前。郑母一抬头，头就发晕。郑长乐又埋怨："妈，你啷个教不转哟。刚跟你说过，上楼下楼，根本不要看远了，埋起脑壳慢慢走就行了。你还没开走，一望这么高，心里就先怕了，哪里还有力气再走？哪个就是不听话哟！"

郑母苦笑了："是，我不听话，你打我屁股嘛。"

郑长乐上前，果真做出凶巴巴的样子，扬起手掌，却轻轻落下，在母亲屁股上抚了抚，笑说："妈，干脆我背你上楼吧。"说罢，让陈月梅牵长宝拎菜，自己走到母亲前面，弯下腰来，唱道："妹娃子要过河，哪个来背我嚏？还不是我来背你嚏。"见母亲理也不理他，昂头独自朝前走了，又快赶几步，挡住母亲，撅起屁股，唱道："哦，刚才唱错了，是：老母亲要上楼，哪个来背你嚏？还不是儿子来背你嚏。"

郑母终于被他又逗笑了，顺势朝他翘起的屁股上打了一巴掌，说："哪个要你背哟！"径直进了大楼，一只手抓栏杆扶手，说，"我们慢慢走。走累了，歇一会儿再走。你走得快，赶快回去煮饭吧。等我们慢慢爬上楼，你饭也弄好了，我们正好一进屋就吃现成。"

郑长乐想了想，觉得也行，就拎过陈月梅手中的菜，一溜烟上楼去了，留下陈月梅陪着母亲，牵着长宝，一步一步慢慢爬楼。

14

　　转眼春节快到了，这天晚饭后，郑长乐和陈月梅依旧去公园饭后百步走。陈月梅若有所思，不说话。郑长乐问了半天，她才犹豫道："乐哥，今天舅舅来电话了，说婷婷学校放假了，她想来看我。"

　　郑长乐几乎想都不想，就爽快回答说："来就来噻，放假了，娃儿想看妈是正常现象。"

　　走了几步，陈月梅又幽幽地说："这孩子今年都九岁了。听舅舅说，她学习倒是很自觉，成绩也好。就是……乡坝头的小学，连英语课都没得。我听说城里的小学，一年级就开始学英语了，就想，现在我们有地方住了，是不是把婷婷接出来，让她在城里上学？我怕越往后拖，会耽误孩子，今后就真的赶不上了。电视里都说：不要让孩子输在起跑线上。"

　　问题终于提出来了。在郑长乐看来，这是迟早的事。他一直把自己当鸵鸟，头埋进沙里避而不想，以为看不见的就不存在，但最终还是躲不过。他站着不动，盯着陈月梅想了想，说："这样吧，我们先问问长娟，看这种情况，能不能把婷婷安排进她们学校。"陈月梅一听就激动起来，一把抓住郑长乐的双手，说："真的呀？要真能那样就太好了！"

　　那间公主房，郑母坚持留给小龙，可小龙一直不回来，现在却成全了陈月梅女儿。郑母一听陈月梅的女儿要来，就后悔得要死，怨小龙不懂事，白费了自己一番苦心。那么好的一间房，自己都舍不得住，现在却要让给一个乡下丫头。早知道这样，还不如她自己搬进去住，她女儿来就没地方了，也不好意思长待下来。想来想去，都怪自己太糊涂。

婷婷是坐长途汽车来的。陈月梅提前下班去车站接她。等郑长乐下班回到家，就看见客厅沙发上，怯生生端坐着一个农村丫头，又瘦又黑，衣裳破旧。陈月梅在厨房煮饭，听到门响，伸出半个脑袋来，朝客厅喊："婷婷，是爸爸下班了，快叫爸爸。"婷婷猛地站直身体，双手下垂，半抬起头，迅速瞥了郑长乐一眼，又低下头去，轻轻叫了声"爸爸"。郑长乐在一瞬间就凭空当上一个九岁女孩的爸爸，还是个低眉顺眼、模样乖巧的小女孩，心里先是惊诧，后是欢喜。他一直认为，有儿有女的家庭才算完整家庭，可国家政策不允许生两个。现在能以这种方式来梦想成真，也不错，就笑吟吟地走过去，低了头去看小姑娘。小姑娘被看得不好意思，涨红了脸，把头垂得更低了，下巴都快搁到胸口上了。郑长乐就"扑哧"一声笑开了："低头认罪呀？到底犯了啥子罪嘛？把头抬起来，让爸爸好生看看。"说着就伸手轻轻托起孩子的脸。孩子长得眉目清秀，只是目光躲闪，不敢看他。他被她怯怯的模样又逗笑了。"这么怕我，难道我是麻老虎，会吃了你？"

周末晚上，郑长娟来了，咨询来的消息让郑长乐的心一下子凉了。原来上学读书并不是一桩简单的事。尤其是像婷婷这种没有本地户口的异地学生，光赞助费就得缴好几万，学费还不包括在内。如果通过熟人关系，赞助费可以适当优惠，但最低不会少于一万。郑长乐一手捂住胸口，失声道："天啦，读个小学就这么贵，今后的中学，还有大学，怕没得几个人读得起了。"

吃饭时大家围坐在一起，陈月梅小心翼翼地问郑长娟："那如果孩子户口在本地呢，不是异地生，是不是就不用缴赞助费了？"

"有户口的也得缴，只是少点，具体多少得看学习成绩好坏。"郑长娟说。她所在的学校是重点小学，转学来的孩子，除了要缴赞助费、择校费，还必须参加入学考试。成绩特别好的，费用可以适当减免；成绩中等的得全缴；成绩差的，即使缴钱学校也不收。

陈月梅回头看孩子，用筷子去敲她的碗："婷婷，你听见没得，如果你成绩好，读书可以少缴钱。你一定得好好学习才行哟。"

孩子埋头刨饭，包了一口饭菜在嘴里，左边脸鼓出来一大坨，睁大一双惶恐的眼，先看看妈妈，再瞅瞅对面的新爸爸，还有新婆婆和新阿姨；使劲点头。小小年纪，就知道要乖巧懂事，讨人欢心。

郑母却怎么也不喜欢她。嘴上不说，心里却不痛快，连笑都是挤出来的，满脑子都是小龙的影子，恨这小姑娘占了自己孙子的房间。吃饭时看小姑娘一副馋相，只夹肉，不沾素。面前一碗回锅肉被她抄了个底朝天，就实在忍无可忍了，说："你还是吃点素菜吧，光吃肉不消化哟。"

陈月梅这才意识到什么，用筷子一把打掉女儿正夹起的一块瘦肉："婷婷，你慢点吃，要吃点素菜才长得高。"顺手给她碗里夹了些土豆丝和小白菜。

小姑娘的筷子不动了，一脸委屈，望一眼母亲，眼里就包了一汪泪，轻声辩解："妈妈，我在家天天都吃土豆和白菜，现在一点都不想再吃了。"

陈月梅听了，一愣，郑长娟就心里一酸，想小姑娘也怪可怜的，怕是好久没吃肉了。郑长乐却笑了，夹了一块郑长娟买来的卤鸭给婷婷，安慰她说："小娃儿啥子都要吃，肥肉瘦肉，荤的素的，营养要全面，身体才会健康，才长得高。"说完又为母亲挑了块瘦肉，仿佛知道母亲的心事。

饭后在一起坐了坐，长娟就陪母亲上楼。郑母拉着女儿的手，一上楼就忍不住说："长娟，你赶快给小龙打电话，让他赶快搬回来。不然他的房子就被占了。"

"妈，你不是总说月梅好吗？看这家里，有了她真的不一样。这上上下下都让她收拾得干干净净。她女儿又不是外人，哪个就住不得了？"

"是啊，月梅是好，可她那女儿，我就是喜欢不起来。你看看，吃没个吃相，活像八辈子没吃过肉。又要上学，那得帮补好多钱哟，哪个出？还不是该长乐出。长乐他又有好多钱？一个月一千块都不到。如果我不把退休工资拿出来，大家一起凑起用，他这日子拖得走哟？"

郑长娟也叹了口气，放开母亲的手，弯腰去看水池里的鱼，半天才说："妈，这事你得想开点。人家是母女，肯定是要在一起的。你呢，就多想想陈月梅的好处吧。"

郑母已在藤椅上坐下，还气得胸脯一起一伏："我是担心长乐啊，把小丫头弄过来，上了小学，今后还有中学，大学。就他那点钱，还吃不吃饭啊？现在还有我这把老骨头帮他撑一撑。今后我死了呢，他又去指望哪个哟？长娟啊，妈想起这些，晚上觉都睡不着。"说罢眼睛就红了，嗫嚅着，要哭不哭。

"妈，你想那么多干啥子？"长娟起身过来，拍拍母亲的肩膀说，"这点你得向长乐学，凡事多往好处想，天垮下来都不怕。那样你就睡得着了。"

晚上，陈月梅安排好婷婷洗漱睡觉，一脸忧戚地进到卧室，见郑长乐半躺在床头抽烟，就猫身过去躺在他身边，怯怯地道："乐哥，你看嘛，长娟都说，她们学校的学生，一年级就开始学英语。婷婷现在都三年级了，还没学英语。我怕一直把她放在农村，会耽误她的前程。这孩子又不傻，耽误了她怪可惜的。"

她见郑长乐闷闷的没有反应，又警惕道："乐哥，你是不是对我不满意，想重新找人？"

郑长乐这才一怔，瞪眼问她："你又扯到哪儿去了？我对你难道还不够意思？"

陈月梅就慌了："不是不是。我的意思是，如果你对我真满意，不想重新另外找人，那我们……结婚好不好？就算是为了孩子，行吗？你今天没听长娟说，没户口的话，上学好贵。如果结了婚，我和婷婷的户口过来了，婷婷上学就便宜了。不然的话，至少得缴一万块的冤枉钱，好划不来哟。"

郑长乐沉默了，这才意识到陈月梅虽然老实淳朴，其实也很聪明。她是一步一步在靠近自己的人生目标，实现梦想。但这难道不对吗？哪个为人父母的，不希望自己的孩子幸福，有个光明美好的前途？是自己顾虑太多了。孩子上学是大事，今后的费用会更恐怖，他不敢多想，可他实在喜欢她。离婚后寻寻觅觅那么久，好不容易才寻到这么个如意的，难道就因为她有个女儿需要负担，就放弃她？他狠不下心来。

时至今时，和她相处也好几个月了，该了解的都了解了，人是个难得的好人，善良，温柔，又勤快，尤其让他欣慰的是，她对母亲和长宝好。从前廖艳的一大罪状就是懒，让母亲受累。郑长乐婚后的头几年跟父母住，廖艳不会做饭，也不洗衣做家务，母亲成了老妈子，不仅包揽了一切家务，还得帮廖艳洗衣服。郑长乐心里十分不快，跟廖艳吵过、打过，但每次都让母亲伤心。母亲心善，看不得儿子和媳妇吵架，后来就一味忍着，不再说半句儿媳的不对。廖艳换下的内衣裤不洗，往枕头下一塞，或者放在床底的洗脚盆里，泡到发臭。郑母发现了，看不惯，又不敢说，只得默默拿去洗了。心里实在憋着气，女儿来看她，就跟女儿唠叨几句，叹长乐可怜，遇到这么个懒媳妇。两姐妹心疼母亲，掉头就跟长乐抱怨。长乐听了气得半死，骂廖艳让老人做这种事，也不怕折寿！廖艳却有理，说："不过是忘了，好大回事！小两口的房间，脏乱臭都是自己受，稀罕老人来帮倒忙！"郑长乐就说不出话了，一口气硬往肚里咽，从此把自己变成家庭妇男，一回家就找事做，尽量不让母亲受委屈，直到后来分了房，搬出来单住。跟廖艳相比，陈月梅简直好上天，不仅承担了全部家务，还悉心照顾母亲和长宝。有她在，母亲安享晚年就不再是梦了。郑长乐长长舒了口气，总算为母亲找回一个好儿媳妇。她除了出身农村，还带个孩子，其他无可挑剔。

　　也不是没想过结婚的事。可身边的朋友都警告他，说这种年龄，又有这种经历，反正又不想再生孩子，最好不要轻易再婚，免得以后扯皮麻烦，这才一直拖延下来。想来也是这个理，两个人合得来就一起过，合不来就分手，多简单。一旦结婚，今后万一出了问题，伤筋动骨就麻烦大了。他身边那几个被老婆甩了的难兄难弟，也都跟人同居着，一律找的乡下进城的打工妹，年轻漂亮，温柔贤惠。几年了，只有熊大哥因为红琴怀孕生女再结婚，另外几个都一直悬起，说在试婚。试婚中的人，因为渴望转正都表现良好，小日子过得甜蜜滋润，也渐渐成了让人羡慕的生活模式。

　　甚至家人也这样提醒他。郑长娟就曾经说："长乐你头脑清醒点！结婚只是对她好，对你没有半点好处。她可以通过结婚改变身份，解决户口。你呢？除了负担加重，责任加重，能得到什么？现在孩子上学那么贵，到时候你吃不了兜着走！没有金钢钻，就别去揽那瓷器活儿！就你挣的那点钱，能填饱肚子就不错了，哪里再供得起孩子上学？"郑长娟说得有道理，他结婚的念头就搁下了。

现在看来，陈月梅是铁了心，要把女儿接到身边，在城里上学。他要再反对，也不近情理。她一定会伤心难过的，或者最终离开他，也说不定。唉，事到临头，他才知道好麻烦。

见郑长乐心事重重没有吱声，陈月梅又幽怨地说："乐哥，我知道自己条件不好，跟我结婚，你就是收留我们母女俩，给我们一个温暖的家，我们会一辈子感激你的。我自己呢，也没啥子大本事，嫁给你，也不能帮你什么忙，但我比你年轻十四岁，只希望今后你年纪大了，爬不动楼梯的时候，我能为你买菜做饭，端茶送水，能够好好伺候你，让你过一个幸福的晚年。"

陈月梅平时话不多，难得这样深情表达，加上她一脸的真诚和可怜，让郑长乐一时大为感动，眼泪都差点出来了。就一把拉过她的手，用力捏住，点头说："好吧，月梅，我们结婚，抓紧时间把手续办了，争取让婷婷开春就到重庆来上学。"

没有翻不过的坎，没有蹚不过的河。不就结个婚么？让心爱的女人踏实下来，安心陪自己过日子，老子今天就豁出去了，大不了今后吃咸点，看淡点，怕他个锤子！郑长乐把陈月梅搂进怀里，满腔都是英雄气概，悲壮豪情，感觉自己像个勇士，提刀跨马要冲上战场。

15

郑小龙在电话里听父亲说要结婚了，还带来一个九岁的妹妹，就直甩头，眼睛朝天上翻了个白眼，一脸都是不耐烦。而蹦出来的话却是："爸，你不用征求我的意见，只要自己幸福就行。"

郑长乐对儿子的回答非常满意，恍惚中觉得儿子真的成熟了，懂事了，就突然十分想见儿子。其实关于再婚，征不征求儿子的意见都无所谓。郑长乐是想借此机会，修复破碎的父子关系。

"小龙，有时间还是回家看下嘛。搬家这么久了，你也不回来看一眼。我们还专门给你留了一间公主房哦，漂亮得很，给婆婆住，婆婆也舍不得，就只天天念叨你，盼你眼睛都盼穿了。爸爸现在找的这个陈阿姨，人很好，也想见你。儿子啊，虽然老子打过你骂过你，其实也都是为你好。无论你走到天涯海角，都不要忘了，爸爸是爱你的，家里的大门，永远为你敞开着。"

郑长乐说着说着，竟流泪了。电话那头的郑小龙默默听着，却一脸不屑，没有吱声。十八岁的少年已经有一颗苍老的心。

对家的厌烦，对父母的憎恶，在母亲出轨、父母离婚后达到了顶峰。

郑小龙出生后由外婆带大。偶尔回到父母家，也是做客，来去匆匆。早年的记忆里，郑小龙对母亲十分依恋。第一次心灵受挫是为母亲抽烟。那时他年仅六岁，由外婆带着回父母家，一眼看见家门外的凉椅上，躺了一个花枝招展的女人，抹红嘴唇，穿无袖裙，露出两条白胖手臂，跷起二郎腿，手指甲和脚指甲都同样红得触目惊心。更让郑小龙吃惊的是,这女人嘴里还叼了根烟,就像电视里的女特务。等看清楚那就是他亲爱的妈妈,他大哭起来,冲过去抱着廖艳使劲摇晃:"妈妈不准抽烟,不准抽烟!抽烟的都是坏女人!"

廖艳等儿子闹腾累了,只无力地抱着她一耸一耸地抽泣时,才慢吞吞地教育儿子:"哪里抽烟的都是坏人嘛,你看毛主席也抽烟,未必毛主席也是坏人嗦?"

郑小龙果然给问住了,愣了半晌才反应过来,尖叫:"毛主席是男人,男人可以抽烟,女人不可以!"

廖艳就一阵大笑,笑得浑身花枝乱颤。她有一张大嘴,大笑起来,一张嘴占去了半张脸。"听好了,儿子。毛主席说男女平等。男人能做的事,女人也能做。男人能抽烟,女人当然也能抽烟。"

六岁的郑小龙哑巴了,不知该怎么反驳母亲。可他天天看的电视里,抽烟的都是坏女人,就继续抱着母亲一阵乱摇,却已不得要领,没有底气,又不甘心,只得耍横尖叫:"妈妈不准抽烟,不准抽烟!"还伸手去抢烟。母子俩正抓扯,对面过来一个男人,廖艳见正是约她跳舞、让她心猿意马的那个人,顿时心一抖,敛住笑,一巴掌落在儿子的背上,再用力一搡,恶声恶气地吼道:"滚开哟,大人的事,你娃儿家家的,少管!"

郑小龙没有防备,一踉跄撞到对面的墙上。等他捂着青肿疼痛的额头慢慢站稳,就委屈得想哭,不明白一向宠爱自己、每次见面都抱着他"幺儿狗儿"乱啃乱亲的妈妈,怎么突然这么凶恶?仿佛他从来不认识,便顿时感觉自己像一只被遗弃的小狗,那种伤心失望,永生难忘。

廖艳站起身来,整理被儿子揉皱的裙子,还继续埋怨:"看嘛看嘛,恁热的天气,可惜我新买的裙子哟,给你糊得尽是鼻涕。"

郑小龙读小学五年级时,外婆去世,不得不回到父母家,从此跟父母一起生活。那时候郑长乐刚分了房子,自立门户。廖艳依然不做家务,不喜欢,也不会。用她自己的话说,是缺少做家务的那根神经。无奈之下,郑长乐只得大包大揽下所有的家务。上班前,提前做好全家的饭菜,让母子俩肚子饿了热热就吃。或者买点青叶子菜扔进冰箱,叫他们饿了下面吃。为了懒在家里装病不去上班的廖艳能够更好打发时间,郑长乐在街边租了一间小门面,开了家小小的杂货店。杂货店门口摆了个半人高的玻璃烟柜,后面立了一壁货架,货架后面搁了张床,方便休息。有一天,郑小龙放学回来,廖艳正在隔壁的发廊搓麻将,见了儿子,也没心思为孩子弄饭,就从麻将桌上抽出五块钱扔给他,说去去去,自己去对面吃份盒饭。一份盒饭三块钱,郑小龙吃完盒饭无所事事,拿着剩余的两块钱,几晃几不晃,就晃进街边的一家网吧,从此迷上网络游戏,对学习再也提不起兴趣。

自从国营企业纷纷倒闭,江北老城就萧条起来。一部分下岗工人开始了艰难的自谋生路,摆地摊,做小生意,更多的却是茫然无措,靠搓麻将、泡茶馆、摆龙门阵来混日子。有一天,郑长娟去看了母亲,回家时路过郑长乐的小店,见廖艳一人百无聊赖,坐在烟柜后看手指甲,就上前跟她打招呼。两人正东一句西一句说着话,就见郑小龙挎着书包晃回来,满头是汗,胸前的衬衣半敞着,露出一截黑不溜秋的圆肚皮。郑小龙喊了声"姑姑好",就撩起身上的衣服说:"妈,衣服遭扯烂了,你帮我缝起。"廖艳拉过那衣服一看,是线缝裂开了,从腋下拉开了一条长口子,不由分说,"啪"地就朝儿子头上甩去一巴掌,骂道:"又到哪里千翻(调皮捣蛋)去了?是不是又跟人打架了?"郑小龙捂着头大叫:"我没千翻!是上体育课打篮球,跟人抢球,遭同学扯烂的。不信你去学校问老师。"廖艳一脸不耐烦,一把将他揉开说:"遭同学扯烂的,就该去找同学赔。新买的衣服,才穿几天?看你老汉(爸爸)下班回来哪个收拾你!"郑小龙最怕父亲,立即就惊恐起来。廖艳恨他一眼,骂道:"真是个不成气的败家子!"

郑小龙掀开门帘,灰溜溜地进去,浑身瘫软往床上一躺。外婆死后,他失去了庇护。母亲不管他,父亲信奉"黄荆棍下出好儿",动不动就对他进行"武力教育",用皮带用篾条抽他的屁股,打得他"跳迪斯科"。他小小的屁股蛋,从来都青一块紫一块的,旧的刚散,新的又来。想想就怕。一想到父亲下班回家,又难免一顿皮肉之苦,他就恨不得找个地洞躲起来。

一旁的郑长娟看不惯了,瞪着廖艳说:"你还是个当妈的,儿子衣服破了也不管,要推给老公。你这个妈当得才轻松哟!"廖艳白她一眼,把脸侧向外面的马路，不再看她。她最烦郑长娟动不动就爱教训她。她虽然比长娟还小两岁，毕竟也是她的嫂子，不是她班上的小学生。她当老师居然当到她这个嫂子头上来了，她可不吃她这一套。廖艳将身子斜搁在柜台上，挤出一对丰乳来，望着街上的人来人往轻蔑地笑道："小龙从小到大，这些缝缝补补的事，从前是外婆管，外婆走了就郑长乐管，都已经习惯成自然了。"

"那你这个当妈的呢？娃儿的学习，学习不管，生活，生活不管，吃饭也是饱一顿饿一顿的，还尽叫娃儿去吃盒饭。我怕到时候得了啥子传染病，你后悔就来不及了。"

郑长娟说完也不看廖艳的反应，气呼呼一手掀开帘子，走进里屋，叫郑小龙把衬衣脱下来，说："妈不帮你补，来，让姑姑帮你补。"

廖艳在外面冷笑："嘿，我从怀他到生他，受的苦还少了啊？你哥哥帮他缝缝补补就多了？你这个当妹妹的，偏心也不是这样偏的。再说了，吃盒饭有啥子不好？俗话说，不干不净，吃了不生毛病。你看小龙三天两头吃盒饭，还不是长得又肥又壮，像头牛。"说完竟又嘿嘿嘿地笑起来。

郑长乐的父亲在世时，总担心郑家香火不能传承。大儿子长宝算废了，唯一的希望就在长乐身上。现在只准生一个，就提心吊胆，担心廖艳会生女婴，断了香火。所以郑长乐的压力很大，廖艳一怀孕，他就带她去医院找熟人，做B超。前三胎因为都是女婴，都做了人流。小龙是第四胎。廖艳受够了流产之苦，终于扬眉吐气，生下七斤重的胖儿子，算是为郑家立了大功。郑长乐和父母都高兴坏了，恨不得把小家伙含在嘴里，捧在手心。廖艳也从此母凭子贵，居功自傲，在郑家更是得意忘形。

郑长娟缝补好小龙的衣服，就从包里掏出一本《成语故事》，递给他说："小龙，上次你过生日，姑姑送你的《安徒生童话选》读完了没有？喜不喜欢？"

郑小龙早已记不得那本书了，却习惯性地点头说："谢谢姑姑，读完了，很喜欢。"

郑长娟那时候对郑小龙的话还十分信任，就欣慰地笑了。作为老师，她希望能培养侄子的学习兴趣，希望他今后能考大学，有个光明美好的前途。她伸手摸了摸郑小龙圆滚滚的脑袋瓜说:"那就好。姑姑又给你买了本书,你课余时间好好看看。读成语故事,不仅能丰富词汇量,丰富历史知识,还能提高想象力。"

郑长娟又待了一会儿就走了。她看不惯廖艳,只是碍于这层姑嫂关系,才跟她勉强往来。在她看来,廖艳好吃懒做,俗不可耐,既不是好母亲,也不是好妻子,更不是好儿媳。郑长乐摊上这种女人是瞎了眼睛,倒了八辈子大霉。也怪当年郑长乐和廖艳恋爱时,郑长娟自己在读中师,住校,很少回家,否则她一定会阻止哥哥的这场婚姻。但她喜欢这个侄儿。也许因为自己没孩子,下意识中就把侄子当成儿子,担心他在廖艳身边会成长为不良少年,就寻着机会要把他引上正道。

廖艳也知道,郑长娟一直看不起她,背地里就爱牢骚几句:"啥子嘛,人不求人一般高!不过一个中专生,比我这个初中生也高不了几篾片,有啥了不起!人家大学生追我,我都还没看上呢。哼,她算老几?"有时候郑长乐教育儿子,爱拿长娟做榜样,要儿子多向姑姑学习,多读书,今后长大才有出路。廖艳就在旁边冷嘲热讽:"哼,向她学习?不过一个小学老师,男人都拴不住,读那些书有啥子用!"

等郑长娟前脚一走,廖艳就冲进里屋,扯过郑小龙身上的衬衣,看了看,冷笑着说:"看来有个小姑姑还是好啊,至少可以帮你补衣服。"郑小龙正翻看郑长娟留下的书,看书里的插图。廖艳一把抓过书来,往地上一扔,说:"假心假意的,又弄本书来蒙骗你。她要是真的对你好,就该把你弄进她们学校去。"郑小龙朝母亲翻了个白眼:"妈,姑姑说了,我户口不在她那边,转学要缴赞助费,你又舍不得拿钱出来。考试我也没考好,怪不得人家姑姑。"廖艳狠狠瞪他一眼:"缴赞助费?我有那闲钱还求她?分明就是不想帮你。"

郑小龙弯腰刚捡起书,又被廖艳一把抓过去,还恶狠狠地说:"自己没儿子,就想用这点糖衣炮弹来拉拢你。哪个稀罕她的书?扔出去当废纸卖。"说完掀开门帘,将书往门外的垃圾筐一扔,急得身后的郑小龙惊吼了一声:"妈!"

廖艳又立即变成了慈母,笑眯眯地过去,伸手去捧儿子的脸:"幺儿乖。

妈是怕你小姑姑来拉拢你，腐蚀你，怕你喜欢姑姑，就不喜欢妈了。"

垃圾筐里有几只饭盒子。那书不偏不倚，正好掉进饭盒里，立即被浸染上一层红油渍。郑小龙想去抢救都来不及了，气得跺脚。郑长娟每次送他的书，都是这样被母亲扔掉。他还不敢告诉任何人，怕惹得父亲生气，姑姑伤心，一家人又吵架，不团结。

郑小龙对母亲的厌恶，在初二那年达到了顶峰。那天老师突然病了，没人上课，学生们统统提前放学了。郑小龙摇摇晃晃一路回来，想去网吧，身上没钱，就直奔家里的杂货店，想从抽屉里弄点钱出来去上网。谁知大白天的，店门紧闭，就问隔壁发廊的小陈阿姨："我妈呢？"小陈阿姨一脸诡笑，说："怪了，刚才还看见你妈在店里。"郑小龙走近店门，想看卷帘门锁没锁，就听到里面有奇怪的响声。他不明就里，轻轻一推，卷帘门中间的小门开了，里面黑糊糊的，不见有人。郑小龙就想，莫不是有贼进屋了？就钻身进去，对对直直去掀布帘，却被吓得一个激灵：里面有人，两具白花花的身体正在床上打滚。

十四岁的郑小龙已初通人事，看过毛片，有过性幻想，但还没有实战经历，亲临现场观看表演更是有生以来第一次。他呆站着，只觉得头脑一片空白。床上两人激战正酣，还发出夸张的叫唤声。是布帘掀开后的一缕亮光将他们惊醒。先是男人回头，猛然一惊，捂住下身就翻身下床，然后是女的，撑起身体，一眼竟看见自己的儿子，也呆了，赶紧胡乱抓过被子往身上遮裹。

郑小龙不知自己是怎样走开的，深一脚，浅一脚，像是踩在棉花上。他刚刚看见了母亲的裸体，在男人的身下那样疯狂扭动。真不敢相信，那竟然会是他亲爱的妈妈。外面的街景突然变得虚幻起来，像在梦中。男人穿上衣服出来了，是对面开麻辣烫馆子的王打滚，从他身边走过时，若无其事地说了声："小龙，今天这么早就放学了啊，晚上过来，王叔叔请你吃麻辣烫。"身子一弯就钻出门走了。郑小龙捏紧拳头，恨不得一拳朝他甩去，却感到浑身无力，不能动弹，仿佛地面松软，整个身体直往下沉，却又怎么都沉不到底，整个人便摇晃起来，梦游般地跟出门去，却一时不知该去哪里。这时廖艳跟跟跄跄地跟出来，衣衫不整，怯怯地唤他"小龙，小龙"，一把把他拉回店里，满脸惊惶，可怜兮兮地抱着他哀求："儿子啊儿子，妈妈求你了，今天的事，千万不要告诉你爸爸啊。你爸爸是个火暴脾气,晓得了一定会杀死我。我死了你就没得妈妈了!"

郑小龙身体用力一抖,甩开母亲的双手,压低嗓子愤愤道:"你还晓得怕老汉啊?"

廖艳眼睛红了,嘴唇嗫嚅,哽咽地说:"儿子啊,你现在还小,妈跟你说了你也不懂。等你今后大了,妈再跟你慢慢解释……妈这么做也有妈的苦衷。我们家这个小店为什么赚钱?你爸进的假烟为什么好卖?人家王叔叔也是帮了忙的……"说完转身拉开抽屉,胡乱抓了一把零钞,塞进郑小龙的口袋里说,"饿了吧?想吃啥子就去买。记住,盒饭要吃五块的哈,三荤两素。你现在长身体,需要营养。"

郑小龙再次胳膊一抖,甩开母亲,转身低头出了小门。外面惨白的天光照得他几乎睁不开眼。他踉跄几步,窜到街对面,正愣愣的不知该去哪里,就听背后"哗啦"一声,是卷帘门被拉起的响声。再一回头,见店门果然拉开了,母亲站在烟柜旁,正在点烟。他的心狠狠地痛了一下,就掉头走了。直到窜出百十来步,才发现自己流泪了。他居然哭了,却不知道为谁而哭!

这一夜,十四岁的少年郑小龙,有生以来第一次夜不归宿。

第二天傍晚,郑长乐在厨房忙晚饭。由于心情大好,嘴里还咿呀哼着小曲。郑小龙不声不响窜进屋,斜靠在门边,一脸悲哀地望着父亲。郑长乐瞅了他一眼。他最看不惯儿子这吊儿郎当样,肩一塌起,身子一垮起,站没站相,坐没坐相。都说过他好多遍了,男人要站如松,坐如钟。你嘴巴都磨出茧疤了,他的耳朵像塞了棉花,半句话都听不进去,便眉头一皱,不耐烦了:"小龙,你啷个搞的嘛?今天老师又打电话来告状哟,说你上课打瞌睡。"郑小龙懒得回答,只冷冷地说:"老汉,我看你以后下了班还是早点回来,帮妈守店,不要再帮人顶班了。"郑长乐嘿嘿一笑,把烤得焦黄的五花肉拿到窗前,借着外面的天光,一边眯着眼睛看猪毛,一边漫不经心地跟儿子说话:"又啷个了嘛?那么小的店,你妈一个人未必还忙不过来嗦?我帮别人顶班,还不是为了这个家,为了多找几个钱。这机会其实也难得。你刘叔叔在外面开火锅馆,又不想辞职,想再熬一段时间办病退,就让我帮忙顶他的班,不过是少睡点觉,少回几趟家,至少可以多找几顿回锅肉钱,哪点不好?要不然,你这肉食动物怎么可能天天有肉吃呢?"

没有回应。回头一看,儿子已经不见踪影。

16

郑长乐终于又结婚了。

他们回了一趟陈月梅的老家。从重庆坐三个多小时的长途汽车，再搭乘一段拖斗车，才到一座青山围绕的偏僻小村。小村安静而萧条，几乎不见人影，只有几只鸡和几条黄狗在村口游荡，见了他们，黄狗"汪汪"乱叫两声，撒腿跑了，鸡们也跟着"咕咕"应和，算有了点生气。村里的房屋都很衰败，有的甚至垮了围墙，塌了屋顶，简直就是断壁残垣。陈月梅家的老屋就在进村不远，早没人居住，土墙已裂开长长的口子，看似离倒塌为期不远。两人没进屋，只在屋前杂草丛生的坝子里站了站。坝子前有一方小池塘，池水泛绿，浮着一层厚厚的浮萍。郑长乐站在池边，望着远远近近荒芜的农田，痛心得摇头感慨："好可惜啊，这么好的地方，居然没人种庄稼，地都荒起，鱼池也荒起，太可惜了。"

陈月梅可不这么认为。她笑笑说："年轻人都进城了，打工挣钱，只剩些老人和孩子在村里，哪个来种地啊？种地又辛苦，一年到头累下来，挣的钱还不如在城里打一两个月的工。现在的人又不傻，哪个还愿意留在这里？"

郑长乐沉默了片刻，回头望着陈月梅说："月梅，我喜欢这地方，与世无争，像世外桃源，空气又好。今后等我退休了，我们回来好不好？拿钱把房子重新翻修。你看，这池塘可以养鱼，庄稼呢，太辛苦了我们不种，但可以种点果树和蔬菜啊，当劳动锻炼，又能吃上环保蔬菜，让身体更健康，多好。"

陈月梅笑笑，没有作答。

他们借宿在陈月梅的舅舅家。舅舅住在另一个村子，是村里的小学老师，房子很大，却是空巢。几个孩子成年后都先后走了，远的去了广州、深圳，近的去了成都、重庆。家里只剩老弱病残：夫妻俩和一个瞎眼的老母，外加一个七岁的孙子、五岁的外孙女和陈月梅的女儿婷婷。吃晚饭时，郑长乐问孩子们，学习好不好，长大想干什么。孩子们想都不想就脱口说："长大想进城打工挣钱，像爸爸妈妈他们那样。"舅舅咧嘴笑了，说学校的孩子都这样，最大的理想就是长大后，能进城打工挣钱。然后长叹一声，说其实自己也想呢。在村小学当民办老师，月工资说是二百块，但经常被拖欠，有啥意思？只是因为家里走不开才留下了。说完挽起衣袖，露出胳膊上的肌肉，要和郑长乐掰腕子，一脸都是不甘心："看我这身体，还壮着呢，劲也不小，进城还能打工吧？就是去重庆当'棒棒'，听说一月也挣一两千，总比在这里教书强啊。"

郑长乐就无语苦笑，想他就不知道，城里生活也不容易，啥都要钱，没钱简直寸步难行。农村其实也有农村的好，靠天吃饭，靠力气吃饭，钱少也能活下去。

第二天去镇上开了证明，还剩些时间，郑长乐就要去爬山，说山上空气新鲜，青山绿水的，看着就让人精神爽朗。陈月梅和婷婷对望了一眼，相视而笑。她们从小生长在这里，早就厌倦了这里的一切，一心只想早点离开，没想到还有人稀奇这里。一踏上松林间的小路，郑长乐就嗓子痒了，扭屁股唱歌："走在乡间的小路上，牧童的歌声在荡漾，哦呜哦呜他们唱，还有一支短笛在吹响……"逗得婷婷在后面捂着嘴笑。

地面是一层厚厚的松针，脚踩上去软绵绵的，像大地盖了一床鸭绒被。郑长乐弯腰抓起一把，放在鼻子前深深一闻就陶醉了，说这香味一点没变，跟当年一样，他好喜欢闻，还递过来硬要她俩也闻闻。又讲起他当知青时的趣事，说那时候，这些松针都是要搂回去当柴火烧的。松林里还常常遇到松鼠，拖着棕色的长尾巴，一蹦一跳跑得飞快。他每次见了都想捉，最后却一只都没捉到。

陈月梅虽然笑吟吟的，却心不在焉，一颗心早就飞回重庆。打工多年，只要户口没进城，她就还是农村人，就还属于这片穷乡僻壤。现在好了，多年的梦想终于成真。结婚后户口一迁进重庆，她和女儿就脱胎换骨，成了真正的城市人。这是多少农村人的梦想啊，宁愿当城里一棵小草，也不愿做农村一棵大树。

他们也不准备大办酒席，但一点形式都不走也不行。郑长乐和陈月梅商量了半天，最后决定，就请双方的家人和几家亲戚，几个贴心朋友，小范围内意思一下。就选好了日期，列出了所请客人名单，精简来精简去，最后怎么也有八桌。随后就到附近的中档酒楼去看了环境，问了价，经过一番对比权衡，最后就定在公园饭店。那公园饭店虽是大众消费，但环境好，依山傍水。正是春天，里面杨柳依依，鲜花盛开。席桌可摆在饭店外的草坪上，饭后还可以继续喝茶打麻将，游山玩水，赏花观景，既省钱又浪漫，实在是一个两全的选择。

两家人这才正式见面。陈月梅的母亲和两个兄弟，还有几个关系较好的表兄堂妹，都来了。他们都在重庆打工，有在街头卖报卖磁卡的，在商场当保安当营业员的，还有接工程搞装修的，有两个已经买了房，看起来都还混得不错。郑长乐一家也到了，姐姐长英带着丈夫冯元和女儿橄榄及女婿罗伟。橄榄小两口手牵手，一摇一晃地走过来，先喊了一声"外婆好"，再对长娟喊了声"姑姑好"，最后才转到长乐和月梅面前，递上红包，亲亲热热地喊："舅舅舅妈，新婚快乐。"郑母盯着橄榄的肚子，笑问："橄榄呀，什么时候生孩子，让我升级当祖祖啊？"橄榄就笑道："外婆不急，快了快了。"旁边的罗伟凑上前来："外婆，你想什么时候当祖祖啊？"郑母说："现在就当。"罗伟回头就逗橄榄："听到没得？外婆现在就想当祖祖，我们要多努力哟。"众人都笑了。

郑母这才转过身去埋怨长英："长英也是，啷个好久都不来看妈了？好久都没吃到你的包子、馒头了。早餐生意还好不好？"

长英扭捏一笑，想了想才说："妈，你个人要住那么高，九楼，我想来看你，就是嫌楼梯难得爬。"

郑母不高兴了："我老太婆都不嫌难得爬，你还是年轻人……"

旁边的冯元"咳咳"，干咳两声，瞥了一眼郑长英，不急不慢地点她的黄（点黄：戳穿谎言）："啥子嫌楼梯难爬哟，找借口。跟妈说实话噻，板板车都遭砸烂了,还卖早餐哟?"

原来郑长英已经不卖早餐了。不准卖。说起这事,她眼睛就红了,委屈得很:"那些城管才气人哟,说我无照经营。我这么小的生意,要啥子照嘛?一早晨辛辛苦苦的,天不亮就起床开始忙,总共才卖百来块钱,就要罚我两百块。我说我没卖那么多,他们就要收我的摊子,没收我的板板车。那板板车还是跟人借的,我当然不干。结果好,硬把我的板板车砸烂了,真的是欺人太甚了!"

"那板板车是跟邻居借的,还得还给人家。这下好了,被砸得稀烂,还赔了人家八十块钱。"冯元也是满脸怨气,但心里却暗暗有些高兴。他早就不想跟长英去卖早点,站在大街上丢人现眼。

郑长英恨他一眼,低声骂道:"死人子!当时也不帮我一把,连个陌生人都不如。人家那些过路的,都帮我求情说好话,说城管算了吧,下岗工人挣点生活也不容易。你倒好,站在旁边看热闹!"

"我啷个帮你嘛?他们五六个人,我打得过哟?何况人家也说得对,你就是无照经营噻。"

"不卖早餐又啷个办呢,哪来的生活?"郑母又愁眉锁眼起来。

"只有重新想办法噻,又去人才市场找了份零工,做家政。"

郑母望着冯元,可怜兮兮地像在哀求:"冯元啊,你是个男人,啷个不出去找事做嘛?光靠长英一个人,她又撑得起好久哟?家是两个人的家,就应该两个人一起努力才行啊。你健健康康一个大男人,整天闲在家里,也不觉得难受啊?"

"难受啥子?他才好耍哟,舒服得很。成天在家打游戏,衣来伸手,饭来张口。没饭吃就喝白开水。啷个没把你饿死嘛,死人子!"说起冯元,长英也是一肚子怨气,可离又离不脱,甩又甩不掉,她是拿他没办法,就转过身去,离他远点。

冯元不服了:"妈,不是我不找,是找不到。人才市场我也去过,别个一来就问,啥子学历?我一说初中,别个就走了,根本没人搭理我。"

"唉,也不是啥子工作都要学历吧?你看长英,不是一样没得学历。"

长英白了丈夫一眼，冷笑道："哼，我找的那些工作，人家哪里看得起？他想找的呢，别个又看不起他，还以为自己是在云南，还当连长呢！"

　　郑母不再说话了，哀叹一声，扭头走了。她最见不得这个女婿，每次都气得胸口痛。当初就反对两人结婚。是长英不听话，先斩后奏，都怀上橄榄几个月了，才从云南写信回来，说要结婚。还说冯元是连长，是党员，有前途，又有技术，会做木工打家具。郑母才不管那么多呢，只担心女儿结婚生子后就留在边疆再回不了重庆，就赶紧跟她发电报，让她立即把孩子打掉，否则断绝母女关系。长英也就动摇了，心一横，真去了团部卫生院，一个人走了十多里山路，到了才发现，能做手术的医生不在，这才罢了，想是天意要留下橄榄。

　　长英见母亲气鼓鼓地走了，担心她会气坏身体，赶紧跟上去安慰道："妈，其实也做不了好久了。橄榄和罗伟计划今年要孩子。等怀上孩子，我就过去照顾她，生了再帮他们带孩子。"一扭头，见冯元还紧紧跟在身边，就恶狠狠道："死人子，我看你到时候啷个办？反正我一走就啥都不管。你就一个人在家喝西北风吧。不去找事，看饿不死你！"

　　大家正三五成群聚在一起，东一句西一句地扯闲话，一个身影亮晃晃就闪了过来，是廖艳，浓妆艳抹，喜笑颜开，穿了一身挂满亮片的花衣服。"嘿，妈，姐姐姐夫，还有妹儿，你们都在啊！"廖艳过来就先拍一把长英，再捏一下长娟，又搡一把冯元，最后才亲热地去拥抱郑母。大家都吃了一惊："廖艳，你啷个来了？"

　　"听小龙说他爸爸结婚，我当然就来了。来祝贺他噻，好歹也是夫妻一场，恭喜他重新找到幸福。一日夫妻百日恩。我们夫妻不成，还是朋友嘛。"

　　大家面面相觑，都觉得廖艳疯疯癫癫的，没个正形。又赶紧去看郑长乐和陈月梅。还好，他们正跟陈月梅家的亲戚聊天，没注意这边。廖艳却不以为然："放心吧，你们，我又不会破坏长乐的幸福。跟你们说句实话吧，我也马上要结婚了，要不是为了小龙，恐怕也差不多该办酒了。到时候一定请你们过来喝我的喜酒。我说话算话。"

　　她见大家都睁大眼睛，一脸好奇，才探过头来，神秘一笑："不过也值了。告诉你们一个好消息。我为小龙捞了一套房子。"就得意扬扬，把自己怎么当钉子户的事，一一讲了，吃的那些苦，受的那些屈，现在都成了她炫耀的资本。

"那房子虽然位置偏点，但几年过后，等那一片完全开发出来就好了。管他的，有总比没有好，是不是？好歹也算个落脚处。等二天小龙耍了女朋友，至少也有个睡觉的地方。"

战斗还没完全结束。拆迁办终于妥协了，答应了钉子户们的要求，签了合同，还摁了手印。房子被拆了，她和那些钉子们，暂时被安置进政府提供的过渡棚屋。据说一年后房子才建好。经适房，有居住权，无所有权，也不错啊，只要能让人住一辈子。"要不是为了这房子，我恐怕也该结婚了。现在倒好了，人必须待在过渡房里，不能让人发现另有住处，否则就会被取消资格。害得我这么大一把年纪了，跟男朋友约会还得偷偷摸摸，像做贼。那些人经常下来查岗，就是怕有人弄虚作假。好在时间还不算太长，再坚持一年，就大功告成。"廖艳一会儿笑容如花，一会儿又怨声载道。有她在，就是热闹。"真的啊？"大家听得半信半疑。没想到廖艳身上还有这么伟大的母爱。郑母也有些感动了，拉着廖艳的手说："也只有当妈的，才有这份苦心哟。"

这时候郑小龙过来了，戴着随声听，摇头晃脑，满脸都是对这世界的厌恶和不屑。走近了才把耳塞摘下，向大家一一问好。郑母望着长高了许多的孙子，眼睛就红了，一把拉过他的手说："小龙，你啷个不回家嘛？婆婆还专门给你留了一间房子，一直空起。最近才……"回头四下望了望，压低声说，"最近她那个女儿才过来住。都怪你自己不回家，要不然哪有她的份！"

郑小龙嘻嘻一笑："婆婆，你身体还好嚜？"他不说话就不说话，一说话，两片嘴唇像抹了蜂蜜，"我一直都想回来看你，只是因为工作太忙，抽不出时间。今天还是专门请了假的。婆婆，你要注意身体哟。"

"我的孙娃子又长高了。"郑母仰起头来，把他从上到下，又从下到上，仔仔细细打量了几遍，苍老的手也在他身上东摸西捏，眼里的泪就流出来了。一旁的长英赶快掏出纸巾，帮母亲擦泪，埋怨道："小龙，你现在大了，也懂事了，要常回家看看。你看婆婆天天盼你，眼睛都望穿了。"

"我晓得了，大姑姑。"

这天陈月梅穿了一件普通的玫红色连衣裙,乌黑的长发绾成髻,别了一朵粉色的玫瑰,略施淡妆,看上去简朴大方,又不失靓丽。郑长乐白衣黑裤,只在胸前别了一朵玫瑰。他们手挽手,一一前来跟人敬酒,也接受大家的新婚祝福。他们来到郑家的这一桌前,见廖艳俨然以郑家成员身份坐在中间,郑长乐大惊,还没反应过来该怎么跟陈月梅做介绍,廖艳自己先站了起来,嘻嘻一笑,端起酒杯,敬了过来。

"来来来。我代表我自己和我们全家人,祝福你们新婚幸福,永不吵架,白头到老。"

大家都跟着站起身来,一一跟新婚夫妻碰杯,献上美好的新婚祝词。

走开后陈月梅才悄声问道:"乐哥,这人是谁呀,好像从没见过?"

"哪个?"郑长乐东张西望,故意装傻。

"就是刚才那个……穿一身亮片衣服的?"

"哦……那个呀,小龙他妈。"郑长乐实在躲不过了,就装出一脸轻描淡写。

陈月梅停下脚步,一脸惊愕:"你请她了?我好像记得,客人名单上没写她啊?"

"哪个请她了?躲她都来不及,还请她!"郑长乐有冤难辩,急得跺脚,"是她听小龙说我结婚,自己跟小龙一起来了。唉,不过你这也算见识了。这个人的脸皮,比城墙拐拐还要厚,十处打锣,九处有她。一听风就是雨,还要你请?她从来都是不请自到。"

17

婚后的生活平淡而温馨。

陈月梅很勤快,下班回家就忙家务,做清洁,收拾整理,从不闲着,只有煮饭烧菜,因为手艺不如人,只打下手。从前属于郑长乐的庞杂家务,现在精简到只剩主厨,他便做得更精心了,道道菜都色香味俱全,吃得陈月梅幸福地嗔怨,她要是胖了,郑长乐可不能甩了她,都是他害的。婷婷吧嗒着小嘴,也跟着起哄,眼睛笑得弯弯的,像小月亮。"就是!爸爸做的菜好好吃哟。我每天晚上一上床,只要一想起第二天又有好吃的,就想快睡吧快睡吧,等一觉醒来睁开眼睛,又可以吃到好吃的了。"看母女俩这么开心快乐,郑长乐幸福地笑了,说:"看来我是个合格的饲养员呀!"两个人都没听懂,一头雾水。郑长乐就轻声唱道:"俺是个公社的,饲呀么饲养员哎,养活的小胖猪,有呀么有两条哎……"母女俩这才失声尖叫,笑成一团。

郑长乐很喜欢看陈月梅在家里忙碌的样子,那是他从前难得一见的家庭风景。他突然发现,温柔贤惠的女人才最美丽。吃完饭他刚搁下筷子,她就为他泡上茶。母亲稍一做点啥,她就去帮她。又听说老人吃蜂蜜好,每天晚上临睡前,她都为母亲冲杯蜂蜜水,端上楼去让母亲喝。这就是郑长乐想要的幸福了,夫妻恩爱,家庭和睦。陈月梅性情恬静,没脾气,像三月的春风。郑长乐沐浴在这春风里,幸福得简直快融化了,以至于婷婷上学需要缴五千块钱的赞助费,一贯节省,恨不得一分钱掰成两分钱花的他,也不犹豫,就去银行取了钱,对对直直送去学校,缴了,有点悲壮,但更多自豪。他现在是一个可爱小姑娘的父亲了。男人辛苦挣钱,不就是为了妻儿老小幸福吗?

这天缴了学费出来,郑长乐牵着婷婷的小手,走得昂首挺胸,意气风发。婷婷像只小鸭似的跟在身边,又蹦又跳。陈月梅对郑长乐的慷慨,既感激,又愧疚,一时找不到确切的方法来表达,就不断叮嘱女儿说:"婷婷,你看你,一上学就缴这么多钱,这还全靠姑姑,不然至少得缴一万。今后你一定要好好学习,要记住爸爸对我们的好,记住姑姑对我们的恩,啊?"婷婷笑得天真浪漫,撅着嘴,长长地"嗯"了一声说:"记住了。"郑长乐打心底里喜欢这孩子,喜欢她的乖巧懂事。他说:"婷婷,我虽不是你的亲生爸爸,但你妈妈和我结婚了,我们就是一家人了,我呢,就顺理成章成了你爸爸。今后你要听妈妈爸爸的话,要好好学习,天天向上。你乖,爸爸就喜欢你;如果你不乖,不听话,不好好学习,爸爸一样会教育你,还会打你。不过你要记住了,教育你、打你,也都是为你好。记住没得?"婷婷笑眯眯地仰起脑袋说:"记住了。"

"大声点噻,嘿,你这个娃儿,说话像小猫叫。"郑长乐幸福地埋怨她,"这么小的嗓门,今后上学了,别人会说你是农村来的,没见过世面,怕羞,出不得众,欺负你。"

婷婷这才提高了嗓门,仍是细尖着嗓子:"记住了。"

"这就对了,说话声音要大,中气要足。"郑长乐耐着性子,开始对这个乡下丫头进行城市化教育,"另外,对人说话要先喊人,爸爸妈妈,叔叔阿姨,一路喊起。娃儿家家的,嘴甜才能讨人喜欢。不然别人会认为你不懂规矩,没得家教。"

婷婷又"哦"了一声,仿佛这才明白了什么,大声说:"是的,爸爸,我记住了。"

终于名正言顺了,一个在废墟中重新组建的新家,经历了那么多犹豫和坎坷,总算正大光明地登上生活舞台。郑长乐心一暖,伸手摸了摸婷婷的脑袋。也许是郑小龙太不争气,让人失望,或者是骨子里早就渴望能有个女儿?这个从小没见过父亲、从天而降的乡下丫头,一出现就让郑长乐爱怜。小丫头一头黄毛稀疏松软,一看就是典型的营养不良。郑长乐痛心道:"看这孩子的头发哟，好黄，也不晓得在乡下都吃了些啥子。回头我去买点黑芝麻回来，还有首乌炖骨头，都是乌发生发的。免得让人一眼就看出是乡下丫头，今后挨欺负。"

为了彻底去掉婷婷身上的土气，郑长乐还专门抽时间，天不亮就起了个大早，带陈月梅和婷婷去逛朝天门的批发市场。那是重庆最大的批发城，东西比商场的便宜很多，主要是批发给重庆周边的郊县小贩。郑长乐拎了只编织袋，跟批发老板讨价还价。老板见他长得黢黑，身边还跟了个货真价实的农村丫头，也不怀疑他的身份，就按批发价卖给他。郑长乐很豪气地为婷婷买了几套新衣，还买了鞋袜书包和学习用具，又为陈月梅添置了几套上班穿的职业装，再为家里选购了一些床上用品。编织袋很快就装满了，鼓胀胀的，他扛在肩上，真的像个郊县小贩。不知不觉就到了中午，楼道里有人卖盒饭和酸辣粉，诱人的香辣味四处飘散。婷婷不停地咽口水，眼珠子盯着人家就走不动了。郑长乐看见小姑娘一脸馋相好可怜，就停下脚步，大气地问："婷婷想吃什么？只管说，爸爸给你买。"这些盒饭酸辣粉很便宜，也就三五块钱，这点大方他还操得起。婷婷试探地望着母亲，见陈月梅不反对，就大胆伸手，指着酸辣粉说："想吃那个。"她都不知道那叫什么，可怜的孩子。郑长乐为孩子买了一碗，见陈月梅怔在一边，心有所动，干脆就叫了三碗。一家人嘛，有福同享，有难同当。就蹲在过道里吃起来，也算一顿简易午餐。

他们吃完慢慢往回逛，就到了解放碑。婷婷像刘姥姥进大观园，东张西望，一双眼睛睁得都快爆了。郑长乐走得乐悠悠的，不时拿婷婷寻开心，逗得婷婷哈哈大笑，惹来不少路人侧目。陈月梅有些难为情了。郑长乐不太注意形象，看起来真的像个农民，尤其是那只蓝白相间的编织袋，他一会儿扛在肩上，一会儿拎在手里，真的就像一个进城的民工。他这形象，逛朝天门批发市场还合适，逛解放碑就不行了。解放碑是啥地方啊，是重庆繁华和时髦的中心，连地面都是亮晶晶的，像被舌头舔过一样干净。他居然就这么土里土气地走在上面，还大声咳嗽，往地上吐痰。陈月梅心都捏紧了。她每次到解放碑都小心翼翼，放轻脚步，生怕弄脏了这么漂亮的地面。郑长乐居然无所顾忌，尤其是他往地上吐痰，让她特别难过，又不好说他，就借口说累了，乐哥我们回家吧。我不想再逛了。"

郑长乐说，回家就回吧。一家人就拐上回家的路。路口有一家洋快餐店，一群孩子在门外唱歌跳舞，手里还拿着小玩具，活蹦乱跳的很欢喜。婷婷又扭扭捏捏地走不动了。郑长乐一眼看穿了她的心事，就要请母女俩进去吃炸鸡。陈月梅不干，说："乐哥，我们刚刚才吃过，也不饿。"郑长乐又低头看婷婷，婷婷眼巴巴，望着他，不说话。郑长乐心一软，又豪气起来，拉起婷婷往店里冲："走吧走吧，婷婷怕还没开过洋荤呢，今天爸爸就带你尝尝洋快餐的味道。"

郑长乐买了两个炸鸡腿，一个给婷婷，一个给陈月梅，自己借口说不喜欢吃，就没买，其实是想节约钱。婷婷也懂事，接过来先让爸爸吃，不喜欢吃也要尝一口。"是爸爸自己说的哟，一家人，要有福同享，有难同当。"郑长乐拗不过她，只得轻轻浅咬一口。回头再看陈月梅，早把一只鸡腿分为两半，也说自己不喜欢吃，要与郑长乐共同分享。结果夫妻两人劝来劝去，最终共同吃掉一只鸡腿。

婷婷领了小玩具，怯怯地去外面学跳舞。郑长乐望着婷婷蹦蹦跳跳的快乐样子，感叹地说："月梅啊，婷婷虽然不是我亲生的，但我怎么觉得，比我亲生的还要亲啊？这个女儿我认定了。小小年纪就这么懂事，哪儿去找！说实话，这鸡腿我自己是舍不得吃，太贵了，划不来。可为你和婷婷买，我一点不心痛。你说怪不怪？"

陈月梅正用纸巾擦嘴，听了这话，望着郑长乐半天不语，想他虽然不讲究形象，有乱吐痰的坏习惯，可毕竟人是个好人啊。

家里多了一个人，开销大了，但收入还在原地踏步。郑长乐绞尽脑汁过日子，终于想出好主意。住家附近那家超市，晚上十点关门，八点左右，一些没卖完又不能保鲜的蔬菜食品，就开始打折甩卖，价格特低，只是卖相不好，不新鲜，量也大，要么成堆要么成捆。这倒难不倒郑长乐，反正家里人多能吃，实在吃不完，还可以给长娟送去，也算做个顺水人情。再穷的日子，他都有办法过出些滋味。以后买菜就统统在傍晚，晚饭后一起先去散步，然后再去逛超市。运气好时，能买到既便宜又不错的菜，也算一举多得。

这天他花两块钱买了一大堆烂苹果，回家洗干净了，留下一大半，剩下小半准备给长娟。结果长娟来了，一见那苹果就皱眉头，知道是收尾的便宜货。她最看不惯他这副寒酸相：家里的水龙头永远开着，一天到晚都滴滴答答，这样水表不走，还能滴少成多。洗菜水、洗衣水从来不倒，统统存起来冲厕所、浇菜园，以至于屋里到处是臭烘烘的蓄水桶；买五毛钱一堆的泥巴韭菜，五块钱半筐的烂樱桃，让老母亲没事就在楼顶慢慢理，大半天理出来一大堆垃圾，只有少量能吃——完全是让母亲消磨时间。郑长娟也懒得说他，想他那点可怜的收入，也只能这样勒紧裤腰带过日子了。但他居然要把这寒酸带给她，她就不爽了。

这次见陈月梅和婷婷打扮一新，又听说一家人去开洋荤，吃了炸鸡腿，知道他为母女俩慷慨了一回，却买回这么一堆烂苹果，还准备给她，郑长娟忍不住就酸溜溜起来："长乐，你给月梅和婷婷买新衣服就舍得哈，一出手就买好几套，还一起去开洋荤吃炸鸡，怎么也得花掉几百块吧？却不心疼。怎么给家里买苹果就舍不得了？还说是妈爱吃，买这种烂苹果。好苹果又能贵多少呢，又能多花你几个钱呢？我看你真是做得出来！你看这烂得……人还能吃吗？喂猪差不多。"边说边挑出烂的来，一只只扔进垃圾桶。

郑长乐被妹妹击中了软肋，有些难堪，扯着嘴苦笑："烂的削削也能吃……其实也不全都是烂的。才两块钱一堆，跟不花钱白捡一样，太划算了。"边说边低头动手挑选，"你看这，只是烂了一点点，哪里就不能吃嘛？削了就好了，洗洗再放锅里煮，煮出来的苹果泥，放进冰箱慢慢吃。妈牙齿不好，吃这种苹果泥最好了。"

郑母不忍看儿子受奚落，也在一旁打帮腔："长娟，你不要怪长乐，是我要他买烂苹果的。你不晓得，这种烂苹果又软和又好消化，就是不煮，也适合我们老人吃。"

郑长娟瞪了母亲一眼，不再说话走开了。家里从来都是这样，无论啥事，父母一贯偏袒长乐。现在父亲走了，母亲把自己委屈成那样，跟傻子长宝憋在楼顶的棚屋里，夏天暴热，冬天暴冷，楼不能下，街不能逛，牌不能打，差不多就像蹲监狱，一颗心还护着儿子。

晚上等长娟走了，郑长乐在屋顶浇菜园，回想长娟说的话，自己也是不明白了，怎么就对陈月梅和她女儿如此上心？特别是婷婷，不但不觉得是累赘，反而视如己出，倾注了几乎全部的父爱。更糟的是，自从婷婷来了，有好一阵子，他差不多把小龙忘了。

郑小龙初中毕业后，没考上高中，郑长乐就托人走关系，还塞了些钱，把他送进一所预备军校，职高性质，希望他毕业后能参军。学校文化课少，大部分时间在军训。都是些不爱学习的差生，家长们早已焦头烂额，跟郑长乐的想法一样简单：自己奈何不了，就送去参军让部队管教。谁知两年混下来，招兵时关系没到位，郑小龙被刷下了，没有工作，在社会上游荡了大半年，性情也学暴躁了。郑长乐数落他不求上进，他竟敢和他顶嘴，说都怪老汉没本事，才让儿子无所事事。郑长乐很恼火，最后只得厚着脸皮四处求人，才把儿子弄进城里一家夜总会当传菜生。郑小龙夜里上班，下班后宁愿睡包厢沙发，也不回家。一觉睡到第二天中午，起来后出去逛一圈，吃份盒饭，钻进网吧，傍晚又回来接着上班，从此就把夜总会当家。郑长乐慢慢也习惯了。有一次，实在想儿子了，打电话过去，没想到郑小龙的手机彩铃很特别，不像别人是好听的音乐，而是一通劈头谩骂，怪声怪气的："哎呀你找死呀，烦死我了，打什么电话嘛！你开口就口臭，要熏死我啊……"

郑长乐第一次听到，以为是儿子在跟他说话，气得吐血。后来知道那是彩铃，就要儿子换掉，说即便是彩铃，让人听了也不舒服。郑小龙不听，说不过是彩铃，求的就是与众不同，那叫酷。郑长乐说不过儿子，捏紧拳头，就差没有甩出去。郑小龙已长得牛高马大，比他自己还高出一头，而且壮实，不再是任由他拿皮带抽得"跳迪斯科"的小毛孩。一番虚张声势之后，郑长乐只得偃旗息鼓，以后干脆不再打电话。听那样的彩铃需要坚强的神经，他没有。他会生气，会受伤。郑小龙没想到那彩铃竟然有如此功效，帮他摆脱了父亲的遥控，一阵窃喜。

"遇都遇到了，有啥办法呢？就当是遇到一场自然灾害吧。"

有一次，郑长娟说他"子不教，父之过"。他就这样为自己辩护，说他不是不教，是教不转。他已经磨破嘴皮，皮带都抽断了好几根，就差跟他同归于尽了，还能怎样？只能当他是自然灾难，因为你无法选择，也无能为力。郑长乐有个朋友叫小五，儿子跟郑小龙一样大，一时无聊在街上抢了小姐的包，包里只有十几块钱。事发时正是"严打"时期，被抓后判了三年，冤得不行。郑长乐听闻后暗自庆幸，想郑小龙虽然不爱学习，不求上进，但至少没有去偷去抢，去违法乱纪，也算谢天谢地了。有一次，他语重心长叮嘱儿子，说："儿子啊，千万别去干坏事哈。有些事情沾不得哟，沾上一辈子就完蛋了。"他最担心的是，儿子交友不慎染上毒品。郑小龙从来都有一张巧嘴，跟他母亲一样机灵应变，口吐莲花。父亲一唠叨，他就乖巧地应答如流，像在背书："我晓得。爸爸你自己多保重吧，不用为我多操心。我还年轻，今后的路还长，我还没有那么傻呢，为一点蝇头小利去触犯法律，弄不好一生都栽了，划不来。"

　　郑长乐就欣慰地笑了。儿子虽然不争气，但还算懂事，辨得清是非，他知足了。

18

　　幸福其实很简单。一段爱情凋零了，心碎之后，擦干眼泪继续前进，就会遇到新的爱情，还更美好，比如现在的陈月梅。郑长乐不断以自身的经历，验证幸福。有一句话他非常喜欢，"走下去，鲜花就会自然开放。"看看吧，幸福就是，一路不停，边走边唱。

　　他依然在卧室墙上贴满心爱的幸福语录。"幸福就是，忘掉你所没有的，珍惜你所拥有的"，"一个今天，胜过两个明天"，"平淡是一种幸福，让我们真实地感受生活；疲惫是一种享受，让我们没时间体验痛苦"，等等等等。

　　每天早晨睁开眼睛，郑长乐翻身下床的头一件事就是站在床头，朗诵几段幸福语录。那是他每天的"精神早餐"。刚开始时，陈月梅还会在被窝里哧哧发笑，说："乐哥，我觉得你好有意思哦。"郑长乐就有些飘飘然了，告诉她说，他年轻那阵，墙上贴满了毛主席画像，每天都要早请示、晚汇报。那时候虽然物质贫乏，但精神生活充实，每个人都有远大理想，胸怀祖国，放眼世界，要为全人类的解放事业奋斗终生。那时候的人虽然没钱，但社会风气好，路不拾遗，夜不闭户，不像现在，信仰没了，道德沦丧，大家都钻进钱眼里去了，偷鸡摸狗，坑蒙拐骗，贪污腐败，世风日下。物质富裕了，幸福却少了。依他看来，这些人都好可怜，不懂什么是真正的生活。他可不愿随波逐流。

　　"世人皆醉，唯我独醒。别看那些人表面光鲜，背后说不定多烦恼痛苦。做人要实在，要透过现象看本质，要平平淡淡才是真。"

"月梅,不要小看这些幸福语录,这每一句话里,都有人生的大道理,以后你慢慢就会明白。人生最重要的,不是物质,而是精神。只要精神屹立,啥都不成问题。物质的意义仅仅在于,让人能够吃饱穿暖,生存下去。再多就没意义了。"

陈月梅懵懵懂懂,却点头附和。郑长乐就是有学问,说出来的话,比公司那些大学生还深奥。

婚后的幸福像一杯酒,香醇浓厚,让人沉醉。郑长乐只要上白班,下班后都会去车站接陈月梅,两人手牵手一起回家,就像热恋中的小情侣,一路总有说不完的话。他喜欢跟她背诵刚摘抄的幸福语录,讲报纸上各类社会新闻。她也偶尔开口发言,说的多半是公司里的大小趣事。他喜欢为她指点迷津,告诉她有些事情该怎样处理,仿佛是她的人生向导。她喜欢虚心聆听,像个听话的小学生。两人就这么一路说笑回家,爬九楼也不觉得累。

晚饭后的时光最美好,婷婷去学校上晚自习,两人就去公园散步。这时的公园尤其热闹,像过年,唱歌的、跳舞的、玩乐器的,内容实在丰富多彩。单跳舞就分好几拨,进门的坝子是跳扇子舞的,竹林里是跳拉丁舞的,广场上是跳坝坝舞和交谊舞的。郑长乐最喜欢先绕湖畔走两圈,再去黄葛树下听老歌,情动时也跟着吼几嗓子。

那是一棵百年老黄葛树,枝繁叶茂,根茎盘错,巨大的树冠像一把伞,撑起一片宜人的绿荫。伞下是一个青石坝子,摆了半圈石椅子。最早是几位乐器爱好者,相约每天黄昏后,来这树下自娱自乐。都是那个年代过来的人,就喜欢拉些老歌曲,没想到竟渐渐吸引了游人,也都是些四五十岁的红男绿女,下岗的下岗,退休的退休,有着大把闲暇时光,青春远去,梦想失落,年轻时那些熟悉的旋律,就这么轻易拨动了他们的心。他们先是驻足聆听,情不自禁又跟着哼唱,慢慢地,人越来越多,里三层外三层竟扯起了场子,像个自发的合唱团。后来嫌光唱不过瘾,还蹦出几个跳舞的来,大概是当年宣传队里的活跃分子,身材已经不再娇好,脸上也不再有青春的红颜,可人还是当年的那个人啊,那歌那曲,那舞姿造型,都属于那段远去的岁月,竟让大家格外亲切。就这样,一个自发的民间歌会诞生了,并很快有了相当的规模。他们风雨无阻,每晚八点准时开始，到公园九点关门结束。夜色朦胧中，人影绰绰，谁也看不清谁的脸，看不清脸上的沧桑和失落，更看不清眼角的皱纹和头上的白发，却最适合一展歌喉，随歌起舞，在那些怀旧的歌舞中，尽情抒发失落的情怀，也重新感受久违的激情。

郑长乐喜欢所有的老歌，尤其喜欢军旅歌曲，如《打靶归来》、《洗衣歌》等，音乐一起，他就嗓子发痒，情不自禁地要跟着唱，雄赳赳，气昂昂，像梦回当年。但陈月梅不同，木头人一样没感觉。她不喜欢那些老歌，说没听过，不好听，她更喜欢跳坝坝舞，既锻炼身体又减肥。但她依然顺着他，乖乖地牵着他的手，陪他挤在人堆里，听歌，唱歌。郑长乐暗暗遗憾地想，两人还是有代沟啊！那么好听的革命歌曲，对她居然是对牛弹琴。就让她先陪他听歌，陪他吼几嗓子过过瘾，他再陪她去跳坝坝舞，这样两个人都不耽误。

然后两人就去超市，运气好时能碰到当天的特价菜，或者收尾的大甩卖。出来再穿过一条街，去学校接婷婷下晚自习，一家三口再有说有笑地一起回家。

"好幸福的一家人啊。"邻居们都羡慕地说。

郑长乐也深有同感。因廖艳出轨承受的那些屈辱和伤痛，仿佛都得到了加倍的补偿。他甚至暗中感谢廖艳，没有她的背叛，他郑长乐不会有今天的幸福。所以说离婚也不都是坏事，而是通往幸福的另一座桥梁。俗话说得好，塞翁失马，焉知非福？

让郑长乐幸福的另一件事是，他终于如愿以偿，在屋顶花园当上农民。

那花圃早被他改建成菜园，种满了各式蔬菜。又捡来些木条，在小屋旁的葡萄藤下搭了个鸡圈，准备养鸡。郑长乐养鸡的理由很简单。陈月梅公司效益好，为员工提供一顿免费午餐。陈月梅节省惯了，看吃不完的倒掉可惜，就把剩饭打包回来。都是上等的泰国香米，白生生的，珠圆玉润，浸着油光，一家人都吃着香。到第二天下班又拎回新鲜的剩饭时，头天的往往还没吃完。郑长乐脑子一转，就决定养鸡。

跟陈月梅商量，陈月梅以一贯的温顺表示支持。"你觉得好就行啊。只是……养鸡怕有点麻烦哟？"郑长乐很是不屑："有啥麻烦？不就是喂食嘛？

有现成的剩饭，还怕啥？再就是多点清洁工作，你怕麻烦我来做。"他已经想好了，鸡粪直接进菜园。自己养的鸡，没喂化学饲料，吃蛋吃肉都绝对营养。用鸡粪给菜追肥，长出的菜是有机菜，既省了钱，又比菜场那些靠化肥催熟的菜更安全营养。为了全家的健康，这点麻烦不算啥。周末就带着母女俩去郊外赶场，买了些蔬菜种子和几只鸡娃。小鸡娃毛绒绒，黄嘟嘟的，好可爱，关在笼子里唧唧喳喳，十分热闹，一家人看了都喜欢。郑长乐就这样劲头十足地过上他喜欢的农民生活。

　　这一片楼群，开发于20世纪90年代初，是重庆早期的商品房，楼与楼挨得密密匝匝，都是灰色的水泥外墙，都没电梯，光秃秃的水泥预制板楼顶都被瓜分改建成花园。那些远远近近的花红柳绿，在一片高低错落的灰楼之间，显得格外生气勃勃，成了一道重庆城里特别的风景。郑长乐最喜欢待在楼顶，侍弄自家的菜园，望望邻家的屋顶风光。起雾的时候，那些红亭绿阁看起来就像蓬莱仙境，像汪洋中的一座座岛屿。郑长乐在一片浓雾中，举目四望，感觉自己就像在汪洋大海中破浪前行。而阳光明媚的时候呢，他更喜欢在上面待着，陪母亲说话晒太阳，像农民一样春耕秋实。什么升官发财，溜须拍马，都去他妈的！他宁愿伺候这些花花草草，也不要低三下四去巴结别人。人生如此已足也，老婆孩子热炕头，逍遥自在赛神仙！

　　这天是阳春四月，是雾都重庆难得一见的艳阳天。郑长乐忙完菜园，就坐下来抽烟，陪母亲和长宝晒太阳。播撒的菜种长出一片喜人的幼苗，苹果树也开出粉白的小花，鸡娃长大了，下了蛋不甘寂寞，在笼子里咕咕地叫唤。婷婷咚咚咚地跑上来，给鸡喂食、捡蛋是她的工作。她弯下腰去，掏出一枚热烘烘的蛋捧在手心，一张脸笑得灿如春花："爸爸，婆婆，你们看今天这只蛋好大哟。"说罢小心翼翼把蛋放进旁边的竹篮里。橄榄最近怀孕了，郑母戴着老花眼镜，在用旧床单改缝小衣服，目光从眼镜上方瞟出来，看那蛋一眼笑道："昨天才生一只，今天又生一只。长乐啊，养这些鸡才划算哟，家里蛋都不用买了。"郑长乐就得意起来："是噻，全靠我会计划。难怪俗话说，吃不穷，穿不穷，不会计划一辈子受穷。"

　　"幸福的花儿，竞相开放……"郑长乐仰起头来，闭上双眼，让暖暖的阳光照在脸上，轻轻哼唱一首几年前的老歌。郑母感叹说："是啊，等橄榄生了孩子，我就升级当祖祖了。这苗苗发起来才快哟。"陈月梅在旁边晒被子，笑眯眯地不说话。郑长乐突然支起身体，像有什么新发现："其实住这里，比住花园洋房强。你们晓得为什么吗？"见母亲和陈月梅都没反应，郑长乐就得意起来，说那些住花园洋房的，每月要缴好几百的物管费。而他这里一分钱不缴，不仅自家屋顶有花园，附近还有那么大的免费公园，可以随时去散步游玩，就像是自家的后花园，还有专人清洁管理，他们只享受，不付出，多幸福。

　　陈月梅这才点点头，觉得他说得有道理，也觉得生活幸福得像上了天堂。不是吗？站在这高高的九楼上，抬头是天，仿佛伸手就能触摸天堂的温暖。而尘世生活的粗糙却显得遥远：那些龟裂的路面，横流的污水，臭气熏天的垃圾堆，窜来窜去的耗子、野猫和流浪狗，一时间都遥不可及。这就是住高楼的妙处，高高在上，会产生一种美妙的幻觉，仿佛真的远离了底层生活的肮脏和破落。

　　这天深夜，两人已入睡，却被隐隐的哭声惊醒。郑长乐翻身起床，撩开窗帘往外一望，发现对面大楼有一扇窗里还亮着灯光。那灯光并不十分亮堂，但在夜色的反衬下，竟有一种舞台效果，让人清晰地看见里面的热闹。密密的上下铺之间，有人跪在地上，有人在旁边指手画脚，走来走去。哭声就从那里传出。他朝身后轻喊一声："月梅，你来看，那些打工妹好可怜啊，那么多人挤在一起，就像挤在鸡笼里，半夜三更还要挨打。"陈月梅从床上翻身起来。她知道那间出租屋，据说住了二十多个洗脚城、火锅馆的打工妹。她也曾住过那样的地方，那种滋味不堪回首。此时看了更百感交集，她一把从后面将郑长乐抱住，满心满怀都是感激。是他救她脱离苦海，让她过上人过的生活。郑长乐不明白她为什么突然抱紧他，侧身问她怎么了，她却半天不说话，只是抱他更紧了。她不像廖艳那样黏人，难得主动温柔缠绵。郑长乐一乐，扭过头来开始亲她，两个人就抱着滚到床上。

　　然而幸福也有美中不足。郑长乐那么喜欢的屋顶花园，陈月梅居然没兴趣！按理说她来自农村，对土地和农作物更有感情，两人一起劳作，春耕秋实，多有意思！可陈月梅对这屋顶花园——按婷婷的说法叫屋顶菜园，根本提不起半点兴趣。她宁愿做家务，哪怕帮长宝洗尿裤子。郑长乐问她，她就说，从前干得太多了，现在就是不喜欢。

为了给菜园肥土，郑长乐不仅利用鸡粪，还备了两只塑料桶，在楼上和楼下卫生间里各放一只，建议大家都把小便解在桶里，这样既节约了用水，又蓄存了肥料，兑上蓄存的洗菜水淘米水，就成了上好的农家肥。陈月梅母女对他这建议很是惊愕，虽然没有当面反对，事后却不配合。几天后，郑长乐发现，楼下的那只桶，除了自己的贡献，几乎没别的，就问她俩。陈月梅嘻嘻地笑着，很不好意思地解释说："蹲在那桶上感觉好怪，解不出来。"又问婷婷。婷婷就是个小跟屁虫，一脸为难："爸爸，我也是。"

这可真是奇了怪了。郑长乐纳闷地想。他到过陈月梅农村老家。她舅舅家的睡房里，床头就放了一只尿桶。那木桶用了经年累月，积了层厚厚的黄色尿垢，整个房间都臭烘烘的。白天，大小便都去猪圈解决，晚上小便就靠那桶了，一阵泉水叮咚响过，又溜回床上，枕着尿香安然入睡。现在进了城，人还是那个人，屁股还是那个屁股，只是老木桶换成塑料桶，竟然就再也屙不出尿来，这就怪了！

过了几天，郑长乐正在厨房煮饭，婷婷悄悄拉过他的手，让他低下头来，说要告诉他一个秘密。"爸爸，是妈妈说的，在卫生间里放尿桶，有客人来了，会笑话我们，说我们像农民。还害得整个客厅都臭烘烘的，所以我们两个就决定抵制你，不在桶里尿尿。"

郑长乐这才恍然大悟，笑了，笑到一半又笑不出了。她们原本就是农民，还怕被人说像农民？

依他看来，他要真是农民就好了，他绝对不会往城里跑。跑到城里来干啥子？就为多挣几个钱，不惜牺牲健康和尊严？他郑长乐又不是懒人，自信守着一幢茅屋，几分薄田，也能把日子过得舒坦。种些粗细杂粮蔬菜瓜果，再养一群鸡鸭，一池鱼，一条狗，老婆孩子热炕头，那日子绝对逍遥自在，不是神仙胜似神仙。不像生活在大城市，处处危机，步步陷阱。不说别的，单看城里人都吃些啥子就够呛，注了水的肉、工业酒精兑的酒、注了色素的西瓜番茄、地沟油炒的菜、塑料做的粉丝、避孕药喂大的黄鳝、加了苏丹红的鸡鸭蛋……有毒食品数不胜数。最最可恶可恨的是，连婴儿吃的奶粉也有毒，那可是祖国的未来啊！太恐怖了。有时候，郑长乐觉得生活在大城市好可怜。水污染，空气污染，噪音超标。明明知道食品有毒，还得勇敢地买来吃，因为你别无选择！大家全钻进钱眼里了，一心只想拼命挣钱，最后呢，辛辛苦苦挣的钱，进一趟医院就没了。还真不如乡下的农民，至少可以吃自己种的放心蔬菜，不得怪病，多活几年。

不过，那尿桶搁在卫生间里是有点臭。卫生间的门一开，整个客厅都能闻到，的确不好。郑长乐虚心接受意见，取消了楼下的那只尿桶。

"晓得不，市场上的蔬菜都是用化肥激素催熟的，人吃多了要得癌症。人尿才是最好的有机肥，种出来的菜，叫无公害有机绿色蔬菜，市场上卖的啥子价？你们自己去看看，贵死人。我们自己有这条件，自己动手，丰衣足食，既节约了钱，又能吃上健康食品，哪点不好？"

母女俩你看看我，我看看你，然后咻咻地笑了。

这是一个星期天的下午，郑长乐从楼上下来，一进门就吓得后退一步。陈月梅半躺在沙发上，一脸惨白，只剩两只黑眼珠子转来转去。郑长乐差点没认出她来，一时吓得不敢动弹。一旁的婷婷止不住咯咯咯大笑起来，捂着嘴说："妈妈妈妈，你把爸爸吓到了。"

陈月梅也笑了，想说什么，又怕脸上的黄瓜片落了，就仰起脸来用双手捧着。婷婷放下手中的作业，赶紧帮妈妈解释："爸爸，妈妈在美容。她们公司的同事说，贴黄瓜片在脸上可以增白，还不长皱纹。所以妈妈就跟人家学，说只要每天坚持贴，她脸上的皮肤也会变得又白又嫩。"

郑长乐这才缓过气来，一手捂胸，夸张地拍了拍，弯腰上前，睁圆眼睛，仔细打量陈月梅的脸，说："我还以为大白天遇到鬼了哟。"他一边说，一边摇头。以前廖艳够妖精了，手指甲、脚趾甲全都涂得五颜六色，却从没在脸上搞过这种名堂。跟她相比，原来陈月梅也很有潜力。

陈月梅打工的公司隶属政府部门，效益好，办公室里那帮人，收入高，讲究也多。整天谈论的，不是美容就是养生。身在那样的环境里，陈月梅难免不受影响。郑长乐也习惯了,随时准备迎接陈月梅的活学活用。像以前的爬楼梯减肥,跳坝坝舞健身,这又往脸上贴黄瓜片。而不久前一家人开始的饭前喝汤,也是因为陈月梅。她说:"公司里的人说的,'饭前一碗汤,苗条又健康。'"从此就坚持饭前必须喝一碗汤。最好是炖汤,实在不行,也得有碗蛋花汤或者素菜汤。郑长乐从此做饭又多了一道做汤的程序。他自己是不爱喝汤的,即使喝,也是饭后喝一口,当漱口。

如果是自己煮饭呢,饭里还得加粗粮。有时是包谷高粱米,有时是红苕燕麦片,也都是陈月梅从公司学来的养生时尚。郑长乐是经历过自然灾害和"文革"的人,对米饭里加粗粮的吃法曾经深恶痛绝。那时候粮食凭票供应,细粮不够就搭配粗粮,煮米饭时必须加些包谷面进去,美其名曰"金银饭",可吃在嘴里满口是渣,难以下咽。谁曾想到时代变了,这痛苦的吃法竟摇身一变,成了受人追捧的时尚。郑长乐摇头苦笑。他实在搞不懂现在的人,香喷喷的大米饭哪点不好吃,非得掺些杂粮进去,搞得像吃忆苦思甜饭。瞎折腾!

不过他仍然会听她的。谁叫她没经历过自然灾害和"文革"呢,人又那么好,又比他年轻那么多。他爱她疼她,就总想要让她高兴。

"生死有命,富贵在天。再怎么想精想怪搞养生,该短命的,还得短命。依我看啊,凡事顺其自然最好,简单快乐最重要。"郑长乐不过这么一说,没想竟然一语成谶。当然,这是后话。

19

所有的幸福都有瑕疵,只是有的深藏不露,有的狰狞醒目。

陈月梅一直有块心病,近年来月经不调。才三十多岁,就常常几个月甚至半年不来月经。跟郑长乐说,郑长乐也没当回事,还打趣她说,反正不想要孩子,只要不是怀孕了,不来还好些,免得麻烦。

可陈月梅并不这样认为。

有一天在公司,是午饭后的闲暇时光,大家聚在休息室午休聊天,陈月梅竖起的双耳又灵敏地捕捉到新信息,是办公室张主任和几个女同事在嘀咕女性话题。张主任说:"更年期有啥子好呀,人一下子就老了,病也多了。"一个就问:"啷个判定是更年期呢?"张主任说:"月经紊乱,或者干脆就不来了,就到更年期了。"另一个感叹:"做女人真是悲哀啊,来月经呢,既麻烦又怕怀孕。不来了呢,又怕老了。"张主任笑道:"你们现在是花样年华,离更年期还远着呢,有啥子怕的?"一个就说:"张主任,你都五十多了才更年期,我一个朋友刚四十,听说也到更年期了。"张主任就惊讶起来:"不会吧?没听说这么年轻就更年期的,莫不是得了啥子病,一定要去看看妇科。"

这天下午,陈月梅满脑子转的,都是张主任这句话,"莫不是得了啥子病,一定要去看看妇科"。她很想跟张主任说,自己就是这样的。又怕张主任知道了,会嫌她有病,解雇她。她是临时工,跟公司没签合同,全靠任劳任怨、踏实肯干博得大家的好印象,才得以留下继续工作。她最怕的就是生病,会遭解雇。于是只得独自琢磨，想人家过了四十，都不该到更年期。自己才三十多，就月经紊乱，一定是得了啥子怪病。这样一想，不由得吓出一身冷汗，便决定赶紧去看医生。

说来也巧，陈月梅当天临下班时，无意中看到报纸上有一则广告，是北京上海的妇科专家来重庆坐诊，专治月经不调等妇科杂症。患者可凭此广告享受优惠。活动时间为期一月。陈月梅掐指一算，就剩最后三天了，就慌了，决定马上行动。

当天下班就把那报纸带回家。可郑长乐那晚没回来，又帮别人顶连夜班，即自己一个白班上完，接着顶一个别人的夜班。陈月梅晚上躺在床头，把那报纸翻来覆去研究了几遍，才打电话跟郑长乐商量。电话里的郑长乐也没质疑，只问她需要多少钱，钱不够就把活期存折也带上，还告诉了她密码，提醒她取钱的时候小心点，别让小偷盯上了，就像叮嘱一个不谙世事初次出门的小姑娘。

第二天上班，匆匆忙完分内的事，陈月梅就跟张主任请了半天假，借口说环掉了，要去医院重新上环。这一招也是跟别人学的。公司女职员多，张主任最怕有人计划外怀孕。以这个借口去请假，一请即准。

医院是一幢新楼，在闹市中心。陈月梅惶惶然地走进大门，立即就有年轻小姐上前问候，胸前斜挂了一条红绶带，上面印有"导医小姐"几个黄字，春风拂面，笑容可亲，主动陪她去挂号，又带她上楼找医生。那医生也慈眉善目，态度温和，说一口洋气的普通话，耐心询问她的病情。见她神情紧张，还安慰她说不要急，慢慢说，又询问了她和丈夫都做啥工作，然后做了妇科检查。

果然不是更年期提前。医生说她有炎症，宫颈糜烂，内分泌失调，得先消炎治病，再吃药调理。她谢了医生，出了门，准备下楼去缴费拿药，走着走着就走不动了。账单上的数字把她吓了一跳。天啦竟要七千多块，远远超出了她的预想。她包里只有两百多，还以为够了，没想到连零头都不够！就呆了，双腿发硬，一时不知该怎么办。这时候，那导医小姐又出现了，仿佛她一直在等她，亲切地问："大姐，需要帮忙吗？"陈月梅支支吾吾道："这病……要不要紧啊，不看行不？怎么这么贵呀？"导医小姐接过病历，只瞟了一眼，就一脸严肃地对她说："得赶紧治，这病不治要成癌症。"陈月梅一听"癌症"二字，腿脚就开始打闪闪。导医小姐又微笑道："用的是进口药，贵是贵点，但效果好。你有没有报纸广告？如果有，可以享受优惠价。"陈月梅赶紧道："有！"就从包里掏出那广告，递给她问："能优惠多少？"导医小姐又看了看她的缴费单说："百分之十。大概能优惠七百多。你只需要缴六千多。"陈月梅就半张着嘴，失声道："啊，能优惠七百多啊？可是，我身上的钱还是不够。"导医小姐问："那你有多少？"她想说"只有两百多"，又觉得说不出口，脸一红，道："哦，我还带了存折的，不晓得行不行？"导医小姐就笑了："那也行啊。门外就有银行，我陪你去取。"她就跟她下了楼，出门去银行取了钱，再返回医院，又被领去缴费取药，送到楼上治疗室。

陈月梅从没享受过如此体贴周到的服务，头脑一热，差不多就把导医小姐当成亲人，要掏心掏肺。"你说，我也没有在外乱来，跟爱人的房事也不多，怎么会得这种病呢？"导医小姐淡淡地道："大姐，这很正常，很多妇女结婚后都要得这病。"她才释然，总算没被人当坏女人看，以至于把厚厚一大叠钱缴出去，也不心痛。心痛的事发生在后来。她做了治疗出来，一个人站在过道里，居然辨不清东南西北。楼层又高，她转来转去都没找到下楼的出口，却再也见不到有哪位导医小姐来帮她，心才慢慢凉下来。等她终于摸出医院，坐上回家的公共汽车，回想起刚刚经历的一切，这才开始钻心地痛。

到家已是晚饭时分，楼道里飘着诱人的菜香。陈月梅轻轻推门进屋，见郑长乐正在厨房忙碌，哼着歌烧麻婆豆腐，香辣味飘满整个屋子。陈月梅闻了却没有胃口，那心痛已经袭遍全身。她甚至走路都不太稳了，仿佛灾难即将临头。郑长乐转身见了她，说了一句"回来了啊，情况如何？"又继续忙碌。

她这才扭扭捏捏地走过去，支支吾吾。刚说出花了六千多，郑长乐就不动了，还以为自己听错了，慢慢转身，瞪着她问："六千多？搞错没得？啥子药哟，这么贵？"陈月梅怯怯地道："进口药。我凭报纸广告，还享受了百分之十的优惠，不然更贵。还有治疗费。医生说我有炎症，内分泌失调，还有啥子衣原体因原体感染哟，我也不懂。医生说得赶紧治，不然要发展成癌症。我就治了。"郑长乐这才吓了一跳,撩起围裙胡乱擦了手,接过病历横看竖看。可惜病历上的字都是天书,他一个字也没看懂。

郑长乐就干脆盯着她看。想她看起来健健康康,红头花色,能吃能睡,妇科也不见什么异常,只是月经不调,怎么就查出那么多病来?就怀疑被人医了闷鸡。可再看那B超彩图,宫颈真的红肿糜烂,就惊讶起来,原来她病情这么严重,平时怎么没感觉?比如痛呀痒呀什么的?陈月梅一律摇头,说什么症状都没有,就是月经不调。郑长乐就更蒙了,见她一脸怕兮兮的也可怜,想发火又发不出来。

"算了,月梅,只要能把病治好,别心痛钱。钱个嘛,纸个嘛,生不带来死不带去。身体健康才最重要。"他反过来安慰她,转身拿碗去盛菜,同时高喊一声,"开饭了,婷婷准备摆碗筷!"

进行了三天的激光治疗和冲洗,说是炎症消了,宫颈糜烂也治好了,陈月梅就按医生吩咐,开始吃药。那药果然有奇效,陈月梅吃药的第二天,月经就轰轰烈烈地来了,势不可挡。一包卫生巾不够用,接着又买了好几包,还不够,直到买得郑长乐心痛,一脸苦笑跟她求饶:"月梅,你就饶了我吧,要按你这个来法,我们一个月挣的那点钱,怕只够给你买卫生巾了。"陈月梅很内疚,也觉得对不起郑长乐,就歉意道:"我也不想它这么来啊,乐哥,那你说该怎么办,我听你的。"郑长乐笑着说:"要依我说,这玩意儿还是不来的好,血流多了对身体不好。没听说呀,十个鸡蛋补不起一滴血。你这血都流了有半个月了,还没完。看你脸色,都没以前红润了,得吃多少鸡蛋才补得起啊!这是其一。其二呢,光流血不说,还得花钱买卫生巾。也就是说,我们得承受身体和金钱的双重损失。你想想,现在最便宜的卫生巾都要三块多一包,你一口气就用脱了七八包,还没完。是不是有点过分了啊?我算过一笔账,买这几盒卫生巾的钱,差不多可以买一只老母鸡了,或者几只猪蹄髈,两三斤五花肉,够一家人香喷喷地打几天牙祭了。"

"嗯……"陈月梅低下头去,不说话,也觉得对不起郑长乐。

周末晚上,长娟来了。吃完饭坐在一起摆龙门阵,郑长乐无意中提起这事,感叹现在看病好贵,医院真是进不起,看一次妇科就花掉六千多,还是优惠价。郑长娟听了，也觉得贵得太离谱，侧身就抓起沙发旁的电话，说得跟一个医生朋友咨询咨询。不料电话那头一听就大声叫起来："长娟，亏你还是老师，怎么去信那些私人医院打的广告？什么专家坐诊，衣原体因原体，都是骗人的。怕人不信，他们还把真正患者的 B 超图存进电脑，你健康人去了，也打印出来硬说是你的，你就乖乖缴钱吧，反正治疗也简单，冲洗加上照激光，有病治病，无病消毒。这种事，一般对那些农村妇女效果特好。她们一没文化，二没脑壳，医生随便说几句，就把她们吓得要死，乖乖掏光身上的钱，如果钱不够，恨不得回家卖房卖地。她们就喜欢轻信广告，还贪图便宜，一看哪里有打折优惠，想都不想就跑得飞快。你怎么也去上那种当？！"

电话中途改按了免提，除了母亲耳背，没听清楚，一家人都听清了。连婷婷都吓得跑出来，张大嘴巴，伸直舌头。郑长乐是个急性子，早就按捺不住了，长娟还没讲完电话，他就坐不住了，直起身来，用手直指陈月梅，欲言又止。等电话终于挂断，他第一个发作："你看你看，报纸上的广告哪里信得？要你等几天，等我有空再陪你去，你偏不听，还说是最后两天了，可以享受打折优惠。结果呢？骗的就是你这种没文化的农村人！"

陈月梅收拾完厨房过来，站在屋中间，脸色青一阵，红一阵，早已吓成半个呆子，一是痛钱，六千多块，好可惜啊。二是，她依然还是农村人。太残酷了！她费尽艰辛，好不容易梦想成真嫁进城，有了一纸城市户口，有了工作有了家，又那么努力改造自己，原以为已经脱胎换骨，却依然是农村人！没文化，没脑壳，贪图便宜，上当受骗，所有的努力都白费了！她目光空无，只听得脑子里一阵轰鸣，泪水在眼眶里打转转，却又始终没掉下来。

郑长娟从她身边走过，拍拍她的胳膊说："算了，月梅，吃一堑长一智。今后注意就行了。"

"你的那张彩超图，肯定是用的别人的。平时不痛不痒，有没得炎症，有没有糜烂，你是个傻子呀，自己的身体都不清楚？"郑长乐简直气昏了。

被他这一激，陈月梅这才恍惚过来，梦呓道："是啊，我平时不痛不痒的，白带也正常，内裤干干净净的，没任何异样，怎么就会有炎症呢？医生还说很严重，不及时治疗要得癌症。"

"得癌症？你头上顶的是猪脑壳，就不会动脑筋想一想？"郑长乐一生气就想骂人。

"长乐，你就少说两句，事情已经发生了，再吵又有啥子用呢？"长娟端了杯水出来，站在旁边说。

"我……当时好像……脑壳都不是我自己的了。"陈月梅也不怄气，她已经习惯了郑长乐的火暴脾气，"她叫我去取钱，我就跟她去取钱。叫我去缴费，我就跟她去缴费，就像吃了迷魂药……"陈月梅努力回忆当时的情景，被那导医小姐一路领着，自己哪里还会思想？根本就成了个木偶人，被她温柔的微笑牵引着，麻木地完成了取钱缴钱到拿药就医的全过程。

郑长乐这才无奈地长叹一声："唉，婷婷早就说想要台电脑，我都去电脑城问了价，差不多也要五六千，正考虑要不要用那笔钱给婷婷买电脑呢，你倒好，一下就把那么大一笔钱全除脱了。就靠我们那点工资，多久才能存起来啊？唉，我真的是遇得到你哟。这下好了，婷婷的电脑泡汤了。"

婷婷还倚在门口，这才晓得自己也受到牵连，就"啊"地一声，失望地叫道："妈妈，我的电脑……"

陈月梅的心就更痛了，都不敢去看婷婷。郑长乐自己那么节俭，却对她和女儿那么舍得，还准备为婷婷买电脑，她却傻乎乎拿那钱去上当受骗，真该死！又一阵钻心的巨痛袭来，她弯下腰去捂住胸口，惶惶道："要不……明天我再去一趟医院，问他们。我没得炎症，他们为啥子要骗我，还要收我那么多钱……"

"算了，月梅，你现在再去有啥子用？人家钱已经收了，病也给你治了，药也给你吃了，当然就没得炎症了。"郑长娟捧了杯水站在旁边，一会儿抿一口，一会儿又抿一口。她这两天课多，嗓子痛，实在不想多说话。

郑长乐突然又火了："不骗你骗哪个？你去？你去了又有啥子用？就凭你满口的农村口音，把'医生'喊成'野生'，话都说不清楚，还想别人把吃进去的钱再吐出来，做梦去吧！"

郑长娟看不惯长乐这种态度，厉声道："长乐，算了！事情已经发生了，再抱怨有啥子用！"

又拉拉陈月梅的手，安慰道："这次就算了，月梅，今后注意就是了。有病直接去大医院。那些广告，越是吹得天花乱坠，越不能信，特别是那些私人医院，黑得很，千万别进。"

郑母终于也听明白了怎么回事，这才急了："哎呀，月经不正常有啥子嘛，又不想再生娃娃了，真是有钱烧得慌哟。六千多块，要好久才存得起哟。我年轻时候也月经不调，吃两服中药就调好了，还不是照样活到七八十岁？！"

陈月梅又悔又愧，恨不得挖个地洞钻下去。郑母也太冤枉她了。她一贯节约，在外渴了水都舍不得买一口喝，怎么会有钱烧得慌呢？看来郑长乐全家老小都怨她了，就连女儿婷婷也怪她，让她的电脑梦破了。她怎么就那么笨啊，真是……身子一软，"扑通"一声就跟郑母跪下，失声痛哭道："妈，都怪我傻，怪我不好！长乐，长娟，对不起了！"

一家人这才慌了手脚，把她架到沙发上。郑母这才意识到自己惹了祸，想安慰陈月梅吧，又不知该怎么安慰，一时就有些手脚无措。郑长娟从茶几上扯下纸巾，给陈月梅擦脸："算了，月梅，这事就别再想了。想也没用。今后多注意就行了。不就六千多块钱么？婷婷要电脑，把我那台给她就是了。我正准备换台新的。你这病呢，也不急，等我有空再好好问问我朋友。听说好多女人都月经不调，应该不是啥大病吧。要不然就听妈的，先吃几服中药调理。"郑母这才又找到话头，连忙点头："对头对头，渝中区有个老中医专看妇科。我年轻那阵月经不调就是让他看好的，只吃了两服中药，就正常了。要不你也去试试？"

"你年轻那阵？"长乐和长娟相对一望，就笑了。

"对头，妈，你年轻那阵给你看病的老中医，怕还在渝中区坐诊哟？"

20

在这座既熟悉又陌生的重庆城,陈月梅尽管行走得小心翼翼,没想到还是摔了跤。

看病事件后,陈月梅一直心情沉重,如罪在身。六千多啊,两人省吃俭用一年也存不下那么多。每每想起,就心痛,仿佛有一只巨大的铁手在撕扯她。悔痛之余,又暗暗寻思要弥补损失。她没啥本事,一时半会儿也找不到挣钱的关系和路子,就决定先从自己身上开刀,节约节约再节约。

这天早晨,如往常一样,六点半钟闹铃一响,陈月梅就起床了,先叫醒婷婷,再进厨房准备早餐,等婷婷吃完早饭去上学,正好七点。她站在楼梯口目送婷婷下楼。窗外的天空灰蒙蒙的,还没完全苏醒过来,不远处的马路上,汽车的喇叭声在清晨显得格外尖厉。她望着空荡荡的楼梯,突然一激灵,想有这时间,何不走路去上班?既省车钱,又能健身。公司最近流行快走,她们都说,快走比爬楼梯好处还多。

公司离家说远不远,说近不近,坐公共汽车五站路,走路不知要多久?她看看时间,匆匆收拾就出了门,小跑下楼。出了小巷,拐上大街,远远就看见车站已经有不少人。公园门口的这个车站算是一个交通枢纽,来往车多,"咔溜"一声来一辆,还没停稳,"咔溜"一声又来一辆,见空就钻,不按先后顺序停靠。人群就像潮水,一会儿涌前,一会儿涌后,你推我搡挤来挤去。陈月梅经过车站时,悄然一笑。她现在不用跟他们"洪湖水浪打浪"了。其实挤月票车也可怜，来来往往那么多车，能用月票的车又少又破，也没空调，夏天热得像蒸笼，就好像挤月票的人低人一等。真还不如走路好。就像现在，走在镶花地砖的人行道上，脚步轻盈，行走如飞。清晨的街上，行人稀少，一路都是黄葛树，绿荫荫的像一条长廊。长廊的一边是马路，另一边是商场店铺。顶着一头深深浅浅的绿荫，一路走去，人就像走在公园里，身心都舒畅。

走进公司大楼，她一看时间，离上班时间还有十分钟，便松了口气，望着壁镜里那张红彤彤直冒热气的脸，幸福地笑了。

多好啊，以步代车上班下班，既省钱，又健身，两全其美，何乐不为？以前怎么就没想到？！

到二十五号，又该买下月的月票了。郑长乐自己也是月票族，这天备好钱，准备把陈月梅的也一起买了，就听陈月梅说不用了。郑长乐一惊，还以为她遭下岗了，得知真相后先是一愣，后是感动。五站路的距离，不远不近的，可毕竟要走差不多一小时，天天一个来回地走，外加上下九层楼，也累啊！就心疼地摸着她的脑袋说："累不累啊，老婆？"陈月梅憨憨地笑了，摇了摇头："不累！我喜欢走路。快走是最好的锻炼呢。"郑长乐半信半疑，知道她是想省钱，却不挑明，只嘱咐她说："身上还是带点钱，遇到天气不好，或者累了不想走，就坐车，啊？别把自己累垮了。我还指望你养老呢。"说罢双手一环，从后面把陈月梅紧紧抱住，有想哭的冲动。他自己上班的地方太远，坐车都要近一小时，不然他干脆也跟她一起走路，也算夫妻有福同享，有难同当。

一张月票三十多。虽然不算太贵，但至少可以买一只鸡，割几斤肉，让全家老小打几顿牙祭。陈月梅也学着郑长乐，算什么都以吃的做标准。一个月三十多，一年下来就三四百，坚持十年二十年，她被骗的损失就补回来了。陈月梅阴郁的心开始明朗起来。

她本来就属于健康型，不胖不瘦，身材匀称，脸色也好。一路步行到公司，更红光满面，精神抖擞，惹得公司的小姑娘们无比羡慕。她们身体纤弱，小脸苍白，得薄施粉黛才有些红颜，见了陈月梅这般水色，都止不住围着她问："陈姐最近气色好好，用了啥子美容秘方？"陈月梅就谦虚地笑笑："我哪有啥子美容秘方，还不是跟你们学的，每天多走路，多爬楼梯。"

姑娘们齐声尖叫起来，那么远的路，一小时呢，还每天坚持一个来回，真让人佩服。她们脚蹬高跟鞋，最多步行十来分钟就腿脚酸胀。相比起来，陈月梅简直就是超人。陈月梅想说，"这算啥呀，上中学时我走得更远，每天早晨五点起床，背着干粮要走两小时才到学校，而且都是黢黑不平的山路。现在走宽敞平阳的大马路，简直就是逛大街，哪里辛苦？"话到嘴边却突然停了。那是她作为农村人的前半生。现在她是城市人了，走路只是为了健身，为了……她脸上的笑容凝固了。还有更深层的原因她们不知，却在她心底挥之不去：为了省钱，为了弥补被骗的损失。经济拮据是她心中的另一个痛。

　　同样都是城里人，但她跟她们的距离仍然遥远。她们开私家车上下班，或者打车，她呢？连挤月票车都嫌奢侈。横亘在她面前的沟壑，又岂止是一纸户口本能够轻易填平的？然而她仍然要努力，就像郑长乐最近爱唱的一首歌，"幸福不会从天降，生铁久炼也成钢，只要努力去奋斗，哪怕高山把路挡，嘟里个嘟，嘟里个嘟……"

　　这天午饭后，张主任拿来一份资料，叫陈月梅去复印，然后分发到各个部门。那是一份献血通知和有关献血的基本常识。陈月梅复印完后，又把那通知认认真真读了几遍，才知道公司最近有献血任务。每个年龄适宜身体健康的正式工和合同工，都得统一参加体检，体检合格者就有义务光荣献血，并规定了名额，要求党员团员必须带头。虽是义务献血，公司仍会给每位献血者一千块钱的营养补助和两天休假。

　　陈月梅既不是合同工，又不是正式工，她只是临时工，就拿不准自己是否也该参与献血。把通知分送到各科室后，陈月梅回到办公室，怯怯地问了张主任。张主任上下打量她，想了想说："你嘛，按说不在规定的范围之内。不过如果你愿意呢，也可以参加。反正是义务献血，为国家作贡献。"陈月梅似懂非懂，点了点头，明白这献血也凭资格，就像公司逢年过节的福利待遇，发大桶的香油，成袋的泰国米，成筐的柑橘。她是临时工，只有资格干活，任由公司上下呼来唤去，却没有资格享受这一切。只有一次是个例外，还是张主任开的口，说柑橘买多了，干脆，小陈你也拎一筐走吧，快过年了，你平常工作也辛苦。那是她进公司以来最幸福的一天。一筐多出来无人拎走的柑橘，给了她极大的安慰。从那以后，她对张主任就有了一份特殊的亲切。

下班了，陈月梅挎了包都准备走了，却被张主任叫住。她悄声问她："小陈你是不是想献血呀？"陈月梅支支吾吾没了主意。张主任就拍了拍她的肩，为她拿主意，"干脆这样，小陈，我看你身体也好。如果想献血呢，就用我的名额吧。"她说她最近身体不好，如果陈月梅顶她的名，也算帮她。陈月梅听了受宠若惊。张主任总这样关照她。上次分柑橘，这次献血，原本她都不够资格，全靠张主任对她开恩，就感激涕零："那就谢谢了啊。张主任你总这么关心我……"又有些信心不足，担忧道，"只是……不晓得我这身体够不够格？"张主任笑了，瞪她一眼说："不够格更好！够格了，你就得流血做牺牲。"说完打开抽屉，随手掏出一只包装精美的盒子来，塞进陈月梅手里说："来，小陈，这是我上次去法国买的巴黎香水，送你一瓶。"

陈月梅哪里收过这么贵重的礼物，手忙脚乱推辞说："哎呀，张主任，不用不用，你太客气了！"话还没说完，就被张主任一把抓过她的包，硬把那香水塞了进去，厉声说："快别这样推推搡搡，别人看见了，影响不好。"

陈月梅嘴笨，一时不知该说啥好，只得忐忑不安地收下。她顺从惯了，何况还是张主任！何况是张主任看得起她，抬举她。有资格献血，就意味着有资格得一千块钱的营养补助，还有两天休假，多好的事情。回家的路上，她疾走如飞，一手拎了只布袋子，里面装有中午剩下的米饭，另一只手不时伸进皮包，摸那硬硬的东西是否还在。法国呢，巴黎呢，那么遥远的外国，竟然也跟她沾上边了。

她一回到家，就跟郑长乐说起这事。郑长乐在厨房忙做晚饭，听了眉头一皱，瞪眼问她："张主任莫不是欺负你吧？"陈月梅也糊涂了，望着他说："欺负我？怎么会呢？她明明是问我能不能帮她这个忙呀？"郑长乐想了想，又释然道："咳，其实也没得啥子。我们单位也献过血，我就去献过，屁事没有。也说是义务献血，结果每人发了三百块钱的营养费。你们单位还大方，发一千块。"停了停又说，"人体自身有造血功能，旧血去了，又会生出新血来。有的人献血上了瘾，还定期去献，不献觉得不舒服，身体还越献越健康呢。"

陈月梅已经开始拿碗添饭，半张着嘴，惊喜道："真的？"

"不是蒸的,是煮的!我骗你做啥子?"说罢他就伸出手指,在她脸上轻轻一弹,笑道,"去吧去吧,看你这红头花色的,就知道你血太多,去为国家作点贡献,也好也好。"

陈月梅把饭碗搁在餐桌上,就拐进卫生间,去照镜子。"真的,我这脸怎么总是红彤彤的?莫不真的是血太多?"就暗想,上次例假一来就来了近一个月,流的血怕够献好几次了?这一停药,又有几个月不来了,蓄存起来的血,正好拿去献掉算了,反正也是多余的,献出去总比白流了好,既为国家作了贡献,又帮了张主任的忙,还能为自己挣一千块钱,一举多得的好事,何乐不为?

晚上临睡前,又拿那香水给郑长乐看,说是张主任送的。郑长乐打开盒子,掏出一个黄灿灿的精美小瓶子来,盯着上面的洋文,打趣道:"月梅,你现在不得了了,鸟枪换炮,玩起洋格来了。"就拧开盖子,朝陈月梅胸前喷了喷,立刻有一股异香弥漫开来。郑长乐趁机把头探过去,拨开陈月梅的睡衣,陶醉道:"嗯,好闻好闻……"陈月梅有一对传说中的丁香乳,小巧圆润,乳头如两粒娇艳的樱桃。郑长乐含在口里就飘飘然起来,免不了又来一场恩爱。

献血这天,陈月梅起了个大早,按郑长乐的吩咐,先喝了一大杯红糖水,就兴致勃勃去公司,仿佛去赶赴一次盛会。等坐到采血车前挽起袖管,连采血的工作人员都多看她几眼,说她的血好。她幸福地笑了,抽完血也没觉得不适。去财务处领了一千块钱营养费,正准备离开,在电梯口遇到秘书王小莹。王小莹一脸焦急,正茫然无措,见了陈月梅眼睛一亮,急匆匆把她拉到无人处,说:"陈姐陈姐,你能不能帮我个忙?"原来她也该去献血,体检合格,名字都上了光荣榜,可她丈夫突然反对,说最近准备造人怀孕,坚决反对她献血。她都不知道该怎么办了,公司这边又一时没找到理由推脱。

王小莹是公司秘书,老总身边的大红人,平常傲慢清高,难以接近。现在居然这般亲切地叫她陈姐。陈月梅再次受宠若惊。王小莹趁旁边无人,掏出一百块钱来,塞进陈月梅手里说:"陈姐你身体好,能不能顶我的名字,帮我去献血?这一百块钱算我的一点谢意,今后再慢慢感谢你。"

陈月梅本能地把钱推开,木然地摇了摇头:"哦……不……"就见王小莹脸一垮，笑容没了，又恢复了平常的高傲冷漠："原来陈姐是不愿意帮我啊？那就算了。"说完转身要走。

陈月梅这下吓得抓狂。她是误会她了。她不是不想帮她，只是不想收她的钱。她得罪谁也不能得罪她呀，除非她不想在公司干了，便赶紧上前挡住她。

"王秘书王秘书，我，我不是那个意思。我的意思是……我不能要你的钱，真的，还有，也不晓得行不行哟？"

王小莹停下脚步，柳眉上挑，冷冷地道："放心吧，陈姐。你看，今天献血的人那么多，好几辆采血车呢，谁认识你呀？"

"哦……"陈月梅这下懂了，虽然迟疑，还是坚定地点了点头。她习惯了服从，被人支使。这是她在公司的求生之道。再献一次血会对身体不好吗？她不知道，也管不了。失血事小，饭碗事大。

这天献血的人真的多，像在赶集。来了好几辆采血车，就停在大楼外的广场上，还立了大型宣传画，广播也在吼，献血光荣，献血对身体益处多多。陈月梅接过王秘书的身份证，来到另一辆采血车前，排队上前。采血的医生表情麻木，都不拿正眼瞅她一眼，只瞥了一眼她手里的身份证，再找到献血名单上的名字，用笔一勾，就开始操作。陈月梅紧绷的心才松驰下来，勇敢地露出浑圆的手臂，头一别开，让她扎。瞬间的刺痛闪过之后，她眉头一松，心里暗暗高兴起来，想这一扎又得一千块，也划得来。

起身时她觉得有点头昏，站不太稳。还好有同事在旁边，及时把她扶进大厅，让她坐下，又有人递来一杯热豆奶。陈月梅口干得厉害，却习惯性地先客气推辞了一番，最后实在忍不住了，才接过来，"咕噜咕噜"喝个精光。这时王小莹来了，在她身边坐下来，顺势将一个信封塞进她包里，轻声叮嘱："这事最好不要对别人讲啊，让公司的人知道了不太好。"陈月梅不懂为什么不好，却装出懂事的样子，点了点头。

休息了一阵，王小莹陪陈月梅出了大楼，要帮她叫一辆出租车回家。陈月梅赶忙摇头，说要走路回去，都习惯了，坐车反倒不舒服，却被王小莹不由分说塞进了一辆出租车，并付了车费。直到车子开出老远，陈月梅还恍恍惚惚，屁股像坐在皮球上，扭来扭去坐不稳当。她怎么能坐出租车呢？这么贵，还让王秘书出车费，脑子一糊涂，又急不可待去翻包，想数数今天赚的钱。一侧身，看司机正瞟她，又怕了，装出若无其事的样子，东张西望。伸进包里的那只手，刚触摸到那叠厚厚的钱，就开始颤抖。仿佛那钱不是钱，而是电流，瞬间沿着手臂，袭遍全身，浑身的血也一起翻滚。她听到大脑里一阵轰鸣，就不知自己身在何处。连司机跟她说话都没听见，直到司机提高嗓门朝她吼，问她到底要去哪里，她才回过神来，惊惶失措说了地址。

　　幸福啊幸福，原来真的像郑长乐说的，并不遥远。她不过帮别人一点小忙，承受一点皮肉之苦，就轻松赚了这么多钱。陈月梅幸福得快落泪了，想这样的机会再多些，她被骗的钱，很快也就能弥补回来。一切都会好起来的。车窗外街景依然繁华，人来车往，热闹非凡。陈月梅觉得这城市美得像天堂。

　　到家了，开始爬楼，一步又一步，才觉得腿脚无力，不得不伸手去抓栏杆，第一次感到九楼上的家竟如此遥远，远如登天！看来即使是多余的血，被抽多了恐怕也不好，至少会导致腿脚无力。等会儿到家，一定别忘了先喝碗鸡汤。鸡汤是昨晚就炖好的。郑长乐昨天听她说今天要献血，就去买了一只鸡，还是乌骨鸡呢，加了红枣和枸杞，都是补血的好东西。他对她简直太好了。如果他知道她额外又多挣了一千块，还不知道有多高兴呢！一想到郑长乐高兴时的样子，歪着嘴，眯着眼，像个调皮的大男孩，她就忍不住笑了。或许该把鸡腿也吃掉，今后爬楼就有劲了。只是……婷婷不会不高兴吧？鸡腿可从来是婷婷的最爱。

21

　　屋顶花园成了郑长乐的生活重心，看着那些绿色的小生命在自己的精心照料下一天一天破土成长，开花结果，他就说不出来有多高兴。这才是他的世界，淡泊宁静，悠然自得，与世无争，什么升官发财都不去想。人生苦短，乐我所乐。老子才不为五斗米去折腰呢。他不在乎郑长娟说他胸无大志，庸庸碌碌，混得孬。人各有命，幸福的颜色又不止一种。你小车别墅穿金戴银是幸福，我种菜养花逍遥自在也是幸福。

　　然而不幸却是相似的，比如对儿子的牵挂。

　　郑小龙二十岁生日快到了，郑长乐鼓起勇气拨通儿子的手机，依然是那令人恶心的彩铃，浑身鸡皮疙瘩就起来了。他强忍着，希望彩铃过后能听到儿子的声音。但儿子的声音最终没出现，再拨竟然关机了。

　　气愤！连骂了两声"这个死娃儿哟"，又开始担心。有一阵没儿子的音讯了，莫不是出了什么事吧？活要见人，死要见尸。好在儿子工作的地方也不远，郑长乐就寻了个机会，趁着夜色，直奔儿子工作的夜总会。

　　那夜总会在闹市一家四星级酒楼。郑长乐混在一行客人中，神不知鬼不觉溜了进去。里面的音乐地动山摇，他觉得耳朵都快被震聋了，独自站在一处阴暗的角落，忽明忽暗的灯光中，终于看见儿子的身影，高了，胖了，白衬衣外，红背心显得紧箍箍的，都快炸了，却笑容满脸，手托酒水盘，进进出出。郑长乐一颗高悬的心才落回原地。不管怎样，儿子还活着，没病没灾，生龙活虎就行了。他本来还想上前跟他说几句话，问他近来过得好不好，告诉他老汉想他了，有空还是回家看看，又担心会影响他工作，就算了。只用目光追随着儿子，忽远忽近，又忽近忽远。儿子闲下来时，身体也像上了发条，会随着音乐摇来晃去，还抓果盘的水果吃，跟漂亮的服务小姐打情骂俏。看得出来，此时的儿子是快乐的。郑长乐就欣慰地笑了，想龟儿子的，才滋润哟，有音乐有美食，还有美女，难怪不想老子也不想家。

周末晚上，郑长娟照例上来吃饭，顺便为母亲买了些小吃。饭后婷婷一搁碗就溜回房间，关起门来做作业，其实是想避开郑母。小姑娘看出这个婆婆不喜欢她。郑母也说不清为什么，对婷婷总是看不顺眼，一会儿嫌婷婷没喊她，其实人家是喊了的，只是声音太小，郑母耳背，没听见；一会儿又嫌婷婷吃饭太挑嘴，专拣好的吃，且吃相不好，饿痨饿相没得教养……总之横看竖看就是不顺眼，却不明说，只拿脸色给她看。都说老年儿孙绕膝才是幸福，可郑家唯一的孙子呢，想见总是见不到，这个不想见的野孙女呢，却整天在眼前晃来晃去，享受本属于孙子的一切。郑母越想越生气，离开餐桌，向客厅走去，走着走着，嘴巴一撇，竟浊泪横流，吓得旁边的郑长乐大惊，赶忙上前，把母亲搀扶到沙发上坐下："妈妈，你又啷个了嘛？"

郑母嘴一撇，竟像孩子一样呜咽起来："好久都没看见小龙了，我想我的孙娃子了……"郑长乐这才笑了："原来是想孙娃子了嗦，你看你把我吓了一大跳，还以为你老人家又有啥子伤心事呢。"

郑母一巴掌过去，打在儿子的屁股上。"这还不是伤心事啊？"又朝厨房看了看，见陈月梅还在埋头洗碗，就压低了声音，说，"要不是这个鬼女娃子霸占了小龙的房间，小龙他会不回家吗？现在他就是想回来，也没地方住。他还怎么回来呀？小小年纪就没了家，一个人在外面四处流浪，饱一顿饿一顿的，我的孙娃子好可怜哟！"越发伤心地哭起来。

郑长乐却哈哈笑了，拍拍身下的沙发说："妈，你看这沙发，拉开就是一张床。哪里就没地方住嘛？"又伸手去帮郑母擦眼泪，"妈，小龙最近是真的太忙。前几天我还去看了他。他们夜总会生意好，客人多，看他忙得团团转，我连招呼都没敢跟他打，怕影响他工作。"

"真的?!"郑母这才停住抽泣,望着儿子,又喜又忧,"都怪你这个当老汉的。人家上次高高兴兴回家给你过生,你又把人家打跑了。我看你是成心要气死我。明明晓得我就这一个孙娃子,害得他现在有家难回。去,你去把我孙娃子喊回来。过几天他就满二十岁了,就说婆婆想他了,要给他过生。"

郑长乐面有难色,望着母亲不吭声。父子俩长期冷战,一次又一次战火升级。郑长乐真的没信心能把儿子再叫回来。幸好这时郑长娟从楼上下来了,郑长乐就跟她说起这事,只能求郑长娟想办法了。

第二天中午,郑长娟拨通了郑小龙的手机。果然是郑长乐说的怪声怪调,她皱眉忍着,直到郑小龙的声音响起。

郑长娟说想小龙了,问小龙什么时间有空,她想请他出来吃火锅。郑小龙立即机警地问:"都有哪些人?有老汉就不要喊我了,我不想见他!"郑长娟一惊,没想到父子俩的矛盾这么深,也不多问,只是笑道:"就我们两个人行不行?时间地点由你定。"郑小龙立即又欢喜起来,马上定下时间地点。他从小就喜欢吃,也喜欢长娟。在这个喜欢他的小姑姑面前,他从不客气。

到了约定的时间,郑长娟前往,见小龙果然又高了壮了,远看像个男子汉,却穿了条宽松的大裤子,皱巴巴的不说,裤裆还垮到膝盖下面,走起路来左摇右晃,让人担心裤子会垮掉。郑长娟眉头一皱,心头一痛,想完了完了,这孩子怎么成这副样子,吊儿郎当,完全像个小流氓。

两人边吃火锅边聊天,从郑小龙的工作近况,慢慢扯到郑长乐身上。郑长娟有意想融和父子俩的关系,就说:"小龙啊,莫看你爸爸外表凶,其实他很想你,很关心你,晓得不?"

郑小龙的眼睛习惯性地往上一翻:"关心我?我看他是关心钱!"一脸的深仇大恨,顺势塞了一块毛肚进嘴里,恶狠狠地嚼着,说,他恨不得断绝这父子关系,没有这老汉还好些。

郑小龙第一怨恨的是,父亲不该和母亲离婚。他清楚他们离婚的原因,是母亲不对。可父亲也有责任啊,脾气不好,钱迷心窍,经常帮同事顶班,把母亲一个人冷冷清清扔在家里。他这个当儿子的,一发现险情,就及时给父亲发出信号,提醒他多回家陪母亲。是父亲自己太傻了,要钱不要家,才让母亲越走越远，最后竟然闹到离婚，让自己也失去了温暖的家。

母亲有错，但错不至于被扫地出门，何况她也是为了这个家。离婚后，廖艳曾给郑小龙坦承，她跟那些男人往来，不过是为店里拉生意，为了多挣几个钱。那条街上，像他们家那样的小杂货铺有好几家。她不拉拢那些人，生意怎么能好起来？那不过是一种生意场上的竞争手段，性质和郑长乐加班一样。她是女人，又没别的本事，就只能那样。还举起手指上的金戒指对小龙说："儿子啊，等你今后长大成家，这金戒指就送给你媳妇。我们郑家再穷，也不能让儿子在婚姻大事上丢面子，闲话拿给别人说！"郑小龙就莫名其妙地感动了。尤其是临走时，她抱着郑小龙哭泣不已，说真的舍不得这个家，舍不得小龙。那一脸纵横伤心的泪，成了郑小龙永远的伤痛。

没错，他曾经恨过母亲。当他看见她赤裸的身体在男人身下扭动呻吟，他宁愿自己是孤儿，是从石头缝里蹦出来的，也不愿意有这个妈。但母亲又是可怜的。事发后被父亲打成那样，仍跪在地上向父亲求饶，不愿离婚，不愿让孩子没有家。可父亲终究没原谅她。当时郑小龙在阁楼上睡觉，被一阵压抑的哭闹声惊醒，就趴在窗口往下看，正看见父亲拷打母亲。父亲打得可真狠啊，用皮鞋砸，用手掐，用脚踢，把母亲打得瘫在地上。父亲还逼供，说坦白从宽，抗拒从严。他其实啥都知道了，如果她还不如实招来，明年的今日，就是她的祭日。她就果真招了，承认手机是王打滚送的，金戒指是贺杂皮买的。父亲就飞起一脚，将母亲踢到墙角去，骂她是"鸡"。

郑小龙害怕极了，担心母亲会被打死，却身体僵硬，冷冷地望着下面，没有动弹。不知不觉中，他流泪了，泪水左一滴右一滴，从天花板上的暗洞里，滴落下去，却悄无声息。他们好像忘了楼上还住着他们的儿子，就那么闹腾了大半夜！他愤愤地望着下面的一切，像看一场闹剧，直到浑身酸痛，差点从天花板上倒栽下去。母亲还在呜呜哭泣，已气若游丝，他却累了，也烦了，慢腾腾蜷回自己的小床。他恨他们，却永远摆脱不了是他们儿子的身份。意识到这点，他心都碎了。

随着时间的流逝，如果说郑小龙对父母离婚的怨恨已日趋麻木，那么后来发生的一件事，又重新激发了他对父亲的恨。

那是父亲的生日，打电话来叫他回去，他回了，为婆婆买了一袋奶粉，为父亲提了一瓶酒。父亲烧了他最爱吃的红烧肉。他在屋顶花园陪婆婆说话。一边晒太阳，一边望风景。那也是他第一次回父亲的新家，感觉还不错，特别喜欢这楼顶花园。何况陈月梅也待他很好，不像传说的后妈凶恶。吃饭的时候，他碗里的饭还没吃完，她就为他添饭了，殷勤得有讨好的嫌疑。还有那个低眉顺眼的小姑娘婷婷，见了他，羞羞怯怯地叫他"哥哥"。他一高兴，想都不想就掏出裤兜里的一百块钱，递给她当见面礼，豪气地说："哥哥也没给你买啥礼物，来，这点钱拿去买糖吃。"

但那天后半截的故事就不美妙了。

不久前他去看了母亲。廖艳病了，住在郊外的过渡棚屋里，周围都是农田。郑小龙去时，廖艳半躺在床上，桌上只有几包方便面。她本来就不会煮饭，住地外既没有餐馆，又没有超市，就只有吃方便面度日了。她得的也不是什么大病，只是头昏腰痛，直不起身，说是老毛病了，生小龙的时候就犯下的，必须在床上躺几天才好。又说住这里日子好难熬，但她必须坚持下去。"儿子啊，妈这都是为了你啊，再坚持几个月，等把你的房子争取到了，妈的苦日子就熬出头了。"郑小龙却不以为然地说："妈，其实我对房子无所谓。你真的没必要为了我……"话还没说完，廖艳就给了他一拳头："傻儿子，这房子虽然没有所有权，但毕竟是房子。至少你今后有个落脚处。看看外面的房价，你啥时候才能有房住？你老汉又给你找了后妈，还拖个娃儿。他那里，恐怕你今后也捞不到啥好处。"郑小龙就不说话了，低头为母亲削梨子。母亲一直病快快的，据说就是生小龙时落下的病根。郑小龙出生时八斤多，廖艳难产大出血，差点死了。所以郑小龙从小就知道，他一辈子都欠妈的。

床前有一台旧电视，郑小龙很吃惊，一贯喜欢热闹的母亲居然没开电视，一个人静静躺在床上做手工——帮一个小贩做绢花，一朵花赚两毛钱。难怪床上堆满了彩绸。那绢花的颜色红红绿绿十分鲜艳，看久了眼睛会发花，为此廖艳眼睛坏了，说电视也看不清了，得戴眼镜，更不用说打麻将了。可最近不小心摔坏了眼镜，想看电视都看不成，等挣到钱后，她得重新配一副眼镜。有电视看，这等待的日子就不难熬了。

郑小龙立即觉得自己有责任为母亲配一副新眼镜。可惜他身上没有钱。

他在夜总会当传菜生，工资很低，才五百块，主要收入靠小费。运气好时，一晚上能得一两百，运气差时，一分没有。按说他也挣了些钱，但要吃饭抽烟上网交友打游戏，哪里还有多余的？现在到了父亲的新家，见父亲丰衣足食，生活幸福，脸上又是难得一见的大慈大悲，就放松了警惕，开了口。

没想到，父亲的反应几乎是——暴怒。正有说有笑吃着饭呢，听他一开口，要借五百块钱给廖艳配眼镜！郑长乐眼珠子都快爆出来了，不敢相信儿子会说出这样的话来。"啥子呢，找我借钱，去给你妈配眼镜？你搞错没得！"说罢把筷子往桌上一甩，站起身来凶神恶煞地朝他吼去，"有本事自己挣钱去孝敬你妈！没钱还好意思操大方，你不是说每个月挣两三千么？一出手就甩给婷婷一百。老子还以为你好有钱呢。现在居然找我借钱，存了心想来骗老子？"

郑小龙也急了，也把筷子一扔，针锋相对吼过去："你不借就算了。说我骗你？你有啥子值得我骗？你搞错没得！"

儿子居然敢顶撞老子！郑长乐气得话都快说不出了，一只手甩出去想扇人，却被郑小龙眼明手快一把抓住，又被身边的陈月梅拦腰一抱，不得动弹，就浑身发抖，说："好，好，你明明晓得今天老子过生日，不仅不拿一分钱回来孝敬老子，反倒想从老子这里骗钱出去，去孝敬你那个不要脸的妈！你可真是有出息啊，老子好酒好肉招待你。你倒好，拎一瓶破洋酒回来装模作样，以为老子不晓得嗦，那是你们夜总会客人喝过的剩酒。你，还有你那个不要脸的妈，都想把老子当傻子打整！"说着眼睛竟湿了，新仇旧恨夹杂着屈辱齐涌心头，一个激灵，竟抓起那瓶洋酒往地上一砸，就听"砰"的一声，一地玻璃，随后浓郁的酒香弥漫房间。婷婷吓得尖叫一声，捂住耳朵躲到一边。郑母脸都白了，不断"长乐，小龙"地叫唤，语无伦次。郑长乐又气又恨，也顾不了别的，指着大门怒吼道："给老子滚！老子就当没生你这个报应崽崽！"

郑小龙那天一滚，就再没回去。那以后父亲的电话一律不接，叫嚷着要和父亲断绝关系。

这事郑长娟也听说了，就搁下筷子，伸手去抚摸小龙的头，爱怜道："小龙啊，你也大了。遇事多做换位思考，多站在对方的角度去想一想，爸爸的心情，你就不难理解了。毕竟是你妈妈背叛了他。作为男人，那样的伤害是很深的。你现在还小，等你长大了就明白了。"

"不明白，我永永远远都不明白！"

郑小龙一说起父亲就是气。母亲的处境，父亲的冷漠，他自己长期居无定所，饥一餐饱一顿，活得像只流浪狗！他们都怪他不求上进，成天上网打游戏，可有谁知道他内心的孤苦和无助？有谁知道他只有上网，才能忘掉母亲的耻辱和父亲的凶恶，才能在虚幻的世界找到短暂的欢乐。

他抬起手来擦眼泪，露出磨得油黑的衣袖。郑长娟的心酸痛起来。这个郑家唯一的孙子，曾经集全家宠爱于一身。她还记得他小时候的模样，刚出生时肉嘟嘟的好可爱，全家是怎样的欢天喜地。尤其是父亲，喜得几天都合不拢嘴，说郑家总算有后了，他就是死也闭眼了。如果父亲还活着，看到这个曾经令他骄傲的"后"，如今这般潦倒落魄不成气，怕是再骄傲不起了吧？或者直接被气死，死不瞑目，也难说。作为姑姑，郑长娟曾经努力想帮这孩子一把，想把他从廖艳身边拉开，扶上一条光明正道。她尽力了，却无济于事。郑长娟最伤心的是，无论她怎样用心良苦，小时候送智力玩具，上学后送各类图书，一有机会就对他耳提面命，谆谆教诲，却统统抵不过廖艳的漫不经心。郑小龙几乎承袭了廖艳的全部毛病：好吃懒做，不求上进，还巧舌如簧，撒谎成性，活脱脱就是廖艳的翻版。当了多年的小学老师，郑长娟深知家庭环境对孩子成长影响巨大，尤其是母亲的言传身教，是孩子最早的启蒙教育，会像血液一样渗进孩子漫长的一生。为此她还写过文章，呼吁母亲们注意提高自身素质，注意在孩子面前的言谈举止。可有什么用呢？别说远在天边，就是近在眼前的郑小龙，她都无能为力。她为自己从事的职业感到悲哀。

吃完火锅，郑长娟拉着小龙的手，去逛旁边的大商场。她说："小龙，你看你这身衣服，又脏又破，姑姑给你买套新的吧。"

一路又聊起过去的旧事。郑小龙对儿时的记忆清晰如昨。说起父亲，印象最深就是体罚。那时候，家门背后总是挂有一条皮带。每次犯事，父亲就用那皮带抽他。"打得我跳迪斯科。"郑小龙愤愤地回忆往事。郑长乐信奉"黄荆棍下出好儿"。刚开始时小龙还怕，下跪求饶，认错，一边哭一边写保证书。可没过多久又忘了，一打再打后，慢慢他竟麻木了。直到有一天打断了皮带，郑长乐一时没辙了，跪在地上，抱起儿子大哭起来，郑小龙才慌了手脚。他还从没见父亲如此哭过，一时竟忘了自己身上伤痕累累，反过来安慰父亲："爸爸莫哭，等我今后长大了，一定挣钱，买一根新皮带赔给你。"

天真的郑小龙还以为，父亲哭，是因为皮带断了，却不知道父亲是恨铁不成钢。郑长乐破涕为笑，泪流满面地对他说："儿子啊，你乖点吧，爸爸求你了！其实爸爸哪里舍得打你嘛！每打你一下，都是打在你身上，痛在爸爸心上啊！"郑小龙听得云里雾里，却不太明白父亲的意思，只暗暗发誓，今后长大一定要买条新皮带，赔给父亲。

在商场为郑小龙买了一套休闲服后，郑长娟又为母亲选购了一件羊毛衫，再一路慢慢逛下来，无意中经过一个皮带专柜。郑长娟停下脚步对小龙笑着说："小龙，为爸爸选一条皮带吧。"郑小龙一愣，想起刚才讲述的童年往事，摇头笑了："算了，我才不去讨好他呢。"何况他荷包里根本没钱。出了大楼来到外面的马路上，郑长娟说："小龙，婆婆想你了，过两天就是你二十岁生日，婆婆想给你过生日。到时候你先到我学校等我，然后我们一起去你爸爸家。这件羊毛衫呢，就算我帮你为婆婆买的。婆婆那么喜欢你，现在婆婆年龄大了，你要尽量让婆婆高兴，好不好？"

郑小龙这才明白了，不好意思，摸了摸脑袋歉意道："那……姑姑，这毛衣的钱，等我下月领了工资，一定还你。我本来也想买点东西去孝敬婆婆。"郑长娟一摆手，打断他说："算了，小龙，你的钱自己还是存点吧，不是还想给你妈妈配眼镜么？"

这天让郑长娟高兴的另一件事是，郑小龙终于答应她，把手机彩铃换掉，换成欢快的流行曲。

生日这天，郑小龙穿上郑长娟为他买的休闲服，拎着那件羊毛衫，和长娟一起来到父亲家。是郑母开的门，抬头一看是郑小龙，一个又高又壮的大小伙子站在门口，激动得眼泪哗啦一下就流出来了："小龙，我的孙娃子呢……婆婆的眼睛都望穿了哟，你要是再不回来，怕再也看不到婆婆了哦……"郑小龙一脚进屋，弯腰一把搂住郑母："对不起，婆婆，我这段时间是真的工作太忙了，抽不出时间来看你，你老人家就大人不记小人过，不要生我的气哈！"说完把手里的袋子递上前去，"婆婆，这是给你买的羊毛衫。天气冷了，你要记得加衣服哟。"

从厨房里飘出诱人的菜香，有郑小龙熟悉的红烧肉香味。郑长乐正在炒菜，一听儿子进门了，也止不住高兴，却故作轻松，手拿锅铲探出头来："是小寿星回来了嗦？还以为你工作忙，红烧肉都不想吃了哟。"

郑小龙没有理他，只牵着郑母的手，慢慢向客厅走去。

一大家子，终于又坐在一起吃饭了。

两杯酒下肚，郑长乐话又多了，一脸幸福对儿子说："小龙，你现在也长大了，懂事了，晓得孝敬婆婆，给婆婆买毛衣了。另外我也要谢你。"郑小龙正迷惑不解，想父亲今天怎么心情大好，像变了个人，就见郑长乐站起身来，撩起衣角，拍了拍裤腰上的皮带说："你买的这皮带，我系上正合适，颜色和款式我都喜欢。不错不错。"一张脸笑得更灿烂了，还探过身来，朝郑小龙碗里夹了几坨油光水滑的红烧肉，"儿子啊，当老汉的骂归骂，心头还是喜欢你的。小时候你调皮不听话，总是挨打，打烂了老子好几根皮带。你就说，长大了一定要买根新皮带来赔老子。这话我一直记在心头，还以为你忘了呢，原来你还没忘嗦……"

那是一条深棕色的真牛皮带，看上去质量不差，是皮带专卖柜上的一款。郑小龙这才恍然大悟，迅速瞅了一眼郑长娟，却见郑长娟面带微笑，正意味深长望着他。他刚想开口说什么，却被郑长娟抢了先："就是就是，我们家小龙现在懂事了，挣了钱知道孝敬家人，给婆婆买毛衣，给爸爸买皮带……"一席话把他的嘴封了。他脸皮一抖，嘴角抖出一丝苦笑，低头吃饭。

"挣了钱孝敬家人是好事。你还没忘童年里的那些事，说明你还没忘老汉当年教育你的一片苦心，啷个反倒不好意思，买了皮带，不直接拿回来给我，非要托你姑姑转给我？你以为我这个当老汉的就那么小气，会跟你生一辈子气？"郑长乐越说越激动，一脸红光，幸福再次泛上心头。

"来，跟老子干一杯！二十岁了，你也算终于成人了。"

22

这天婷婷放学回家,见父母在厨房忙晚饭,喊了一声"爸爸妈妈,我回来了",就钻进房间把书包放下,隔了片刻,她又怯怯地出现在厨房门口,轻声说:"爸爸妈妈,我跟你们说一件事。学校要开运动会。老师说,每个人要缴一百块钱买运动服。"小小年纪,就知道钱在家里是敏感话题。一提到钱,一双眼睛便小心翼翼地在父母脸上溜来转去,看他们的反应。

郑长乐正蹲在垃圾袋前刨洋芋皮,一听果然皱起眉头:"啷个又要缴钱哟?不是刚刚才缴了一百五么?这才过了几天啊,又要缴一百块?政府有明文规定,中小学不准乱收费哟。"

婷婷的小脸立即红了,弱弱地辩解:"爸爸,上次缴的一百五,是晚自习的补习费。这次是开运动会的运动服费,各是各的,不是乱收费。"

陈月梅在擦洗灶台,一看郑长乐脸色不对,就说:"那……可不可以不参加嘛?运动会嘛,当学生的,只要学习好就行了。"她嘴巴对着婷婷说话,眼睛却盯着郑长乐的脸,看他的表情变化。

婷婷翘起小嘴巴。对陈月梅她就不顾忌了,说话变得理直气壮:"妈妈,你说得不对。学生要德智体美劳全面发展,才是好学生。老师说的,体育也很重要,每个学生都必须参加。"

郑长乐这才站起身来,和陈月梅对望一眼,不再开口,心底也承认,婷婷说得有道理。可这才上学多久啊,就不断缴钱。才上个小学就这么贵,今后还有初中高中，甚至大学，这样下去，还让不让人活啊？他一脸悲哀地望着婷婷，叹了口气。

突然又想起前几天的报纸，政府禁止中小学校乱收费。当时也没仔细看，就不知婷婷的学校是合理收费，还是顶风作案？就决定明天上班，再找那报纸来好好看看。

第二天，他果然在值班室角落的旧报纸堆中找到那报纸，就一字不漏研读了几遍，结果发现，婷婷的学校至少有一项是乱收费："巧立名目，以补课上晚自习为名，向学生收取额外费用。"郑长乐松了口气，得意地笑了，掏出一根烟抽起来，琢磨这事该哪个办？这时，报纸边角上一行黑字提醒了他：投诉电话。就想都不想，抓起电话拨了过去，说自己是一名学生家长，女儿的学校还在办晚自习乱收费，让贫困家庭不堪重荷。接电话的人冷冰冰的，问了学校名字，说会派记者调查的，便搁了电话。郑长乐放了电话还忐忑不安，盯着电话机想，也不知这样做是否合适，有没得效果，说是欢迎投诉举报，也不知信不信得，这个社会，说一套做一套的事，多了。

没想到一周后的一天下午，婷婷放学回家，一脸沮丧："爸爸妈妈，你们慢慢做饭，我不急了。今天老师在班上说，因为有家长向报社投诉，今后的晚自习就不上了，老师也不再管我们了，让我们自己回家放野鸭子。"

"那……钱呢？缴的那一百五还退不退？"郑长乐心里一阵窃喜，没想到他这一招还真的管用，立即就想到他缴出去的那笔钱。

"老师说，补习费会退还的，但不是全部。因为已经上了那么多节补习课了。"

"不全退？也行。能退总比不退好。"

"但是，老师今天很不高兴，说不晓得是哪个学生家长这么缺德，有意见不直接跟学校提，跑到报社去投诉，害得校长也挨了批评，老师还要遭扣奖金。"

"嗯，这个家长是有点缺德。"陈月梅不明就理，附和说。

"缺啥子德？人家敢去学校提哟？惹得老师不高兴了，不怕娃儿遭打击报复？真是站起说话不腰痛！"郑长乐白了陈月梅一眼，貌似为别人据理力争，实则为自己心虚打气。

周末，郑长娟上来吃饭，郑长乐得意忘形，凑到她耳边，眉飞色舞说了这事。本来想邀功，想让郑长娟看看，他也有足智多谋的时候，小耍一枪就解决问题，既杜绝了歪风邪气，又为自己节约了开支。不料郑长娟听了，先是一惊，后是一怔，黑着脸道："哦，原来是你！我就说嘛，我们学校的学生家境普遍不错，从来没听谁抱怨过。原来是你！这种事你居然也干得出来！"

他这才突然醒悟，怎么就脑筋短路，没想到长娟也靠补课赚钱，还好意思去邀功请赏！就恨不得扇自己两巴掌，却鸭子死了，嘴壳子硬："啷个嘛？你们学校乱收费难道还有理了？今天收这费，明天收那费，把我们学生家长当提款机了？还让不让我们家长活哟？"

郑长娟气得跺脚："我遇得到你哟！"当场后悔不迭。难怪这周教务会上，校长用奇怪的眼光看她。也许他已经有所怀疑。为了让婷婷进学校，一向不爱求人的郑长娟，厚着脸皮去说好话，才让校长开恩，把赞助费降到最低。婷婷也因此成为学校有名的特困生。没想到，这特困生竟是一颗耗子屎，坏了一锅汤。学校是区里重点小学，教学质量好，重点中学的升学率也很高。各种晚自习和周末补习班办了多年，从没出过事。现在好了，校长挨教育局点名批评，老师们也失去了挣外快的机会。她自己呢，就因为当初的好心肠，差不多就成了全校公敌。

"长乐，你怎么就不为我想想？婷婷进学校容易么？人家校长是看在我的面子上，才象征性地只收了五千块的赞助费。你去学校随便问问，哪个的赞助费不是上万？现在好了，人家好心收下你，你却在后面捅人一刀。你让我在学校怎么做人？"

"我打的是匿名电话，哪个会算到你头上？"

"这还不简单？这么多年，从来没有学生家长，为缴补习费闹过意见。自从有名的特困生陈婷婷来了，就出事了。一百五的补习费，对所有的家庭都不是问题，就对你是大问题，成了不堪重荷。"

郑长乐不说话了，这才悔青了肠子，苦着脸说："那……啷个办呢？唉，打电话的时候，怎么就没想到这个后果？真的没想到。否则我啷个会……"

因为这事，一顿饭也吃得有盐无味。母亲和陈月梅还唠叨几句，长娟和长乐却各怀心事，只闷头吃饭。

晚饭后，郑长娟陪母亲上楼，母女俩坐在露台上说话，不一会儿长乐也上来了。长娟就掏出一张名片来问："对了，有个事我差点忘了。前几天有个学生家长请吃饭，我碰到这个人了，刘爱武，还记得不？"

郑长乐接过名片，想了想说："哦，刘爱武，小刘，啷个不记得，一个科的，长得瘦不拉叽的，跟我差不多的个头，后来下海开火锅馆去了。"

"抽时间给他打个电话吧。人家现在是大老板了，还问起你呢。那天吃饭的酒楼居然是他的！听说他现在做大了，不仅开酒楼火锅馆，还正在搞一个度假村。"

见郑长乐闷闷地没吱声，郑长娟站起身来，走到他身边低声说："看看人家，当年跟你一个科室，怎么人家就闯出来了？你呢，前怕狼后怕虎，一事无成，还自得其乐。也不晓得你整天乐啥子！"

郑长乐摸着脑袋苦笑："长娟，你啷个横看竖看就看不顺我嘛？非要拿我跟人家比！你是老师，难道不晓得人比人会气死人？难道非要把我气死了，你才舒服？俗话都说，人与人不同，花开几样红。这命跟命就是不一样。你自己是知识分子，书上都讲要知足常乐，我知足常乐哪点不好？"

"好！好就活得光明正大，不要去偷偷摸摸打匿名电话，不要让自己妻子天天走路上下班，去献血，就为得那点营养费，还献两次，命都不要了！"郑长娟压低声音，不想让身后的母亲听见。

郑长乐就掉过头去，望着空茫的夜空发呆。陈月梅献血的事，他想起就气。一是气陈月梅自己太傻，没脑壳。二是气她们公司欺人太甚，不把临时工当人。他当时一听就火冒三丈，要去她公司找人算账，却被陈月梅死死抱住。陈月梅胆小怕事，尤其怕得罪公司的人，怕丢饭碗。郑长乐气得咬牙切齿，把陈月梅的卖血钱扔了个天女撒花，吓得陈月梅脸都青了，跪在地上一边捡钱一边哭："乐哥，你不要生气了，求你了。是我错了，我以后不再犯了。以后要再帮人献血，我就只帮一个……"郑长乐见她还执迷不悟，更气了："还想再帮人献血？你真是要钱不要命了！"陈月梅怕兮兮道："命，不是还好好的吗？"郑长乐见她一脸凄惶，身体明显虚了好多，也可怜，顿时又爱恨交织，弯腰把她扶起来，拥在怀里，痛心道："月梅呀月梅，你真是我的傻老婆哟！"

"长乐，不是我说你。这知足常乐吧，也得看人，还真不是哪个想乐就乐得起来的。"郑长娟又转到他面前，对他不依不饶，继续声讨，"尤其是你，就挣那么丁点钱，妻子是临时工，还要供娃儿读书上学，你也想知足常乐？做梦吧！没听说啊，贫贱夫妻百事哀？除非你不食人间烟火，是神仙！"

郑长乐就双手一摊，也气了："那按你这意思，我们这种人就只有死路一条，不活了？大河没有盖盖，我们统统该去跳河喂鱼？"

郑长娟见他开始耍横，不讲道理，就叹了口气："长乐，你朋友不少，人也不傻，就不晓得是啷个想的。这么多年了，身边的傻儿都发财了，就你还原地踏步不前。混到现在，为省娃儿的几个补习钱，竟然去耍那种手腕！"

郑长乐闭上眼睛，无话可说。

"你看，自从重庆升直辖，全中国人民都往重庆跑，来寻找机会，淘金创业。你这个土生土长的重庆人，却守着这块宝地无动于衷。要养家要糊口，每月挣不到一千块，还好意思整天高喊知足常乐？我都为你干着急，就不晓得你啷个还乐得起来！看来是妈把你的名字取拐了？"

郑长乐这才睁开眼睛，赌气道："是，我就不该叫郑长乐，该叫郑长悲，郑长苦，郑该死……"

"不，该叫郑成功郑奋斗，那你就不会这么懒了。"

兄妹俩原本气鼓鼓的，这下又都笑起来了。

"你现在是，长乐长乐，苦中作乐。"长娟笑说。

这时陈月梅上楼来了。郑长娟才敛起笑容，淡淡地说："常言说，近朱者赤，近墨者黑。少跟那些酒肉朋友混，打牌喝酒有啥意思？那是浪费生命！跟刘爱武打个电话吧，联系联系。跟好人才能学好人。"

郑长乐虽然誓死捍卫他知足常乐的权利，但晚上躺在床上，却回想起郑长娟的这番话，还是难免有所触动。便把那张烫金名片掏出来，拿到台灯下仔细看。回想起当年和刘爱武相处的种种情景，心情就酸溜溜地复杂起来。当年他是副科长，小刘还是他手下的兵；也不见得比他聪明，人缘也不如他的好。就是下海开火锅馆，也是郑长乐转让的机会。是朋友先找郑长乐合伙。当时郑长乐蠢蠢欲动，但要投入两万块钱，觉得风险太大，亏了可惜，就犹豫不决。不经意间跟小刘提起，问他有没有兴趣干。没想到平时蔫不拉叽的小刘，遇事比他能拿主意，第二天就答应了，从此竟一步步越走越远。如果当初是自己呢，会不会今天这烫金名片上，就是郑长乐三个字？他半眯着眼睛，一边抽烟一边想，也许他就这个命。命里只有半斗米，走遍天下不满升，怪哪个？

或者，他真应该试一试。还来得及吗？郑长娟说，人生难有几回搏！年轻时不搏，老了想搏都没机会了。他人生过半，再不搏，这辈子可就真的完了。可偌大个世界，偌大个重庆，他纵有万丈雄心，又能搏些什么？

做生意，他一没资金，二没后台，三没关系。打工吧，又没技术。回想自己这大半生，他这才感到凄凉和遗憾。年轻时他也不是懒人，积极上进，从来都站在时代的前沿。党叫停课闹革命，他第一个扔了书包，跟同学上街游行革命。后来党叫上山下乡，到广阔天地去大有作为，他又不顾是家中独子，可以留城，不顾父亲的阻拦和母亲的眼泪，硬是偷拿了户口本，去刺破指头写血书，站在红旗下向党宣誓：到祖国最艰苦的地方去，到党和国家最需要的地方去……回想起来，哪一次他不是急先锋，跑在时代的最前列？一颗红心跟党走，党叫干啥就干啥。他文武双全，吹拉弹唱，南拳北腿，样样来。从学校到农村，再回到工厂，走到哪里都风光一片，怎么现在竟突然黯淡？一不小心，竟沦落成不被待见的底层公民？！时代的列车轰轰隆隆朝前开去，他不知啥时候打了个瞌睡，就错过了。现在就只能眼睁睁看别人宝马香车，风光无限，自己却冷冷清清一无所有。如果不靠父母的资助，光凭自己，他的日子会更惨。这房子肯定买不起，还不知去何处栖身！

现实啊现实，你的残酷，我永远不懂！

现在行动还来得及吗？他可没时间去随意挥霍。万一翻船又啷个办？老了去喝西北风。捧着这泥饭碗，老了至少有退休金。否则有一天老无所依，只能被葬在春风里。不是他郑长乐胆小怕事，这种种风险不能不考虑。

23

但是，打电话的风险，郑长乐还是能够承担。

他向来最恨攀权附贵、溜须拍马。郑长娟说他是茅厕里的石头——又臭又硬，他却认为那是骨气。树活一张皮，人活一口气，这是他的做人原则。他穷是穷，但穷得硬气。打这电话，他说服自己的理由是：叙旧。毕竟是当年的老同事，多年不见，打个电话问候一声，也在情在理。就在第二天午饭后，掏出名片，拨通了电话上的那个号码。电话是秘书小姐接的，用甜甜的重庆普通话问他："先生，你有什么事情需要转告嘛？我们刘总最近很忙，一般不亲自接电话。"郑长乐就既遗憾，又庆幸，留下姓名和小灵通号，说："其实也没得啥子事，不过是过去的老同事，多年没联系，想打电话问候一声。"

挂了电话，郑长乐盯着名片冷笑，还他妈鸟枪换炮，配女秘书了。想当年自己当副科长的时候，小刘还像条跟屁虫，整天围着他屁股转，要拜他为师，跟他学耍九节鞭。那一年，他突发阑尾炎，还是郑长乐开着科里那辆三轮摩托，亲自送他去的医院。就是他后来跟人开起火锅馆，他也对郑长乐感激涕零，经常请他帮他顶班，有领导问起时帮他圆场。为了答谢，他还请郑长乐去烫过火锅。后来不知怎么来往就少了，以至于断了。但不管怎样，他们曾拥有一段共同的时光，想来他不会忘了吧？

小刘的电话是晚上打来的，他还像当年那样，喊他"郑科"。郑长乐听了，不仅觉得别扭，还觉得羞辱。时过境迁，他明明早不当科长了，他还这么喊他，不是嘲讽又是什么？但这别扭很快就被苏醒的往事淹没了。小刘问起单位近况，又问起几个共同的老同事，郑长乐情绪就起来了，正准备打开回忆之门，好好叙叙，对方却又话头一转，说对不起，郑科，有个重要电话来了，先挂了。最近正跟一个台商谈合资，有点忙。周末吧，等周末有空，我们再找个地方聚聚。

郑长乐一颗心就飞起来了。想小刘如果还恋旧情，看在过去的情分上，随便拨他一份差事，让他兼职干干，赚几个外快，也不错啊，至少日子会松活了。如果好运临头，他也会一步一步发展壮大，那就是另一番风光了。想想也让人激动啊。

到了周末，郑长乐几乎每隔两分钟，就掏出裤腰上的小灵通，看看有没有来电显示，最后竟干脆把小灵通摘下来，握在手里。这样紧张而兴奋地等待，一直到星期天下午，那颗飞起来的心，在空中最后挣扎了几下，已开始着陆，电话才来，是小刘的司机打来的，问郑长乐在哪里，他开车来接他。

郑长乐匆匆洗了脸，换了一身干净衣服下楼。一辆锃亮的黑色奔驰已停在楼下。这幢楼前还从没停过这样的好车，打麻将的邻居们都伸长脖子好奇张望。郑长乐就挺直腰板，在众人羡慕的目光中飘飘然地上了车。这种车子别说坐，他连摸都没摸过。车里只有司机一人，他独自坐在司机旁边，有点拘谨，感觉手脚都成了多余的，没地方搁。司机表情酷酷的，也不跟他多说话，把车开到一家洗脚城前，说刘总就在里面，请进吧，便开车走了。那洗脚城建得气势恢弘，像星级宾馆。郑长乐推开旋转门进去，一见里面的金碧辉煌，就有些迈不开脚步了。

正惶惶然，急匆匆走过来一个男人，边走边朝郑长乐挥手，一脸都是不耐烦，说："走吧走吧，你怎么又来了！"郑长乐一头雾水，还以为是刘总派来接他的，却原来是要赶他走。他就愣住了，不知道自己被人当做前来讨债的民工了。正要解释，说是你们刘总请我来的，却被那人连推带拉要送出门。还好，一位穿红旗袍的迎宾小姐碎步跑来，问他姓什么。他说姓郑，迎宾小姐就歉意地笑了，说："原来是刘总的朋友啊，对不起对不起，误会了。我们刘总在楼上等你呢。请跟我来。"

郑长乐跟着小姐上了楼。两人一前一后，走过一条长长的走廊，来到一间包厢前。迎宾小姐轻轻敲门。门开了，房间光线很暗，郑长乐一眼没看见人，只见一只手在朝他挥动，就重一脚轻一脚走进去，伸出双手，想跟那只手来个激情重逢。那手却突然停住了，只跟他轻轻碰了碰。刘总原来躺在床上，正打电话，见了他，连身体都没支起来，只冲他笑着点了点头，说："来了啊，郑科，先洗个脚吧。"指了指旁边的那张空床，又继续打电话。

郑长乐就傻了。多年不见，一见面就让他"先洗个脚"，什么意思啊？是嫌他脚脏，不洗脚就没资格跟他见面说话吗？

他也知道近几年社会上流行洗脚。重庆人尤其喜欢赶时髦，社会上流行什么，重庆人就追什么。所以啥都是一阵一阵的，风一样吹来又吹去。也不知这洗脚风从哪里吹来，仿佛只是一夜之间，满街都是洗脚城。他还纳闷，想洗脚不过是一种临睡前的卫生习惯，很私人的行为，怎么就突然被发扬光大，成了时尚和商业行为？更搞不懂就一双脚，洗来洗去，又能洗出多少花样来，需要建那么多豪华大楼？还洗脚城呢，好像洗脚成了看戏看电影一样高雅的文化活动，听说洗一次还要几十块钱。真是——吃饱了撑的！这世上无聊的人太多，尽干些无聊的事。

现在，一个多年不见的老熟人，一见面就要他"先洗个脚"，看来这洗脚已升级成一种社交礼仪，跟从前朋友见面"先喝杯水"、"先抽根烟"，或者饭前"先洗个手"一样，成为待客的第一道程序，然后才能进入主题。可他怎么就听着别扭？心里就是不舒服！他穿了一双发旧的人造革皮鞋，五十块钱在朝天门批发市场买的，还算干净，但鞋边已经磨得发毛，站在这漂亮的地毯上，寒碜得就像叫花子。更要命的是，这种不透气的廉价皮鞋，让他的脚臭更厉害。他是汗脚。有人却偏偏哪壶不开提哪壶，要他"先洗个脚"。不是故意让他难堪吗？

这洗脚房装饰得就像夜总会的豪华包厢，半壁软包，地毯，空调，液晶数码大电视，三张床，升可让客人半躺着洗脚，降可让客人全躺下按摩。刘爱武躺在最里边的床上，一直在打电话，跟他搭腔只能见缝插针。真是日理万机啊。郑长乐觉得自己来得不是时候，好脾气地站在旁边，这才看清对方的脸：胖了，整个人像被发起来的面团，完全没有当年的精瘦风采。如果走在大街上，他未必一眼能认出他来，就暗自感叹，发迹居然能改变人的外貌。

一个洗脚小姐坐在床前的小凳上，正弯着腰在为刘爱武洗脚。木桶里深色的洗脚水，用一只透明塑料袋兜着，散发出浓浓的中草药味。刘爱武的双脚白白胖胖的，浸泡在水里，像一对准备下锅的猪蹄，被洗脚小姐的双手十分认真地揉搓清洗，就差煺毛了。郑长乐睁大眼睛，这就是传说中的洗脚啊。

这时候有小姐送饮料进来，一会儿又送水果和小吃。都是双份，放在两张床边的小桌上。为郑长乐洗脚的小姐也来了，先送上一套白色浴袍，请郑长乐更衣。郑长乐接过来捧在手上，就糊涂了。他想，洗脚怎么还要换衣服？未必还要帮我洗澡搓背？正犹豫不决，那小姐又送来一双拖鞋，双手捧着，恭恭敬敬地放在郑长乐面前，说先生请换鞋吧。说罢站起身来，朝郑长乐的脚看了一眼，就微笑着退出了房间。郑长乐顿时尴尬到极点。他那双脚，钻进皮鞋两分钟，再脱出来肯定臭。更何况在这种不透气的空调房里，让他情何以堪？

正不知所措，刘总侧过身来跟他说话："怎么样，郑科？几年不见，过得还好吧？来来来，先洗个脚，再细聊。我们这里的洗脚水是由专门的老中医独家配方，里面还有西藏雪莲，为男人壮阳，为女人滋阴……"话还没说完，郑长乐的小灵通突然响了，他说了声"对不起"就转身出门，去过道接听。这才发现额头上汗都出来了。他接完电话，就有了主意，一脸焦急返身进屋，抱歉道："哎呀，小刘，哦，对不起对不起，现在该叫你刘总了，太不巧啊，家里来的电话，说老母亲突然发病了，叫我马上回去。你看这么盛情的款待，真太对不起了！"

谁都知道他是出了名的大孝子。刘总已经支起身体，一脸遗憾地望着他，也不多问，只不停点头："哦，那就太遗憾了。好久不见，还准备好好聊聊呢。要不要我派司机送你回去？不要啊？那我们只有以后再联系了。"就欠起身来，跟他握手道别，也是轻轻一碰，如蜻蜓点水。

几乎就是落荒而逃。郑长乐一口气跑到马路对面，神经才慢慢松弛下来。他站在一棵黄葛树下，回头张望，街对面的洗脚城大楼，一壁的蓝色玻璃墙，却映出一片灰蒙蒙的天，或浓或淡，像裹了一层烂棉絮。又像一个浓妆艳抹的站街小姐，穿了一身脏兮兮的华服，在嘲笑一个荷包不鼓的穷嫖客。他又气又恨，往地上狠狠"呸"了一声，十分响亮地吐了口浓痰，冷笑道："哼，想拿老子开涮，想得美！不过有几个臭钱，就吃不完要不完了？做人还是要谦虚点，把尾巴夹到裤裆里。要不然，说不定哪天，'咔嚓'一声，脑袋搬了家，都不晓得为啥子。不信我们走着瞧。你虽然比我风光有钱，却不一定比我开心快乐，比我活得长久！"

以后再联系？空了吹？郑长乐一想起刘爱武刚才的一脸傲气，就酸溜溜的，愤慨得很。从小到大的朋友中，混得好的都渐行渐远，另成圈子，只有处境相似的才留下来，继续着贫贱不移的友谊。物以类聚，人以群分，也正常。啥子嘛，人不求人一般高。要讲人脉，在这座他出生又长大活了几十年的重庆城，他并不缺。小学中学的同学中，有头有面的也数得出几个，还有一个混进了市委。那又怎样？你走你的阳关道，我过我的独木桥。大路朝天，各走一边。郑长乐一身傲骨，最恨低声下气去攀权附贵。他掏出刘爱武的烫金名片，不屑地瞥了一眼，"嚓嚓"两声，撕得粉碎，扔进路边的花圃里。然后头一昂，甩膀子走了。

富贵如浮云，钱财都是催命鬼，平平淡淡才是真。郑长乐心情又天高云淡起来。突然想起小时候唱过的一首童谣："有钱的人，大不同，身上穿的是灯草绒。手一捞，金手表；脚一踢，华达呢；嘴巴一张，金牙巴；帽子一揭，莲花白……"再往下他记不得了，就即兴发挥，加上一句，"耀武扬威要不得，小心哪天遭洗白！"

他越唱越欢，仿佛看见社会新闻里那些凶杀案中的有钱人，一个个正在惨遭血洗。他愤慨的心又突然软了，停下脚步，对着想象中的那几个蒙面英雄不耐烦了："算了，兄弟，教训一下就行了，不要弄出人命来。人家也有父母妻儿，死了的话，家人可怜。"

无意间又瞥见自己的脚，可怜兮兮的，像在为错过一次舒服的享受而伤心失落。他就笑了，低下头去安慰说："知足吧，我亲爱的脚。没让你们长在农民身上，下冬水田去踩泥巴，就不错了。以为那些药汤汤洗了就舒服呀？还西藏雪莲？鬼才晓得是用啥子狗皮膏药加色素兑的，到时候染些病回来，也难说。我们还是洁身自好吧。"

24

　　一天下午，郑长乐下班后走在回家的路上，遇到一个中年女人，擦肩而过觉得眼熟，不禁又扭头回望了一眼，碰上那女人也回头望他。他们四目相对，都禁不住笑了，原来是曾经的相亲对象，还一起逛过一次公园，就站在路边聊了起来。

　　女人叫李玉兰，皮肤白皙，五官精致，穿着时髦。她说："哎呀，是郑长乐？今天哪个在这里碰到你了？好久不见了，还好噻？"

　　"一般嘛。"郑长乐一贯很谦虚，"你呢？还好噻？找到幸福的归宿了噻？"

　　"啥子幸福的归宿哟。你都不要我，我还去哪里找幸福？"

　　郑长乐不好意思了。他都忘了两人交往的具体细节。她说是他不要她，也太抬举他了。"开啥子玩笑！你的条件那么好，我哪里配得上你哟？"

　　"你呢？一眼就看得出过得很幸福，是不是？有爱情滋润，找到理想的另一半了？"

　　郑长乐诚实惯了，就十分谦虚地点了点头："理想谈不上，凑合吧。我这个人又不挑剔，只要人好心好，两个人性格合得来，能行了。"

　　李玉兰突然眼睛一亮，仿佛想起什么大事："对啊，这么好的事，我怎么把你搞忘了呢？"

　　"啥子好事？"

　　"走走走，有时间没得？找个地方坐一会儿。你还别说，这么好的事，我嘟个把你搞忘了呢?"李玉兰不由分说,一只手去拉郑长乐,另一只手掏出手机,递过来,"来,跟领导打电话请个假吧,说晚点回家。"

那是一只新款诺基亚,小巧精致,不像山寨。郑长乐捏在手中,笑了笑。他自己只有小灵通。李玉兰问都不问,就晓得他依然贫穷,要为他节约电话费。他把那手机还给她说:"算了,有啥子事就在这里说吧。我的家庭情况,你又不是不了解,老母亲最近身体不好,还是应该早点回家。"

其实这只是善意的谎言。郑长乐的真实想法是:我都是有家庭的人了,再跟你一个单身女人,找个地方坐一会儿,像啥子话!

两个人就退到花圃后边的黄葛树下去说话。李玉兰一脸兴奋:"长乐,你还记不记得我有个儿子?"

郑长乐点了点头,其实他根本不记得了,只胡猜乱说:"怎么样,出息了?"

李玉兰就得意地笑了:"是啊,去年大学毕业了,去了沿海,发展得很好。这不,我最近刚去看了他回来。你看我的脸,遭太阳晒黑没得?"说完伸过脸来,左一侧右一侧,让郑长乐看。

郑长乐觉得有些尴尬,悄悄往后退了半步。这大街上人来人往的,他一个已婚男人,跟一个女的这般亲近,万一遭熟人看见了,他跳进黄河都洗不清。

李玉兰笑了:"我去年就办了病退,现在每个月有一千多的退休工资,够了嚓,你说是不?反正就我一个人,儿子现在自己有钱,也不用我管。"

郑长乐的心就像被人狠击了一拳。人家的退休工资都比他现在上班多。啥子世道!

"跟你说实话嘛,长乐,也不晓得为啥子,我对你印象一直很好。真的,我不骗你。唉,现在说这些都太迟了,就不提了……"

郑长乐不知道她说的是真话,还是面子话,就支吾道:"谢谢你这么看得起我。"

"所以一气之下,我就化悲痛为力量,把精力都投在事业上。"

郑长乐故意装出被吓了一跳,道:"你也太抬举我了哟,我哪有那么大的能量?"

"好了,我跟你说正经的。"李玉兰四下看看,一脸神秘,好像要谈什么特等机密,压低了嗓音,"是这样的,我儿子在那边做生意,生意好得一塌糊涂。我这次回重庆,就是想帮他找几个帮手,过去大家一起干,要发财大家一起发财。说真的,一般人我是看不起的,觉得他们都不可靠。可是也不知为什么,对你印象特别好,觉得你特别靠得住。"

郑长乐经不住夸奖,谦虚一笑:"哪里哪里,你太抬举我了。"

李玉兰又斩钉截铁地说:"只要你过去,包你半年发财。不发财我不姓李。改名跟你叫郑玉兰。"

郑长乐"哇"了一声,一脸惊惶:"啥子生意哟,包半年发财?莫不是贩毒?"

"你看我这样的人,像贩毒的么?放心吧,害哪个我也不会害你。犯法的事我不做。为了挣钱遭抓去关鸡圈,划不来。人重要还是钱重要?你说对不对?"

两人又聊了一阵,就互相留下联系电话。郑长乐说,这事得回家考虑考虑,跟妻子商量后才能决定。李玉兰也理解,说:"是啊是啊,好男人就应该这样,要事业,更要家庭。没有事业的家庭是脆弱的,不堪一击,没有家庭的事业是空虚的,无所寄托。我现在就是觉得空虚,钱是挣了,但感情仍然没有归属,也可怜。"

这事越想越令人激动,仿佛死去的梦想又活过来了。也许真的是一次机会,再不抓住就真的完了。郑长乐回到家里,把李玉兰说的每一句话都翻来覆去琢磨了几遍,觉得人家说得有理。李玉兰说,如果不放心,可以先跟她去考察一番,亲眼看了再做决定。他可以先请一周假,去眼见为实。如果不满意,最多损失点差旅费,权当是去旅游一趟,也不会亏到哪里去。

郑长乐跟陈月梅打商量。陈月梅以一贯的谦卑温顺对他说:"乐哥,你自己看着办吧。你觉得好就去,家里妈妈和长宝我会照顾好的。"郑长乐就放心了。临睡前又跟李玉兰通电话,两个人在电话里聊了很久。李玉兰说,她儿子有一天一笔生意就赚了好几万。一天哟,还只是一笔生意。她儿子忙得连上厕所都在数钱!好诱人啊。郑长乐的情绪就起来了,仿佛看到那地方钞票漫天飞，等他去捡，恨不得立马就起程，也去赚他个缸钵满盈衣锦还乡。哼，他也要来个宝马香车，让刘爱武看看，让长娟看看，让那些曾经小瞧过他的人都看看！

第二天是个周末，郑长娟中午就来了，告诉大家说，她下学期要去北京读研究生。一家人都不懂啥叫"读研究生"。郑母耳背，听成了"烟酒生意"，眉头一皱，嗔怨道："啥子呢？你要去北京做烟酒生意？放着好好的老师不当？长娟啊，你怎么越活越糊涂哟，当老师哪点不好嘛？"

"妈——"郑长娟打断母亲的话，笑了，"你听错了，不是做烟酒生意，是去读书，就像高中毕业读大学，大学毕业后，如果再要继续深造，就是读研究生了。"

大家这才有些明白，也似懂非懂，原来长娟要去北京读书。郑母仍然阴着脸，说："长娟啊，你现在年纪也不小了，该找个人，成个家，生个孩子，才是正经事。读那么多书有啥子用哟？"

"我喜欢！"郑长娟也犟，"当初如果不是因为想早点工作，我才不会考中专呢。当小学老师没意思。"

"当小学老师哪点不好？别个想当都当不上呢。你看你，比你哥哥姐姐都强。工作又轻松又稳定，学校又有房子住，工资也高，又不会下岗，还不知足啊？幺女儿啊，做人心不能太大。这点你要跟长乐学习，要知足常乐。"

郑长娟最讨厌的，就是郑长乐的知足常乐。她瞥了旁边的郑长乐一眼，不再多说，反正说了他们也不懂，等于白说。燕雀安知鸿鹄之志！他们喜欢她这工作，可她不，而且越来越感受到当小学老师的无奈和悲哀。现在都是独生子，个个都是家里的小皇帝，一个比一个难教育。社会风气又不好，管严了不服，管松了教学质量上不去。奖金由学生打分和考试成绩来评定，老师们再怎么努力，都难做到两头讨好。家长还喜欢请客送礼，接受又怕吃人嘴软，拒绝又被说不给面子。她烦都烦死了。

只有郑长乐表示理解。他想起当年长娟离婚，好像是丈夫有了外遇。那外遇还是个大学生，找上门来，要长娟让位。这事对长娟刺激太大，也许就是她多年无心爱情、埋头读书的主要原因，先是自考拿下本科，现在又要去读研究生。她哪点就比那外遇差了？除了文凭比人低，长相气质都比那外遇强。她是跟自己较上劲了。

"妈，下学期我一走，房子就空了。你干脆去帮我照看屋吧。我这书一读就是三年，每年只有寒暑假回来。屋里长时间没人住，我怕有小偷。还有我那几盆花花草草，没人浇水，肯定会死。"

住长娟那里，郑母当然巴不得。学校环境好，屋前屋后都是花园。房子又在二楼，上楼下楼都方便，出校门就是商业街，买菜逛公园都不远。可是，长宝呢？她得把长宝带在身边。

"妈，那么舍不得长宝呀？"郑长乐故意吃醋了，嘟着嘴跟母亲开玩笑，"妈走哪里都要把长宝带在身边，怎么就没见对我们几个也舍不得啊？"

郑母瞪他一眼："你们几个，我放得下。长宝不行。我不照顾他，他啷个办？"想了想又说，"长娟，你可要想好啊？如果我带长宝去帮你照屋，会不会对你影响不好啊？今后你耍朋友谈恋爱，人家一来，看见家里有个傻子大哥，会不会嫌弃你啊？"

这事要放在从前，长娟也会不乐意。家里住个傻子哥哥，不说自己烦，还给同事增添笑料。但现在不了，三年研究生读下来，她绝对不会再回学校。他们爱怎么说就怎么说吧，反正她早就是话题人物，也习惯了。郑长娟的前夫曾经是她的教研室主任，对刚刚中师毕业分来的她一见钟情，后来还为她抛妻弃子，离了婚。此事曾闹得全校沸沸扬扬。两人就是为避闲言碎语，才双双申请停薪留职，远去深圳。谁知，创业成功的丈夫，不久又重蹈覆辙，在郑长娟怀孕期间，爱上一个大学生。那大学生是个厉害角色，主动找到郑长娟，说长娟丈夫早不爱她了，长娟不过是想用肚子里的孩子拴住丈夫。怀胎六月的郑长娟当场就气得差点昏死，被大闹几场后羞辱难当，动了胎气，丢了孩子，最后含恨与丈夫离婚，大病一场，身体又虚，走投无路才返回学校，当然又免不了被人戳脊梁骨，说她现世现报，活该，唾沫星子满天飞。她死的心都有，想换个环境，又没有关系调动工作，就只有默默忍受下来，在痛不欲生中寻找出路。几年忍辱负重下来，终于如愿，也算老天开眼。房子反正已经买断，她爱给谁住就给谁住。他们高兴说就说去吧。

"妈，你就放心吧。如果有人嫌弃长宝，说明这人心不善，也不值得嫁。"

这话有理，郑母这才点头说："也要得，等你走了，我和长宝搬下去，帮你看屋。这楼上的房子，就腾出来给小龙吧。小龙也大了，过不了多久，恐怕就会带女朋友回来了。唉，再怎么说，小龙是我们郑家的孙子，我们得给他留个落脚处。"

吃完饭，郑长乐把长娟拉到一边，把自己想出去闯闯的想法跟她说了，说想听听她的意见。没想到郑长娟一脸疑惑，当场就怀疑："奇怪，要真的那么好挣钱，她为什么偏偏看中你？"

郑长乐听了很不爽，想长娟怎么总看扁他，就不相信有女人看得起他。却装出一脸迷惑说："我也觉得。问她为啥子这么好的机会偏偏找我？她就说，对我印象特别好，说我这人踏实可靠，值得信任。"又讲了当初跟她那段短暂的交往。她是一直对他有意，是他自己主动撤退。她条件太好，他有压力。其实他自己也记不清当时的细节了，下意识地这么一说，只是想让长娟相信，他在外面也不总是不被待见。

郑长娟就把他从头到脚打量一番，冷笑道："还真看不出来呢，有人这么看得起你。不过，就凭你们那么短暂的交往，她就认为你踏实可靠，值得信任？难道她有火眼金睛？这事怕不会这么简单吧。她儿子到底做啥子生意，在哪座城市？这些最基本的，你恐怕还是得先搞清楚。"

郑长乐一脸无奈："我问了的啊，问了半天她都说不清楚，只说让我先过去看看，看了再说。我觉得也行，先去看看，不行就当是旅游一圈。广西那地方我还没去过，据说那边风景不错。"

"来回车票，加上路上吃喝，少说也得一两千吧，就为过去看看风景？！"郑长娟瞥他一眼，转身看了看窗外，说，"长乐，这事你还是得多留个心眼。有那份心，想做事情，为什么不就近找机会？比如刘爱武那里，联系没得？重庆自从升直辖，全国人民都跑来淘金，你却要舍近求远，守着这么大一个聚宝盆不顾，要往外跑。那边人地生疏，还得贴上车票住宿，是不是有点得不偿失？"

郑长乐笑笑，没吱声。想起那天去见刘爱武就生气。一见面就要他先洗脚，什么玩意儿！长娟听了哈哈笑了，推了他一巴掌说："现在时兴这个都不懂！从前请客，兴请吃饭喝酒，唱卡拉OK；现在请客，兴请喝茶泡吧，洗澡洗脚。"郑长乐这才有些恍然，摸着自己脑袋讪笑了，但也不能完全释怀。他有脚臭，不敏感不行。不知道癞子怕光啊？那天，要不是陈月梅的电话救了他，都不知道该怎么收场。脸一抹，心一横，享受了再说？他做不到。丢不起那脸。

不过长娟说得有理，舍近求远，得不偿失。问题是，他守在重庆，却没有机会来敲他的门啊。

郑长娟见他还一脸不甘，就说："要不这样，你把她儿子电话要来，打个电话过去问清楚再说。"

郑长乐当即就问了那边手机，拨过去让郑长娟接听，果然是一个年轻男子的声音，典型的川普，背景嘈杂。郑长娟说明用意，对方说："正忙呢，生意太好都忙不过来，很差人手……没错，是我托我妈回重庆找帮手……"郑长娟问："能不能问问都具体做些啥子生意，这么忙？"对方就迟疑了："啥子赚钱做啥子，过来看看就晓得了。"郑长娟不依不饶，非要打破沙锅问到底，对方就说："比如服装，出口服装到欧洲，还有进口……哎呀，实在对不起，我现在太忙，没时间跟你讲这么多。你有兴趣就过来看看，没兴趣就算了。"说完"啪"地挂了电话。

郑长娟对着电话里的"嘟嘟"声，想了想，望着长乐说："这事玄！啥子赚钱做啥子，会是啥子生意呢？出口服装到欧洲就那么赚钱？既然生意那么火，保证半年发大财，为啥不找自家的亲友，偏要肥水外流，找你？难道她真对你情有独钟，想帮你？还是别有隐情？"郑长娟一时拿不准。她从来不相信天上会掉馅饼下来，就让郑长乐先等等吧，她得先帮他咨询咨询再说。

郑长乐却等不及了，因为那个女人在催，说已经找好了几个帮手，准备明晚就出发。郑长乐如果愿意同去，就赶快行动。有时不我待的紧迫感。郑长乐的热血沸腾起来，想，搏就搏吧，舍不得孩子套不着狼。他这一辈子都遭耽误了，再犹疑，怕这最后的机会也会失去。再说也只是先去看一看，这边的工作又不丢，只是先请一周假，退路还是留起的，不行再回来，怕啥子？

就赶紧让陈月梅打点行装，收了几件换洗衣服，再把家务做了交代。

第二天去单位上班，郑长乐打电话跟同事说，他有急事得外出一周。请同事帮他顶一周班。他这工作就这点好，同事之间可以相互顶班，机动灵活。等中午同事一来，他就溜了，急匆匆去银行取了点钱做盘缠，又回家跟母亲告别，拎了行李就出门。

接到郑长娟的电话时，郑长乐已经快到火车站了。汽车摇摇晃晃地前行，他满脑子的梦想也在摇晃中渐渐膨胀。电话里郑长娟心急火燎："长乐，你在哪里？赶快回来。"郑长乐一听不对劲，就警觉起来。郑长娟说，她刚刚跟报社的同学说起这事，人家一听是去广西贵港，就叫你别去。郑长乐忙问："为啥子？那地方是贩毒还是贩人口枪支，去不得？"郑长娟说："既不贩毒，也不贩人口枪支，是搞传销，跟贩毒贩人口枪支一样，都属违法行为。人家把你当成下线发展过去，你还乐颠颠的，以为天上掉馅饼，被人卖了还帮人数钱。那地方是全国有名的传销窝子。重庆公安刚刚从那边解救了一批被骗去搞传销的回来，他们报社正报道这事。你赶快回来！"

郑长乐几乎就瘫了。想起传销，他眼前就出现电视里看到的那些镜头：人一去就遭软禁，被收掉身上的证件钱财和通讯工具，集体蹲在一间简陋的屋子里被强行洗脑。一天只吃两顿饭，还都是清水煮白菜。这前前后后一联想，也觉得自己正自投罗网，便浑身冰凉。

重庆菜园坝火车站，是典型的城乡结合点。长途汽车把一批又一批农民兄妹接进城，让他们从这里坐火车出发，去寻梦，然后又把他们从四面八方再接回来，送回家乡去栖息疗伤，去光宗耀祖。郑长乐下了汽车，站在一群民工身后，感觉也成了他们的一员。不同的是，他们的梦想还在继续，而他已经心灰意冷。还没出发就撤退，可怜他空有万丈豪情。他呆呆地望着车站广场人头攒动，又悲又恨，想自己活了几十年，居然还幻想一夜发财，差点竟踏上不归路。好险啊。要不是长娟……正胡乱想着，腰间的小灵通响了，是那个女人，声音焦灼，问他人在哪里，搞快点，其他人都到齐了，就等他了。郑长乐顿时火冒三丈，想臭骂：死婆娘，骗人骗到老子头上来了！恶气都冲到唇齿之间，又突然被他吞咽回去。他终究还是心太软，只胡乱对她撒个谎，说哎呀，不好意思，家里突然有事，去不了了。又何必去戳穿她呢，太残酷了。她也不容易，她对他，也许还真有些好印象，也不一定。

又坐上反方向的公共汽车回家。看着车窗外那些背包扛袋的外乡人，郑长乐一时百感交集，想他们潮水般涌来重庆，又潮水般流向四方，满怀理想去背井离乡，可有谁知道，前方等待他们的会是什么。一些人注定会伤痕累累，疲惫而归，只有少数才会梦想成真，谁知道呢。郑长乐突然觉得自己老了，光荣与梦想都离他远去，成功和失败也与他无关。他只想回家，回到母亲和月梅身边，守着他的两间小屋，一块菜园，平平淡淡过日子，用他的眯眯小眼去发现幸福。别人愿意说啥就说啥吧，他又不是为别人活！有句话是谁说的：走自己的路，让别人说去吧。他郑长乐就是要知足常乐，陋室当豪宅，破衣做锦服，残羹充玉食，黄连水也喝出蜂蜜的甜来，快快乐乐一辈子。怎么样？看不惯你就干瞪眼吧！

25

陈月梅觉得最近身体有点虚，上下班走平路还勉强，但回家爬楼梯就腿脚无力，还经常头痛，说话前言不搭后语，常常说了上句，忘了下句，记性明显不如从前，刚拿的东西，才打个转身，就想不起来放哪里了。郑长乐笑她丢三落四，年纪轻轻就得健忘症。她不信，只提醒自己要注意身体，注意养生，多锻炼，别生病，健康才是第一位。

公司又流行练瑜伽了，几个白领每天中午的午休时间，就到楼上的瑜伽馆去练一小时。那间房宽大明亮，有一壁墙镜，靠窗插了一排假竹子，隔一层透明的绿纱帘望过去，满眼都是绿绿的清凉，既爽目又舒心。陈月梅不懂啥叫瑜伽，有一天就跟她们上去看稀奇。音乐响了，飘飘浮浮十分柔弱，陈月梅站在绿纱帘外，睁大眼睛，第一次看见女人的身体居然可以柔成那样。她们都穿漂亮的紧身服，干净的木地板上铺上一块彩色的软垫，她们就在上面随着音乐，慢慢用身体造出各种好看的型。据说这种运动健身效果特别好，尤其对女人，还可医治妇科杂症，预防衰老，永葆青春，陈月梅也动心了。

服务小姐很热情，送了一杯水过来，还递给她一份精美的资料，说如果她愿意，可以进去试练几次，找找感觉。瑜伽馆正在搞周年庆典，学员可享受八五折优惠，打折下来才四百多呢。否则的话，正规价格是五百多。陈月梅一听，晃动的心就静下来了：差不多抵她半月的工资，不吃饭了？就淡淡一笑："今天就算了，一点准备都没有。"服务小姐却很执著："没关系啊，也不用特别准备，就把外衣脱了，穿内衣练就行了，里面都是女人，没关系的。"陈月梅很想进去体验一下，却突然想起，今天穿的偏偏是那件很旧的内衣，地摊上买的，式样土，见不得人，就赶紧摇头说算了。服务小姐也没勉强，朝里面望了一眼说："你们是一个公司的吧？你看她们身材好好，天天来练，效果就是不一样。"

离开瑜伽馆，陈月梅默默站在过道尽头的窗前发呆。外面的山城依然美丽，比肩接踵的高楼大厦，一幢比一幢更豪丽。这城市有着精彩的生活，可精彩是她们的，与她无缘。陈月梅再次看见那道无形的沟壑横亘在前，难以逾越。这让她沮丧。她淡心无肠翻看手中的资料，才知道瑜伽来自印度，怪不得让公司的白领们都那么痴迷。也不知从什么时候起，她们热衷谈论的，不再是贴黄瓜片美容，喝柠檬水增白，喝豆浆防衰老，而是这神迷的瑜伽功。什么打莲花宝座，蜂式蝶式，连名字都那么洋气好听。她什么时候才能真正融入这美好的城市生活呢？

在公司，陈月梅话不多，却竖起双耳，随时聆听吸收信息。这天中午，他们又围坐在大圆桌前，一边吃午饭一边聊天。公司的饭菜由专人送来，放在靠墙的桌子上，大家自由取食。陈月梅一般来得较晚，知趣似的。她进来时，大家已吃得差不多了，正交流最近练瑜伽的心得。陈月梅舀好饭菜，独自坐在旁边的椅子上，吃得漫不经心，却听得聚精会神。一个同事注意到陈月梅的好奇和专注，顺口说："陈姐，你也来跟我们一起练嘛，效果很不错的哟。"陈月梅就难为情了，尴尬一笑："好贵哟，要四五百块……"同事就不再说话了。大家都知道她家境不好，这每天午餐剩下的饭菜，都被她打包带回家吃。大家口头不说什么，心里却想着：她回家还吃他们的剩饭！四五百块钱对她们是小菜一碟，不过逛一趟街，买一件衣服，下一顿馆子，对陈月梅可就意义重大，也许够她活半个月了。还拖个上小学的女儿！另一个同事就接过话来："干脆这样，陈姐如果你想练，我送你一套碟，是我过去用过的，特别适合初学者，简单好学，只要家里有电视，在家就可以自己练。"她们其实都喜欢这个性情温顺的勤杂工，长得好看，却那么谦卑。陈月梅就笑了："我这么老了，还能练呀？"同事就说："老什么呀，你这种年龄练瑜伽最好。赶紧开始，还来得及,等再过几年真老了,就是想练都练不成了。"果真第二天就带了碟来,送给她。

陈月梅就这样兴致勃勃地练上了瑜伽。

每天傍晚去公园散步的传统节目,随着陈月梅的身体虚弱、腿脚无力已经取消。就连她那么喜欢的爬楼梯,也不再是享受和健身,而是考验毅力。好在现在有了瑜伽,她也有了不去公园散步的理由。陈月梅在客厅地面铺了一张席子,跟着电视,认真练起瑜伽来。

可郑长乐唱歌却上了瘾,一天不去,就堵得慌,仿佛有什么压在心底,必须一吐而后快。陈月梅不去逛公园,他就自己去,一个人去了几次,走在路上形单影只,感觉有些凄凄惶惶,慢慢也就没有了兴致,索性翻出多年前的老二胡来,重新打蜡调弦,到屋顶上去自娱自乐。母亲和长宝搬走了,屋顶就空了。郑长乐坐在小屋前,把那二胡往怀里一搁,咿咿呀呀老曲一拉,发黄的记忆就如潮涌来。郑长乐十分享受,闭上眼睛,摇头晃脑,情到深处,也引吭高歌。

于是就常常出现这样的情景:来自农村的陈月梅,像个真正的城市女人,贴了一脸黄瓜片,蜷在客厅的沙发上,看电视;而城市男人郑长乐,却像个勤劳的农民,在屋顶的菜园里弯腰劳作,浇水施肥,清理鸡笼。

或者,客厅里飘着柔柔的音乐,陈月梅盘坐在地板上,弯腰扭脖,舒展筋骨,跟着电视练瑜伽;而楼顶上的郑长乐,翘起二郎腿拉二胡,敞开一副破锣嗓子,深情唱道:"月儿弯弯照九州,几家欢喜几家愁,几家高楼饮美酒,几家流落在街头……"

有一天,婷婷写作文,叫《我们一家》。她写道,我们一家,爸爸像农民,他最关心他的菜园。每天早晨一起床,他就去楼顶,在桶里小便,为菜地积肥。下班回家,爸爸除了做饭,也喜欢待在楼顶上,给菜园浇水,清理鸡笼,还喜欢一个人在上面拉二胡,唱歌。有一首歌最喜剧,歌词是:一个拉一个,拉到派出所,派出所的所长就是我……爸爸说,无论他有多大的烦恼,一回家看见妈妈和我,看见菜园子,拉拉二胡,他心情就好了。但是我和妈妈却没有他的这种感觉。我们在农村看够了菜地,进了城,就喜欢看城市的大高楼。特别是妈妈，她想做真正的城市人，说要彻底抛弃以前农村的生活方式，就什么都学公司的同事，比如人家说，饭前喝汤好。她从前不爱喝汤，现在饭前必须喝汤，早晨也要喝鲜豆浆，为此爸爸还专门为妈妈买回来一台豆浆机。下班回家，妈妈喜欢把黄瓜切成片贴在脸上，说美容皮肤，还用醋泡手，说可以去掉手上的茧疤，喝柠檬水说可以增白。最近妈妈又开始练瑜伽，也是从公司学来的。她要做真正的城里人，既漂亮又时髦。她每天都看电视剧，而爸爸却不，也不怕别人笑他像农民……

语文老师评讲作文时就笑了，对婷婷说："陈婷婷，你们家的变化真大呀，角色来了个大转换。"

婷婷没听懂老师的意思，回家就问妈妈，什么叫角色大转换？陈月梅也不太懂，就叫婷婷去问爸爸。郑长乐看了婷婷的作文后，苦笑了："这意思就是，你们曾经是农民，现在成了城市人。我呢，本来是城市人，现在成了农民。"

陈月梅和婷婷就似懂非懂，相视而笑，心中暗暗有些得意。

郑母和长宝还是住他们从前住过的那间小屋，两张小床并排着，前面一台电视机。郑长乐最初还不放心，想长娟不在，母亲和长宝单住在学校，会不会寂寞。后来去看了，发现母亲心情大好，笑呵呵的，话也多了，饭量也大了，脸上也渐渐有了红润。郑长乐就私下跟陈月梅感叹，说妈妈现在像变了个人，以前住楼上太压抑，没得自由，也太委屈妈妈了。

就跟陈月梅商量好，有空经常去看母亲。不说每天，至少隔天应该去看看。母亲年龄大了，只能做一些轻巧家务。陈月梅就主动请缨，说洗衣拖地做清洁等等粗活算她的，买米帮长宝洗澡等等重活，算郑长乐的。两个人分工合作，母亲的生活就轻松了。郑长乐拍了一把妻子的屁股说："谢了，老婆。"又一声叹息，"哎，妈也可怜，一辈子拖着长宝，自己到老都不得清闲。"

搬下楼来的郑母，终于脚踩大地，一颗心这才踏实下来。长娟走了，屋子里空落落的，就剩她和长宝两人，她却并不觉得寂寞。因为总想到是在帮长娟照看房子，肩上担着一份责任，日子反而过得充实快乐，每天都一丝不苟地侍候那几盆宝贝植物，客厅的一盆散尾葵，餐厅的一棵巴西木，还有阳台上的云竹和玫瑰，按长娟说的，水不能多浇，也不能少浇，就像人得每天吃饭，不能多吃，也不能少吃。她就拎着水壶，从这间屋到那间屋，最后才浇阳台上的，然后就靠在窗前，看外面的黄葛树，又冒出好看的黄葛苞了。

下面环境好，条件也好。下一层楼就是平阳大道，她可以四处活动，偶尔逛到上面的操场，看学生娃娃做广播体操。更爱逛的，是校外的大街。那是一条热闹的商业街，两边都是餐馆店铺，还有一家大超市，再往前走就是公园，不管是买菜购物，还是闲逛，都方便。她一般每天都出去逛逛，慢慢悠悠逛下来，还会碰到几个熟人，跟这个摆几句龙门阵，跟那个吹几句家长里短，一天很快就过去了。她尤其喜欢那家超市，里面好大，啥都有。这是她生命里的新鲜事。一辈子活了快八十岁，记忆中最大的商店，莫过于解放碑的"三八商店"，"群林市场"，也都比不上这超市，吃的穿的用的，啥都卖，逛一家就统统有了，都不用再逛别的店了。从前买菜最热闹的去处，是解放碑的"大阳沟"，品种最丰富，环境却不好，黑黢黢的不说，地面还总是污水横流。看看这超市，又亮堂又干净，卖的主食副食都不比当年的"大阳沟"少，还都洗得干干净净，理好切好，连作料都配好，买回家只需下锅就行。"现在的生活才安逸哟，懒人有福啰。"她喜欢买那里的鱼香肉丝，看着里面切得精细的瘦肉丝和同样切得精细的葱丝姜丝，感叹说。

可惜这是女儿的房子，她住不长久。三年后长娟读书回来，她又住哪里？长娟还要找人成家，就是长娟自己不嫌弃，又有哪个男人，愿意女的带个老娘和傻舅子？她可不能拖累女儿，耽误女儿的终身大事。长宝可真是磨人啊，几十年了，不死不活就拖着她。或者再搬回长乐的九楼？或者她根本就活不满三年，也难说。快八十的老人，还能活多久？泥土都埋到下巴了，那就趁现在活一天就快乐一天吧。

回想住在九楼上的日子，郑母现在还后怕。总想下楼散散心，结果每次都适得其反，回去后几天浑身无力，人都站不稳。她爬楼的速度比蜗牛还慢，是一只老弱病残的蜗牛，爬一步，歇一脚，喘口气，后来她干脆不下楼了，就在那么小的空间里活动，楼上楼下，转来转去，无事找事。无聊了，就看电视，看花看草，或者趴在客厅窗口，一扇一扇数对面大楼有多少窗户。真的就像关鸟笼，短时间还没啥，时间长了，就心慌，沾不到地气，活像被吊在空中，被慢慢风干。却又不敢流露出来，怕儿子担心。再怎么，总比住从前的老房子好，至少不用倒尿罐，煮饭用上了天然气，洗澡也方便。如果再拿远点的旧社会比，那就简直是人间天堂！她也会想，会知足常乐，有啥不如意，就拿过去的苦日子比，一比就又幸福了。

天气好时，她还会带长宝出门。长宝尽管半边身体肌肉萎缩，却比母亲骨架高大。他走路总是一颠一颠，半躬着腰身朝前蹿，被矮小的老母紧紧拽住，两人都走得踉踉跄跄，也不知道谁牵谁。郑母一路上还喜欢跟长宝说话，就她总把他当正常人。

"长宝，你看对面那家理发店，每天都坐那么多小妹儿，也不晓得是些干啥子的，就坐在人家店门口耍，也不担心影响别个的生意？"

几个年轻女子穿着露脐装从身边走过，郑母瞪大眼睛，一脸同情，目光追着人家看到老远，才回过头来跟长宝感叹："这些妹儿也可怜，人长得快，衣服就该买长点的噻。肚皮都露出来了，还在穿，就舍不得花钱买件新衣服。也太节约了。我当妈那阵，你们几个娃儿的衣服裤子，我都特意做长些，先卷一截边进去，等你们第二年人长高了，再把那边放出来，就又能穿了。我们那时候喜欢说，一件衣服，'新三年，旧三年，缝缝补补又三年'。现在呢？都怪这些当妈的，年轻人，都没得经验。节约是好事，但也不能让娃儿穿这么个短衫衫就出门呀，肚脐眼露在外面，最容易着凉，害伤风感冒，到时候又得花钱去打针吃药，好不划算。唉，也不晓得这些妈是啷个当的……"

她胳膊上挎了一只布兜兜儿，里面装了些手纸零钱，还有两只长英用旧衣服缝的垫子。走累了，把那垫子往路边花圃的条石上一搁，就可以舒舒服服坐下来歇气。这条街上的熟人也渐渐多起来，她每次出门都会碰到几个，大家在一起摆摆龙门阵，时光就在絮絮叨叨中飞逝如电，一天又一天，一年又一年。

26

郑小龙突然回来了,拎了只黑色塑料袋,里面塞满了皱巴巴的换洗衣服,摇摇晃晃上了楼。

晚上,郑长乐正准备睡觉,一开门见是儿子,还很惊喜,想小龙现在懂事了,都晓得自己回家了。正好楼顶的小屋空着,就匆匆上楼去收拾。陈月梅已经上床了,又爬起来,抱出干净的床单被子,送上去。郑小龙站在小屋门外,呆呆的,也不说话。郑长乐把床铺好,回头看儿子神色不对,才警觉到一定发生了什么,一问,果然。原来儿子遭解雇了,走投无路,只能回家。

儿子失业的原因是"和房"。"和房"是夜总会行话,指服务员为了多得小费,混进不属于自己的服务范围,为客人服务,赚小费。这种事在夜总会很普遍。服务员靠小费挣钱,眼睛都擦得雪亮雪亮,进来的客人是否有钱,是否大方,一眼明了。有时来了肥客,大家就会资源共享,轮番上前献殷勤,争先恐后点烟送水,以赚取小费。有的客人一落座就掏出一叠百元大钞,让服务员换成十元小票,厚厚地放在桌子上,每享受一次满意服务,就抽一两张发小费。也有客人看穿了服务员的不良意图,很反感,嫌频繁的服务打扰了他们的正常娱乐。夜总会因此有明文规定,不允许服务员"和房",一旦有客人投诉,立即解雇。郑小龙偏偏最喜欢"和房",终于久走夜路闯了鬼,遭了投诉,丢了饭碗。

但郑小龙从来有一张巧嘴。他经历的事,但凡从他嘴里出来,从来都是他有理,他无辜。郑长乐听了自然气愤,眼睛一瞪:"给经理尽孝?凭啥子?你才挣那么点点钱,没给老汉我尽孝,他凭啥子要你尽孝?不买烟尽孝就看不顺眼要整你?别人天天'和房'没遭开销,你一次就遭了?算了儿子,在这种人手下讨饭吃,也是受气。我就不信,你堂堂七尺男子汉,就找不到工作会饿死?"

郑小龙就释然了:"是噻,我实在受不了那口气,忍无可忍,就不想干了。"

郑长乐又开始四处求人托关系,为儿子找工作。

很久没回家了,郑小龙这才发现待在家里很舒服。他很喜欢屋顶的小屋,自成一统,与世隔绝,又清静。一觉醒来,太阳就暖洋洋照屁股了,再迷迷瞪瞪下楼去。客厅里,婷婷做完家庭作业,正一个人专心看电视,见了他,怯怯地喊他一声"小龙哥哥,早晨好",再细声细气地说:"妈妈把你的早饭留在锅里的。"郑小龙一头钻进厨房,陈月梅给他留的早餐——豆浆、鸡蛋和馒头果然还在锅里,不过早已凉了。

郑小龙很喜欢当哥哥的感觉。婷婷性格温和,形象乖巧,还听使唤。烟抽完了,小龙一声"婷婷,帮哥哥下楼去买包烟",婷婷接过钱就"咚咚咚"地下楼了。再回来时满脸通红,气喘吁吁,一手拿烟一手拿零钱,还笑眯眯的。郑小龙很受用,接过烟把零钱留下,慷慨地说:"算你的跑路钱。"婷婷不喜欢郑小龙的懒和馋,却喜欢他的慷慨大方,出手阔绰。

为儿子找工作并不顺,郑长乐心里很烦恼,见小龙和婷婷相处甚欢,又很欣慰。晚上躺在床上跟陈月梅感叹:"月梅啊,我本来还担心,小龙回家住,怕他和婷婷处不好,没想到,咳,两个人居然有说有笑,像亲兄妹。看来小龙失业回家也不只是坏事啊,至少能培养和婷婷的兄妹感情。你不晓得,我一下班回来,看见两个娃儿笑呵呵的,这心头就暖得哟!有儿有女,这才像个真正的家嘛,团团圆圆,共享天伦之乐,多幸福啊,你说呢?"

"嗯。"陈月梅眨巴着眼睛,也觉得幸福。

郑小龙是闲不住的。在家待了几天,脚板就发痒,要往外跑。

这天他又钻进网吧,泡到天黑,直到肚子咕咕乱叫才出来,晃晃悠悠上楼回家。一家人早已吃过晚饭，陈月梅在卫生间洗衣服，见小龙进屋，赶快起身揩干双手，满脸堆笑迎上去："小龙回来了啊，还没吃晚饭吧？我帮你热。"就要进厨房，却被郑小龙一把挡住："陈阿姨你忙，我自己来。"一闪身就钻进厨房。天热，饭菜本该进冰箱，却没进，就是担心小龙回家还要吃。郑小龙揭开盖子，舀了碗饭，也不顾菜都凉了，狼吞虎咽地吃起来。

郑小龙填饱了肚子，就摇摇晃晃上楼去。乍听到一阵哼哼叽叽的乐曲声，郑小龙还吓了一跳。等探头看见昏暗的灯光下，是父亲坐在藤椅上，正跷起二郎腿拉二胡唱歌，郑小龙不禁哑然失笑。"原来是老汉，你好浪漫哟。"郑长乐见儿子回来了，就收起二胡，说："啥子浪漫哟，业余爱好，调剂生活。"便站起身来，一脸严肃，"等你半天都不回来，哪儿去了？手机也不开。"郑小龙说："下午去职介所逛了逛，出来碰到一个兄弟伙，就一起喝茶去了。"郑长乐仍然不放心，追问道："没去上网嚒？"郑小龙一脸坦然和不屑："上啥子网哟，没意思，浪费金钱浪费青春浪费身体。"郑长乐这才宽心下来，又问："啷个样嘛，职介所？找没找到合适的工作？"郑小龙沮丧地摇了摇头。郑长乐就长叹一声。儿子比自己还高还壮，跟他说话还得抬头仰视，不禁感慨，说："不着急，慢慢来。"

地面早已浇了水，驱散热气。夏天的夜晚，这楼顶是乘凉的好地方。郑小龙冲澡出来，光着上身，只穿一条短裤。郑长乐已经为儿子点好驱蚊器，门窗紧闭熏蚊子。父子俩就各摇一把大蒲扇，站在外面的露台上说话。

郑长乐托人给郑小龙找的工作，是去一个高档住宅小区当保安，试用期三个月，月薪五百。正式上班后月薪八百，夜班有补贴。郑小龙听了不置可否。当保安没出息，像父亲，挣钱少，一辈子让人瞧不起。但他没说，只把蒲扇往身上东一拍西一打，像打蚊子，又像发泄不满。郑长乐对这工作也不满意。你郑小龙早知今日求职难，当初为何不好好学习，也考个大学？就是让老子同样去托人找工作，至少你是个大学生，老子开口也亮堂点，不像现在没底气。

郑小龙最后还是接受了。一是待在家里也无聊，出去权当混时间；二是听父亲说，托的那个熟人说过，如果郑小龙干得好，一年半载后，就提郑小龙当小组长，工资涨到一千块。小区里有十几个保安，都是附近农村来的，没啥文化，需要人管。郑小龙便有了兴趣。当官不错，那怕是个芝麻官，能在小范围里人上人，也行啊。

找到工作本来是好事情，不料又引来新矛盾。郑长乐跟熟人通了电话，约好第二天去报到，就开始语重心长教育儿子，工作后该如何为人处事，没想到郑小龙不耐烦地冒出一句："老汉，五百块钱的保证金和三百块钱的制服费，一共还要缴八百块呀？"

郑长乐一愣，他想都没想这个还会是问题。"就是。我专门问过，别个说是规矩。凡是进去的新保安，都一视同仁，要缴这钱。"郑长乐也不想缴，但没有办法。

"我身上只有两百块钱，光制服钱都不够。"

"卡上呢？"

"卡上……还有几十块。"

郑长乐一听就火了："郑小龙，你也太不像话了！在夜总会工作了这么几年，说是一个月随随便便挣两三千，几年下来，老子没用你一分钱，叫你存点存点，你当初答应得好好的，结果搞了半天，居然还是一分没存？"

郑小龙将头扭到一边，不看父亲，也不答理。

郑长乐突然想起上次儿子跟他借钱，就起了疑心："莫不是都拿去孝敬你妈了？！"

"没有！"郑小龙这下理直气壮。一想起母亲当时的窘况，他这个儿子就心酸，就那样他也没能帮助母亲，他真是愧为儿子啊。

郑长乐眼睛瞪得溜圆，盯着他问："那你说说，你挣的钱都到哪儿去了？住在夜总会也不花钱，就是吃。我不相信你把钱都吃光了？"

郑小龙昂起头，也不看他："我说老汉，你现在再追问这个有啥子意思？现在的问题是，明天到底去不去？去，我手头只有两百块，明摆着不够。要不就不去，再找机会。我不相信啥子工作都要缴保证金。"

郑长乐仰头怒视儿子，郑小龙悠然地仰望夜空。顶棚下挂了一盏节能灯，昏暗的灯光中只有蚊子在嗡嗡盘旋。

"再找机会？说得好听。就这机会也是好不容易托了关系求了人的。"郑长乐摇头悲叹,"小龙啊小龙,你现在也不小了,也该懂事了。你以为找个事情容易么?"郑小龙这才低下头来,却不言语。郑长乐突然灵机一动,"要不,去找你妈。你的事她怕也该管管,这钱她得出一半。"

廖艳如果拿得出钱来,也不会配不起眼镜了。靠一朵绢花挣两毛钱,他这个当儿子的忍心开口跟她要钱?郑小龙白了父亲一眼,转身走到鱼池边,捡了一片竹叶扔进水里,赌气道:"要不明天就不去了。"

郑长乐恨得咬牙切齿。这工作是不怎么样,可也是厚着脸皮欠了人情求来的,哪能就这么算了?当儿子的,啥时候能体谅当老子的艰辛?就把蒲扇往藤椅上一甩,冲下楼去,给廖艳打电话。

一听出是郑长乐,电话里的廖艳就激动万分地惊叫起来:"哎呀,老公,我们真是心有灵犀一点通,我正想给你打电话呢,你就给我打来了。"郑长乐警觉道:"给我打电话做啥子?"廖艳叹口气说:"唉,还不是我的老毛病又犯了,这次差点死了。医生非要我住院,我哪里有钱住院嘛?现在还在过道吊盐水。老公啊,一日夫妻百日恩,你不会见死不救吧?"郑长乐一听头都大了。她居然先发制人,难道她有先知先觉,知道他会开口跟她要钱?惹不起我总躲得起,郑长乐后悔打这电话,正要挂掉,又听廖艳说:"老公,你不愿意救我就算了,可千万不要告诉小龙啊。我这病,挺得过挺不过都是命,我不想拖累我们儿子。小龙是你们郑家的独根,拖累了他,我怕到阴间去,他爷爷不会放过我。"郑长乐就冷笑一声,挂了电话。这女人一贯真真假假,鬼晓得又在玩啥子猫腻。最后还是咬紧牙关,自己掏了这笔钱。

刚欢欢喜喜把儿子送走,一口气还没完全喘过来,郑小龙又回来了。

这是两周后的一天傍晚,一家人正在吃晚饭,就听有人"咚咚咚"上楼来,原来是郑小龙,气势汹汹,铁青着脸,经过家门也不入,对对直直就上了楼顶。郑长乐意识到大事不妙,赶紧跟上楼,见郑小龙死猪一样,挺在床上一动不动,就小心翼翼走进去,轻声问:"小龙,啷个了,今天不上班,休息呀?"郑小龙突然翻身蹿起,冲他嚷道:"老汉,我不干了。这工作太受气了。"郑长乐皱起眉头:"你这才干了几天啊,托了人情,缴了保证金和制服费,一分钱还没挣到手,又不想干了,你发神经啊?"

郑小龙的喉头上上下下乱蹿了一通，哽咽着，说了下午发生的事。

他的工作原来也轻松，穿上制服，在小区四处走动巡逻，像闲庭信步。那是一片高档住宅小区，环境幽美，游泳池，花园草坪，进出都是豪华轿车，看看也养眼。刚开始几天他感觉良好，可就在今天下午，一位年轻的女业主，把车停在人行道上。郑小龙刚学了小区停车管理规则，过去跟女业主行了个礼，提醒她这里不能停车。谁知那女业主杏眼一瞪，理都不理他就走了。郑小龙没见过这么傲慢不讲理的女人，追过去挡在她前面，再次劝她把车开走。那女人眉眼一横，说："我今天就把车停这里，你把我吃了！"郑小龙简直气蒙了："你乱停车还有理了？"女人不理他，转身又要走，郑小龙的牛脾气也上来了，左走左拦，右走右挡，两人就此拉扯起来。女人是富家千金，娇纵惯了，哪里受过这般刁难？情急之下竟用手里的包，去砸郑小龙的头。郑小龙伸手抓住那包。女人又用脚踢他。那脚穿的是尖头鞋，踢得郑小龙"哎哟"一声，一阵痛。他这才怒了，一时也忘了刚刚学过的保安条例，"对业主要谦卑忍让，视为上帝"。一膀子甩出去，就把女人撂翻在地。女人穿的是紧身衣，超短裙，这一倒地就春光乍泄，立马疯了。事情就此闹大了。郑小龙没等领导出面，就决定走人，不干了。

郑长乐听了，拍了拍儿子的肩膀以示理解。这种气，换了他也受不了。但他心痛缴的钱，五百块钱的保证金，三百块钱的制服费，一共八百块呢，难道就这么打了水漂？

第二天是个星期天，郑长乐和陈月梅起了个大早，吃过早餐，又为两个孩子备好早餐，就一起下楼。陈月梅得去买点菜。郑长乐去找郑小龙工作的物管领导，想把那八百块钱要回来。工作两星期，一分钱没挣，倒贴八百，太冤了。

陈月梅买了菜慢腾腾回家。最近她腿脚无力，爬到三楼就不行了，每爬两步就要歇歇，正喘着气，就听到有鬼哭狼嚎声从楼上传来，还以为谁家夫妻吵架，再爬几步，发现那声音有些熟，心里便掠过一丝不祥，便加快脚步。没想到那声音果然是从自己家里传出的。陈月梅一推门就吓呆了。客厅一片狼藉，桌子凳子倒了一地。婷婷的卧室门大开着，一眼能望见郑小龙的背影，手里挥舞着明晃晃的菜刀，正大声叫喊："砍死你！我今天要砍死你！"婷婷尖细的叫声从刀下传来："救命啦！"

陈月梅就疯了似的冲进去，"天啦……杀人了！"一把从后面抱住小龙，这才看清，女儿躺在床上，脸色惨白，双眼紧闭，浑身颤抖。谢天谢地，没血流成河。那刀原来是刀背朝下。

接到电话时，郑长乐正在跟物管领导做交涉。领导态度强硬，不仅一分钱不退，还要郑小龙回来，跟业主赔礼道歉，再赔偿业主一个包。还说那包是世界名牌，被郑小龙把带子扯断了。又说他们是高档小区，业主就是上帝，保安怎么能打上帝？这事让小区名声受损，是多少钱都补不回来的。郑长乐越听越怒火中烧，说那业主欺人太甚，也配做上帝？他不懂什么世界名牌，"路易·威登"被他听成"怒而威蹬"，冷笑说："嘿，是她自己违规停车，还怒而威蹬，一脚把郑小龙的腿都踢青了，从昨天一直痛到现在，该叫她赔医药费误工费……"两人正激烈交锋，身上的小灵通就嘟嘟响了。电话是邻居打来的。一听说家里出了大事，好像儿子杀人了，郑长乐脑袋訇然一响，不要钱了，命要紧，丢下领导就往回跑。

出了小区，还不惜招了出租车，也顾不上去心痛钱了。郑长乐坐在出租车里心急如焚，第一个念头就是——小龙趁大人不在家，把婷婷那个了。这个砍脑壳的！他其实一直最担心这个，才急着四处为儿子找工作，想尽早把儿子打发出去。郑小龙二十出头，正青春躁动，又在夜总会那种染缸里浸泡过，闲在家里无所事事，整天面对一个正在发育的花季少女，难免神经短路干傻事。婷婷也是，那么能吃，除了蹿个子就长肉。十一岁就来了月经，现在屁股和乳房发育得比她妈妈的还大。天气又热，学校放假，整天在家穿件薄衫衫，又不戴胸罩，一对乳房就在胸前晃来晃去，还不引诱小龙犯罪啊！就越想越气，简直觉得天崩地裂。

到家了，他几乎是一鼓作气冲上九楼，人都差点背过气了。防盗门关着，有邻居在门外神神秘秘嘀咕张望。他也顾不得跟人说话，冲上去掀开别人，一进屋就见倒在地上的陈月梅，浑身是血，身边还有一把带血的菜刀，就眼睛一花，身体一软，觉得整幢楼都旋转起来。他伏下身去叫了声"月梅"，才发现她鼻腔还有出气，人还没死。再看那血，原来只是番茄汁——满地都是被压碎的番茄，这才慢慢松了口气，觉得天还挂在上面，没垮下来。

婷婷衣衫不整，在里屋哭得呜呜咽咽。郑长乐不敢看她，捡起菜刀，四处要找郑小龙算账。邻居悄悄递了个眼色，说"上楼去了"。郑长乐这才回过神来，提刀要冲上去宰了龟儿子，却被邻居把刀夺下，劝他说："老郑，你冷静点。娃儿家吵架打架，没得啥子。"郑长乐摇了摇头，一言不发上了楼，见郑小龙铁柱似的立在上面，双手叉腰，居然是一副视死如归的英雄模样。郑长乐的心"咯噔"一声发出异响。儿子这样子不像干了坏事啊，就盯着儿子一步一步慢慢上前，压住怒火，低声问："小龙，我们才出去一会儿，你就在家里闹翻了，你是哥哥，啷个欺负妹妹……"

郑小龙转过身来，居然红着眼睛，怒气冲天："我欺负她?！你搞错没得？我不过帮你们教训她，让她今后长个记性。"

"为啥子？"

"为啥子？你去问她。小小年纪，居然也敢骂我妈！教训她还算轻的，没一刀砍死她，算她命大。"

郑长乐的神经这才彻底松弛下来。只要不是那件事就好说。他甚至突然觉得儿子好可爱，有抱抱他的冲动，却没动，只平静地问："你不惹她，她啷个会平白无故骂你妈？"

原来两个人是为了争电视。郑小龙起床后下楼来，婷婷正蜷在沙发上看电视。郑小龙想看别的台。婷婷看得正津津有味，不愿换台，两个人就去抢遥控板。郑小龙本来就窝了一肚子气，从头天下午窝到现在，正无处发泄，这下找到了突破口。说了两遍见她不听，就来硬的，一巴掌掀翻她，硬夺过她手中的遥控板，还愤愤地顺口骂了她一句："你妈卖×哟，这是老子的家，你还当起正户来了！"那原本是一句重庆人骂人的把子话，并没有任何实际含义，却被婷婷当了真。从农村出来的小姑娘，第一次听人这样辱骂自己的母亲，羞辱难当，一气之下，想都不想，也不甘示弱把这句原话顶了回去，而且还吐字更清楚。话音刚落，郑小龙一耳光就扇过来。婷婷被打得狂眉狂眼。她万万没想到，自己不经意的这一句回骂，竟深深刺痛了郑小龙，为自己招来一顿毒打。

他扇她一耳光还嫌不够，又抡起胳膊，把她从沙发上掀下去。婷婷就疯了，歇斯底里尖叫起来，还手舞足蹈地乱踢乱踹。她居然也敢反抗他！郑小龙就更来劲了，掐她的身子，扯她的头发。两人就此厮打开来，桌子板凳掀翻了一地。郑小龙还叫嚷要杀了她。她惊恐万分，一边呼救一边躲闪，最后从客厅躲进卧室。郑小龙冲进厨房提了把菜刀追进去，便发生了陈月梅进屋时看见的那一幕。

"傻农民，屁股下的板凳都还没坐热，偏户就想转成正户，居然也敢骂我妈！"郑小龙被郑长乐拉下楼时，嘴里还在愤愤嘀咕，"看你们上班没时间，我是帮你们教育她，让她今后学会做人。"

邻居已经把陈月梅搀扶到沙发上。陈月梅双手抱头，一张脸扭曲得走了样。郑长乐弯腰上前，刚喊一声："月梅，你啷个了？"就见陈月梅抖了抖嘴唇，十分艰难地睁开眼说："乐哥，我头好痛……像要炸了……"

当即就打了120，送往医院，检查的结果如晴天霹雳，让一家人都吓破了胆：胶质脑瘤，恶性三级。

27

　　这才知道，陈月梅长期月经不调，是这脑瘤在做怪。一年前猛看妇科，花的都是冤枉钱，还耽误了最佳治疗时间。医生告诉郑长乐说，三级就是恶性晚期。手术后有存活的先例，但不多。建议他如果经济不好，不如回家保守治疗，看看能否出现奇迹。

　　那医生是一个朋友的朋友，才对郑长乐掏心掏肺说实话。那天告别医生出来，郑长乐几乎迈不开脚步。陈月梅不明就里，看他一脸惶惶，隐隐约约猜到什么，一出楼道，就"扑通"一声跟郑长乐跪下，抱着他的双腿哀求："乐哥，你一定要救我啊！我还年轻，不想死，求你了！等我今后病好了，一定挣钱来还你！"眼泪哗啦流了一脸。郑长乐心里好痛，也跟着流泪，弯腰扶起陈月梅，却故作轻松，强装笑脸："看你被吓的！起来起来。没听医生说啊，这瘤子只要动手术切除就好了，死啥子死？你比我年轻十多岁，哪里就死了？我还指望你养老呢！我是担心那手术，切瘤子要把头盖骨打开，怕好痛。"

　　陈月梅这才停止了哭泣，站起身来，汪着一双泪眼，勇敢地说："乐哥，我不怕。只要能把病治好，我啥子都能忍受。"就伸手挽住郑长乐，亲昵地依着他，两个人一步一步往回走。

　　郑长乐开始寝食不安。从不做梦的他，现在突然噩梦不断，梦里都是陈月梅那双红肿的眼睛，萤火虫一样在他眼前飞来飞去，幽怨可怜地望着他。一会儿那眼睛又变成她的嘴，嘟着花瓣一样的红唇，喊他："乐哥，救我！"有一天半夜他被这叫声惊醒了,支起身来,看陈月梅睡得正香,嘴唇却在微微嚅动。她真的在喊他呢,做梦都在求他救她。他的眼泪哗啦一下喷涌出来,伏身去轻轻吻她的脸,就听到一个声音在心底响起:"好的,月梅别怕,我一定救你!"

"手术后有存活的先例,但不多。""不多"并不意味着"没有"。郑长乐从来不信邪。他要救她,他相信他能创造奇迹。

可是,钱呢?他所有的积蓄加起来,也不过几万,不够陈月梅的手术费。

没过几天就是国庆长假。郑长娟从北京回来,郑长乐带着陈月梅和婷婷,去长娟家。一大家人又聚在一起吃饭。饭后趁陈月梅在厨房收拾,郑长乐一脸悲哀,悄悄跟母亲和长娟说了这事。母女俩顿时大惊失色。郑母嘴一瘪,都要哭了,又怕被厨房的月梅听见,就压低嗓音哽咽道:"我的儿啊,你命好苦啊!难得遇到个好女人,啷个又得了这种怪病?"

郑长乐只有赔苦笑:"妈,这种事哪个算得到呢?她这么年轻,看起来又健康。人算不如天算啊。"

"真是老天不长眼啊!"

郑长娟没吱声,一个人走进卧室,跟她那个医生朋友打电话。对方一听就说:"放弃吧,长娟。这种病,治也是白治。三级就是晚期,十个有九个都没希望了。最后还不是竹篮打水一场空,钱花了,人也没了,划不来。"

出来后,郑长娟低声说:"既然医生都这么说,那就听医生的吧。"郑母也点头附和:"是啊,如果治得好病,花再多的钱也值得。治不好病,花了也白花。儿啊,找一分钱不容易,动手术要那么多钱,你让我们还活不活啊……"

说罢浊泪长流。郑长乐的心都碎了。

郑长娟只有一周假,原本想回来陪陪母亲,却碰到这事,十分纠结。郑长乐不听人劝,一意孤行,非陈月梅不娶,现在有困难得大家承担,想起就气。医生的话也听不进。没有金钢钻,还偏偏要揽那瓷器活!郑长乐开口跟她借三万,好像她是大富婆。她不过一个小学老师,又能有多少钱?借吧,就凭郑长乐那点工资,就是熬到猴年马月他能还,她又如何忍心收?不借吧,见死不救说不过去。郑长乐已经厚着脸皮,四处借钱。熊大哥三千,黑娃两千,小五一千，地滚龙五百……他那帮狐朋狗友都是穷人，都多多少少慷慨解囊。她这个妹妹如果袖手旁观无动于衷，于情于理都说不过啊。

郑长乐这时把一颗心全都掏出来，如实汇报自己的存款，活期存款有多少，定期存款有多少，国库券有多少，又从朋友处借了多少，甚至把买房剩下的那笔钱也算进来，都还不够。父母房子的拆迁费，买房之后还剩一万多，当初答应给母亲留着，今后看病吃药专款专用。现在不得已也得挪用。郑长乐心怀愧疚，红着眼睛，说："妈，都怪儿子没本事，儿子对不起你啊。可是……月梅她也太可怜了，那么好的一个人，又这么年轻，我真的不能见死不救，我狠不下这心啊！"

他那样子，是铁了心，砸锅卖铁也要救人。郑长娟忍着痛，心一横，说："这样吧，借啥子借？我给你两万，也不用你还。多的我也没有了。"当即让郑长乐留下账号，第二天就把钱划了过去。郑长乐感激涕零，跟她下跪的心都有。晚上，趁长娟不在家，郑母又悄悄把两张皱巴巴的定期存折塞给他说："拿去吧，加起来一共有五千，不要让长英和长娟知道了。这笔钱还是你爸爸死时留下的。"郑长乐就抱着母亲，想说感谢，却觉得太轻，只哽咽着，深深地喊了一声："妈——"

陈月梅动手术的前两天，她母亲也从老家来了。拎了两只老母鸡，背了一袋新米。她原来在重庆打工，一年前因手臂受伤被工厂辞退，就回到老家，在老家县城买了房子，安度晚年。女儿得了重病，做母亲的也吓坏了，电话里就哭着求郑长乐一定要救人。她刚买了房子，实在不行，干脆就把房子卖掉。不过她那里的房子也不值钱，一套房子才三万多。郑长乐一听就急了，说："妈，你的房子千万不能卖，你还要住呢。我现在四处想办法，住院费已凑得差不多了，只担心后期化疗还需要用钱。"陈母就带来了一千块钱的现金和一万块钱还没到期的基金券。

六十出头的陈母精神矍铄，和郑长乐轮换做饭，去医院陪护，送汤送饭。郑长乐这才轻松了些。手术还算顺利，出院时的陈月梅脸上消失了往日的红晕，一头披肩秀发也不见了，变成滚圆的尼姑头，一道粗长的伤疤触目惊心地从左脑划过。郑长乐按陈月梅的意愿，去地摊买了顶棉帽子，让她戴上，遮住那道狰狞的伤痕。

陈月梅最担心她的工作。住院期间，张主任去医院看她，带了两个信封，一个是公司的慰问金，一千元，另一个是大家的捐款，零零碎碎一大把钞票，加起来共有五千多。陈月梅一接过来就哭了。公司对她太好了，她都不知说什么才好，只紧拉住张主任的手不放。张主任安慰她说："小陈啊，你就安心养病吧，工作还给你留起的，等你病好了再回来上班。"所以出院一回家，陈月梅就想回公司上班，念叨说："我不在，我那些工作哪个去做呢？还有那些剩饭，我不在他们肯定会倒掉，好可惜啊！"

好不容易熬满一个月，陈月梅便等不及了。"还有三次化疗呢。"郑长乐提醒她说，"上班也不能不要命啊。"陈月梅惨淡笑了。住院花掉那么多钱，不仅掏空了家底，还拉了外债。一想到这些她就发慌。不上班挣钱怎么行啊？就靠郑长乐那点工资，三张嘴巴要吃饭，婷婷上学还要花钱。她拖累了家人，内疚得厉害。

手术后她头不痛了，除了爬楼梯腿脚无力，浑身上下没啥异样。一家人都欢喜起来，尤其是郑长乐，以为真的创造了奇迹，割掉瘤子，病就好了。就暗自庆幸自己的英明：即使砸锅卖铁也要救人。看来这决策做对了。

这是个阳光明媚的星期一早晨，初冬的太阳暖暖地照着，直照进陈月梅的心窝里。瘤子切了，病好了，她顺利地闯过了死亡关。现在她该实现承诺，挣钱还债。人们都说，大难不死，必有后福。她也相信，就装扮一新，决定立即投入生活。

依然是走路去公司，挺胸收腹，步态轻盈。飘逸的长发没有了，白色的棒球帽让她看起来更精神。医生说不能剧烈运动，她就放慢脚步，慢慢走，差不多走了一个半小时才到公司，还背了一袋亲戚从老家带来的新鲜核桃，想让同事们尝尝鲜，以感谢他们对她的关心。那样大的一笔捐款，她无以回报，只能用这种简单而又笨拙的方式，表达她对他们的感谢。

上了楼，从电梯口出来刚走几步，陈月梅右腿突然发麻，像电流袭过。她想也许是走路太累。手术后还是第一次走这么远。便听有人在身后问她："请问你找哪一位？"那是一张陌生的脸，三十出头，腋下夹了大卷图纸。这是她从前的工作，去楼下复印或者晒图。她愣了，笑道："不找哪个，你是公司新来的？"那女人点了点头，神情冷漠地走开了。陈月梅有了不祥的预感。

楼道静静的，陈月梅无端地紧张起来，仿佛是几年前第一次来这里上班，第一次走在这楼道里，既兴奋又紧张。那时候她还年轻健康，这里不过是她城市生活的又一个起点。现在她人到中年，大病初愈，这里更是她未来生活的一份希望。她一只手捂胸，默默祈祷：老天爷啊，请让我继续在这里工作吧，虽然挣钱不多，但这里的人好，工作也好，还有那么多香喷喷的剩饭。几年下来，为家里省下多少饭钱，还养活了一群下蛋的母鸡，也算一笔不错的收入。这么好的工作去哪里找啊？

办公室的门开着，陈月梅静静走进去，几乎就是影子一样悄无声息。人们见了她都很惊讶，她这才开口："你们都在啊！"一脸的笑，是小心翼翼的，讨好的。靠墙那张曾经属于她的桌子上，已经搁了一只包，一杯茶正冒着热气。她不禁一怔，慌忙把提包往桌上放，捧出一大堆核桃来，说："我带了点老家的新鲜核桃来，请大家尝尝，"边说边向大家分发，一人面前放一捧，"感谢你们对我的关怀和照顾！真的好感谢！"一张嘴笨拙得不知道该怎么表达。

大家都站起身来，惊讶她恢复得好好啊，看上去青春活力，哪里像生过大病的样子。手术一定很成功！张主任也走过来，拍了拍她的肩膀，亲切地问："小陈，这么快就出院了？而且恢复得这么好，真不错！"陈月梅刚想说什么，右腿再次发麻，像有电流通过。她微微一颤，笑道："张主任，我的病好了，现在全身不痛不痒，啥时候可以回来上班呢？"

"不急不急，不是说还要做化疗吗？你先做化疗，等身体完全恢复了健康，再回来上班也不迟。"张主任说罢就捧起桌上的核桃，要塞回陈月梅的包里去，"这是给你补脑的。我们健健康康的，吃了也是浪费。你还是留着自己吃吧。"

大家也纷纷要把核桃又捧回去。陈月梅就急了，双手紧紧捂住包。公司对她恩重如山，她无以为谢，只有以这种卑微的方式，表达她的一份心意，他们怎么能够拒绝她！大家看她急得嘴唇发抖，都要哭了，才不再勉强。

楼道里碰到的那个女人，真的就是她的替补。张主任并没说辞退她，只让她回家安心养病，等彻底好了再回来上班。这话听起来充满关怀，可实质上就是解雇她。自从她生病住院，就不再有工资。那一千块的慰问金，看来就是公司对她的最后了结。当初他们招她进来没签合同，现在她病了，他们就把她往外一扔，就像扔一块破抹布。八年啊，她在这公司干了八年，一场病就把她打回原形，双手空空，一无所有。陈月梅独自走在回家的路上，神情凄惶，步履艰难。这城市依然繁华美丽，却让她感觉遥不可及。

恍惚中她还跋涉在故乡崎岖的山路上，背着书包去上学。天还没亮，世界仍然黑糊糊的。山林深处偶尔传来些奇怪的声响，让她浑身毛骨悚然，她害怕得连哭都不敢。只是咬紧牙关，跟着手电筒下的一束光亮，跌跌撞撞地一路向前。前方的一个山坡上，有一座由旧庙改建的学校，那里有她的梦想和希望。

现在，她不知道自己的梦想和希望在何方。

回家后，跟郑长乐说起回公司的事，陈月梅还忐忑不安："乐哥，你说，他们是不是已经不要我了？"

郑长乐也拿不准。张主任并没明说解雇她了，只说让她养好病再回去上班，听起来也合情合理，就安慰她说："不会吧，月梅。你现在的病还没完全好，让你在家休息养病，也是为你好。"

该回医院复查了，陈月梅恢复得不错，接下来就该做化疗。又是一大笔费用。家里早就没钱了，陈月梅就犹豫起来，不想做，说她已经不痛不痒，怀疑医生巧立名目想赚钱。一日遭蛇咬，十年怕井绳。她不敢再轻易相信医生。可郑长乐不，坚决要听医生的，说即使砸锅卖铁也要去。他们已经创造了奇迹，他要将这奇迹进行到底。

东拼西凑，终于又凑够了化疗的钱。这天郑长乐请了假，陪陈月梅去医院化疗。谁知一查血，血色素太低，不能做。医生建议，要么靠打针，升得快，但贵，一针就要好几百块。要么靠食补，来得慢，但便宜，平常注意营养，多吃点补血升血的食品，血色素就起来了。只有血色素升高以后才能做化疗。两人对望一眼，相对无言，心里都明白别无选择，兜里的钱刚刚够做化疗，哪里还能承担别的？便垂头丧气出了医院。快到家时，顺路去逛菜市场。郑长乐磨破嘴皮，跟人讨价还价，故意横挑鼻子竖挑眼，对方才松口让了点价，最后买了只母鸡回家。

现在家里的营养品全都专属陈月梅。晚上炖好鸡汤，婷婷习惯性夹起鸡腿。郑长乐想着白天的事，心里正烦，该怎样让陈月梅的血色素尽快升上去，便一筷子将那鸡腿打掉，瞪眼说："婷婷，你怎么不懂事呢？妈妈身体不好，需要营养，就不能让妈妈多吃点？你身体好好的，少吃个鸡腿不行吗？"婷婷一愣，低了头就只吃米饭。郑长乐夹了几筷子素菜给她，再把那鸡腿一筷子夹进陈月梅碗里，着急道："这是专门为你炖的，你怎么不吃？你现在是病人，就不要跟我们讲客气了。你的病一天不好，我们全家都不得好。"掉过头来，发现婷婷满眼含泪，才意识到什么，便挑出一只鸡脚爪给婷婷道歉："婷婷不生爸爸的气啊。爸爸也是心里着急，担心妈妈的病才那样。"婷婷没抬头，只"嗯"了一声，继续埋头吃饭。

对门的邻居听说了，建议说，那就多吃红色食品，能补血升血。郑长乐便茅塞顿开，当天就去逛农贸市场，发现红色食物不仅多，还便宜。没钱让月梅天天吃鸡鸭鱼肉，这些红色的毛毛菜总能让她吃得起吧。西红柿、胡萝卜、红豆、血旺，尤其是新上市的苋菜和血皮菜，既新鲜又便宜，他买了一大堆，当晚就做给陈月梅吃。那血皮菜一下锅，见油见盐，就渗出一锅血红的汤水，郑长乐惊喜起来，叫陈月梅来看，说："这汤红得跟血一样，补血最好。看来我们运气不错，正巧遇到这好东西上市。我相信，只要我们顿顿吃，要不了几天，就把你的血色素补上来了。"

对郑长乐的话，陈月梅一贯深信不疑，于是就吃得欢天喜地。郑长乐做饭烧菜从来都是一把好手，这两样蔬菜被他轮番素炒荤煎，凉拌炖汤，变换着花样天天弄给陈月梅吃，陈月梅也不觉得厌，反倒吃得津津有味，像个听话的乖孩子。现在饭桌上，顿顿都是红色食物：汤是红豆汤，饭是红苕饭，菜是苋菜、血皮菜，配毛血旺、西红柿，或胡萝卜。这吃的喝的都是红色，陈月梅一边吃，一边幸福地想象它们进到胃里，慢慢被消化，再变成血液流遍全身，血色素就升起来了，就可以进行化疗。然后呢，她的病就慢慢好了，她又可以去打工挣钱，先还债，慢慢又过上幸福的生活……

那血皮菜初吃时口感不错，糯糯的，吃多了却嘴发麻，陈月梅也不管那么多，依然天天吃顿顿吃，当下饭菜吃也当药吃，吃得牙齿都红了。有一天傍晚，和婷婷一起看电视，是一个吸血鬼的故事。婷婷突然侧过头来看陈月梅的嘴，说："妈妈，你的牙齿也是红的，有点像电视里那个吸血鬼。"陈月梅这才赶紧去卫生间照镜子，果然满口紫红，就笑了，然而也不愿意停下来，只是多了一道饭后漱口刷牙的程序。

两周后，郑长乐陪陈月梅再次去医院，没想到一查血，血色素还是不够高，两个人都差点昏过去。这样补都补不起，看来必须打针了。那针几百块钱一支。家里不仅一贫如洗，还负债累累，还能去哪里弄钱啊？郑长乐一颗心是真的掉进冰窟里了。

28

　　申请吃低保，这是郑长乐单位一位领导的点子。

　　郑长乐绞尽脑汁，没办法了，突然想到向单位申请困难补助。那还是从前计划经济时代的福利，近几年几乎再没听说。他只想去碰碰运气。这天就写了申请，去找领导。这领导是他从前的老领导，性格豪爽，当即就在申请书上大笔一挥，签了字。郑长乐是单位的老员工了，他了解他，对他的处境相当同情，却又无能为力，就叹口气说："唉，单位现在不景气，困难补助最多一百，只能象征性地安慰一下，不能解决根本问题。要不这样，我给你出个点子，你参考一下，看看你是否用得上。"

　　领导建议他去申请低保。

　　"你爱人现在因为生病丢了工作，一分钱没有。你们一家四口人，就凭你现在这点工资，完全可以去申请低保。一旦成为低保户，不仅每月能得到一笔最低生活保障费，还有许多其他实惠，像孩子上学的学杂费，去医院看病的挂号费等等，都可以减免，那可比你申请一百块的困难补助实惠多了。"

　　郑长乐一拍脑袋瓜，豁然开朗。这么好的事，他怎么就没有想到呢？简直就顶的个猪脑壳！当天晚上回到家，就跟陈月梅说了这事。第二天，两人去了一趟社区居委会。一个叫小郭的胖乎乎的姑娘接待了他们，表情冷漠。一听说家里还有个儿子二十出头，就不耐烦地打断他们："儿子都二十几了，四肢健全，不残不傻，怎么不去找工作？你们这些人啊，就是懒，一心想钻政府的空子。以为政府的低保就那么好吃？"

这话听起来很伤人。郑长乐压抑住自己的牛脾气，赔一脸苦笑解释说："是这样的，我儿子工作过，不过最近失业了。他没啥本事，即使工作当保安，挣的钱也只够他自己吃饭，哪里还能帮助家庭？就是不算他，我们一家三口，现在就靠我一个人的那点工资，每个月不到一千块，爱人看病要花钱，女儿上学要用钱，也很困难。说出来不怕你笑话，我们一家人现在吃饭都困难。你看我爱人，刚刚动了开颅手术，还得继续做化疗……"边说边摘下陈月梅的帽子，露出一颗滚圆青白的光头，让小郭看那道狰狞的伤疤，还掏出一大堆医院的缴费单，摆在桌上让人看，自己红了眼睛，哽咽着再也说不出话来。

小郭沉吟着，没再吱声，只叹了口气，要他们回家去写份申请，把家里的困难写清楚，再把相关资料复印一份，再交上来。低保审核得过三关。先是社区，再是街道，最后是区委社保局的低保办。一般前两关都好过，最后那关比较难，上面会派人下来查实，再开会讨论最后决定。

郑长乐和陈月梅悻悻地走出来，看不出这事有多大希望。要都像小郭那态度，前景可就不太妙了。又不甘心就此放弃，哪怕有一丝渺茫的希望也该争取一下吧。回家后，郑长乐找出纸笔，认认真真写了一份申请书。第二天上班，又去财务科复印自己的工资凭证，拿到手一看，自己都不敢相信，工作了二十多年，基本月工资竟然只有五百八！还不够当官的吃一顿饭，不够那些白领在新世纪、太平洋买一件衣服！真是悲哀！又把陈月梅看病的缴费单一并复印，连同申请，找了个时间再递交上去。那小郭接过厚厚的一叠，看也没看，就扔到一边，依然是冷冰冰的不耐烦，让郑长乐留下联系电话，说回家等吧，等上面来人调查时，再通知他。

一颗心又高悬起来，晃晃悠悠没有底。

郑长乐是在两周后接到小郭的电话的，说上面要派人来调查了，让他到时在家等着。郑长乐专门跟同事换了班，待在家中。陈月梅两天前做了化疗，正恶心呕吐，浑身难受，披了件外套半躺在沙发上不能动。小郭陪着一行人来了，个个都走得气喘吁吁，一脸都是不耐烦，进屋后就四处张望。然后一个中年女人冷冷地问："能住这么宽敞的商品房，看起来日子过得很小康嘛，还想申请吃低保？"郑长乐一急，说话声音都抖了："这房子是跟老母亲一起买的，两套房子的拆迁费，加起来才买的这房子。如果单凭我们自己，哪里买得起！"

几间屋转了一圈出来，一个腆着啤酒肚的男人酸溜溜地开腔了："没钱吃饭，还有钱买电脑用空调？"

郑长乐急得快跳起来："空调是房子自带的，电脑是孩子她姑姑淘汰下来给孩子的。我们哪里买得起！"

"儿子呢，听说都二十多了？怎么不去找工作养家？"

一说到儿子，郑长乐的头就更大了。郑小龙不久前当保安打了业主，赌气回家。后来听说那业主家人四处找他，要收拾他出气。人家是富家千金，哪里能受那种屈辱！郑长乐就怕了，忍痛又拿出几百块钱，把郑小龙支使到外地去了，让他在外地找份工作先待下来，躲过这风头再回来。现在再提儿子，郑长乐肚子里的苦水更翻江倒海，长叹一声："唉，现在的娃儿，你们又不是不晓得，不回来刮家里啃父母就烧高香了，哪里还指望他挣钱养家？何况他最近一直也没找到工作……"

"没工作让他来找我！"啤酒肚突然来劲了，"只要他身体健康，四肢健全，肯吃苦耐劳，我包管给他找份工作。一个月不说多的，随便挣个千儿八百的没问题。你们这些人啊，就想钻政策的空子，吃国家，就不想想自食其力，自谋生路，为国家分担负担。"

"就是！"中年女人附和说，"住这么大的商品房，空调电脑奢侈品都有，日子过得这么小康，还想申请吃低保！"

一行人说着轻蔑地望了郑长乐一眼，就要走。陈月梅抖瑟着站在一边，脸色惨白，嗫嚅着嘴唇，想说什么，舌头却不听使唤，一着急，身子一软就瘫软下去。一行人先是一怔，然后才帮忙搭手，七手八脚把陈月梅搀扶起来。这时，一直默默跟在人群中的小郭，突然开口说话了："廖主任，姚干事，这家人生活确实困难，主要是女主人患脑瘤刚开了刀，花了十几万的医药费，还需要继续放疗化疗，还有个女儿在上小学，就靠男主人一个月几百块钱的工资，是困难。"郑长乐就赶紧把陈月梅的帽子摘下，向他们展示那道狰狞的伤疤。

那伤疤像一只愤怒的眼睛，恶狠狠地瞪着他们。他们都不禁后退了一步，眉头一皱，微微露出惊讶和厌恶。

不知谁这时开口了，慢悠悠的："像这种情况，可以考虑申请重大疾病补助。"

人走了，屋里又恢复了死一般的沉寂。陈月梅躺在沙发上，喘着粗气，哭了："乐哥，都是我不好，是我拖累了你……"郑长乐还在震惊中，想那个小郭，一直对他态度冷漠，刚才居然在关键时刻站出来，帮他说话。这也太出人意料了。郑长乐几乎被惊呆了，被一股温暖的力量击中。他舒了口气，紧紧捏着陈月梅的手说："不怕，月梅，没见那个小郭今天在帮我们说话呀，平时她对我们不冷不热，还以为她良心大大地坏呢，没想到……嘿，原来她还有颗菩萨心肠。原来天地良心，还没死绝。"

第二天下班，郑长乐急匆匆跑去找小郭，一是希望再争取争取，二是对她表示感谢。那小郭见了他，竟然也像变了个人，态度突然温和起来。她请他坐下，还为他倒了一杯热茶，安慰他说，现在情况还难预测，等最后开会讨论时，她一定会努力为郑长乐争取。按郑长乐家的收入情况，吃低保应该是够格的。但他的居家条件确实超标了。现在这社会，骗吃低保的人太多，所以审核很严格。最后她说："郑老师，你真的太不容易了。爱人得了绝症，你还到处借钱救她，还要供她的孩子上学，你真是太不容易了！"

她曾经那么冷漠如霜，如今却这般亲切温暖，还尊称他为"郑老师"，为他所感动。郑长乐走出社区办公室时，几乎哭了。承受了那么多重荷和屈辱，总算有人理解他了。

到月底评审结果出来。郑长乐榜上无名。绝望之下，郑长乐不甘心，又去找小郭。小郭也一脸内疚："对不起啊，郑老师，我已经尽力了，但是，你家的条件，确实超过了文件上规定的低保标准。"说罢从抽屉里拿出一份文件，一条条指给郑长乐看。那上面白纸黑字确实写得清清楚楚，"有电脑、空调等生活奢侈品的家庭，不能申请吃低保。"郑长乐气得有苦难言，想长娟送婷婷旧电脑，居然成了一件坏事。那空调是买房时自带的，现在竟成了奢侈品，这也太不公平了。

小郭也替他感到难过："对不起啊，郑老师，我也想帮你，但人微言轻，无能为力。"

他谢了她，木呆呆地走出来。这是一条社区街道，街不大，却热闹，空气中弥漫着城市底层生活的欢娱，廉价的，却又是活色生香的。一溜儿的简易小饭馆，三元一份的蹄花汤，荤三素一的麻辣烫，二元一份的豆花饭……花钱不多，却能香喷喷地吃得肚儿溜圆，连"棒棒"都能潇洒得起。可郑长乐觉得，他连享受这廉价欢娱的资格也没了。那些天文数字的医院账单和借款条，还有这捉襟见肘的日子，压得他快喘不过气来。他感觉自己快爆炸了。这世道还让不让人活啊！回想自己这一生，十六岁就响应党的号召，上山下乡，回城工作也勤勤恳恳，任劳任怨一辈子，到现在，妻子有病看不起，儿子找不到工作，女儿上不起学，靠自己的工资买不起房子，养不活家人，甚至连吃饭都成问题……居然还得不到社会救助。这到底是他妈啥子世道！富人富得流油，一顿饭够穷人活一年！穷人穷得叮当响，吃了上顿没下顿。难怪有那么多人去打砸抢，去杀人放火。要实在逼得人走投无路，老子也去抢银行，再杀他几个贪官污吏，反正没得活路了，不如以死一拼，图个痛快，来个最后的鱼死网破。如果我不能苟且地活，就他妈干脆悲壮地死！唯有牺牲多壮志，只要能够出口气……

突然就懂了为什么社会新闻里，总有那么多凶杀案。那些杀人越货、抢银行的，以前他还恨他们，骂他们是败类，是社会垃圾，现在竟一瞬间全理解了。他原来离他们只一步之遥！郑长乐眼放凶光，感觉体内有无数恶魔在东突西闯，要脱缰而出，就飞起一脚，把身边一只垃圾竹筐踢出老远。两条觅食的流浪狗被吓得夹起尾巴落荒而逃，一边逃还一边回头张望，一脸惊惶，郑长乐突然哈哈笑了。原来发泄真能让人痛快，就恨不得一拳砸烂这世界！

制怒，制怒，不能生气。生气是拿别人的错误惩罚自己。生气要得癌症。生气要短命，最后还是自己倒霉。笑吧笑吧，要用微笑面对生活。假如生活欺骗了你，不要悲伤，不要生气。黑暗的日子就要过去，相信吧，幸福的时光就快来临。心永远要向往未来，尽管现在是痛苦伤心。一切都会过去，而那过去的，就会成为美好的回忆。生活啊生活，你用冬天的鞭子抽我，还会伸出春天的手把我轻轻抚摸。冬天来了，春天还会远吗？要忍受黎明前的黑暗，耐心等待黎明后的曙光……郑长乐一边慢慢爬楼梯回家，一边背诵他的幸福语录。那些摘抄在小纸条上的格言警句，再一次在他摇摇欲坠临近崩溃时给了他巨大力量，支撑着他没倒下。

　　第二天早晨，天刚麻麻亮，郑长乐就醒了，披了件衣服上楼去小便。起雾了，世界一片白雾茫茫，周围的屋顶花园只隐约可见，就像大海中忽远忽近的岛的影子。他愣愣地站着，感觉自己就像汪洋中的一叶小舟，风吹来，浪打来，船儿还要颠簸向前。多年前一首熟悉的曲子突然响起，郑长乐一把扯过旁边的拖布当拐杖，斜肩提腿，幻想自己成了那个身残志坚的台湾歌手，紧捏拳头当话筒，站在无人的舞台上，扯开嗓子唱起来："苦涩的沙吹痛脸庞的感觉，像父亲的责骂母亲的哭泣永远难忘记，年少的我喜欢一个人在海边，卷起裤管光着脚丫踩在沙滩上，总是幻想海洋的尽头有另一个世界，总是以为勇敢的水手是真正的男儿，总是一副弱不经风孬种的样子，在受人欺负的时候总是听见水手说，他说，风雨中这点痛算什么？擦干泪，不要怕，至少我们还有梦，他说，风雨中这点痛算什么？擦干泪，不要问为什么……"

　　也不知过了多久，也不知唱了多少遍，郑长乐直唱得嗓子干涩发痛，才慢慢睁开眼睛。世界依然白雾茫茫，没有太阳，也没有月亮。他孤独地站在一片苍茫之中，看不到任何前进的方向。巨大的恐惧向他袭来。他感到身体一阵疲乏，抱着拖布蹲下身体，却意外看见一双躲闪的眼睛。是婷婷不知啥时候上来了，躲在楼梯口，静悄悄地望着他。他这才重又站起身来，凄然一笑："是婷婷啊，爸爸的歌唱得好不好听？"婷婷这才揉着眼睛站起身来，像刚刚哭过，望着他半天不吱声。他这才发现自己也哭过，自嘲地笑道："你看，爸爸唱歌好投入，好有感染力，是不是？不仅把婷婷唱哭了，还把自己也唱哭了。"婷婷这才抽泣着说："爸爸，我知道，是妈妈的病让你这么伤心。是妈妈的病，用光了你的钱，还让你拉了好多债。妈妈都跟我说了，要我长大了，一定要好好报答你。"

　　郑长乐一把搂过婷婷，抚着她的头："说什么呢，婷婷。啥子报答！我们是一家人，不讲那些。来，喜不喜欢这首歌？"婷婷胡乱点了点头。"会不会唱呢？"婷婷又胡乱摇了摇头。郑长乐拍一把她的肩说："那好，不会唱，等吃过早饭，爸爸教你。听清楚歌词没得？这首歌虽然长，但最经典的只有两句：'风雨中，这点痛算什么？擦干泪，不要怕，至少我们还有梦'，'风雨中，这点痛算什么？擦干泪，不要问为什么。'晓得不，唱这首歌的人，是个残疾人，就像爸爸刚才表演的那样，双脚都废了，走路得拄两条拐杖。可是你看，人家路都走不抻展了，还啥都不怕。我们至少四肢健全，比他强，还怕啥子？你说对不？"

婷婷仰起头来，眼光闪烁望着他，似懂非懂地点了点头。两人就一起下了楼。

29

　　陈月梅的病进入稳定期，头不痛了，身体也不再发麻，只是腿脚还有些无力，身体还有些虚弱。这就是化疗的效果了，两个人又看到了新希望。按医生的交代，要加强营养，过一阵再去做第二次化疗，巩固疗效。郑长乐暗中庆幸，想陈月梅终于得救了，他创造了奇迹。只是，这加强营养需要钱，再一次化疗更需要钱，而且不是一笔小数。他是能借的都借遍了，再去哪里筹钱啊？

　　这天熊大哥来电话，他不久前搬了新家，想请大家过去聚聚。郑长乐好久没参加老朋友间的聚会了，一是月梅生病没心情，二是囊中羞涩。可这次实在没理由不去。

　　熊大哥最终钉子成功，心想事成。拆迁办给了他两套房，虽说位置偏点，在机场附近，也不错。他留下楼上那套自己住，楼底那套还暂时空着，准备开麻将馆或者餐馆，好歹也赚点生活费。郑长乐经济拮据，咬牙拿出两百块钱当礼金，却被熊大哥拒收了。他知道郑长乐现在处境艰难，说他能来坐坐就行了，礼就免了。郑长乐就更不好意思了。陈月梅生病，熊大哥亲自送了一千块钱到医院，之后又借给他三千块。他自己是个肺癌病人，前几年切掉了半边肺，也用了不少钱。那时候郑长乐还没离婚，豪气地送了他一千块。两个人就有些惺惺相惜，同病相怜。当初他觉得陈月梅不错，才把她介绍给郑长乐。没想到现在，陈月梅一病，竟把郑长乐拖入深渊。唉，这世上的事，好心办坏事，坏心办好事，谁又说得准呢？

这天来了很多人,都是熊大哥的朋友和红琴的亲友。陈月梅大病初愈,脸色苍白,浑身无力,走路有些打偏偏。但见到那么多同乡亲友也很高兴,大家就先参观熊大哥楼上的新居,再到楼下。这是一片新开发区,周边都是新建的高楼,空置的多,入住的少,街道光秃秃的,路边新种的黄葛树还瘦巴巴的,刚刚冒出嫩黄的幼芽。社区不成熟,人气也稀薄,楼下这套房,无论开麻将馆还是餐馆,都暂时还看不到赚钱的希望。大家就自娱自乐,七嘴八舌先热闹起来。

好在桌子板凳所有的行当都是现成。大家就围坐在一起,先喝茶摆龙门阵。熊大哥如何钉子成功、陈月梅的病,都成了大家的关注焦点。特别是陈月梅,那么健康一个人,怎么会突然就病了?多少让大家人人自危。发病前没有征兆么?治病花了多少钱?一听说她从生病到现在,单位没再发一分钱,就有人为她抱不平了:"不对啊,我们公司有人生病住院,人家也不是正式工啊,怎么就有病休工资?月梅,不会是你们单位看你老实,欺负你吧?"

"欺负你就去告!听说现在有劳动仲裁,就是专门保护我们这些打工者的。"

"对头。听说生病遭解雇还有经济补偿。月梅你怎么一分钱没有?你们公司太欺负人了!你也是!人善被人欺,马善被人骑,没听说呀?做人就不能太老实!"

郑长乐跟熊大哥在厨房忙碌,准备午饭,听他们在屋里唧唧喳喳,也心有所动。他整天看报纸,却没注意啥子"劳动法"。熊大哥就用胳膊碰他一下,说:"听到没得?长乐,干脆和月梅去公司问问,啥事都得靠自己争取。现在这社会,自己的权利不自己去争取,就不会有人白送给你。就像我们这房子。那些人都是欺软怕硬。"

郑长乐这才如醍醐灌顶,望着熊大哥若有所思。他怎么就没朝这方面想过?熊大哥说得有道理,他是该去问一问了。他一直以为,陈月梅只是公司的临时工,跟公司又没签合同。在他的概念中,临时工就是:招之即来,挥之即去。他就没想过,临时工也受到法律保护。又联想到上次输血的事,公司人那样对待她,就越想越气,决定要为陈月梅讨个说法。

陈月梅却犹豫了。她生病住院，公司还派人来看她，送了她一千块钱的慰问金，同事又捐了她五千多，那么大的一笔钱，她至今想起还心怀感激。从偏远山村出来的她，从来都有一颗卑微的心，滴水之情，涌泉之恩，哪里还敢过多奢望？现在听他们这样一说，也觉得有理。傍晚两个人走在回家的路上，郑长乐就决定，一定要去公司讨说法。陈月梅虽然勉强同意，却也是怕兮兮的，千叮咛万嘱咐，去了要跟人好好说，千万不可得罪人。

就选了一个郑长乐上晚班的早晨，两个人一起去公司。张主任一见陈月梅来了，还带着丈夫，就知道有事，却依然热情，招呼他们坐下，一脸亲切地问寒问暖。

"小陈看起来精神状态不错啊，化疗做过了？最近感觉怎么样？"她亲手为他们泡了两杯茶。

陈月梅支支吾吾，刚要开口，旁边的郑长乐抢了先，面带微笑对张主任说："张主任，我们今天来公司，主要是来表示感谢，感谢你们在陈月梅生病期间对她的关心。说实话我们早该来了，上次她住院，你们专程到医院来看望，还送了一千块钱和大家的捐款，帮了我们一家的大忙，一直让我们感激不尽。"

"不用客气，陈月梅爱人，那是我们应该做的。"张主任也笑眯眯的，把茶杯放在他们面前。

"另外，我还记得上次在医院，你亲口说的，让陈月梅不要担心工作，安心养病，养好病再回来上班。现在她的病差不多好了，我们就想问问，她什么时候可以回来上班？"

"这个呀……"张主任迟疑了，想了想，说，"我们恐怕还得开会研究研究，才能决定。你知道，我们是一家正规公司，一个萝卜一个坑。她病了，她的工作得有人干，所以我们又请了人。现在也不能无缘无故把人辞了。"

"那陈月梅生病后，还算不算公司员工呢？"

"这个么，按说呢，她当初跟公司又没签合同……"张主任手里也端了杯水，望着水杯，言辞闪烁。

郑长乐听出她的话外之音，突然想起输血的事，就有股怒火在体内翻腾，但他竭力压住了，只是声音里多了些凝重和怨气："张主任，你们想甩人的时候，就说是正规公司，没签合同。是正规公司还让人当替死鬼，去输血，输一次不行，还输二次，就不怕把人输死了？"

张主任脸都白了，愣愣的，一时不知如何作答，掉头去看陈月梅。陈月梅就怕了，避开她的目光，碰了郑长乐一下，轻唤一声"长乐——"，不想让他提输血的事。

"输血的事，小陈，你当时不是自愿的么？还跟我说你想输，我也是一番好意……"张主任的目光由亲切温柔变得冷峻尖厉。陈月梅心虚得低下头。以前上班的时候，她就怕她，现在不上班了，再见她，她还是怕她。她是她的领导，主宰她的工作大权，就像主宰她的生死大权。她从来都没敢违背她，现在居然……她很想为自己辩白什么，却嚅了嚅嘴角，说不出话来。张主任紧盯着她惊愕道："小陈，你不是就输过一次血么，怎么，还输了两次？"

郑长乐以为她在装，冷笑一声，更气了："不是顶你和那个秘书吗？一次输了那么多，身体一下就垮了。你还送她巴黎香水，想封她的嘴。你们这些当领导的，就以为临时工不是人？身上流的不是血，是水，想抽多少就抽多少。是不是？"

张主任似乎明白了什么，直愣愣道："真的啊，小陈，你还顶了王小莹？"

陈月梅这才抬起头来，望着张主任轻轻"嗯"了一声，又偷偷睃了一眼外面，生怕被王小莹听到了。王小莹曾经叮嘱过她，这事不能给任何人说。她一直都信守承诺，现在实在没办法，才被丈夫捅出来。还好王小莹不在外面，她松了口气，点点头说："嗯，王秘书当时说，她爱人不同意她输血，就让我帮她的忙。"

"你就答应了？那天输了两次血？"

"嗯。"陈月梅知错似的，轻声道。

张主任这才明白过来，也生气了，痛心道："小陈，你真是糊涂啊，怎么能拿自己的身体开玩笑。"

郑长乐就冷笑了："张主任，陈月梅哪敢开玩笑啊？你们就是叫她去吃屎，她也会去。她敢不去吗？她不过是公司的临时工，想保住饭碗，不被你们开除，还不得乖乖听你们使唤？"

张主任立刻一脸严肃："陈月梅爱人，话也不能这么说。输血的事，毕竟没有人逼她。是她自己愿意的。"郑长乐也不耐烦了："算了算了，过去的事就不要说了。今天我们来，只想问清楚两件事：第一，陈月梅还能不能回来上班？第二，她生病到现在快半年了，还算不算公司的人？如果算，为什么没有一分钱工资或者生活费？如果不算，自从生病住院就被你们辞退了，为什么没有辞退补偿？"

张主任仿佛第一次听说这事，冷笑道："什么辞退补偿？我们公司从没听说过。这样吧，陈月梅爱人，"她侧身看了看墙上的钟，说，"对不起，我十点半有个重要会议，得马上走了。这事呢，等我跟总经理汇报了，才能给你回答。"

"行啊，要不，我们现在直接去跟总经理面谈？"

"总经理不在，出差了。"

"不会吧？有这么巧？你不是想打发我们走吧？"

张主任一边收拾桌上的文件，一边道："不信我可以，小陈你可以随便去问办公室或者财务的人，看总经理是不是出差了。把我当成什么人了，耍你们！"

"那他什么时候回来？"

"如果不出意外，应该是在周末吧。周末回来，我得在下周一才能跟他汇报工作。估计最早得到下周三四，我们才能回答你们。"

"那我们下周三再来。"

"小陈身体还很虚，你们也不用再到公司来了，到时候有什么结果，我打电话通知你们。"

"另外，陈月梅在你们公司工作了八年，生了大病，是死是活都难说。你们就来看过她一次，打发了她一千块钱，从此就撒手不管了。现在差不多快半年了，没人再来问一声死活。你说你们是一家正规公司，就这样对待自己的生病员工？或者，在你们眼里，临时工就根本不是人，活该猪狗不如，自生自灭？"

张主任已把包拎在手里，要走的样子，歉意地笑了："话不能这么说，陈月梅爱人。公司最近实在太忙，没顾过来。这样吧，"她想了想，走了两步又停下来，"我知道你们生活困难。总经理不在，多的我也做不了主。但在我权限范围内的事，我还是可以做点主的。按我们公司的规定呢，员工生病，经济特别困难者，可以享受两千块以内的医疗补助。陈月梅虽然跟公司没签正规合同，但她一直工作不错，我就特殊情况特殊处理，给你们按最高额度，批两千块钱的医疗补助吧。"说完转身，抽出纸笔，伏在桌面上写了张条子，又盖了章，笑容满面递过来。

"两千块钱虽然不多，也只能暂时这样了，就算公司的一点心意。其他的事，等总经理回来商量后，我再打电话通知你们。"

陈月梅接过那条子，差不多就热泪盈眶了："谢谢了，张主任……"

"不客气，小陈，带你爱人去财务室领钱吧，晚了怕他们不在了。今天他们要去银行办事。最近公司上了几个大项目，大家都忙。"

郑长乐没想到这么轻松，就意外地争取到两千块钱，态度一下子就温和了："那好吧，麻烦你了，张主任。说实话我们也是万不得已。陈月梅生这病，我们可以说是倾家荡产。十几万的医疗费啊，接下来还要做化疗。我的工资也不高，一家三口要吃饭，还要供她女儿上学。张主任，你说我们一家该哪个办？"

"理解理解。快去财务领钱吧，晚了怕他们走了，你们又要再跑一趟。下星期一有结果，我就打电话通知你们。"一行人边说边走，出门一见电梯来了，张主任就匆匆告辞，进了电梯。

两个人拐到过道另一头的财务室，领了钱出来。财务室外是安全通道，两个人刚下几步梯子，陈月梅眼睛就红了，嗔怨道："乐哥，人家张主任那么好，可是你看你刚才的态度，好凶啊，肯定把人家得罪了。"

郑长乐却笑了："不凶，不凶她能这么快给我们批条子么？还是熊大哥说得好，现在这社会，撑死胆大的，饿死胆小的。自己的权利要自己争取，天上不会掉馅饼下来。昨天你还不想来，不来哪能得这两千块钱？"

陈月梅这才又破涕为笑了，擦了擦眼角，连声说："那倒也是。"

当天晚上,郑长乐就跟熊大哥打电话,得意扬扬汇报战绩。没想到熊大哥一盆冷水泼过来:"长乐,公司这么爽快就给钱,说明他们自知理亏,是做贼心虚,怕你把事情闹大,想安抚你,封你的嘴。这事恐怕没这么简单。你最好去找个律师咨询一下,像陈月梅这种情况,恐怕还有些应得福利。听说现在政府很关心进城的民工,还出台了啥子劳动法,成立了劳动仲裁委员会。唉,我也是个粗人,没啥文化,都是道听途说,也不晓得详情。建议你有时间去打听打听,不要吃了哑巴亏。"

30

律师事务所,街上似乎到处都有,郑长乐从没正眼看过,没想过跟他们会发生联系。自从跟熊大哥通了电话,他才留了个心眼。这天下班,转车的时候见路边正好有一家,就拐了进去。值班律师一听说他是来咨询的,冷冷地说:"咨询要收费哟,按时间长短计算,起步价五十。"郑长乐就吓了一跳,想咨询不过就问个事,张口就来,居然要收费,而且还这么贵!他伸手摸了摸荷包,里面只有十多块钱,也不够,就不好意思笑了笑:"哦,那就算了,改天再来。"转身走了。

出了门走在大街上,郑长乐突然想起父亲多年前说过的一句话:"衙门深似海,有理无钱莫进来。"父亲说的是解放前万恶的旧社会。现在都21世纪了,还这样。这时代到底是进步了还是退步了啊?

一个星期过去了,还没等来张主任的电话。郑长乐就渐渐明白,张主任不过是敷衍他们。就决定再次主动出击。先打电话,电话里的张主任很客气,说:"对不起啊,陈月梅爱人。不是忘了,是总经理回来后天天开会,至今还没见到人。"她让郑长乐再等等吧。搁了电话,郑长乐想,不知她的话信不信得。等就等吧,再等几天,如果还没音讯,就再说。

又过了一周,还没电话,郑长乐就没耐心了,想张主任一定是耍他,便抽了个时间,气呼呼直接去了陈月梅公司。张主任不在,一个姓夏的副总接待了他,一听他说了陈月梅的事,夏副总就一脸不耐烦:"不是补发了你们两千块钱么？你还要怎样？陈月梅跟公司又没签合同，不过一个临时工，病了不能上班，难道要我们管她一辈子？"

郑长乐一看他那态度，就鬼火冒。但他压抑住了，希望能以理服人，以情动人："夏副总，我爱人在你们公司工作了八年，现在病了，你们不能像扔块旧抹布那样扔了她。"

"那你要我们怎么样？她生病我们很同情。但她又不是正式工，难道让我们养她一辈子？说实话我们公司也够意思了，大家主动为她捐了款，前后加起来，又补发了她三千块医疗补助，你还想怎样？"夏副总身材瘦高，跟郑长乐说话居高临下，神情显得异常轻慢。郑长乐的理智开始动摇："捐款是大家的心意，我们全家表示衷心感谢。但你们公司的态度呢？我们不是赖着公司，要公司养她一辈子，但公司得赔偿。她健康的时候，你们是啷个对待她的？现在病成这样，难道跟你们公司对她的欺负没一点关系？"

夏副总将身子斜靠在办公桌上，往鼻梁上推了推下滑的眼镜，有些火了："公司哪个欺负她了？她生病跟我们有啥关系？你不要不讲道理，乱往我们公司泼脏水哈。"

"啷个没得关系？上次输血，你们让她冒名顶替，一次就替了两个人，人都差点输死了，你们敢说公司没有一点责任？"

输血的事，他听张主任轻描淡写提过一次，就冷笑了："那是她跟员工之间私人的事，公司管不了那么多。再说了，陈月梅她自己愿意，又没人逼她，啷个能够怪到公司？"

看他那表情，简直就是耍无赖。郑长乐再也管不住自己的牛脾气了："姓夏的，你他妈说这话还是人吗？一个是办公室主任，一个是老总秘书，陈月梅她一个临时工，你们就是让她去死，她敢不去吗？"

不过一个临时工家属，竟敢对他如此无礼。夏副总也火了，"呼"地一下直起身来，指着他说："请你说话嘴巴干净点，要骂人出去骂！好了，公司的态度很明确，那两千块钱，就是对她的最后补偿。请你走吧，不要再影响我工作。"说完朝门外喊了一声，"小黄，叫保安。"

郑长乐就被激怒了，怒目圆瞪，指着比他高大的夏副总，声音都发抖了：

"姓夏的，我今天不是来跟你闹的，我是来跟你讲道理的，但你不听，老子也把话跟你挑明。你想用那两千块钱，就把一个工作了八年的员工打发走，没那么容易。再怎么说，陈月梅也是你们公司的人，得了重大疾病，你们只来看了一次，到现在差不多半年了，是死是活，你们就再也没管过。你们口口声声说是一家正规公司，到底还有人性没得？"

"我们公司有没得人性，跟你有什么关系啊？我再跟你说一次，她不过是公司的临时工，没跟公司签任何合同，凭什么我们要管她啊？"

"临时工就不是人吗？姓夏的，你他妈禽兽不如！信不信老子把你龟儿子的脑壳扭下来当夜壶！"

郑长乐讲不出更多的道理，就开始骂人。夏副总转身走到窗前，不看他也不理他。他最怕遇到这种穷刁民，一无所有，惹急了真敢跟人玩命。他犯不着跟这种人硬碰硬，正面交锋不值得。门开了，几个保安冲进来，他才转身对着他们，很平静地说："保安来了啊？这个人扰乱公司的正常工作。请把他带走。"说罢就转身到办公桌后面，坐下来。

几个保安走过来，对郑长乐说了一声："请吧！"就要架他。郑长乐一膀子甩开保安，回身指着夏副总，眼睛里快喷出火来："姓夏的，老子今天就先走了，改个时间还会来拜访。"一脚出了办公室，见外面有好些员工在围观，就扯大嗓门，"还有你们公司的老总，都给老子听到：员工是人，临时工也是人，请你们这些当官的，最好把他们当人看。要不然把人逼急了，自己也没得好果子吃。不信我们就走着瞧。哪天老子让你几爷子站起进来，躺倒出去。不信弦的，现在就报警。我姓郑名长乐，陈月梅老公。说到做到，后会有期。"就昂首挺胸，大踏步走了。留下一屋子员工相对无语，瞠目结舌。

郑长乐回到家里，回想起姓夏的那副尊容和说过的话，就气愤难平："月梅，你们公司那个姓夏的副总，真他妈不是个东西。"陈月梅这才知道他又去公司了，怕兮兮道："夏副总啊，我从来没跟他说过话。你啷个又去公司了啊？"

"啷个不去？我还要去。你现在就彻底打消回去上班的念头。我已经跟他们闹翻了。现在我们的任务，就是努力争取最大补偿。就像熊大哥说的，这个社会，自己的权利要自己去争取。"

郑长乐真的准备干到底了，满脑子都是乱七八糟的行动计划，比如先来软的，天天去公司软磨硬泡，一直磨到他们不耐烦了，再来硬的，自己单挑，或者约几个兄弟伙，操点硬家伙，直接去找他们老总。办法是人想出来的，他就不信治不了他们。他们公司效益好，也不在乎几个小钱。可对郑长乐一家，那几个小钱就不是小钱，而是大钱，是陈月梅的尊严陈月梅的命。她是他心爱的女人啊。他们这样待她，不拿她当人，就是扇他的耳光，践踏他的尊严。他一定要让他们付出代价。他自己已活得够卑微了，不能让心爱的女人，比自己还活得——不仅卑微，简直是卑贱！

他不再唱歌拉二胡，也不再知足常乐，实在是想乐也乐不起来。他在楼顶吊了只沙袋，每天练打，举哑铃，做俯卧撑，练依稀还记得的南拳北腿，又翻出多年前的九节鞭，舞来划去，把空气当成假想敌，幻想哪天以这身功夫，撂倒那个姓夏的。狗日的，太不是东西！后果他已经考虑好了。如果获刑，就当是当年入伍当兵，为国捐躯。反正儿子也长大成人，母亲还有长英和长娟照顾。狗惹急了，也会跳墙，何况他一个大活人！

是报纸上的一篇文章救了他。那是一个"法治与生活"专栏，每周一期，一个读者写信咨询："生病被公司解雇，该怎么办？"郑长乐立即被吸引了。那读者的情景跟陈月梅相似。律师说，依照现在新的《劳动法》，公司如果解雇人，必须支付经济赔偿。他眼睛一亮，这就对了！唯一担忧的是，陈月梅跟公司没签合同，不知是否能享受这条？栏目下有免费的律师咨询电话，他抓起电话拨过去。电话里的律师态度很好，说："按照新的《劳动法》，没签合同，如果连续工作一年以上，也算自动签了合同，应该可以享受其他员工的同等待遇。"还建议，如果郑长乐有时间，可以去他事务所面谈。如果有必要，他愿意帮郑长乐打这场官司。这事要告到劳动仲裁法庭去，郑长乐准赢。

搁了电话，郑长乐眨巴着眼睛，不敢相信天下会有这等好事。又怕夜长梦多，等到明天那律师会变卦，就赶紧跟同事打了个电话，让他提前来帮他顶班，说他有急事，十万火急，得马上去处理。

那律师事务所离他的公司不远，不过转了一趟车。是个非常年轻的律师，估计大学毕业不久，还一脸书生意气，对郑长乐也很客气。郑长乐先问清了不收费，才放心大胆坐下来，跟他仔细讲了陈月梅的情况，又把生病引起的经济困难和盘托出。他现在真的很无助。那律师听完后没说话，只是起身从书柜里找出一份文件，翻出其中的条例，让郑长乐自己看。郑长乐一条一条读下来，气就慢慢壮了。陈月梅原来完全可以享受正式职工的待遇。他们简直太欺负人了，半夜吃桃子，专捏软的。

同样是律师，前几天那位冷若冰霜，开口就要钱。今天这位却善良友好，无偿助人。郑长乐临走时，紧紧握住律师的手，心里翻滚着千言万语，却无从诉说。天阴着，开始飘起毛毛小雨。郑长乐走在街头，不时仰头，让清凉的雨丝飘落在脸上。他咧嘴笑了。这世道越来越让人搞不懂。但有一条他一直深信不疑：天地良心，还没死绝。

夜里，郑长乐把那份复印的《劳动法》又仔仔细细研读了几遍，还在重点下面画了红线，这才长长舒口气，对身边的陈月梅说："月梅你等着，他们欠你的，我要让他们都乖乖给你补回来。"

陈月梅不明就里，一脸担忧："乐哥，我看还是算了吧。公司的人，特别是张主任，对我真的很好，能不能不要再去麻烦他们？"

"麻烦他们？月梅啊，我已经是个老实人了，你呢，比我还老实！你知道不知道，现在这社会，人太老实不是好事，会被人欺负，啊？"说罢，就把《劳动法》中画红线的句子指给她看："用人单位满一年仍未与劳动者签订劳动合同的，应自动转为无固定期限劳动合同；企业职工因患病或非因工负伤，需要停止工作医疗时，根据本人实际参加工作年限和在本单位工作年限，给予三个月到二十四个月的医疗期……"

"这么说来，公司如果解雇我，还该赔偿我？我工作八年，一年一个月的工资，加起来差不多八千块？"陈月梅简直不敢相信。

"是啊。按这法律，你生病这半年，公司也应该发给你工资，他们可是一分没发。"

"也不是没发。住院的时候张主任还给了我一千块钱呢，再加上这次补的两千块钱，应该算吧？"

"月梅你也太善良了。你不管，明天我就去你们公司，废话少说，只把这些法律资料递上去，让他们自己看着办吧。我就不信那个姓夏的，还敢再跟老子狡辩。"

郑长乐再去公司时，一进门就遇到张主任。张主任态度一贯温和，仍然是笑眯眯的。郑长乐没见到那个姓夏的，态度也变得温和起来，只把复印的劳动法资料往张主任桌上一摆，说："张主任，我想你知道我今天来的用意。你说公司考虑好了，会给答复。我们就信了，一直在等。可直到现在，一点音讯都没有。如果你们再这样拖，对我们不理不睬，我们就只好去申请劳动仲裁了。到时候法庭上见。"说完就走了。

郑长乐是在第三天中午接到张主任电话的，说："终于见到老总了，公司领导层还专门开会进行了讨论。鉴于陈月梅身体还没完全康复，又这么长时间不能工作，公司已经新招了员工，所以非常对不起，只能做出辞退的决定。但公司会按相关法律法规，给予陈月梅经济补偿，请尽快来公司办理吧。"

终于胜利了。郑长乐和陈月梅第二天就去了公司。张主任客客气气接待了他们，请他们坐，请他们喝茶。难得一见的老总也终于露面了，态度是出人意料的谦和。他主动跟他们握手，还问了陈月梅康复得如何，并为公司做出辞退的决定而道歉，希望能得到他们的理解。陈月梅在公司干了八九年，从来没跟老总说过一句话，此时一激动，苍白的脸竟有了久违的红晕，说话也结巴了，简直太受宠若惊了。公司的其他员工今天也显得格外友好，纷纷向他们投来温和的笑。他们在办公室办了手续，张主任一个电话，财务就为他们送来一个厚厚的信封，八千多的补偿金。临走时，老总和张主任还亲自送他们到电梯口，并嘱咐陈月梅一定要多多保重身体。

电梯门"咣当"一声，关了，窄小而寂静的世界，一点一点开始坠落，而他们的心却在一起飞扬。两人你望我，我望你，突然就紧紧拥抱，喜极而泣。卑微的人，其实是多么容易安抚和满足。

31

再次感受到知识的力量,郑长乐更爱读报了。每天上班一有空闲,就捧起桌上的报纸读,连中缝的广告都不放过。读到有喜欢的句子,一丝不苟地摘抄下来,充实他日渐丰厚的幸福语录。

这天他又读到一条有趣的新闻。

报道说的是近郊农村征地的事。因为征地补偿按户头算,好多家庭为了多得安置费,就假离婚。上到八九十岁的老夫妻,下到刚刚新婚燕尔的小两口,一夜之间,都统统去申请离婚分户。一个不到两万人的小乡镇,一个月内就有两千多对夫妻办了离婚。政府明明知道这些人是假离婚,想钻政策的空子,却也无可奈何。等拆迁安置费一到手,这些分飞的劳燕又迅速回笼,一对一对去复婚。

郑长乐读着读着就笑了,嘿,看这些农民,好聪明哟。这就叫,"你上有政策,我下有对策"。不过他并没多想,更没把这事跟自己的生活扯上联系。巧的是,当晚的电视里也报道此事。有一对八十多岁的老夫妻,当记者采访老太太为什么要离婚时,老太太竟哭了,泪流满面,说:"你去问那个老不死的吧,这么大年纪,都儿孙满堂了,要离婚,我这张老脸都羞死了,没地方搁。他还嫌我跟不上形势。"旁边的老伴吧嗒着叶子烟,瘪着嘴,竟得意地笑了,说:"老太婆,你不懂,现在是啥子时代哟?是猫抓老鼠的时代。不管白猫黑猫,抓到老鼠就是好猫。至于丢不丢脸,你管他那么多做啥子?这社会笑贫不笑娼，别人都多得几万块钱，就你得不到，才丢脸呢。"

郑长乐听了，先是一怔，细想觉得很有道理。自从申请吃低保被拒，他就一直耿耿于怀，却苦于没有相应的对策。现在好了，这些农民的故事启发了他。他也可以假离婚呀。陈月梅母女俩现在都有重庆户口，离了婚，母女俩没有经济来源，我就不信，你低保办的几爷子，还不让她们吃低保？让她们饿死？

主意就定了。晚上两个人躺在床上，郑长乐笑眯眯地把陈月梅搂进怀里，跟她提起电视里那些农民假离婚的故事，又问她有啥子感受没得。

陈月梅已经闭上眼睛。她很享受每天临睡前的这温馨时刻，被丈夫孩子一样亲昵地搂着，让她感到幸福是一种实实在在的肌肤相亲。她想都不想，淡淡地说："没啥感受。"

"认真想想，有没得啥子启发？"

"也没得启发。"陈月梅这才睁开眼睛，有些疑惑地望着他。

"唉，医生不是才给你开过颅吗？咹个还是不开窍哟。"他用手指轻轻去戳她的额头。

陈月梅这才开始想刚才看过的电视："你的意思是……那些农民搞假离婚……"

"总算领会了领导意图。"郑长乐这才松了口气，"你看这些农民好聪明哟。为了多得征地补偿，去假离婚。"

"他们也不怕，如果政府晓得了，或者被哪个人揭发了，不遭啊？"

"遭啥子遭？"郑长乐不屑地白她一眼，"月梅啊，跟你说过好多遍，这个社会，撑死胆大的，饿死胆小的。你看这些农民，集体假离婚，都多得了几万块钱。只有那几个跟你一样胆子小、没敢离的，看别人得了钱自己没得，又后悔。"就低头去看她的脸，试探道，"月梅，你看我们……是不是也该向他们学习？"

陈月梅这才惊诧起来，慢慢支起身体，望着他："我们……哪个向他们学习？"

"假离婚呀！"郑长乐一脸坦然，"一旦假离婚，你和婷婷两个人，没有一分钱经济收入，你又有病，不能工作，申请吃低保肯定行。"

陈月梅就半张了嘴，傻了似的。一贯温顺听话的她，这时却坚定地摇了摇头："乐哥，婚姻是一生大事，啷个可以搞假呢？我不要学那些农民，他们都是些低素质的人！"

郑长乐"扑哧"一声在心里笑了。想她才进城多久啊，竟然就看不起农民，还说他们"低素质"。她原来也有自己的原则，不是啥都听他的。郑长乐闭上眼睛想了想，又苦口婆心道："月梅啊，我们一起生活这么久了，难道你还不了解我？你是不是怕我会假戏真做，甩了你？"

陈月梅已经重新躺下，只呆呆望着天花板，不说话。

"如果我想甩了你，我会到处借钱，拉一屁股的债来给你看病？我是脑壳进水了啊？"

陈月梅还是不理他。

郑长乐没有别的办法，只得把吃低保的种种好处再翻出来。申请成功，每人每月有两百多块钱的低保费。陈月梅今后去医院看病，挂号吃药，也都享受打折优惠。还有婷婷在学校，也可以减免好多费用。总而言之，一句话，能吃上低保，今后生活好处多多。

陈月梅眼睛眨了眨，不为所动，轻轻地说："乐哥，我的头又开始痛了，我想睡了。"就慢慢侧过身去，留给郑长乐一个坚实的背影。

她居然不接他的茬。他原来低估了她的智商。郑长乐搔了搔脑门，第一次发现陈月梅不仅聪明，还有个性。

他就支起身来，一只手温柔地搭在她肩上："月梅，你好好想想吧。电视里都说，不管白猫黑猫，能抓到老鼠就是好猫。我们现在只有离婚才够格吃低保，也就是说，离婚是只好猫，不离婚就不是好猫，这样讲你总明白噻？听我跟你算一笔账。离了婚，你和婷婷两个人没有经济来源，两个人都可以吃低保，每个月每人的低保费就有两百多，加起来差不多有五百块。五百块啊，月梅，那是我半个月的工资了。不说看病，至少吃饭不用愁了。还有婷婷，在学校可以减免好多杂费。你即便不为你自己，也得为我想一想吧，这样多多少少也可以帮我减轻些负担。"

他看见她的眼睫毛一上一下扑扇着，好看极了。心一动，轻轻扳过她的身体，他要看着她的眼睛。

"月梅啊，你这一病，我们家损失好大，你晓得嚒？光是给你看病吃药，动手术，做化疗，就花了十几万。可惜你乐哥我也不是有钱人。辛苦工作一辈子，存的那几万块钱，一下子全为你泡汤了。还不够。买房子剩下的拆迁费，一万多，都说好留给妈今后看病吃药用的，也挪来用了。妈还把自己养老的五千块私房钱，也给了我们。长娟自己也不富裕，资助了我们两万块。长英经济那么困难，也悄悄给了我们一千。唉，这些就算了，自家人嘛，风雨同舟，共渡难关。可还有几万块的外债，都是我厚起脸皮找人借的，总得还吧？人家也都不富裕。你现在一分钱收入都没得，就靠我一个人那点收入，哪里够？何况你身体还虚弱，医生说还得加强营养，再做化疗，婷婷要上学，也需要花钱。以前妈住在上面，还有退休金补贴我们，又天天有你拎回来的剩饭吃，不用买米，也不觉得日子有多难。现在妈搬走了，就靠我那点干工资，你一病，剩饭也没得吃了，啥子都要自己掏腰包，才晓得生活好难，米好贵，油好贵……"

陈月梅闭上眼睛，滚出两行清泪来。

"唉，也怪你找了我这么个没本事的穷老公，让你们母女俩受苦受难。"郑长乐突然泪水奔涌，一股巨痛无以发泄，揪住头发，"砰"的一声，用头撞墙，"郑长乐你该死，没本事还要娶老婆！"

陈月梅惊慌失措，一把从后面抱住他，失声叫道："乐哥我离，我离……"

他还要撞，她死死抱他，两人最后抱头痛哭。

哭累了，陈月梅道："对不起，乐哥，都是我拖累了你。"又轻轻抚摸他的额头，泪眼凄迷，"痛吧，乐哥？你怎么这么傻呀？你要再有个三长两短，我和婷婷可怎么活呀？"

郑长乐的额头一阵阵发痛，人反倒安静了。他平躺下来，闭上眼睛，有气无力道："月梅，如果你不愿意，我不逼你。"

陈月梅就伏在他身上，心痛地说："我愿意。乐哥，我知道你是为我们好。"

郑长乐侧过身去，不想让她看他的脸，紧闭的双眼，却滚出大滴大滴的泪。他说："放心吧，月梅，离婚只是一种形式。我们离婚不离家。除了多一张离婚证，其他一切照常进行。你们也不用搬出去住，也不用告诉任何人。离婚只是对上面，对低保局的那些人。我们现在是啷个过的，离了婚还啷个过。"

因为离过一次婚，郑长乐对离婚程序已熟门熟路。两个人抽出时间，去了一趟街道办事处。办事员接过他们的证件看了，只问了一句："孩子归属和财产分割，还有没得争议？"郑长乐赶紧说："没得没得。"陈月梅也附和说："嗯，没得。"一切就都 OK 了。又一次体验红本本换绿本本，郑长乐满心都是说不出来的滋味。牵着陈月梅的手出了门，才听工作人员在背后叽咕："现在的人才怪哟，刚才来一对气鼓鼓的，横眉冷对，来结婚。现在又来一对手牵手的，卿卿我我，来离婚。搞不懂搞的啥子名堂！"

依然是阴天，灰蒙蒙的，又飘起小雨。两人心里都有些悲壮，手挽得更紧，心贴得更近，仿佛怕真的要彼此失去。才隔几年，就再次离婚，郑长乐百感交集。第一次离婚，是因为不爱；这第二次呢，却是因为爱。原来爱和不爱，都可以成为离婚的理由。他可怜的脑袋，实在想不明白为什么会这样，只得仰头问天，让三月里的小雨，淅淅沥沥，不停地飘打在他脸上。

当郑长乐陪陈月梅去递交低保申请时，办事员小郭大吃一惊："郑老师，你们感情好好的，啷个突然离婚了？"郑长乐苦笑道："我们也不想离婚呀，没得办法，总得找条活路吧。"小郭就不再说话了，若有所思，把申请资料收起来，就让他们回家等消息。程序还跟从前一样，会有人去家里调查。她还记得郑长乐的家，就问："离婚了陈月梅住哪里呢？"郑长乐说："还能住哪里？她们孤儿寡母的，要钱没钱，要房没房，我总不能让她们去睡大街吧，她们暂时住我楼顶。"

几周以后，低保办的人来了。还是上次那几位。十层楼慢慢腾腾爬上来，个个都累得半死。楼顶的那小屋被郑长乐重新布置，挂了些母女俩的旧衣服，桌上摊了些婷婷的书本，两张小床紧紧挨着，除一台黑白电视，没有任何其他电器。这次是真挑不出任何奢侈品了。陈月梅孤独地坐在床边，一副病怏怏的样子。他们门都没进，只侧进半个身体，朝里面望了望，就退出去了，满脸的厌恶，好像在责怪陈月梅的不识趣，住得这么高，成心害他们爬这么高的楼。他们其实都心存疑惑，怀疑他们是假离婚，却也没有别的办法。又不甘心白走这一遭，就站在屋外，盘问这个身患绝症的可怜女人。

"陈月梅，你都病成这样了，需要人照顾，为什么要同意离婚啊？"

"没办法，我不想太拖累他了。"

"你生了重病，他还跟你离婚，就是对你不负责任。你知不知道他这样做很不道德？"

"不离婚，我们就连饭都快吃不上。不道德总比让人饿死好。"

她呆呆地望着地面，面无表情。一贯口舌笨拙的她，竟然应答如流。

他们都知道她的故事。上次没批准她的低保申请，给了她五百块钱的疾病补助，也算对她的一点安慰。这真是个可怜的女人，年轻，又长得好看，却只能活一天是一天了。几个人面面相觑，不再说话，走了。

不久低保就批下来了，陈月梅和陈婷婷的名字，都上了吃低保的光荣榜。街道小郭打电话通知郑长乐，郑长乐苦涩地笑了。

郑长乐一边接着电话，一边又发愣了。他想，他跟陈月梅都离婚了，这个小郭，怎么有啥子事，还总找他？莫不是知道他假离婚？就警惕起来，问："小郭啊，我和陈月梅已经离婚了，她的事，今后你直接通知她吧。"那小郭在电话里就一声叹息："唉，郑老师，陈月梅不是病人吗？住得那么高，又没电话，通知她来办啥事，都不方便。所以我还是通知你吧，请你代劳。反正你住得离她最近。你就帮帮她吧，我知道你是个大好人。"

郑长乐不吭声了，想小郭原来心知肚明，却不戳穿，只是成全。好人啦！

第一次领到低保钱，郑长乐破例豪爽了一回。好久没这样高兴了，就去割了两斤五花肉，买了条白鲢，把一家人约到母亲那里，精心烧了几道菜，说要小小庆祝一下。郑母也好久没见儿子这般高兴，走进厨房，悄声问："长乐，今天是不是有啥子喜事？月梅过生日啊？"

"是啊，月梅今天满十八。"郑长乐一边切肉，一边回头对母亲笑。

"满十八？你哄我。"郑母知道儿子又逗她。他最喜欢逗母亲开心。

陈月梅在旁边帮长宝剪头发。她每次下来，都不闲着。即使病了，也得帮郑母做些杂活，抹屋拖地，洗洗涮涮。她听了这母子俩的对话，也笑了："妈，你不要听长乐打胡乱说。"

"那到底是为啥子事嘛，好久没看见你们这么高兴，是不是在街上捡了钱包？中了彩票？"

郑长乐一脸认真："对头，我们今天去公园散步，捡了一个大钱包。不信你问月梅嘛，钱包里的钱，刚好够我们全家人打一顿牙祭。"

"真的？"郑母睁大眼睛，不相信。

"煮的！"郑长乐咧嘴笑了。

一家人又聚在一起喝酒吃肉。好久没这样开心过了，一杯小酒喝下肚，浑身上下都是舒坦。郑长乐把头伸到陈月梅耳边，低声问道："月梅啊，怎么样？还是听我的话，离婚好吧？"

"嗯。"陈月梅笑着点头。现在她终于放心了。离婚后的日子还跟从前一样过。郑长乐没有抛弃她，还一如既往对她好。家还是从前的那个家，贫穷但温暖。离婚真的不过是一只能为他们抓鼠的猫——至少抓了一只小老鼠——也算是一只好猫吧。

"所以说啊，不管白猫黑猫，抓到老鼠就是好猫。"郑长乐总结道。

"啥子呢？你们要养猫啊？我们下面耗子也多。听说最近又要发耗子药了，等发了药，你们拿点上去。猫就不要养了，太麻烦了。"

一家人又笑成一团。

32

陈月梅终于对屋顶花园有了兴趣。大病之后,健康成了她的第一追求,屋顶花园也成了她的乐园,做操,练瑜伽,呼吸新鲜空气,然后劳动,侍候菜园。笼子里新养的几只鸡娃又唧唧喳喳地叫得欢。以前养的那几只鸡,都在她病重期间被炖汤喝了。那些鸡吃泰国米长大,味道就是不一样。陈月梅一辈子没吃过那么香的鸡肉,没喝过那么鲜的鸡汤,从此也坚持要自己动手,丰衣足食,还建议郑长乐把鸡笼扩建,她要扩大养鸡规模。

这天他们又去学校看望母亲。寒假过了,郑长娟过了一个匆匆的春节,该返校了。大家围坐在一起吃晚饭。郑长娟说:"妈年纪大了,有些事情干不动了。月梅的身体没完全康复,长乐又要上班。我考虑,是不是给妈请个钟点工,每天来一次,帮妈买菜做饭,打扫卫生,帮长宝换洗。这样长乐也轻松些。"

陈月梅一听就急了,一筷子菜还夹在空中,就说:"请啥子钟点工哟,有我噻,我现在反正没工作,正想在外面找点事做。长娟你实在要请人,就请我吧。"说完又怕长娟多心,认为她想挣她的钱,赶紧补充,"我反正有的是时间,帮自己的妈妈和大哥,又不是外人,我不要钱。"

郑母其实也没啥病,只是年老体衰,走路腿脚无力。她见儿女们都为她操心,赶忙说:"不要不要,我自己可以照顾自己,你们都不用为我操心。长宝我也还能照顾。月梅自己身体也不好,不用经常下来看我。就是长乐,隔两三天来一趟，陪我说说话，就行了。啥子钟点工哟，我最见不得外人在我面前晃来晃去，晃得我心烦，没病都给我晃出病来。"

一家人都笑了。郑长乐探过头来，望着母亲："妈，你啷个不会享福哟？长娟愿意出钱给你雇人，你就当一回跷脚老板享回福吧。"

"那不是享福，是受罪！一个陌生人在我面前晃来晃去，让我不得清静！"郑母坚定地摇了摇头，又一脸悲戚地望着长娟，"长娟啊，找钱如针挑土，用钱如水冲沙。你有两个钱还是存起来吧，不要东一下西一下就花出去了。你现在读书又没得收入，又这把年纪了，不结婚也不生个孩子，今后老了啷个办哟？妈现在越来越担心你了。你现在多存几个钱，今后老了身边无后，至少还可以请个人来照顾你呀。"

郑长娟喜欢吃长乐拌的红油青菜头，夹一块在嘴里，嚼起来脆脆的，一阵乱响，笑道："妈，你想那么多做啥子。老了的事，老了再说。"

郑长乐道："长娟，你也不用担心。你走了，还有我和月梅嚛，对了，还有婷婷。婷婷天天在学校上课，放学后就先来看婆婆，再回家，好不好，婷婷？"

婷婷一双眼睛在大家脸上溜来转去，认真地点头。

吃完饭在一起聊天，长乐突然冒出个念头，等长娟走了，何不将就母亲，就在下面开伙？进出买菜也方便，还方便婷婷，反正她现在课也多，中午只有一个小时，回家吃饭就像赛跑，跑得上气不接下气。就是陈月梅麻烦点，不过她反正不上班，有的是时间，就慢慢下楼走走吧，就当锻炼。

这主意不错，大家都举双手赞同。一家人的生活重心，就这样从高高的九楼，转移到长娟的学校来。

郑长乐做出这个决定，还有一层不便明说的原因。郑母每月有一千出头的退休金，住上面时，每月主动拿出八百，做她和长宝的生活费。他们俩只是吃饭，哪能吃掉八百块？所以郑长乐还有赚的，手头也稍微宽松些。如果在下面一起开伙，母亲又会拿伙食钱出来，这样既照顾了母亲和长宝，自己的经济也松活些，也算两全其美。八百块，节省点，几乎可以当全家的伙食费。他只希望能多存点钱，尽快还清欠债。有债的滋味不好过。

生活又变得美好起来。

陈月梅也渐渐喜欢上这种日子，每天除了在楼顶侍弄菜园，就是下楼去看望老人，帮助老人做些家务。郑长乐上白班时，她还负责煮饭炒菜。等婷婷下课，一起吃饭。郑母有午休的习惯，等婷婷饭后去上课了，陈月梅也乘机蜷在沙发，小睡一会儿。等郑母醒来，再陪着郑母，牵着长宝，一家三口慢慢悠悠去逛街。

郑母越感受到陈月梅的温顺、善良、好脾气，就越为她的健康担心。有一天下午，三人正走在公园湖边的小道上，陈月梅突然挪不动腿脚，把一旁的郑母吓坏了。那种发麻，总是在不经意间突然袭来，像闪电，像雷击。陈月梅不明白是为什么，郑母也不明白，只是看她痛苦的样子，为她揪心。当天晚上吃过晚饭，郑母犹豫再三，又从衣柜里掏出一张皱巴巴的银行存单，给儿子："长乐啊，这是妈的最后一笔老窖，三千块钱，过几天就要到期了。你拿去取了，带月梅再去医院看看。她啷个好好的，走着走着腿就发麻，是不是腿又有啥子病哟？"

郑长乐心里掠过不祥，想，是不是那病又犯了啊？也不客气，接过存折谢了母亲，答应有空就带陈月梅去医院检查。

又四处打电话咨询，朋友的朋友，熟人的熟人，只要一听说哪个的哪个也曾得过这个病，后来又怎样怎样了，他就求人把电话留下，打过去向人家咨询求教。也是头上长瘤子啊？开了刀都五年了，屁事没有。平时怎么保养的呢？多喝老鸭萝卜汤呀？还有呢……通过七弯八拐搭上的线，面都没见，电话里一聊，竟倍感亲切。同是天涯沦落人。那边在电话里滔滔不绝，他这边就赶紧做记录，要多吃什么，忌食什么，心里又燃起新希望，马上就跟陈月梅分享："月梅，你听到没得？刚才电话里是哪个？孙康民爱人的嫂嫂，也是脑瘤，动了手术都五年了，好得很，又回公司上班了。还说现在一点感觉都没得，跟正常人一样。所以你也不必担心。对了，每天打半小时太极拳，多吃茄子和芹菜，多喝老鸭汤。"

也有不好的消息传来，一个跑船的朋友的爱人，动了手术，半年后就挂了，后悔不迭，说要早知道是这个后果，他就不送她去动手术。医了那么多钱，最后竹篮打水一场空。拉的那些债，要猴年马月才还得清。孩子才几岁，唉，真不如当初见死不救，至少现在父子俩的日子轻松点。"

才三十出头，也太惨了。原来得这怪病的人还不少，都是年纪轻轻、健健康康、开开朗朗的，突然就病了。郑长乐心情沉重，挂了电话不再吱声。这种消息当然不能透露给月梅，只能自己扛，用人家描述的种种情景，对照陈月梅的种种症状，心里越想越害怕。

郑长乐就又带陈月梅去医院检查。那医生原是熟人的熟人，一来二去，跟郑长乐也熟了，客气得很，还笑说："陈月梅看起来气色不错，哪里像病人啊。"陈月梅听了心中一乐。她自己也觉得还不错。除了身上偶尔发麻，别的还真没什么不适。医生撩开她的头发，看了看她头上的伤口，说："恢复得不错。那就再照个片吧，复查一下，应该没有什么大问题。"

陈月梅进了照片室，郑长乐站在外面，知道决定生死的关头到了。他双手合十放在胸前，闭上眼睛，面壁而立。从不信上帝的他现在突然信了，在心中祈祷："上帝啊，请保佑她吧，她这么年轻，又这么善良，请让她再多活几年吧！"

可上帝住得太遥远，并没听到他的祈祷。医生拿着那片子出来，悄声对他说："情况不妙啊，老郑。瘤子又开始长了。因为大脑神经系统相当复杂，再开颅手术意义不大。这种瘤是切不干净的，总会再长。跟你说句大实话吧，有那钱去动手术，还不如把钱省下来，拿去享受生活，去旅游，去看看世界，去吃喝玩乐。"言外之意很明确：回家等死。

郑长乐像被人当头一棒，一阵眩晕。太残酷了。十几万巨款花出去了，一切仍然无可挽回。那飘浮的希望，最终还是随风飘散，不见踪影。他已经竭尽全力，仍然没能抓住它的尾巴。这就是命啊！郑长乐欲哭无泪，还以为自己创造了奇迹，结果却只是短暂的幻影！还好陈月梅并不知情，慢腾腾穿好衣服出来，瞪着一双惊惶的眼问："长乐，是不是我的腿又有啥毛病啊？"郑长乐的一颗心如冰海沉船，摇摇晃晃已沉到海底，却努力挤出一丝笑来，像气泡冒出水面："医生说问题不大，腿部神经有点受损，吃几服中药就好了。"

一旁的医生也很配合："你这种情况，现在适合吃中药调理。这病是慢性病，得有时间和耐心慢慢调养。"陈月梅这才笑了："只要不开刀住院就好。吃中药虽然苦些，但我不怕。如果这里的中药贵，我就让我妈在老家买。老家的中药很便宜，再多我都吃得起。就怕开刀住院了，动不动就上千上万，太贵了，都不让人活了。"

郑长乐忍不住了，泪水在眼眶里打转转，不得不扭过头去，不让陈月梅看他的脸。

"大概还能活半年，最多不会超过一年。"医生的话反复在耳边响起，每走一步，他都步履艰难。

快到家时，两人顺便去逛公园。陈月梅累了，郑长乐拉她在湖边的凉亭里坐下歇歇。五月的花园万紫千红，阳光明媚，郑长乐却觉得乾坤黯淡，日月无光。陈月梅的头轻轻靠在他肩上，新长的秀发黑油油的，已经齐耳，盖住了那道狰狞的伤痕。她双眼微闭，恬静安详，像个孩子，全然不知死神迫近。这么年轻美好的生命，怎么能就这样离开呢？郑长乐呆呆地看她的脸，看她的五官，想象一年后的今天，两人就阴阳两隔，他将再也看不见她，摸不着她，感受不到她的温柔气息，就万箭穿心。他伸出手指，轻轻在她脸上滑动，一遍比一遍更依恋不舍。她慢慢睁开双眼，困倦地冲他笑了笑，目光清澈，满是歉疚："乐哥，我觉得好对不起你，是我拖累你了！要是当初我知道会得这个病，我就不会嫁你了。"

郑长乐的手指停在她红润的唇上，轻轻按住："乱说！不嫁我你想嫁哪个？嫌我没钱，想嫁个有钱的大老板啊，是不是？"

"不是不是。"陈月梅急了，直起身来，认真道，"我哪个都不嫁，就一个人过。我不愿意拖累别人，成别人的包袱。真的！"

"人又不是神仙。人吃五谷杂粮，哪会不生病呢？这种事哪个也说不准。今天你病，说不定明天就该我病。要都像你那样想，就没有人敢结婚了。"

"可是……我这病花了那么多钱，还借了那么多债，想起这些，我整夜整夜都睡不着，胸口还痛。乐哥，你说，我们啥时候能还清那些债啊？"

"这个你就不要操心了，好不好？钱是我借的，就由我来想办法还。你身体不好，瞎操心只会加重病情。"

他又把现在良好的经济状态再分析一番，两人的低保费，加上母亲贴的伙食费，一直这样节省下去，三五年就能把欠债还清。

两人就这么静静地依偎在一起，任五月的阳光，温暖地洒了他们一身。陈月梅闭着眼睛，梦呓道："乐哥，你知道吗，小时候我最恨喝中药，一闻那味道就想吐。可是别人都说，中药效果特别好，能治根。为了你，为了我们这个家，再苦的中药我也要喝。我想啊，喝一年中药，到明年这时候，我这病恐怕就彻底好了，到时候我一定出去工作，白天打一份工，晚上再打一份工。我一定要多多挣些钱，争取早点把债还清，好不好？人家也都不富裕，我们不能让人家为难。"

心底有什么酸酸涩涩汹涌着，终于从眼眶奔涌出来。郑长乐张开手掌，轻轻盖住她的脸说："乖，你累了，不要说话，休息一会儿吧。"他自己已经泪流满面。

世界如此美丽安详。还有多少这样的时光，能让我们如此温柔地彼此拥有？

为了安慰陈月梅，郑长乐真的带她去找了一位老中医，说了她的病情，请老中医给开个方子。治不了病，能给她一点安慰和希望也行啊。老中医为陈月梅把了脉，然后为她开了药方，说是软坚散结的，有活血化淤、疏通筋络的功效。两人就去抓了中药，还专门买回一个熬药的沙罐，回家后就像模像样熬了药。那汤药味道十分苦涩，陈月梅每次都捏住鼻子，喝得很受罪。郑长乐看了于心不忍，想放弃，又怕她失去希望，产生怀疑，只得叫她减少剂量，将一天喝三次改成一天喝一次。陈月梅也不多问，一味乖乖地听指挥。每次喝了药，都冲郑长乐憨憨地笑，讨好似的，仿佛她喝的不是药，而是健康，是希望，是她对他的爱。郑长乐的心痛得厉害。他骗得了她，却骗不了自己。

头痛加剧，身体发麻，先是大腿和手臂，慢慢扩散到整个右半身，发麻时身体动弹不得，短则几秒钟，长则几分钟。陈月梅不懂是为什么，郑长乐懂。那脑瘤长在左脑，管控的却是右边身体。脑瘤疯长，颅压升高，就会头痛欲裂，直到最后的那一刻来临。

33

橄榄挺着个大肚子，从医院体检回来，慢腾腾地走在回家的路上。路过一家超市，进去买了点水果。出来看见门口有人贴招聘广告，招聘保安，条件是，有城市户口，持下岗证者优先。她就眼睛一亮，找了个僻静的角落，掏出手机打电话。

冯元正在打游戏，弯着腰，伸长脖子，眼睛直直地盯着电视。社会上已流行电脑游戏。他没电脑，没工作，没钱，没朋友，跟不上形势，整天把自己关在家里，过的仍然是从前的日子，上个世纪的游戏卡，他照样打得上天入地，忘了外面的春秋岁月。这是一片旧居民区，隔壁的杂货店才有一部公用电话。听到有人在喊"冯元，电话"，他才扔下手柄，站起身来，扭了扭发僵发硬的脖子，趿上拖鞋跑出去。一听是女儿橄榄的声音，要他出去应聘工作，他就干咳两声，懒懒地说："算了，橄榄，我肯定不行。"

橄榄急了，高八度的声音吼过去："老汉，你是啷个回事哟？自己不去找机会，我把这机会送上门来，你还不去。去试试又不损失啥子。你试都不试，啷个就晓得自己不行？整天在家打游戏，你烦不烦啊，害得妈一个人到处帮人，你还是不是个男人啊？"

冯元嘻嘻一笑："那我先考虑考虑吧。"

橄榄知道，他这一考虑，就等于放弃。收了电话，橄榄拎着一兜水果，站在超市门口，望着外面的车水马龙，愁眉苦脸。啥子命哟，遇到这么个烂老汉！舅舅整天喊知足常乐，人家至少还有份工作，还有个饭碗。你倒好，几年了，一分钱没有，全靠妈养活，也有脸活！想起妈每天三点就起床，弄早餐卖，现在又四处帮人，做家政赚点稀饭钱，活得那么艰辛，橄榄就心酸。她不禁一手抚着肚子，仰天长叹。想来想去，最后决定亲自出马，把老汉押去应聘这工作。

等孩子一出生，妈就过来带孩子。老汉呢？总不能让他一个人在家饿死吧，才五十多岁，又不是太老，身体又健康，他必须自己养活自己！

面子比命还重要。怕失败，怕被人嘲笑看不起，就情愿整天窝在家里，没钱买菜就吃咸菜，揭不开锅就喝开水，还说是清肠养生，人可以七天只喝开水，不吃饭，也饿不死。这就是冯元。自从父母下岗回家，橄榄的记忆里，就只剩下贫穷和争吵。妈也是，当年怎么嫁给他？还说他是连长，是干部，是那批知青中的佼佼者，又有手艺，会做木工打家具，结果呢，一失足成千古恨。

也难怪外婆一家看不起他。她这个唯一的亲生女儿，看他也烦。所以和罗伟一恋爱，她就搬出来，宁愿在外租房同居。橄榄不喜欢这个家，妈太可怜，爸太可恨，太可气。有时她真想一走了之，去北京上海，深圳海南，远到天边，眼不见就心不烦。但真要撒手，又舍不下。没了她，妈会更可怜。

她无法理解父母年轻时的那个时代，明明是大城市的年轻人，该上学读书，却被鼓动去了云南。那么遥远，从重庆出发，先坐火车，再坐汽车，一路颠簸，据说要七天七夜才到，真是要命！所谓支援边疆建设，说得好听，还部队编制，叫"云南生产建设兵团"，完全就是骗人的鬼话。那群年轻的傻瓜激情昂扬，千里迢迢奔赴边疆，不过是去当农民。吃没得吃，穿没得穿，馋肉了就去偷老乡的鸡，没菜吃，米饭里面放点油盐，就当过年。天天上山开荒砍树，大片的原始森林就是毁在他们手里的。十六岁的母亲个头矮小，完不成开山垦荒的任务，每天就守着林子哭，守着磨破的双手哭。父亲就这样乘虚而入。那时候的冯元，还是知青里的小头目，爱看书，会打家具，还会给人治跌打损伤，很受知青们的拥戴。母亲跟了他，从此不愁完不成任务。她被他安排去厨房煮饭。他们的爱情就在那样艰苦的环境中如野草疯长。收工了，身体累了，心却不累，都是些十六七岁的花季少年，躺在澜沧江边的橄榄树下，想念家乡，想念爹娘。一曲《美丽的嘉陵江》，唱得大家心酸泪流，抱头痛哭。

"美丽的嘉陵江，那里有我的家，明媚的阳光照心头，门前开红花。爸妈夸我好宝宝，邻居赞我好娃娃，自从我离开美丽的家乡，就成了可怜的娃……"

生活是那样的贫困，一个月吃不上一次肉，却也不妨碍生命的如火如荼。他们在那个名叫"橄榄坝农场"的地方，一不小心孕育了她。他们生她下来，她就得扛他们一生一世，不管她愿意不愿意。还得扛他们的那个时代，就像橄榄这个名字，得与她相伴一生。

橄榄慢腾腾地走着，一手拎水果，另一只手托着腰，一路想东想西，走走停停，回到父母家。郑长英刚回来，满头是汗，正在洗脸。一见橄榄挺着肚子进了屋，心都揪到喉咙口了："死女娃子，啷个招呼都不打一声，就跑回来了？看你，肚子这么大了，还到处乱跑！想吃啥子就来个电话，妈做好给你送过去。"

橄榄走得满脸通红，冒着汗，喘着粗气，焦急地朝里屋瞥了一眼，说："我倒不想乱跑哟。今天去医院检查出来，看到有家超市在招保安，说下岗工人可以优先，就想到了老汉，打电话喊他去应聘呢，他又不好意思。我只好回来抓他去。"

长英侧过身来，瞅了一眼里屋还在打游戏的冯元，吼起来："死人子！你听到没得？"

冯元这才站起身来，一脸赔笑："真的要去啊，橄榄？我还以为你是说起耍的哟。"

"老汉，你以为我挺个大肚子，跑来跑去，是图好耍啊？"

橄榄一只手直往脸上扇风。长英的热毛巾已经递过来了，让橄榄擦脸。冯元"咳咳"干咳两声，道："本来还想考虑考虑，明天去看看环境再说。"

"还要考虑，还要看环境！你以为人家请你去当大爷啊，真是的！再考虑怕就没你的份儿了。现在下岗工人起堆堆，超市保安又轻松，人家刚刚才贴出的招聘广告，你还不赶紧！我是怕去晚了就没你的份儿了。"

"那就抓紧，我也跟你们一起去。"郑长英搡了一把冯元，"死人子，还不快点去换身衣服。"转身就打开抽屉找证件,下岗证、党员证、身份证、户口本,统统装进一个小包,塞给橄榄,又趁冯元洗脸收拾的时候,去门口捅炉子,坐上沙锅炖上鸡。房子是平房,一里一外两间小屋,门前一条石板小道。天气热,煮饭的小煤炉就放在门外。几天前,她做钟点工的王老师家来了农村亲戚,给王老师带了一只土鸡。王老师现在吃素了,不吃肉,就把那鸡送给长英。原来她还想留给橄榄生了孩子坐月子吃,但养在家里太吵了,天天半夜都叫得不歇气,惹得邻居们纷纷抗议,今天刚好让冯元杀了,还准备给橄榄送过去呢。现在橄榄来了,正好可以把鸡炖上,为橄榄补补。

"妈,你就不用去了。你才回来,这么累。我一个人陪老汉去就行了。"橄榄望着忙碌的母亲说。郑长英形容憔悴,一脸的劳苦妇女相。她转身进屋,换了一身干净衣服出来,说:"去超市还得爬那么大一坡,你挺着个大肚子,我不放心。走吧走吧,一起去,也好给你爸爸鼓气壮胆。"

没想到应聘竟格外顺利。负责招聘的人只看了冯元的下岗证、户口本和党员证,一看他居然有三十年的党龄,就让他填表,下星期一去体检。如果体检合格,就来上班。他说冯元运气不错。现在政府有文件,要求用人单位优先照顾下岗工人,特别是像冯元这种上过山下过乡,年龄又在四五十的人。何况冯元还是老党员,政治思想过硬,正符合他们对保安的要求。

出了超市,一家人都有些傻了,不相信找工作竟这么容易。要知道,冯元在家闲了多年,一分钱没有,任郑长英怎么吵骂,又拿离婚要挟,都没用。他死活不出门,实在逼急了,才去人才市场逛一圈,也无功而返。郑长英都绝望了,只叹自己命太苦。没想到,死人子也有时来运转的时候。她几乎喜得合不拢嘴,橄榄也长长松了口气。而冯元本人却背着手,一脸淡定,宠辱不惊。郑长英搀着橄榄,恨恨道:"看你老汉这副德性!这么好的机会,还不来。要不是橄榄,这个机会就又丢了。寄生虫当了这么多年,总算找到一份工作。一个月有几百块,也好噻,总比你喝白开水强!"

冯元其实也高兴,却不流露,还故意嗔怨:"我就晓得,你们都看不惯我过舒服日子,非得逼我出来上班。唉,从前的宋江被逼上梁山,没想到今天我也遭你们逼上梁山。"

橄榄终于完成了任务，要走，却被长英拉住了："橄榄，你也难得回来一趟，就在家里多待一阵。我鸡都炖起了，你打电话给罗伟，让他下班后过来喝鸡汤。也算庆祝你老汉今天找到工作。"

　　橄榄想了想，也是！一家人就慢慢悠悠继续往回走，路上遇到挑担子卖菜的，又买了点青菜，有说有笑一起回家。谁知刚刚拐进巷子，郑长英的眼睛就直了，一动不动像触了电：家门前的炉子怎么空了？她临出门炖上的汤锅呢？不翼而飞？不可能吧？便使劲揉眼睛，以为是眼睛花了。

　　又赶紧几步冲上前去。炉火正旺，红通通地跳着蓝光，可那只舍不得吃的老母鸡，连汤带锅，竟不见了！郑长英简直不敢相信，惨叫一声："砍脑壳的，我的鸡汤哟！"都快哭了。

　　橄榄还怔怔的，梦游似的，喃喃道："不可能吧？居然有人偷鸡汤？他就不怕遭烫呀？"

　　这时有邻居出来张望，几个路人也停下脚步。冯元最出不得众，赶紧一手推一个："走走走，进屋去，偷了就偷了。都怪我们自己不小心。"

　　可长英拧着不肯走，不知道锅是被"棒棒"偷了，还是被邻居端了，就含沙射影骂起来："自己不小心？这门是暗锁，他哪个晓得屋里头没人？那么大一只老母鸡，自己一直舍不得吃，就是给大肚子留起的。满满当当一大锅，他就偷得走！就不怕被烫死！就不怕偷吃人家大肚子的东西，要遭雷劈！看来今后煮饭都得守在灶旁，寸步不离。免得哪天打个转身，连锅带灶都没得了，饭都得不到吃。"

　　就有邻居长叹一声："唉，煮熟的鸡都飞走了。看来这里是真该拆了。"

　　这才说起拆迁的事来。这一片也要拆了，政策已经下来了，半年之内就会动。邻居问："长英，你们家是想要安置房，还是要拆迁费啊？"长英一脸的没好气，端出锑锅准备煮饭："不晓得！安置房那么远，拆迁费呢，又那么点点，买不到房。依我看，条条蛇都咬人。"

　　"那就不搬，大家联合起来，集体抗议。"

　　"不搬也不行啊，你看住这里，炖只鸡都得不到吃。上厕所也远，到街对面去了。还是拆了好，拆了让我们住楼房，每家都有自己的厨房，至少不担心炖在灶上的锅被端了，没得吃，是不是？"

"也是也是。"大家一阵苦笑。

喝不成鸡汤，饭还得照吃。好在住得离街不远，长英拿了点钱出来，让冯元赶紧去菜市场，买点荤菜回来。女婿下班后要过来吃饭，橄榄电话都打了，好歹也得弄几个菜。橄榄想想开始发笑，双手捧着大肚子，坐在床边自言自语："只听说有人偷钱抢银行抢金首饰，还从来没听说偷鸡汤的，而且还是连锅端。那沙锅那么重，又烫。他就不怕烫手啊？哎呀妈嗳，笑死我了！"

郑长英可笑不出，白了女儿一眼，说："有啥子好笑？那么营养的土鸡汤喝不成了，锅也丢了。好可惜！我肺都气炸了，你还笑得出来！"

快吃晚饭的时候，罗伟来了，白衬衫，蓝领带，皮鞋锃亮，拎一只黑皮公文包，一副城市精英派头。橄榄把鸡汤被偷的事给他讲了，他也跟她一起笑，见长英在旁边拉长脸，就过去，双手搭在长英的肩上，哄她道："妈，不着急哈，锅丢了就丢了，我们再给你买个新的。鸡嘛，我们也赔你，丢一赔二，好不好？不生气了。"

长英不好意思了，凄然一笑："好可惜哟，专门给橄榄留起的，给我的外孙营养营养。唉，现在这些人啊，啥子都偷。"

罗伟坐到橄榄身边，打开公文包，抽出一叠房产资料。小两口正计划买房。"老婆，你看，今天又有人给我推荐楼盘。你看看这个，喜欢不？"话题就转移到房子上来。一家人围坐在一起吃饭，又说起这片区要拆迁的事来。橄榄眼珠子一阵乱转，突然道："嘿，罗伟，妈这里马上要拆了。安置房都安置到郊外去了。孩子生下来后，妈反正要过来帮我们带，不如我们干脆买套大房子，让妈爸今后跟我们一起住算了。你说呢？"

罗伟正低头吃饭。因为个子高，饭桌矮，吃饭就得弯着腰。他头也不抬，只目光朝上扫了大家一个来回，深深的抬头纹下荡出笑来："家事由你，你高兴就好，老婆。我没意见。"

郑长英也觉得这是个好主意。拆迁费反正不够买房。橄榄呢，据说也刚刚存够首付，不如干脆合二为一，买一套大房。反正就这一个女儿，后半辈子就靠她了，住一起相互也好照应，就说："要得！那就买一套大点的，留一间房给我们就够了。等我们领了拆迁费，就把钱给你们。你们争取少贷点款，免得债背多了难得还。"

冯元干咳了两声，瞪长英一眼，不说话。

罗伟这才直起身子，说："没关系，妈，贷款多少无所谓。反正我们还年轻，有压力才有动力，是不是？橄榄，你现在有时间，就多看看这些资料。地段要好，房子的品质也要好。"

橄榄连声应诺着，一手轻轻拍打肚子，说："听到没得，宝宝？你一出生就住新房子，好幸福哟。"

等饭后橄榄小两口走了，冯元一边洗碗，一边拉长脸，埋怨长英："这么大的事，也不先跟我通个气。跟他们住一起，万一今后有矛盾，哪个办？远香近臭，到时候怕有个啥子，你连个退路都没得。"

长英已经在拖地。湿淋淋的拖布在水泥地面上拖来拖去，头也不抬，回应道："有矛盾？哪个家庭没得矛盾？有矛盾还不是一样要过。哪个办？凉拌。退路？再退还不是就这个女儿，你还想退到哪里去？"

没得经济地位，就没得政治地位，也没得发言权。冯元嘀咕几句，都被长英当耳边风，只好作罢。也不知从何时起，他在家的地位一落千丈，说话没人听，什么主意都不由他拿。唉，不过也好，反正他有吃有住就行了。钱多吃好点，钱少吃孬点。他也会知足常乐，少操心的人还能长寿。

34

　　郑母来电话了，问橄榄什么时候生孩子，她缝了些婴儿的棉衣棉鞋，还有尿布，让长英有空过去拿。

　　长娟一去北京读书，让母亲和长宝搬下去住，冯元便开始酸溜溜起来，三天两头旧话重提。他当初就预言，郑长乐有一天会独占母亲的拆迁款，买房合住不过是个借口。没想到这么快就应验了，还这么巧，不显山不露水，就完成了他的巧取豪夺。郑长英虽然也看不惯郑长乐霸气十足的样子，却不爱听冯元对她娘家的事情说三道四，一听就烦。

　　"妈的房子，她愿给哪个就给哪个。何况当初那种情况，也只能合起来买房同住。我们家的事，你少管！"

　　"我才懒得管你们家的事哟，"冯元现在有工作了，又开始抽烟，说话也有底气了，"只不过实在看不惯。一碗水要端平，手心是肉，手背也是肉。长乐买房子钱不够，你妈把自己的拆迁费全都贴进去。现在我们也要拆迁，我们买房子也差钱，你妈是不是也应该多少表示点母爱？平时你也没少照顾她，有好吃好喝的，那么远的路，都给她送去。又经常去帮她洗这洗那，帮她照顾长宝。哦，女儿就不是人了啊？只有付出，没得收获。这样重男轻女也太过分了。"

　　一句话触动了长英的痛处。父母从来都重男轻女，冯元不提还好点，她似乎早已麻木了，可冯元一说，她就生气。作为长女，她从来对家里都付出多，得到少。这不公平。

　　接了母亲的电话，两人当下就约好，星期天一起去看母亲。他们也好久没过去了，以前母亲住长乐楼上，长英嫌楼梯难爬，很少去。现在搬到长娟那里，她却又揽了两份家政，还要照顾怀孕的橄榄，也没时间。可再不去，等橄榄孩子生出来，她就更没时间了。

　　这天，长英专门去买了母亲爱吃的绿豆糕。两人进了学校，刚走到楼下，就看见母亲在窗口张望。她原来早就在等他们。一进门，郑母就嗔怨："大女儿哪，你都好久没来看妈了。我不打电话，你怕还不来！"因为听说冯元工作了，郑母看他也顺眼多了，"冯元也是，好久都没过来了。听说你终于找到工作，那就好了，长英也可以松活些了。"

　　"在超市当保安。这个死人子，要不是橄榄帮他，怕一辈子都死在屋头。"长英对冯元说话，从来都重一句轻一句，连骂带吼，也不分场合。冯元也是好脾气，早就习以为常了，她说啥，他都笑眯眯地听着，耳根子早就麻木了。

　　"那就好了，有了工作就好好干。"

　　"死人子运气还不错。人家超市是正规公司，优先录取下岗工人，还给他买了医疗保险、养老保险，啥子都有。还是正式工哟。"长英一边换鞋子，一边喜滋滋地说。

　　"真的啊？"郑母喜出望外，"那就好了嚒，冯元有了工作，你就不用那么辛苦了。身体要紧。"长英一家生活窘迫了好多年，她这个当妈的，也跟着焦心了好多年。现在总算好起来了。母女俩说着话进了屋。冯元跟在后面，只是微笑，偶尔"咳咳"地干咳两声，以示他的存在，却不多说话。

　　长英还是老样子，一进屋就不闲着，先去看长宝，帮他理床，看他头发长了，又帮他剪头发，洗脸。最近陈月梅不常下来，家里有些脏、乱、差。长英又找来抹布，抹桌子，拖地板。忙完这一切，才喘口气，坐下来陪母亲说话。

　　长英说到拆迁的事，郑母一听也高兴："那好呀。依我说，你们那房子也早该拆了。上厕所还要过一条马路，遇到下雨天路又滑，又怕摔跤。唉，还是住楼房好，你看像长娟这里，多方便啊。"

　　"钱呢？"长英一句话顶了回去，脸一垮，说，"我们也想住楼房，可你知道，就凭那点拆迁补贴，哪里再买得回房子啊？又不想搬到郊外去。冯元好不容易才找到工作，要是去住安置房，机场那边，天天跑回城里来上班，哪里得行！"

"也是啊。"郑母又跟着愁眉苦脸，"政府也是，要搞拆迁，为什么就不多补点钱啊？至少让我们买得回房子，有住处才行啊。"

"就是！现在虽说拆迁费也涨了，我们那房子都能拿到两千块钱一平米了，比你和长乐拆迁那阵又高些。可市场的房价也涨了啊，我们的房子面积又小，想买差不多大小的二手房，根本没得。"

郑母点了点头，想起长乐找房买房的那段经历，就感叹："政府也是，尽盖些大房子，就不考虑老百姓是不是买得起。"

"也不要啥子都怪政府，"冯元站在窗前抽烟，干咳两声。他是老党员，听不得别人说政府的坏话，"其实政府也够意思了。拆迁补助都比实际面积算得高。妈的那房子好大面积？长乐的房子好大面积？都不过二十多平米，如果按实际面积发拆迁补助，你们哪里拿得到那么多钱？人家都是抛打抛算，每户加了好些公用面积的。所以说呢，要怪只能怪市场，是市场房价涨得太快了。"

郑母和长英不明所以，只是胡乱点了点头。冯元曾经当过干部，又是党员。涉及国家政策大事，她们都没他懂得多。

"那就赶快想办法吧，要买趁早，房价一直在往上涨。"郑母着急了。

"能想啥子办法嘛？家里一分钱的存款都没得。"郑长英气鼓鼓地望着母亲，又瞥一眼窗前的冯元，心一狠，牙一咬，终于冲口而出，"妈，长乐买房有困难，你把你自己的房子钱都贴进去帮他。现在我们买房也有困难，你是不是也考虑帮我们一把，赞助点哟？"

郑母一下就愣住了，没想到长英会提这种要求，瞪着她半天说不出话。旁边的冯元也觉得尴尬，干咳两声，扭头去望窗外的风景。郑母望一眼女儿，又望一眼女婿，一脸委屈："长英啊，我也不是把自己的房子钱都贴给长乐。当时那种情况，你又不是不清楚。房价涨得那么快，如果不这么合起来买房，我和长乐怕都没得房子住啊。"

"妈，你也不想想，你这么老了，长乐要真心跟你合住，会把房子买在九楼？你看看现在，你才住了多久，就搬下来住长娟的房子。那套房子不就全归他了？依我看呀，他当初就是有预谋的，想独占你的拆迁费。现在讲法，法律面前，儿女平等，他凭啥子该独占父母的房子钱？"

"他也不是独占父母的房子钱。我现在住长娟这里，是暂时的，是帮长娟看屋。等长娟读完书回来，我还是要搬回去的。长娟毕竟还要成家。就是她愿意让我住，我也不会。拖着长宝，还是住长乐楼上，隔开好些。"

"妈，我说你是真糊涂，还是装糊涂？搬回去？你多大年龄了？还能再去住九楼？这一翻坎就八十高龄，一天一天的，看病吃药上医院，怕是会越来越频繁。住那么高，就是你愿意，长娟怕也不同意。"

郑母不吱声了，一脸悲哀地望着女儿，有口难言。

长英却越说越起劲了，气也越大："长乐这样做太过分了！再啷个说，父母的房产，无论儿女都有一份。长娟有钱不计较，但我们不同。我们一直都紧巴巴的，没得一分钱的节余。现在房子要拆迁，你让我们啷个办？就凭那点拆迁费，根本就不要想买房子。又不可能要安置房，冯元好不容易才找到份工作，住远了，工作又啷个办？妈，我看你还是跟长乐商量商量吧，让他拿点钱出来。毕竟那房子你也有份，你开口是名正言顺。我当女儿的不便开口，免得伤了姐弟和气。"

郑母急得几乎要哭了，撇着嘴，哀求道："长英啊，长乐的情况，你又不是不晓得。要是从前呢，还可以考虑。可是现在，月梅一病，他到处拉债，自己都过得紧巴巴的，哪里还拿得出多的钱来？"

长英也觉得很委屈，说："妈，你就是重男轻女，顾儿不顾女。我当女儿的也没少顾你，有困难你为什么就不帮我啊？人家外人都看不过了……"边说边呜呜咽咽，抹起泪来。

郑母本来就觉得冤，见长英一哭，心更痛了，一把抓过她的手说："女儿嘞，妈哪里重男轻女嘛？你有困难，妈也想帮你，可妈也没有办法啊。你要实在差钱呢，妈还有点国库券，你拿去，看能兑换多少算多少了。莫怪当妈的没得本事，妈也就只有这点能耐。"

郑母说罢站起身来，颤颤巍巍进了屋，从衣柜里抱出一个饼干筒来。那饼干筒里有些债券和零钞，长英接过来数了数，总共才三千块钱国库券，而且都还没到期，就一把放回筒里说："妈，这债券你还是收起来吧，提前支取划不来，没得利息。再说也才三千块，不顶用。我看你还是跟长乐商量，让他拿点钱出来。"

"我啷个跟长乐商量嘛？我啷个开得了那个口哟？他那里不是明摆着，要拿得出钱，也不会为了月梅的病到处借钱拉债了。"郑母几乎在哀求她了。

"妈你就是信他的！我才不信呢。前几天在街上碰到廖艳，还听她说，两个人婚都离了，长乐还送了她一只金戒指做离婚纪念。她过生，又请她去泡温泉，他也舍得！还有，前不久熊大哥搬家过生日，听说他送了一千块礼金。他在外头到处操大方，麻将打十块，跟朋友吃饭都是他埋单。回家就会在你面前装贫哭穷，骗取你的同情心，好让你把钱都给他。"

"哎呀，廖艳那个人，一贯疯疯癫癫的，说话从来都不靠谱，你啷个去信她的话嘛？"

"妈，你要是实在开不了口，等会儿他下来，我就直接跟他说。你那套房子的拆迁费，总共多少？有八万吧？我们兄妹一共四个，平均下来，每人就算两万块，不过分噻？我只要他拿两万出来。"

话音刚落，就听外面的防盗门"吱嘎"一声，是郑长乐来了，拎了一兜菜。郑母一急，一侧身把长英拦住，害怕得声音都颤抖了，低声哀求："长英啊，妈求你了，千万不要开这个口啊！"郑长英也不知从哪里冒出一股戾气，朝母亲吼道："妈，要不就你说！你要不说，就不要管我。手心手背都是肉，你却当我是根骨头，从来不顾我！"说着竟突然大哭起来。郑母回头，一眼见儿子愣头愣脑地站在门口，就腿脚一软，抱着长英，"扑通"一声跟她跪下，说："大女儿啊，你这是要你妈的命啊！"

郑长乐这才惊慌起来，把菜兜子往地上一搁，一个箭步冲上去，叫了一声"妈——"，低下腰去抱母亲，却发现母亲瘫软如泥，浊泪横流，说："长乐，我的儿嘞，你把妈这把老骨头拉出去卖了吧，看能不能凑够两万块钱,给他们……"

他这才明白发生了什么，扭头见长英和冯元退在一旁，鬼鬼祟祟，便怒不可遏，把母亲抱到沙发上放下，转身就去推了长英一巴掌："干啥子干啥子？让妈下跪，就不怕遭天打五雷轰！"

郑长英冷不防被弟弟一推，一个趔趄后退几步，差点摔倒，幸亏被冯元伸手扶住。这一摇晃，人也顿时清醒了，嗫嗫嚅嚅，却一时不知说什么才好。冯元便觉得该自己出场了，习惯性地"咳咳"干咳两声，道："长乐，是这么一回事。今天我们过来，是想跟妈打商量。我们的房子要拆迁了，想买房，钱又不够，希望妈也有点表示。"

郑长乐一向看不惯冯元，尤其烦他有事无事就爱干咳。他一"咳咳"，郑长乐就浑身冒鸡皮疙瘩。"啥子叫'也有点表示'？"他睁大眼睛瞪着冯元，"你男子巴叉的，靠女人养活，啥子东西！还好意思来打妈的主意？"

冯元对这个小舅子，从来都是又恨又怕，背后怨气冲天，见了面却缩手缩脚，不敢跟他真刀真枪面对面，知道惹急了，他也是个天棒。可他不能临阵脱逃，忍了忍，尽量让自己从容淡定。他要跟他讲道理。

"长乐，现在是法制社会，法律面前儿女平等。妈的房产，你能得，我们也能得。"

"你得？你得个锤子！"郑长乐突然一声怒吼，"见过不要脸的，没见过你这么不要脸的！妈还没死，就想来分妈的房产？想咒妈死？是不是？信不信老子今天先整死你！"一只拳头捏在胸前晃来晃去。

"长乐，请你先冷静点，"冯元后退了一步，一手紧紧拉着长英，"我们今天来，没别的意思，主要是我们房子要拆迁了，想买房子搬家，钱又不够。你看你买房子，妈都帮补你那么多钱……"

"那叫帮补哟？那是合买合住。"郑长乐吼起来也是大嗓门，脖子上青筋乱跳。"当时那种情况，你们又不是不知道，只能合买合住……"

"可妈也没跟你一起住呀，现在妈住长娟的房子，上面的房子还不是归你了？"

"啷个归我了？妈现在住下面是特殊情况，是……"本来还想继续解释，是长娟的意思，是长娟要妈帮她照屋，却突然失去了解释的耐心。他凭什么要跟他解释？他算什么东西？！有什么资格？！就心一横，头一仰，眼珠子都快射出去了，"就全归我了，又哪个？妈的房子，她愿意给哪个就给哪个，关你锤子事！"

"请你说话文明点！"冯元表面有理有节，心却发慌，"我们是来跟你讲道理的，不是来吵架的。按照法律规定，父母的财产，无论儿女，都有份。"

他居然跟自己讲文明，讲法律！他也配！郑长乐觉得肺都要炸了。他最看不惯他这穷酸相，什么本事都没得，还假装斯文。"姓冯的，你趁早给老子滚远点。有本事自己去找钱买房，没本事就滚出去睡大街。跑来逼妈，还把妈逼得跟你们下跪，我看你他妈是不想活了，龟儿子的！"郑长乐一想起刚才母亲下跪的情景，一颗拳头就恨不得飞出去砸碎对方。

"长乐，请你嘴巴干净点。"

"干净个锤子！你这种人渣，也配老子嘴巴干净。"郑长乐真的想冲上去捶人，却发现身体动弹不得。母亲正把他紧紧抱住，哭声颤抖："哎呀我的小祖宗呃，不要吵了，不要吵了……"郑长乐扭头一见母亲，心都碎了。他牙一咬，嘴一歪，顺手抓起茶几上的茶杯，飞了出去。就听"啊——"的一声惨叫，世界顿时又安静了。

冯元没想到长乐会真动手，来不及躲闪，被那茶杯击中了额头，人顿时蒙了。长英急了，抱住冯元往后推，一边推，一边看他的额头。她不推还好，越推他反而越来劲。冯元一手捂额头，另一只手四处乱抓，也想抓个什么来反击，不料却撞到柜子上的一个大花瓶，抓了两下没抓起，只听"砰咚"一声，那花瓶滚落到地，摔得粉碎。那是只仿古大花瓶，里面还插了几支孔雀毛，一直都是长娟的宝贝。一家人都吓坏了。长英奋力一推，把冯元推到窗台前，恶狠狠地叫骂："哎呀你个死人子，你要死啊！"

郑母早被眼前的情景吓飞了魂魄，身子一软，倒地哀叫道："长英，你们还不快点走——"郑长乐这才慌了手脚，叫了声"妈——"，蹲下身去抱母亲。这边郑长英拥着冯元，连推带拉，趁机落荒而逃。

他们前脚刚出门，就听身后"砰咚"一声，一只购物袋飞过来，在他们身后炸开了花。那是他们为妈买的绿豆糕和水果。长乐的骂声也追了过来："龟儿子的，有本事不跑，信不信老子一刀除脱你！"

35

橄榄生了个漂亮女儿，坐满月子，新房也装修完毕。那是一套花园洋房，二楼，三室两厅，地段不错，一家人就选了个良辰吉日，欢天喜地搬入新居。

郑长英手拿抹布在做清洁，发现窗外脚手架林立，挖土机轰轰隆隆像在打雷。

"橄榄，你买的啥子房哟，到处是工地，啷个住人？"

橄榄抱着孩子踱来踱去，听了"嘻嘻"一笑，走到窗前，说："妈你看，那里在建一片依山别墅，别墅前呢，会建一个大草坪和儿童乐园。明年等我们甜甜能走路了，就可以天天去草坪上耍，花花草草好漂亮哟，还可以在草坪上放风筝。"

长英一听，头都大了，说："看看这灰，昨天才请人做了清洁，今天又这么厚一层。明年明年，现在呢？就天天吃灰，听噪音？要是我早点晓得，坚决不同意你买这房。"

郑长英的拆迁费全都补贴给了橄榄，缴了首付，她当然就有发言权。

罗伟一贯支持橄榄，笑眯眯地走过来说："妈，困难只是暂时的。有灰，关上门窗就好了。你要用发展的眼光看问题，要有前瞻性。正是因为周围配套还在建设，这房子的性价比才高，今后的升值空间才大。等那些别墅草坪都修好了，我们这房价肯定翻番。"

郑长英才不管啥子"前瞻性"、"后瞻性"，只晓得她的任务更重了：一百五十平米的三室两厅，光做清洁，拖地抹屋，都够她累。何况她还要带孩子，买菜煮饭。整个一个全职保姆，还是免费的，比从前她干两份家政都要辛苦。

这房子离长娟的学校也不远。特别是去买菜，几乎就走到去学校的一半。有时候买菜出来，郑长英就站在路边，朝着长娟学校的方向，发一阵呆，想，妈现在不知道过得好不好呢。这么大年纪，一个人，又拖着长宝。月梅病了，也没人去帮妈做家务了。那件事情过后，她才后悔。钱没要到，反倒伤了母女感情，闹得姐弟反目，都怪该死的冯元，整天就在后面挑拨怂恿，出馊主意。

这天在家，长英在沙发上给孩子喂牛奶，橄榄呢，一坐完月子就高喊减肥，买了个跑步机搁在小屋，没事都在上面跑，只听那皮带"嗡嗡嗡"地响个不停。长英听着就烦，说："橄榄，你出来，给妈办件正经事。"隔了一阵，橄榄才慢腾腾走出来，用毛巾擦着脸上的汗，说："啥子正经事？"长英又笑了，讨好地说："跟外婆打个电话吧，就说孩子生了，好乖，等孩子大点，抱去看祖祖。"

橄榄知道他们的事，嗔怨说："不是说老死不相往来吗？这才过好久又后悔了，想让我去当和事老？"就转身进了卫生间，在里面说，"妈你也是，各人没得脑壳，要听老汉挑拨。这下好了，打断骨头，筋还在，筋还痛，是不是？不过区区两万块钱，就是真的要到手了，又能解决好大问题？外婆还在，你们就闹得像瓜分遗产，外婆不伤心死了才怪。"

郑长英已经悔青了肠子，说："橄榄，你废话少说！你打不打电话？不打我就不帮你带娃儿了。"

"不帮我带，我就请人带。"

"你钱多了烧得慌，动不动就请人！房子贷款，车子贷款。别个不了解内情的，还以为你们好有钱。了解的呢，才晓得你们是外强中干。"

橄榄"嘻嘻"笑着，从卫生间出来，手里的毛巾旋得飞圆："妈，你这就不懂了，这叫超前消费，超前享受。钱不是节约出来的，是挣出来的，懂不懂？"

耍了半天嘴皮子，橄榄还是心软了，坐在长英身边，拨了电话，小心翼翼喊了声："外婆，我是橄榄。"郑母在电话那头，一声"橄榄"还没有喊出，鼻子一酸，就哭了。

　　橄榄不提父母的事，只问外婆身体好不好，又说孩子。还把话筒凑近孩子，让孩子叫祖祖。孩子哪里会喊人，吃饱了，喝足了，高兴得手脚乱舞，没牙的小嘴咿咿呀呀乱嚷着。郑母在电话那头听着模糊，就又笑了："橄榄啊，外婆好想来看看孩子，可惜外婆走不动了。"橄榄就说："外婆不急。祖祖想看小孙孙啊，这还不简单，我让罗伟开车来接你。"

　　电话是按的免提键，长英在旁边捂着嘴，眼睛都湿了。

　　当即就约了时间，让罗伟开车去接外婆。

　　这天郑母专门换了一身干净衣服，收拾出一大包为孩子准备的尿布片子、小衣服，早早就在楼下等待。一辆白色面包车缓缓驶来，郑母的目光还绕过车子，朝车后张望，直到橄榄和罗伟站在她面前，脆生生地喊她"外婆"，她才反应过来。两人一人拎包，一人扶人，上车坐稳，郑母看罗伟竟然开车，就好奇地问："罗伟啊，你现在不卖保险了？改当司机了？"橄榄在后边就哈哈哈大笑。罗伟也喜欢逗老人开心，说："对头，外婆，罗伟专门为你当司机哈。今后你想走哪里耍，给橄榄说一声，我就开车来接你。"

　　"当司机好啊，这种小车，恐怕只有领导才坐得起吧？要得，跟领导开车，走到哪里都好吃好喝，我看比你卖保险强。"郑母惊喜地东看西看，又伸手东摸西摸。

　　罗伟回头望一眼橄榄，小夫妻俩止不住又一阵哈哈大笑。

　　下车了，郑母发现自己完全来到一个陌生的世界：鲜花盛开，草坪碧绿，几幢橘红色的小洋楼前，还有一个圆形的喷泉水池，就惊喜得合不拢嘴："哎呀橄榄，你买的房子，就在这新建的公园里呀？"橄榄牵过郑母的手，得意地笑了："对头，外婆。喜欢吧？喜欢就搬过来，跟我们一起住。"

　　房子在二楼，大理石楼道干净亮堂。橄榄推门喊了一声："甜甜，祖祖来看你来了。"就见郑长英抱着孩子迎上来，有些尴尬，扭扭捏捏喊了声"妈"，把怀里的孩子往前一送，说："来，甜甜，喊祖祖，喊祖祖。"郑母也猜想长英会在，还有些紧张，一见孩子，又不紧张了。这孩子长得太乖了，粉嘟嘟，胖乎乎的，像一团肉球，就伸出双手要抱孩子，说："哎呀我的小重孙嘞，来祖祖抱抱。"众人哪里放心得下，匆匆把郑母搀扶到沙发上坐下，坐稳了，才把孩子送进她怀里，让她抱。

罗伟拎着大包进来，郑母一边逗孩子，一边说："橄榄啊，那是我给孩子准备的一些小衣服和尿片，都洗过烫过，你就放心用吧。"橄榄把包打开，眉头一皱，不屑道："外婆，现在的孩子都用'尿不湿'了，哪里还用得着这些破烂？"长英心里一紧，想，死女娃子，话都不会说。好不容易把外婆请来，又要把外婆气走啊，就赶紧解围："橄榄，你娃儿家家的，懂啥子！这种尿布最好了，又软和，又吸水。你小时候就用的这种尿布。那时候有啥子'尿不湿'哟，那么贵的东西，就是骗你们年轻人的钱。也不晓得节约！"

郑母逗了一阵孩子，才注意到这房子好漂亮。长娟的房子已经够漂亮了，可跟橄榄这房比起来，长娟的房子就太朴素了，长乐的呢，就更不用提了，就惊喜道："哎呀，橄榄，你这房子怕花了好多钱哟？"

"不多不多。"橄榄端了一碗醪糟汤圆过来。那是长英专为母亲准备的，还加了鸡蛋。长英把孩子接过来，让母亲吃汤圆，恨恨地盯着橄榄说："贷那么多款，还说不多！"又掉过头来问母亲，"妈，甜不甜？要不要加点糖？"

郑母吃完汤圆，擦了擦嘴，支起半边屁股，从裤兜里掏出一个小布包来，一层层打开，说："橄榄啊，我也没给我小重孙买啥礼物，这两百块钱呢，拿去给孩子买件玩具，算祖祖给她的见面礼。"橄榄哪里肯接，推开道："外婆，甜甜玩具够多了，你看她房间都堆满了，都是朋友送的。这钱你留下自己用吧。"郑母就把钱塞进孩子手里："来，甜甜拿着，妈妈不买，自己长大去买玩具。"

郑母又从包里掏出一枚金戒指和那三千块钱国库券，一起递给身边的长英，说："长英啊，按说你买房钱不够，当妈的是该帮你一把。可妈实在没得钱了。过去存的一点钱，月梅生病，看长乐到处借钱可怜，我就都给他了。唉，这金戒指，还是那年长娟买的，我和你爸爸一人一只。你爸爸死了，他那只给了长乐，妈这只就留给你吧，也算妈的一点财产。你也不要跟他们说，自己拿去换点钱，还有这点国库券，就算妈的一点心意。"

长英不好意思了，好像这些东西都是她厚着脸皮要来的，就迟疑着，半推半就。郑母只得把东西胡乱塞进她手里，叹了口气："长英啊，你说我一碗水没端平，我嘟个才算端平嘛？长乐现在这种情况，钱花出去那么多，最终怕人也保不住，唉，他也可怜……"

一说起长乐的处境和月梅的病，一家人都伤脑筋。

郑母现在身体也不好，腿脚无力，走不动路，连公园都去不了。有一天洗澡，还摔倒在浴盆里，爬不起来，直到第二天长乐来看她，才把她救起。人已经奄奄一息，身上也被蚊子咬得到处是包。郑长乐送她去医院检查，也没查出什么病来。医生只说，人老了，身体各器官严重衰竭。

长英就说："妈，我现在要带甜甜，也没时间去看你。你那边反正平时有长乐。不过你自己还是要小心些。以后想洗澡了，如果长乐不在，就跟我打电话，我来帮你。但我不想碰见长乐！"

郑母可怜巴巴望着她说："长英啊，你就长乐一个弟弟，难道要记他一辈子仇啊？"

"妈，你又不是没看到，那天长乐好凶哟，一茶杯跟冯元砸过去，额头当场就起了个青包，好久才消。要是位置再偏点，把眼睛砸瞎了嘟个办？"

郑母也急了："是啊，我就晓得长乐脾气不好，他又那么看不惯冯元，所以才不让你跟他开口嘛，你偏不听。唉……冯元呢，怕好痛哟？"

"还怕不是！连着那几天，天天喊头昏头痛，我还担心得脑震荡呢。好不容易才找份工作，要成了残疾，工作除脱不说，我还要照顾他一辈子。"

橄榄削好水果端过来，大家才慢慢转换话题。郑母这才知道，房子拆了，长英和冯元都搬过来，跟橄榄过。冯元现在是那家超市保安小组的小组长，大小也是一个官，每月能挣八百多，还有正规的医疗保险和养老保险，也算时来运转了。长英终于熬到退休年龄，办了退休。下岗工变成退休工，每月能领一千多点的退休金，日子总算好起来了。郑母这才松了口气，一把抓住长英的手说："大女儿嘞，你现在总算熬出头了。"

"熬出头？还早呢！不要看橄榄这房子漂亮，还买了车子，都是马屎皮面光，里头一包糟。贷的款，二十年还清！要是我，就量体裁衣，有多少钱，买多大房。背那么多债，两个人居然一点不急，还大手大脚乱花钱，奶粉要买进口的，尿片不用，非要买啥子'尿不湿'。唉，现在这些年轻人啊，哪晓得节约！"

这次看了长英回去，见长英一家生活幸福，郑母终于松了口气，想老天有眼，长英总算苦出头了。

几天过后，郑母突然肚子痛，痛得整夜无法入睡。郑长乐就请了假，又带母亲去医院检查，查出来是胆结石，要住院开刀。郑母一听住院得先缴五千块，就不干了。她哪里还有多的钱？她是早就想好了，大病不治，听天由命，反正已快八十了，也算高寿，死了也值，绝对不能拖累儿女。

郑母要郑长乐带她去看中医，说自己年龄大了，身体弱，担心那手术台上得去，下不来。郑长乐就信了，带母亲去中医院，开回大包小包的中草药，天天熬给母亲喝。

冬天快要来临的时候，郑母又突然腰痛，痛起来钻心刺骨，火辣辣的有如针扎。低头一看，腰上竟长了一片红疹子，像半条腰带，就吓坏了。这是传说中的"蛇缠腰"。解放前，当她还是个小姑娘时，就听人说，"蛇缠腰"要是环腰一圈长合拢了，人就得死了。莫不是自己大限将至？跨不过八十这道坎？就开始默默盘算后事。

这真是个多事之秋。陈月梅发病越来越频繁，又没预兆。有时在家里，有时在路上，头会突然炸痛，腿脚发麻，像遭电击，动弹不得。楼是不敢再轻易下了，除非有人牵着、陪着。郑长乐就楼上楼下两边跑。他要上班，老母、病妻、傻子哥哥、上学的幼女，四个人都需要他照顾。他把自己旋转成陀螺，疲惫不堪，只恨自己分身无术。

郑长乐累成这样，虽然还是嘻嘻哈哈，笑容依旧，但细心的郑母还是看得出，那笑是变了味的笑，有难掩的苦恼。郑母看在眼里，痛在心上，自己再犯病，就尽量忍着，轻易不向儿子诉苦。有时夜里睡不着，痛得在床上打滚，想给儿子打电话，又担心会打扰他，就强忍住，搁了电话去找止痛药吃。那药就放在床头柜上，吃多了产生依赖性，不得不逐渐加大剂量，才起作用，就这样她吃光了一瓶又一瓶的止痛药。

听人说，喝金钱草水可以化结石，郑长乐就买了很多金钱草回来，三天两头为母亲熬。郑母不忍扫儿子的兴，乖乖地喝，还说真的好多了，肚子不痛了。郑长乐信以为真，就高兴起来，以为那结石真的被金钱草水化掉了。又买了些中药来熬水，擦洗母亲腰上的疱疹。擦洗几次后再问她，是不是好点？母亲也是一味地点头，说是好点，不那么痛了。可既然这样，为什么还吃那么多止痛药呢？问母亲，母亲神秘一笑，说："那药好吃嘛，偶尔痛时就多吃了几片。"郑长乐就笑了，说："再好吃的药也不能多吃哟！妈妈你又不是小娃儿，嘟个这点道理都不懂！"他不知道，母亲是为了怕他担心，病情加重也不敢说，只是擅自加大药量，由从前痛时吃一片，改成吃两片三片，由从前每天早晨一次，改成现在每天多次。

这天郑长乐见母亲的药瓶又空了，就半开玩笑嗔怨道："妈，你是不是把药当饭吃哟？我几天前才刚刚买的药，嘟个又吃完了哟？不是说不痛了么？嘟个还吃那么多药？你是不是吃药上瘾了哟？十几块钱一瓶哟！"郑母有苦说不出，知道儿子心痛钱。她呆呆地望着儿子，然后慢腾腾进了卧室，翻出自己的工资卡，递给儿子说："来，长乐，妈现在反正也少出门，这工资卡干脆就搁你身上，帮我买点啥子也方便。"

母亲的退休金，多年来一直是他的备用金库。若不靠母亲的暗中接济，单凭自己那点工资，他的日子更艰难！作为儿子，照顾母亲责无旁贷，"啃老"似乎也理所当然，他坦然接过来，塞进兜里。

饭后陪母亲说话解闷，再次说起陈月梅，郑长乐担心道，不知她能否活过今年。那么好的一个人，就这么眼睁睁要走了，他好难过。现在他只想尽力照顾好她，让她多活一天是一天。郑母听了也揪心，紧紧拉着儿子的手，长吁短叹。郑长乐说着说着就低下头去，欲哭无泪。郑母最近眼睛花了，有白内障，却一眼看见儿子头上一片白发。儿子还不到五十啊，竟白发苍苍！她心都碎了，抱住儿子的头就哭起来："长乐，我的儿啊，你的命嘟个恁个苦啊，娶一个女人不守妇道，娶二个女人又命不长……"

郑长乐自己却想得开，撕了纸巾为母亲擦泪，说："妈别哭。古人说，尽人事，听天命。人算真的不如天算。我现在只能尽力而为。"

母亲哭得更伤心了，嗔怨地搡了他一把说："听天命！你要是当初听了我的，不跟她结婚，就不会落到今天这下场，人财两空……"

郑长乐最见不得母亲哭。母亲一哭，就像有刀子扎他的心。他硬撑着苦笑，眼睛却红了。"妈，事已至此，再说那些有啥子用呢？怪就怪当儿的命不好。命里只有七斗米，走遍天下都不满升。"

如果当初真听妈的，只同居，不结婚，他就可以见死不救吗？他不知道。

36

放寒假了,郑长娟从北京回来了,居然带回一个外国人。

这个名叫约翰的德国人,是她所在大学的留学生。有一天,郑长娟去食堂吃饭,看到食堂前的广告栏前,有个留学生在贴广告。她上前一看,是寻找口语练习者。他跟人练中文,同时陪人练英语或者德语。口语互动,相互得利。郑长娟学了多年的哑巴英语,也正为自己的听力和口语发愁,觉得这是个好机会,就大胆上前毛遂自荐,没想到两人一拍即合。

这所大学有不少留学生,郑长娟从没想过会跟他们走在一起。邂逅了约翰,她才知道,这些留学生虽然都是成年人,长得也都牛高马大,可中文水平,也就如国内的小学生。她多年的小学教学经验派上了用场,深入浅出,循循善诱。用约翰的话说,她是他所遇到的最好的中文老师。课堂上教授讲得一深奥,他就跑来找郑长娟。再纠结的问题,郑长娟都能讲得形象生动,简单明了。于是两人越走越近。

从菜园坝火车站一出来,约翰就瞪圆眼睛惊呆了。他从没见过这样的城市,这么多的高楼大厦,居然层层叠叠依山而建。"长娟,这就是你的故乡吗?现在我才明白,为什么这里叫'山城'。"

他学汉学,对中国的一切都感兴趣。这次寒假跟长娟来重庆,是想了解中国普通百姓的生活。长娟立即就想到长乐。他顶楼那间小屋反正空着,正好可以让约翰住,顺便也为长乐挣点钱。

到家时，饭菜已经烧好了，郑长乐和母亲在窗前张望。一见长娟从出租车出来，郑长乐就冲下楼。他不会英语，朝约翰喊了一声"哈啰，你好"，就伸出手去，先跟他握手，再帮他们拎行李。约翰也热情地伸出手来，跟他握手，叫一声"长乐，你好"，反倒把郑长乐吓了一跳。他抬起头来，望着这个比他高很多的金发小伙子，惊讶道："原来你们外国人也说我们中国话呀？"

一家人欢欢喜喜吃晚饭。都是长娟喜欢吃的菜，麻婆豆腐、韭黄鳝段、胡萝卜炒回锅肉、红油跳水青菜头、鱼香肉丝。约翰也不挑食，笨拙地拿起筷子，什么都吃。郑长乐夹起一筷子胡萝卜，问："你们德国，有没有这个菜？"约翰点头："有。"郑长乐就逗他："胡萝卜，咪咪甜，看到看到要过年。懂不懂是啥子意思？"约翰睁大眼睛，望了望长娟，肩一耸，直摇头。长乐就说："在我们重庆，如果有胡萝卜吃了，就要过年了。"约翰嘴一撇说，"可是在德国，一年四季都有胡萝卜吃，怎么知道什么时候过年啊？"一桌人都笑了。

从没这么近距离看过外国人，一家人，除了长娟长宝，都盯着约翰看。婷婷坐在约翰旁边，不时地看他手臂上的汗毛。约翰干脆挽起袖子把手递过去，说："看看，我的手臂跟你的有什么不同？"婷婷就怯怯地说："你手上好多汗毛，像猴子。"约翰也不生气，反而跟她扮了个鬼脸，说："我就是一只大猴子。"

大家都笑了。

陈月梅不能轻易下楼，婷婷匆匆吃完，说了声"慢慢吃"，就进厨房，要为母亲送饭上去。约翰已经从长娟嘴里知道她的家庭情况，满怀同情地看看长乐，又看看对面埋头吃饭的郑长宝。他试着跟长宝说话："嘿，长宝，你好吗？"长宝本能地看他一眼，理都不理，又低头吃饭。郑母就用筷子敲他的碗，说："长宝，外宾在跟你打招呼，你听懂没得？"长宝抬头望郑母一眼，又望约翰一眼，还是不理。郑母就歉意地对约翰说："对不起啊，他是傻子，啥都不懂。"

吃了饭，郑长娟要洗碗，却被长乐一把推开，让她去客厅陪客人，由他来洗。郑长娟就跟约翰坐在沙发上说话。这时郑母进来了，笑眯眯走到约翰面前，大声问："你吃饱了没得？"

"谢谢，我饱了。"约翰站起身来，夸张地摸了摸自己的肚子。他这一站，简直就是顶天立地，矮小的郑母仰视着他，反倒让他感觉歉疚，又赶紧坐下。

长娟终于回来了，还带回一个外国客人。郑母今天特别高兴，话也多了，继续笑眯眯地跟外国人说话："吃不吃得惯我们中国饭？"

"我吃得惯，很好吃。"

"对了，你叫啥子名字呢？你看我年纪大了，又把你的名字搞忘了。"

"你就叫我约翰吧。"

"药咸？"郑母轻轻重复了一遍，眉头一皱，说，"这个名字有点怪。我们中国的药都是苦的，未必你们外国的药不是苦的，是咸的啊？"

因为说的是重庆话，约翰并没听懂郑母的意思，继续解释："我的全名是，伟石特伟勒·约翰尼斯。不过，你叫我约翰就行了。"

郑母更加惊讶："啥子呢？给狮子喂奶，药咸你死？哎呀，这么好看的小伙子，哪个取个这么个怪名字哟？"一脸惋惜。

"妈，他姓伟石特伟勒，约翰尼斯是他的名，简称约翰。"长娟把母亲拉到身边坐下来。

约翰望着长娟说："其实我在德国的时候，我们学校的中文老师给我们每一个学生都起了一个中文名，我叫魏建军。还说很多中国男人都喜欢这个名字，可是我不喜欢，所以一直也没用。"

郑母嘴一嘟，说："魏建军也好啊，怎么不喜欢？建军，就是建设军队，是好名字啊。"

约翰耸耸肩："郑妈妈，我不喜欢去建设军队。因为军队要打仗，打仗就要死人，所以我也不喜欢那个名字。我喜欢和平。"

"哦……"郑母似懂非懂地点了点头，还在回味他的名字，"药咸你死。这名字虽然长了点，意思也有点怪，但还算好记。"想着想着，又突然明白了什么，睁大眼睛，"这么说，你们外国人吃药，不放糖，放盐？盐也不能放得太多，太咸了吃了会死人，所以就叫药咸你死？"

"妈！"长娟尴尬地瞅约翰一眼，止住了母亲，"妈你尽开黄腔！不是你想的那么回事。别再出洋相了。"

郑母这才乖乖闭了嘴。这是她八十年生命里，第一次跟外国人零距离接触，太高兴了，就忘乎所以。可千万别得罪了国际友人。正有些后悔，却见约翰一头雾水，抖了抖浓密的眼睫毛，伸长脖子问长娟："长娟，你刚才说的'开黄腔，出洋相'是什么意思？"

长娟歉意地笑了："也没什么特别的意思。就是……我妈年纪大了，不太懂你们的外国名字。所以，提的问题，有点奇怪。"

这时郑长乐擦着手过来了，约翰站起身来问："长乐，你也觉得我的名字很奇怪吗？"

"药咸你死？"郑长乐也自然联想到母亲说出的那四个字，正琢磨，就听母亲帮他回答："不奇怪不奇怪，药咸你死，意思就是，药太咸了，吃了要死。好记好记。"

长乐就哈哈大笑："这名字确实有点怪，但好记。"约翰依然没听明白，一脸迷糊地望着他们。这几个字的普通话发音和重庆话发音完全不同。他当然不懂。长娟也不跟他解释，只冲郑长乐一阵笑，笑够了才慢慢跟他解释。他这才跟他们一起大笑。

从北京到重庆，坐了三十多个小时的火车，郑长娟觉得累了。又突然想到长乐上面的卫生间太简陋，也没浴霸，担心约翰洗澡会冷，就让他干脆在下面洗澡，再上去睡觉。约翰也听话，长娟说什么，都点头执行。

约翰一进卫生间，欢快的久别重逢，立即成了悲愤的控诉大会。郑长乐说："长娟，你不晓得，当时那种情景，简直把我肺都气炸了。妈这么大年纪，还给他们下跪。冯元那个狗杂种，居然站在旁边无动于衷。如果是你，你啷个反应？当时我真的恨不得一刀除脱他！"

郑母也急了："算了，长乐，过去的事已经过去了，就不要再提了。你姐姐、姐夫当时也确实有困难。"

"啥子姐姐、姐夫！我已经把话挑明了，我郑长乐从今以后，没有这个姐姐、姐夫。他们也没有我这个弟弟。今后老死不相往来。我说到做到！"

"唉，要说呢，这事也怪我，怪我当时一时糊涂，也不晓得都说了些啥子话，啷个就闹成那个样子？"郑母拉过长娟的手，一脸后悔，"一家人，过去再大的困难,饭都没得吃,也都和和睦睦,团结一致挺过来了。没想到现在日子好了,就为了房子拆迁,反而闹得家庭不和,姐弟反目。长娟你说,我这个妈是啷个当的哟?"

长娟心里一沉,一声叹息。这事她在电话里就听母亲说了,当时就闪过一个念头:穷,万恶之源。

"长乐,矛盾归矛盾,先不说。现在马上过年了,又正好是妈的八十大寿,我又带个外宾回来。我看呀,大家还是和和气气,好好给妈过生日,团团圆圆过个年吧。"

"过啥子生哟?长娟,你回来就好了,让妈好好看看你们。看你们都健健康康,开开心心,妈就放心了。"

郑长乐抽完一根烟,把烟头掐在烟缸里,想了想,说:"这样吧,长娟,今年妈的八十大寿,正好也是大年三十。我们就把团年和过生一起办了。我建议分两批过。中午你和妈跟他们过,晚上我们再下来。就说我中午加班。你看行不?反正我不想见他们那家人。"

"有这么严重?"长娟白了他一眼,"真打算成一辈子的仇人?"

长乐用鼻子"哼"了一声,冷笑不语。

约翰洗澡出来,红光满面,穿了件T恤,冻得发抖。他这才发现房间没暖气。长娟站起身来,把他的毛衣外套递过去说:"赶快穿上吧。别感冒了。"约翰一边套衣服一边问:"长娟,就你家没暖气,还是重庆都没暖气?""都没有,"长娟开始整理行李,"整个重庆,好像中国的长江以南,都没暖气吧?"约翰就搓着双手道:"中国的南方,原来冬天也很冷啊。"

已经夜幕降临,华灯初上。一行人出了大楼,就感到寒气袭人,便都有点缩手缩脚。郑长乐住的是老楼房,楼道昏暗,安的感应灯,每上一层,得用力跺脚,灯才亮,还是昏暗的白炽灯。长娟跟在后面,心里暗暗有些后悔,觉得安排约翰住长乐楼上,也许不是个好主意。他会不会从此对重庆印象坏呢?

那约翰却乐哈哈的,东张西望,对什么都新奇。爬楼梯也不嫌累,只张大嘴巴,伸长舌头,故意十分夸张地喘气。

陈月梅还没睡,裹了床毯子蜷在沙发上看电视,看他们进屋,才站起身来，说："哎呀，是长娟回来了啊？"郑长娟拉着她的手，上上下下打量她，又为她介绍了约翰，才说："月梅，你身体好像还长好了？"陈月梅就皱起眉头说："哪里长好了，还不是经常头痛。天天都得喝中药，好难喝，也不晓得哪阵才好。"

上到楼顶，郑长乐对长娟低声叹息："她哪里是长好了，是浮肿，脸肿，腿也肿。还神志恍惚，有时候人都认不出了。今天还好点，还把你认出来了。"

楼顶上的小屋早被郑长乐收拾一新，虽然简朴，却也干净，桌上还放了一束蜡梅，插在一只玻璃瓶里，花香满屋。郑长娟又去看床上的棉被，厚厚的，至少是一床八斤的棉絮，这才放心，嘱咐约翰好好休息，明早晨再见。一转身，见约翰还俯身在闻蜡梅，一脸陶醉地说："上帝，好香啊。我喜欢这花！"

37

重庆冬天的早晨，清冽而湿润。郑长娟在这样的早晨醒来，望着窗外绿莹莹的黄葛树，感到深深的舒适和沉醉。她揉着眼睛走出卧室，见约翰坐在沙发上看电视，便一惊，问他怎么这么早，也不多睡一会儿。约翰就指指手表说："不早啊，都九点了。"郑长娟才不好意思笑了，是她睡得太久了。

郑长乐今天要上班，早早陪约翰吃了早饭，就把他带到学校来了，也顺便带了些早餐下来。郑长娟探头一看，桌上果然有留给她的小笼包子和长乐自己打的新鲜豆浆。郑母拎了个小水壶，正在给窗台上的花浇水。

郑长娟一边吃早点，一边说今天的安排。她想先去看看姐姐，问约翰是否愿意同去，或者他想自己先随便逛逛也行。如果怕走丢，就让婷婷来陪他。反正婷婷放寒假了，也有时间。

约翰想了想，说："我陪你，一起去看你姐姐。"

两人就打车出门。约翰胸前挂了部相机，睁大眼睛，环顾这座新鲜的城市，郑长娟就给他当向导，指着窗外密密麻麻的高楼说："这里几年前还是一片农田。重庆升为直辖市后，城市扩展非常迅猛。过去的荒郊野外，现在都成了繁华市区。"

出租车拐进一片崭新的小区，等钻出车子，郑长娟发现自己站在一个罗马式的圆拱门前，里面有喷泉雕像，草坪鲜花，一幢一幢童话似的小洋楼，便吃了一惊，想现在的年轻人，真不敢小视！橄榄和罗伟小小年纪，居然买得起这么漂亮的花园洋房！她可是亲眼看着这丫头长大的。橄榄初中毕业后，没考上高中，先去商场当售货员，又进传呼台当话务员，东一榔头，西一棒锤，很干了一些不同的工作。后来进保险公司，才认识罗伟。两人一起卖保险，恋爱结婚。没想到几年奋斗下来，竟过上这么红火的生活。郑长娟一番感叹后，暗暗羡慕现在的年轻人，真是赶上了好时代。

小区是封闭式管理，不让陌生人随便出入。保安用对讲机跟业主通话后才放行。一进大门，走在草坪间的小路上，约翰就"哇"了一声："长娟，你姐姐是富人吧，住这么好的地方？"长娟苦笑："富什么富，姐姐姐夫都是下岗工人，这是他们女儿买的房，听说也贷了好多款。唉，怎么说呢，现在的年轻人，应该是有希望成富人吧。"同时便暗暗庆幸，想昨天让他体验了郑长乐家的贫民窟生活，今天让他来高档小区开开眼界，看看重庆不仅有穷人，也有富人，也好也好。

长英抱着孩子开了门，把两人热情迎进屋。郑长娟这才又吓了一跳。橄榄这房子装修豪华，实木地板光洁锃亮，超大液晶壁挂电视，落地大窗，一体化厨房，镶花玻璃墙……就转过身去笑问约翰："怎么样，约翰，这房子比起你德国的家……"

约翰赶忙摇头："不行不行。我在德国的家，远远没有这么摩登。""你是谦虚？"郑长娟不信。"我不谦虚。我们德国人的家庭，装修很简单，比如这样的镶花玻璃墙，这样复杂的吊顶，在我们德国家庭很少有。"

郑长娟已接过孩子，抱在怀里，一边抖着孩子，一边说话："约翰，我哥哥长乐的家，代表了一类人的生活，这里呢，代表的是现在年轻人的生活。你看看这对比有多大。"

约翰还在东张西望，点头"嗯"了一声，问："我可以拍些照片吗？"

长英端了一盘水果出来，慷慨道："拍吧拍吧，随便拍。"还把几扇房门都打开，又带他到窗前，指着外面说，"还有外面的花园也很漂亮，那后面还有游泳池，儿童乐园，你都可以拍。"

等约翰在屋里拍了一些照片，又独自逛出去，要拍些外景，姐妹俩才有机会说话。

"长娟，你不晓得，当时那情景好吓人哟，他抓起茶杯就砸过来，还说要杀人。"长英让孩子在小床上玩，自己赶紧理菜，备午饭。回想起那天，还后怕。

"你也是，明明晓得长乐经济那么困难，还想跟他要钱！不是虎口拔牙吗？"长娟跟在她身边，帮她理菜。她也觉得长英没脑壳，啥事都听冯元挑拨。

"他哪里困难，都是装的！"长英依然气鼓鼓的，"你不晓得，有一天我在街上遇到廖艳，穿得妖五妖六的，十个指头都戴满金戒指。她一见我，就姐姐姐姐喊个不停，亲热得很。我也不好不理她，就说廖艳，你现在过得幸福哟，穿金戴银的。你晓得她啷个说？她说是噻，姐姐，虽然离了婚，长乐还是喜欢她。前不久她过生日，长乐还送她一枚金戒指，又请她去泡温泉。这些难道不花钱哟？我看呀，长乐是装穷！他就喜欢在妈和你面前哭穷，骗取你们的同情。在外面呢，花钱从来都大方得很，打牌打十块，请客送礼，动不动就几百一千，到处操大方。你还说他经济困难！"

"廖艳的话，你也信？那个人吹牛从来不打稿子。"

"我也晓得廖艳喜欢扯谎，绷面子。她的话不能全信，但也不能不信。无风不起浪，是不是？"

"可你们这一闹，苦了妈。妈昨天跟我说起这事，还在哭。"

长英也面有难色，说："我也不晓得该啷个办。马上要过年了，又遇到妈的八十大寿。我跟冯元说，我们还是去看看妈，好久没去了，说实话心里也挺牵挂。可那个死人子，硬是不去。说万一碰到长乐，拿刀砍他，啷个办？他不是白白去送死呀？唉，一想到这事，我也头痛，觉都睡不着！"

郑长娟也跟着叹息："总不能就这么僵起吧？你们再这样僵下去，不是要把妈怄死啊？"

"那你说该啷个办嘛？我是啥子办法都想焦了，好话歹话都跟冯元说尽了，他硬不听。不要说让他去看妈，就是我要去看妈，他都不准，说我们家一贯重男轻女，只顾长乐，不顾我。我回去看妈是自己犯贱。唉，这个死人子犟得很，你说我该啷个办嘛？我听你的。"

"听我的？好意思！你们一个哥哥，一个姐姐，把老母亲气得半死，一个家闹得鸡犬不宁，还好意思让我这个当妹妹的来想办法！"长娟气鼓鼓地，把最后一瓣蒜剥好扔进碗里，手一甩，转身进客厅去看孩子。

郑长英只笑不语，低头切肉。

那孩子也乖，躺在婴儿床上，手蹬脚蹬，自己跟自己玩得开心。见长娟过来，亮晶晶的黑眼珠子就直愣愣盯着长娟，咧开没牙的小嘴，傻笑。郑长娟自己没有孩子，第一次发现小孩子原来这么有趣，就情不自禁去逗孩子，气也散了，抱起孩子在客厅走来走去，颠着拍着。

在长英家吃了午饭出来，郑长娟和约翰就顺着外面的大马路，慢悠悠边走边看。下午又到附近的商业区逛了一圈，吃了晚饭才回去。

晚上，郑长娟躺在床上，正在想长英和长乐的矛盾该怎么解决，门开了，母亲探进脑袋来问："长娟，妈今天晚上想跟你睡，要不要得？"

郑长娟惊喜地掀开被子，说："快进来吧，妈。过去就让你跟我睡，你偏不，还说一个人睡惯了，今天怎么想起了？"

"好久都没看到你了，想你了。"郑母慢慢蜷上床，躺下来，"长娟啊，你问妈，生日有啥子心愿没得？妈想来想去，还真的有个心愿，就是不晓得，麻不麻烦？"

长娟笑了，侧身支起脑袋望着母亲："说吧，妈。只要不是去摘天上的月亮，就不麻烦。"

郑母伸手拨了拨长娟搭下来的一绺头发，说："我看电视，重庆这几年变化好大。我呢，也好多年都没进城了，就想进城去逛逛。"

"好呀，妈，这个主意太好了。"郑长娟激动起来，"你的八十大寿，我们就全家出动，一起去逛街，逛累了就在外面吃饭庆生，将就团年。好主意！妈，说你都想逛哪里？"

"解放碑，朝天门，还有江北城……在那里住了快五十年，真的有点舍不得。"

"妈，江北城恐怕看不到了，听说正在大兴土木，不晓得还通不通车？"长娟面有难色，"实在不行，我们只能去朝天门，去隔江远望。重庆直辖后变化好大，好多地方我都找不到路了。"

郑母一脸遗憾："这么说，江北城是回不去了？"

"恐怕是。妈，等几年吧，等江北城改建完工后，我带你回去慢慢逛。"

"那得等到啥时候啊？"

"恐怕得要三五年吧……"

两人就东一句、西一句聊开了。郑长娟有些疲惫，闭上眼睛，人就慢慢迷糊起来。而母亲却谈兴正浓，说："长娟啊，那个药咸你死是不是你的男朋友啊？"郑长娟懒懒道："不是。妈，我都跟你说过好多遍了，他是跟我学中文的。再说了，人家比我小八岁呢，怎么可能？"郑母道："我看他好像很听你的话，是不是他喜欢你呢？"长娟轻轻搡了母亲一下说："妈，他是外国人，第一次来重庆，啥都不懂，当然要听我的话了。你别乱想。"郑母说："我不是乱想。如果他真的对你好，就跟他好吧。小八岁又算啥子呢？只要他不嫌弃，你怕啥子？你自己都四十出头了，就不要再挑三拣四了，遇到个好人不容易，遇到了就不要错过了。妈不管他是中国人还是外国人，也不管他比你小还是比你大，只要他对我女儿好，就是好人。妈就喜欢。"

歇了一阵，又听母亲继续唠叨："长娟啊，你的条件比哥哥姐姐都好。今后哥哥姐姐有困难，你不管在哪里，一定要帮帮他们呀！"

这一夜，母亲像打开了话匣子，唠叨了很久，不知疲倦。长娟却累了，把母亲的话当成了摇篮曲，在温柔的迷糊中渐渐睡去。她是后来才明白，母亲是在临终嘱托。母亲一定还嘱托了一些别的事情，可惜她已经进入梦乡，记不得了。

第二天白天，郑长娟陪约翰去逛了一天磁器口老城。傍晚回来，让约翰自己上楼休息，她转身去了长英家。

一家人都在。郑长娟先跟橄榄和罗伟寒暄几句，又逗了逗孩子，才把长英和冯元拉进里屋，从包里掏出一个信封，往桌上一放，"姐，姐夫，这里是两万块钱，你们不是想要吗？拿去吧。"

两人都吃了一惊，相互尴尬看了一眼，不吱声。长娟又道："现在你们心想事成，就没理由生气了吧？长乐那个犟脾气，你们也晓得。这事只有我来揉包包散。不管哪个说，你们是姐姐、姐夫，年纪大点，就给个姿态。一家人闹成这个样子，就不怕把妈怄死？妈这个年纪，还能活多久？我们当儿女的，不为自己，也该为老人想想。别的我就不多说了，过几天妈生日到了，你们一家早点过来，我们一起进城逛逛，给妈过八十大寿，晚上再在外面吃团圆饭。"

冯元脸上白一阵，红一阵，"咳咳"干咳两声，说："唉，长娟，这事也怪我……"

"算了，过去的事不要再说了。"长娟打断他的话，"大家今后好好相处就是了，家里反正也没多的人，不算长宝，也就我们三兄妹。就和和气气，让妈高高兴兴安度晚年吧。"

"那是那是，让妈高兴，那是我们应该做的。"冯元附和道。

长娟又推了推那信封，说："这钱，长乐和妈都不晓得，你们也不要跟他们提。算我帮妈补贴你们。"长英一听，赶紧把信封推回来说："那哪个要得！长娟，你现在读书都没得钱。"长娟就转身要走，冷冷道："我是没得钱，但也总不能眼睁睁看着老母亲被活活气死吧！"见长英和冯元都低了头，又叹口气说，"唉，妈这一辈子好可怜！好不容易才把我们几个拖大。到老了，还要拖长宝，一辈子都不得轻松。我们就不能让她快快乐乐活几天吗？妈说了，这个生日，她不想请客热闹，只想进城逛逛。到时候我去租辆面包车，我们一家人出去玩一天，妈想去哪里，就带她去哪里。逛累了就在外面吃团圆饭，简单省事，也好。"

"租啥子车，就用罗伟的车吧。现在橄榄也有驾照，也可以开车。罗伟那辆面包车，正好够我们一家人坐下。"

长娟想了想，说："那也要得。"

生日前夕，母亲想洗澡。长娟帮她，先将浴盆放满热水，再扶母亲进去。浴霸的强光灯像一盏小太阳，照得浴室温暖明亮。母亲像个听话的孩子，静静坐在水盆中央。长娟先为母亲洗头，再为母亲搓背洗身。母亲的衰老触目惊心：头发稀疏，眼窝深陷，背驼了，乳房像两只干瘪的口袋，直垂腰部，浑身只剩一张松弛的皮，腰上还有一圈红疱疹。生命的潮水已悄然退去，只剩一片刺目的狰狞。可母亲也曾经美丽丰饶啊。她一生孕育过八个生命，存活四个。

如今这些生命一个比一个健壮蓬勃，还有更鲜嫩的如橄榄、小龙、小甜甜，正茁壮成长，而她自己却凋零了，如风中残烛，随时可能被风吹灭。郑长娟满心酸涩，轻轻为母亲擦拭身体，想抱着母亲放声痛哭。

为母亲洗完澡后，郑长娟自己也准备洗澡，无意中看见镜中的自己，美满丰盈，就想，这就是母亲四十年前的样子啊，而四十年后的自己，就是母亲今天的样子。时间真的好残酷，生命真的好无奈，一时就百感交集起来。上床后，她轻轻依在母亲身边。母亲仍在絮絮叨叨，有说不完的话，新的旧的，长的短的。过去郑长娟不爱听，现在却突然觉得亲切。时光正在如电飞逝，还有多少这样的夜晚，能与母亲这样温情地相拥而眠，聆听母亲这些琐碎而温暖的唠叨？她不知道。

早晨，长娟为母亲装扮一新，穿上在北京为她买的生日礼物———一件唐装。枣红绸缎，胸前绣了一朵大红牡丹，配墨绿叶子。母亲一脸羞涩。她一辈子没穿过这么华丽的衣裳，却笑眯眯地，十分听话，任由女儿为自己装扮。母亲越老就越像孩子。郑长娟觉得此时的母亲，就像孩童时代的自己，过年了，母亲为自己穿新衣，把自己打扮得漂漂亮亮，喜气洋洋。

一家人刚刚收拾完毕，长英一家就到了。橄榄抱了一束鲜花，一进门，脆生生喊了声"外婆，生日快乐"，见长乐也在，再脆生生喊了声"舅舅好"。郑长乐正在跟约翰说话，没想到长英一家会来，正有些惊诧，就见长英抱着孩子跟进来了，见了长乐，就把孩子往前一送，说："来，甜甜，喊舅公好。"长乐还没见过橄榄的孩子，一见孩子胖乎乎的这么乖巧，也笑了，接过来双手捧着，说："哦，长得好乖，叫啥子名字？"橄榄装出孩子的口吻在旁边说："跟舅公说，我叫罗冯甜，小名甜甜。"郑长乐机械地点了点头："好名字，好名字。"那孩子被郑长乐抱在手中，也不惧生，只用一双玻璃珠子似的眼睛，盯着他笑，竟让他想起儿子刚刚出生的样子。郑长乐内心最柔软的一角被触动了，腰一弯，说："来，让舅公打个灯。"说完将孩子轻轻抛起，又轻轻接住。一家人都紧张得要死，那孩子却不怕，反而"咯咯咯"地笑个不停。尴尬的局面，紧张的空气，就这么在孩子的笑声中烟消云散。长娟和母亲都松了口气。

罗伟回老家了,由橄榄开车,约翰抱着摄像机坐副驾,长英抱着孩子和长娟一左一右陪母亲坐一排,长乐、长宝、冯元坐后边。上车时,长英没话找话地跟长乐搭讪:"长乐,月梅和婷婷呢,没来啊?"长乐叹口气说:"月梅最近经常发病,下不得楼,还是让她待在家里好点,就让婷婷留下来,照顾她妈妈。"

橄榄居然会开车。车子慢慢驶出了校园,郑母惊讶道:"哎呀,橄榄,你也不卖保险了?跟罗伟一样,也改行当司机了啊?"

一车人都哈哈笑起来。长乐从后面拍了一下母亲的肩,说:"妈,橄榄开的是自己的车。你还以为是你们那个年代,一看到开车的,就以为是司机。看来你真的是落伍了。"

郑母这才缩回身子,坐正了。是啊,她落伍了。这已经不再是她的时代。

可她日渐混浊的眼,还总是清楚地看见,六十七年前那个十三岁的女孩,梳着两条小麻花辫,穿一身藏青色的学生衫,站在一艘木船上。木船"笃笃笃"地逆水而行,沉重而缓慢。重庆城终于到了。暮色苍茫中,朝天门码头在夕阳的余晖下,正静静等待。

她迎风而立,双手合十,放在胸前轻轻地问:"重庆,我来了,你欢迎我吗?"隔着六十七年的遥远时空,她还清晰地听见年轻的自己,向这城市发出的第一声问候。

38

郑母名叫刘素珍,出生在重庆沿江而下不远处、一个名叫广阳坝的地方。父亲家道殷实,有六个兄妹。父亲为老大,读过几年旧学,打得一手好算盘,后来帮一个做药材生意的表哥,在垫江周家场的药店里做账房先生。表哥后来把生意做到了重庆城,父亲也跟随来到重庆。因为婚后多年才生得一女,父亲对刘素珍倍加疼爱,七岁就送她去读私塾,每学期三块钱的学费,一直读到十二岁高小毕业,考进垫江女子师范。可惜好景不长,父亲在重庆抽上鸦片,不仅断了女儿的学费,还断了母女俩的生活来源。母亲有一双三寸金莲,干不了农活,走不了远路。叔嫂们开始嫌弃抽鸦片的父亲是败家子。父亲这房,反正只有一个女儿,没儿子,他们喊他"断尾巴牛",又怕他抽鸦片上瘾,会回来变卖田产,索性联合起来,把母女俩赶出家门,早早霸占了父亲的家业。

母女俩被赶出家时,分得的唯一家当只是一床烂棉絮。刘素珍永远记得,当她扛着那床烂棉絮,牵着尖尖脚的母亲离开老家时,听到叔嫂们在后面讥笑:"看啊,大嫂两娘母,背床烂铺盖,去重庆城讨饭当叫花婆子。"

那情景,那屈辱,刘素珍一辈子都不能忘。但解放以后,叔嫂们被打成富农,被抓起来批斗,田产也被充了公。有人辗转来到重庆,找到她,喊她一声"侄女嘞……",她的心又软下来,宁愿自己没得吃,也要想办法,让这些乡下亲戚们吃饱喝足,歇一夜,第二天临走,还悄悄塞上一张船票钱。

20世纪40年代初期的朝天门码头,远没有今天的巍峨壮观,气势恢弘。

那时的城市仿佛要比现在低矮得多，江面泊了许多小木筏。重庆城两江三岸，当时没有一座桥。那些小木筏就是人们过江过河的交通工具。朝天门上岸是一面石梯，沿坡布满低矮的棚屋。十三岁的刘素珍牵着母亲，满心欢喜，摇摇晃晃下了跳板，踏上岸，除了那些抬滑竿抢生意的，怎么也找不到父亲的影子。她提前给他写了信，让他来接。他却没来。也许有事走不开吧。刘素珍知道，父亲做工的药房在市中区储奇门的双巷子，就牵着母亲，准备一路问去。

　　母亲有一双三寸金莲，走平路都摇摇欲坠，哪里还爬得上朝天门码头那一坡？于是就叫了一副滑竿。抬滑竿的人一前一后，一上坡就甩得膀子颤颤悠悠地朝前跑。刘素珍扛着铺盖卷，跟在后面也一路小跑，一边跑还一边好奇地张望。这重庆城真的好热闹啊，马路上到处是黄包车和人力车，小姐太太们也摩登漂亮，烫了卷发，抹了口红，就像年历画上的美人。街上到处是商铺，有人挑着担子一路叫卖，炒米糖开水、麻辣小面、豆腐脑，还有她最爱吃的醪糟汤圆……这里连空气都诱人食欲，吸上一口，就足以让人清口水长流。她几乎就在一瞬间爱上这座城市，有山有水，热闹繁华，还摩登，还有那么多让人垂涎的美味小吃。即使父亲没来接她，没人欢迎她的到来，也不妨碍她对这城市一见钟情。

　　到了双巷子，找到药店，才知道父亲已不在药店。开药店的表叔说，父亲因为抽鸦片挪用了店里的公款，自己不好意思，不做了。表叔当即为她们付了滑竿钱，又领她们去找父亲。父亲租住在响水桥报家院的一间小屋。表叔把母女俩送到后，还悄悄塞给母亲五块钱，告诉母亲，如果今后生活困难，再去找他。

　　父亲无颜见她们。母亲说起在乡下受叔嫂欺负，被霸占田产，被赶出家门，就哭了。父亲这才跟着动容，搂过可怜的母女两个，一起痛哭。他自己也过得不容易。重庆城正值兵荒马乱，日本人的飞机，三天两头在天上飞，今天像大雁排成八字，明天像飞蛾密密麻麻。飞机一到，警报长鸣，人们就惊惶失措，四处逃命。有钱人花钱买张票，钻进防空洞躲飞机。没钱的穷人就抱头鼠窜，钻桥洞，蹲城墙脚，听天由命。这样的轰炸时断时续，时强时弱。全城人都提心吊胆，不知过了今天，还有没有明天。父亲还算命大，躲过了几次大轰炸。可大轰炸下的死里逃生，让他变了个人。尤其是有一次在十八梯的岩坎下，被一颗炸飞起来的血淋淋的头颅砸中了脑袋，还以为是一枚炸弹呢，却见一双炸飞出来的眼珠子正盯着自己，就吓得半死，去阎王府里走了一圈，再回来就恍恍惚惚。挣了钱不再寄回老家供养妻女，而是自己吸上鸦片。今朝有酒今朝醉。乱世中的人，多活一天都是赚的，哪里还顾得上老家的妻女？

但不管怎样，她们依然是他的亲人。妻女俩的从天而降，让他依然感到温暖。他又开始外出找事做，赚钱回来缴房租，买米买柴，一家人过起了小日子，虽苦犹甜。他也想过要戒烟，但无能为力。烟瘾上来时，难受得在地上打滚。不久后的一天，他又钻进烟馆，遇到政府禁烟，被捉起来关在八一路原来的中银街、公安总局里强行戒烟。那里只关人，不管饭。母亲只得颠着一双小脚，去药店求表叔帮忙，借了钱，买了米，煮了饭给父亲送去。出来后的父亲发誓赌咒，誓死戒烟，要让妻女过上好日子，并很快就真的行动起来，跟人合伙做生意，一起跑成都卖洋樟脑，还真的赚了些钱回来，还了借本，许诺等下一次再赚了钱，就送女儿去读书。没想到，这第二次去了就再没回来。合伙人回来说，父亲在成都烟瘾发作，死在华西医院。母女俩半信半疑，却又想不出更好的办法。活要见人，死要见尸，刘素珍多少还有些文化，给那医院写了封信，询问父亲的详情，不久还真的收到院长的亲笔回复，"经查实本院并无此人"。那封信刘素珍保存了多年。父亲之死，从此成了不解之谜。

没了父亲，生活依然要继续。三块钱的房租缴不起了，母女俩被赶出来，只得在南区公园下的岩洞里栖身。还好母亲会一些女红，就颠着一双尖尖脚，四处帮人做针线活，缝缝补补，洗衣纳鞋，每次赚个两角三角。年轻的刘素珍也没闲着，四处找零工：去玩具厂做子弹，包炸药瓦片（一种砸地就响的小火炮）；去锡箔纸厂开机器，那锡箔纸从机器里挤压出来，再卖给南岸的烟厂做烟盒……那时候的重庆城工作也好找，工厂今天招人，明天放人，人们就跳来跳去找工作，当时称之为"跳乱台"。母女俩又重新租了响水桥的一间偏屋。煮饭靠烧把把柴，两角钱一把，节约点，一把柴能烧一星期。母女俩一天只吃两顿，煮一顿干饭，第二顿往锅巴里掺点水，连汤带水又可以喝一顿稀饭。没钱买菜，五分钱一勺的胡豆瓣，筷子尖尖伸进去，沾个味，也能当菜吃几天。

　　社会上也有接济穷人的福利活动。较场口卖平价米，两角四分钱一升，限量供应，每人最多买两升。米是糙米，不香，但能填饱肚子。还卖煮好的平价饭，六分钱一碗。想吃肉了，四角钱一斤的肉买不起，就去馆子买杂菜，当时也叫"连锅捞"，即餐馆把客人吃剩的菜，荤的素的，混在一起煮一大锅，再卖给穷人。穷人们也喜欢吃，因为便宜，两分钱一小碗，三分钱一大碗；还因为味道好，多少有些油花花。运气好时，能碰上一片半肥瘦的回锅肉，或者一指厚的肥烧白。运气不好时，半颗肉星子没捞到，反被牙签戳破嘴皮，或者被鱼刺卡了喉咙，吞不下也吐不出，难受得要命。

　　到年底了，刘素珍会陪母亲回在大兴场的娘家过年。她们先坐木筏子过河，四分钱前舱有座位，三分钱后舱没座位。到了南岸，再走山路，过汪山，经放牛坪，到广阳坝。母亲坐滑竿，刘素珍就跟着跑，足足得走上一整天。路上饿了，就喝水。刘素珍最爱喝龙门浩旁边清水溪的水。那水从山上流下来，用一根长竹筒接到路边，清清亮亮的，喝进嘴里甜丝丝的，像放了糖。直到走出半里山路，再伸舌头舔一舔，嘴角都还有回甜味。

　　刘素珍在二十一岁这一年，遭遇了她生命中的第一段爱情。那是1949年重庆解放，新政府封了所有的烟馆，把收缴的鸦片集中到解放碑的坝子上烧毁。刘素珍跑去看热闹。以前老家也种鸦片（罂粟），春天开花的时候，一大片火红火红的，非常好看。那时的刘素珍并不懂得鸦片的危害，她喜欢看那些花，还喜欢在鸦片收割以后，去田里捡烟籽。那烟籽小小的，像芝麻，丢一颗在嘴里慢慢咀嚼，香得死人。这天解放碑烧鸦片的现场颇为壮观，因为人多挤不进去，刘素珍只能在外围观看。她个头矮小，除了看人家的后脑勺，啥都看不见。那边冒出一股浓烟，然后她就闻到一股异香。她有些醉了，但想到父亲就是因为吸鸦片败了家，最后还被夺去了性命，她就恨死那些开烟馆的，又感谢新政府的禁烟令。前面有政府的人在讲话，刘素珍踮起双脚，想看看新政府的人长得啥样，左一跳，右一跳，脖子伸成了鹅脖子，也没看见半个影子。这时候，旁边一个瘦瘦高高戴眼镜的青年对她说："来，妹儿，我帮你。"说完就往地上一蹲。刘素珍经过短暂的扭捏，终于被他托举起来，看见了前面的火光冲天,看见了被批斗的烟馆老板,也看见了新政府的禁烟人。

这个二钢厂斯斯文文的技术员,就这样成了她的初恋。刘素珍带他回去见母亲,母亲也喜欢。本来都准备结婚了,厂里却突然要调技术员去支援新疆。他得服从组织,哭着求刘素珍跟他同去。刘素珍却身不由己。母亲就她一个女儿,她不能丢下母亲不管。母亲是个尖尖脚,去不了那么遥远的地方。两人只好分手。才相恋半年,正情浓意切,免不了一场抱头痛哭。临走时,技术员把身上所有的钱都掏了出来,留给她,零零星星加起来共有五十多块。他舍不得这个善良的姑娘,更同情母女俩无依无靠。原来还以为可以跟她们一起生活,没想到,还有别的地方更需要他。

结束初恋半年以后,经人介绍,刘素珍认识了比她大三岁的郑少林,从此与他相依为命,生儿育女,成为郑母。

郑少林也不是重庆土著。他出生在宜宾农村一个贫苦的农民家庭,因为躲壮丁来到重庆。

郑少林第一次被抓壮丁,还在乡公所接受集训,就趁人不备逃回了家。他家里还有瞎眼的娘和年幼的弟妹。他放不下他们。没想到回家后的第二天,他又被抓了。临走时娘就紧紧搂着他,冲他耳朵悄悄说:"儿啊,再跑你就跑远点,不要回家。回家又要挨他们抓。"第二次被抓后,他被卖到泸州,给一位长官当勤务兵。凭着他的憨厚勤快,他很快得到太太的喜欢,走哪里都带着他。他就是趁陪太太逛街,借口上厕所溜掉的。这一次他变得聪明了,想起娘的话,不敢再回家,而是一心跑得更远,就沿着长江往下逃。这是1948年冬天,一路上都是逃荒的穷人,也有跟他一样躲壮丁的,浩浩荡荡,从农村逃往城市。他混在其中,走走停停十多天后,才发现来到一座热闹的城市。重庆城是大码头,人多地大,易躲藏,易生存。他年轻力壮,去菜园坝火车站帮人下货,去江边码头帮人扛过行李,靠着自己年轻力壮,就能让自己吃饱肚子,不再挨饿。兵荒马乱的年代里,能填饱肚子就是幸福。他从此爱上这座城市,留下来成了一名重庆人。

到1950年与刘素珍认识时,郑少林已经是一名资深的搬运工,租住在市中区南区支路一个算命先生的偏屋里,竹篱笆墙壁,糊了层报纸。冬不保暖,夏不挡暑。不过总算可以栖身落脚。当时的重庆城里有一种职业，是倒尿罐。每天黄昏挑着粪桶，挨家挨户收粪便。因为天天走街串巷，熟悉这一带的家家户户。有一天，倒尿罐的来到刘素珍家，见刘家母女孤孤单单，就想起了同样孤单住另一条街的郑少林，开玩笑说："刘家妹儿，你怕也该找婆家了。我认识一个单身汉，人长得敦敦笃笃，当搬运工的，找得起饭钱，干脆帮你们牵根线算了。"刘素珍自己不好意思，母亲却帮她点了头，说只要人好，健康勤快，热爱劳动，就行。

两人的第一次单独约会，在南区公园。那天郑少林穿了一件中山装，刘素珍则穿一件母亲手缝的蓝布旗袍。那时候的年轻人，还把有文化奉为时髦，流行在上衣口袋别钢笔，并以钢笔的多少代表文化的高低。刘素珍没钱买钢笔，就在衣襟上别了一只捡来的笔帽。那笔帽就成了她身上既时髦又漂亮的装饰。郑少林自己没文化，大字不识，对刘素珍这种朴素又有文化的形象，一见倾心。两人在南区公园的茶园里，一人喝了一杯盖碗茶，聊了各自的家庭和对未来的希望。刘素珍的愿望只有一个，母亲就她一个女儿，如果结婚，母亲得跟她一起过。郑少林自己也是孝子，当场就点头答应了。他也思念自己的亲娘。解放后他回去过一次，还想接娘来重庆，可娘却丢不下弟弟妹妹。他的父亲去世得早，也是因为抽上鸦片败了家。两人也算同病相怜。

郑少林正在上街道举办的扫盲班，刚刚开始学写字，就要借刘素珍的笔，写自己的名字给她看。她却一脸尴尬，捂着笔说没墨水了。郑少林脑子不转弯，执意要写，还说可以到茶老板那里去吸点墨水。刘素珍这才羞红了脸，实话实说，那只是笔帽，街上捡的。郑少林就笑了。刘素珍的脸圆圆的，一笑两个酒窝窝，身材娇小却圆润。用郑少林的话说，她就像他家乡的花生米，小而饱满。他已经悄悄喜欢上她，就豪气地说，明天就去买支钢笔送给她。

那时候的"棒棒"（搬运工）还有资格豪气，是穷人中的富人。重庆城是西南最大的码头，水陆两路，每天有大量的货物，上下搬运，扛进抬出，全靠人力。有力气的人就能挣钱。郑少林年轻力壮，不知不觉就豪气起来，问刘素珍家里有啥困难，尽管说。刘素珍也不客气，扭扭捏捏开了口，说："大的困难暂时没有。妈妈借了人家五块钱，一直没还。"郑少林"咳"了一声，不以为然。看她那表情，还以为是笔多大的债呢，才五块，也值得那样愁眉苦脸？当即就从衣袋里掏出一叠钱来，抽出一张五块的给她，说："拿去吧，帮你妈妈把债还了。"刘素珍就心花怒放。那钱拿回家哪是还债，简直是救命，先缴房租，再买米买柴，生活又能继续几天。

当时正在修建第三人民医院前的那条公路，需要大量河沙，"棒棒"们就去挑河沙卖，三角钱一挑，一挑一百斤，从下面的珊瑚坝河边挑上来。郑少林见刘素珍家境困难，就介绍她一起去挑沙卖。他挑一百斤，她挑五十。两人一前一后，她累了想歇，他就停下来陪她说话。既辛苦，又快乐。她就这样一不经意被他带入"棒棒"队伍，成了一名快乐的女"棒棒"。那么娇娇小小的身材，跟在一群男人堆里，肩挑背扛，从不喊累。他看出她是个吃苦耐劳的勤快人，跟他是同类，更喜欢了。一个月后，他跟她结婚，一户新的重庆人家诞生了。

一东一西不经意飘来的两颗种子，就此在重庆扎下根来，慢慢地，开花结果，繁洐出一代新生命：长宝、长英、长乐、长娟。这几颗种子又四处飘散，与别的种子相遇结合，开出新的花，结出新的果。生命真是一个神奇的过程，在看似漫不经意中，随风飘散，却又生生不息，代代相传，留下一段段悲欢离合的故事，在世间流传。

39

"外婆，这么说，当年你是看中外公有钱，才嫁给他的哟？"橄榄坐在郑母身边，抱着孩子，问。一大家人，坐在解放碑步行街的椅子上歇气，听郑母讲当年的老故事。

郑母不服气了，瞪一眼这个不会说话的外孙女，辩解道："我哪里是看中他的钱嘛？我是看中他这个人，身体好，有气力，又能吃苦耐劳。对我妈妈也好。"

春节期间的解放碑广场，人山人海，碑周围堆满了盆景鲜花，天空还悬挂着彩带气球。郑母睁大眼睛，像孩子一样好奇地东张西望。好久没来了，那碑好像长高了？这四周的楼房，多年以来变了又变，她却依然记得它们过去的模样：三八商店、群林市场、交电大厦、大阳沟菜市，一个个过去热闹的去处，如今都被重新包装组合，甚至消失得无影无踪。郑母一边张望，一边感叹，重庆的变化太大了，大得她这个老重庆人，坐在解放碑下，都很难找到回家的路了。

"唉，我们那时候喜欢逛的地方，都不见了，都成了历史，看来我也该成历史了。"郑母一声叹息。

"妈，你又乱说啥子？"郑长乐站在旁边抽烟，"你看看现在的重庆城，生活一天比一天美好。你成啥子历史嘛！听说过完年，你们的退休工资又要涨了？你就好好活，多活一年，就多拿政府一年的钱，哪点不好？你今天才八十岁，至少还可以再活二十年。"

"是啊，新社会就是比旧社会好，老了还有退休工资。"郑母一脸幸福，"我是在好好享受啊，享受了这么多年，也知足了。再活二十年？我不想！人活得太老没意思，走也走不动，啥都干不了，还动不动就生病，又花钱，又遭罪，又拖累后人，要不得！"郑母一脸祥和，望着身边的几个孩子说："我妈妈才活到七十岁，爸爸才活到五十多。你们的爸爸也才活到七十三。我今天都八十岁了，比他们都活得久。又有你们几个孩子孝敬我，就是今天死了，我也知足了。"

长英蹲在橄榄面前，给孩子擦完嘴，站起身来，瞪母亲一眼："妈，你今天是哪个的哟，高高兴兴既过生又过年，难得全家大团圆，还死呀死呀的，尽打胡乱说。"橄榄就托起孩子的手，轻轻拍打郑母的嘴说："来，甜甜，祖祖乱说话，让甜甜打三下。自己再呸呸呸三声。"

约翰抱着摄像机，四周转了一圈回来。郑长乐有些得意地问："怎么样，约翰，你看这些高楼大厦，漂亮吧？这可是我们重庆最繁华的地方哟。"约翰嘴一撇，笑而不语。旁边的长娟歪过头来，警觉到什么，问："不喜欢吗，约翰？"约翰这才耸耸肩道："很摩登，很热闹，但是……很不重庆。"

一句话把大家震住了。"什么叫'很不重庆'啊？"橄榄站起身来，把孩子递给长英，用手一指，不服气道："怪你自己有眼无珠。你看前方，就很重庆。"

约翰低下身来，顺着橄榄手指的方向，这才看见一座碑。郑长娟突然感觉到肩上有一份责任，就起身过去，带他朝那碑走去。"约翰，你是德国人，知道二战在欧洲的故事，也许不知道在亚洲的故事。当时日本入侵中国，中国政府从南京迁都重庆，为了激发民众抗战救国热情，就在这里建了这碑。不过，当初的碑是四方型的木制结构，七丈七高，象征'七七'抗战。为防日机轰炸，外表还专门涂成黑色。当时叫'精神堡垒'，表示全国人民团结一心，抗日救国。到了1946年，为纪念抗战胜利，政府就用钢筋水泥重新建碑，改名叫'抗战胜利纪功碑'。到1949年新中国成立，这碑又被重新改建，更名为'人民解放纪念碑'，也就是现在俗称的解放碑。这是这碑的历史，也是重庆甚至中国的一段历史。"

约翰一路"哦哦"地点头，脸也渐渐舒展开了，围着解放碑转了几圈，又拍了些照，才喜上眉梢："对了，这座碑就很重庆。因为它是重庆特有。不像那些商业大楼，全世界的都一样。"

一家人休息够了，又该出发，一边走还一边回头遥望。"可惜这碑，矮了点。"冯元感叹。他喜欢总结性发言，自以为是。"不怪碑矮，只怪周围的楼太高。"郑长乐看不惯他，暗中还跟他较劲。

人群攘攘，前推后挤。长娟和橄榄挽着郑母，郑母却不时回头张望："长乐，你把长宝牵好哈，人多，不要让他走丢了。"长乐牵长宝走后边，笑道："妈，你就放心吧，长宝丢不了。"冯元和长英推着婴儿车跟在后边，只有约翰，抱着摄像机，一会儿在前，一会儿在后，这里拍拍，那里照照。

郑母边走边感叹："唉，你们几个小的时候，我最喜欢带你们过河来耍了，还记不记得？"

"记得！""啷个会不记得哟？"几个人都异口同声道。那时候，江北城的人，逢年过节都喜欢进城逛解放碑，他们把这叫做"过河"，因为要渡过嘉陵江，有点农村人进城赶场的意思。从江北嘴那边坐轮渡到朝天门，四分钱船票。郑母边走边回忆："我记得，那时候每个月二十五号，我和你们爸爸领了工资，就喜欢带你们几个娃儿过河来逛解放碑，顺便找家餐馆打顿牙祭。"长乐接过话题："妈，我记得，你最爱带我们去吃'星星西餐'，爸爸每次一进去，就爱跟我们摆孔二小姐的老龙门阵。"长娟这才想起什么，东张西望道："咦？'星星西餐'呢，怎么不见了？"

"早就拆了。"

"太遗憾了。那应该是重庆最早的一家西餐厅吧。"

一家人缓缓来到朝天门广场。广场宽阔平坦，像一座巨轮，面朝大海，破浪前进。约翰转一圈回来，又开始提问："长娟，我找了半天，怎么就没找到——朝天的门？"

大家都笑了。郑长娟说："重庆是一座古城，就像北京，许多城门只留下名字，城门早就没有了。"

约翰若有所思，又问："那这里的城门，为什么叫朝天门呢？有什么特殊意义吗？"

郑长娟用下巴指了指母亲，说："这个问题，去问我妈。她对重庆的老故事，懂得比我多。"

郑母坐在石椅上歇气。年纪大了，腿脚无力，走一截就得歇一阵。约翰蹲在她面前，像个大孩子，还掏出本子做笔记。郑母说："你们外国人，不懂我们中国的历史。这朝天门是过去留下来的老名字。旧时代的重庆城，有九开八闭共十七道城门。其中有九道城门是专门供脚夫挑河水进城的。这里呢，就是当时的朝天门。那个时候没有火车汽车，来重庆只有水路，船从下游上来，第一眼就看见这座城门，皇帝有圣旨来，重庆官员就等在这里，迎官接圣，所以就叫朝天门——朝皇上天子打开的城门。懂了没得？"

约翰望着她，似懂非懂地直点头。

郑母继续道："1891年重庆被设为商埠，这朝天门就被设为海关。1927年建码头的时候，因为城门太窄，碍事，才被拆掉。当年的好多老城门，后来都陆陆续续拆掉了，就只剩名字留下来。我记得我当娃儿的时候，就喜欢唱：朝天门，大码头，迎官接圣。翠微门，挂彩缎，五色鲜明。千厮门，花包子，白雪如银。洪崖门，广开船，杀鸡敬神。临江门，粪码头，肥田有本。太安门，太平仓，积谷利民。通远门，锣鼓响，看埋死人。金汤门，木棺材，大小齐整。南纪门，菜篮子，涌进涌出。凤凰门，川道拐，牛羊成群。储奇门，药材帮，医治百病。金紫门，恰对着，镇台衙门。太平门，老鼓楼，时辰校准。人和门，火炮响，总爷出巡。定远门，较场坝，舞刀弄棍。福兴门，遛马跑，快如腾云。东水门，有一个四方古井，正对着真武山，鲤鱼跳龙门。"

"哇，外婆你好厉害哟，能把重庆的老城门顺口溜一样背出来。"橄榄率先大叫起来。约翰也听得目瞪口呆，半张着嘴，埋头记录。

郑母却谦虚地笑了："我十三岁就来重庆，小娃儿记性好，又爱听大人讲故事。那时候听到的，一辈子想忘都忘不掉。这些重庆老城门，各门还都有各门的规矩。比如：说菜篮子堆积如山，那是南纪门。说买木料棺材，就要去金汤门。棉花包子涌进涌出在千厮门。生了病要吃药，抓当归党参配车前草，去储奇门。病好了要吃广柑水果,就走金紫门。要朝山进香求儿求女过河过水,就去太平门。朝廷来了皇帝的圣旨,迎官接圣,就到这朝天门。粪桶担进担出走临江门。死了人,敲锣打鼓要送出通远门。通远门外是七星岗,当时是一片棺山坡坡。现在呢,早已经成了市中心了。不过,重庆人到现在喝酒划拳还喜欢喊'七星岗闹鬼',就是从那时候留传下来的。"

郑长英抱着孩子,在旁边转悠,这时接过话头说:"我还记得,我们那时候喜欢唱,'城门城门几丈高?三十六丈高。骑白马,坐轿轿,走进城门砍一刀'。"

郑长娟一听就叫了起来:"不对不对,我记得小时候唱的是,'城门城门鸡蛋糕,三十六蛋糕,骑马马,耍弯刀,走进城门叉一刀'。"

郑长乐笑道:"妹儿,那是因为困难时期,吃不饱饭,做啥子都联想到吃的,所以才唱成鸡蛋糕。"

他们还记得那游戏,由两个孩子举起双臂,高高架起像城门,其他的孩子就一个搭一个的肩膀,搭成一长排,弯身从那城门下钻过。童谣唱到最后,那架起的双臂一落下,夹住哪个孩子,哪个孩子就出局。

"我们小时候也可怜,那时候物质贫乏,不像现在有电视电脑,也没得其他娱乐活动。小娃儿没得耍事,就只有逮猫、斗鸡、滚铁环。要实在没耍的,就跟地上的蚂蚁耍,找根小棍棍逗蚂蚁,嘴里唱:'黄丝黄丝蚂蚂,请你家公家婆来吃嘎嘎(肉),坐的坐的轿轿,骑的骑的马马。'现在想想觉得好笑,当时自己都没得吃的,还喜欢逗蚂蚁说,请你家公家婆来吃嘎嘎。纯粹是过嘴巴瘾。"郑长乐说。

郑母还在东张西看,说:"这朝天门完全变了样,简直一点都认不出了。我记得解放前,这里到处都是店铺客栈,密密麻麻一大片,都是些木板房或者楠竹绑的吊脚楼。所以1949年的'9·2'火灾,一把大火,就把这里烧得精光,一直烧到小什字那边的美丰银行,连河里头停的木筏子也遭烧了,连续烧了一天一夜,死了好多人。当时我和妈妈住在菜园坝,看到这边火光冲天,天都染红了,怕惨了。又正是重庆的秋老虎季节,这边的风吹到菜园坝,烤得人都热烘烘的。火灾过后,我那时候年轻,喜欢看热闹,就跑到这边来看稀奇,结果脚都没得地方下,到处是尸体,被烧成黑糊糊的焦炭,好惨哦。"

"听说是国民党点的火?"郑长乐好奇地问,"他们说国民党战败了,要大逃亡,撤退去台湾,给共产党留个烂摊子,就一把大火,想把重庆最繁华的朝天门码头烧个精光?"

"是啊,都是这样说的,但国民党自己干了坏事,还嫁祸于人,说是共产党点的火。火灾过后,还抓了几个纵火犯,说是共产党员,押到朝天门码头来,敲了'沙罐',当替罪羊。"

约翰在德国学了三年中文,到中国一年,自我感觉一直不差。走在北京街头,跟老百姓聊天也没大问题。没想到了重庆,问题竟大了。听郑长娟和家人的谈话,他竖起耳朵,连猜带蒙,也只能懂个大概。郑母见他一脸迷茫,低声道:"哎呀,我们尽摆些老龙门阵,人家外宾听了,怕会笑话我们哟?"

这话约翰倒听懂了,赶紧摇头:"不会的,郑妈妈,我不会笑话。"

江的北岸,熟悉的江北老城不见了,只见一片起伏的工地和零零散散的脚手架。郑长娟搀扶着母亲,慢慢走向临江的栏杆,指着前方跟约翰说:"约翰,你看,对面就是江北城,是我出生和长大的地方。现在整座旧城都拆除了,要盖一座现代化新城。"约翰一脸惊诧地摇了摇头:"天啦,不可思议!一座城市都拆除了,推倒重建?"

长娟又侧过头去对母亲说:"妈,你看,你们工厂已削为平地,就剩一座明玉珍墓了,看到没有?半坡上的那幢红房子。"郑母左眼得了白内障,看东西吃力,便捂住左眼,用右眼看,这才看清对岸的老城,房子全没了,只剩一片光秃秃的黄土坡,也是模模糊糊的,便"哦"了一声,道:"哎呀,那么大一座江北城,现在就剩那个墓了。我们那么大的织布厂呢,连个影子都没得了啊?"

她说完竟眼睛湿了,流出泪来,索性一把捂住双眼。

一行人赶紧把郑母搀扶到一旁坐下,话题又扯到江对岸的织布厂。郑母揉了揉眼睛,说:"1958年大跃进,织布厂招人。当时我们还住在菜园坝,一听别人说起,我就跑去报了名。进厂后,我每天天不亮起床,走路到朝天门,再过河去江北上班。有时候江面起雾,渡船又不开。所以才决定搬家,从菜园坝搬到江北城。没想到搬过去一住，就住到现在。"

"外婆，听外公说，当年你为了这份工作，还饿死了一个孩子？"橄榄一拍一颠地抱着孩子，踱来踱去。

"听你外公打胡乱说！"郑母不高兴了，"那时候我刚进厂，又怀孕了。厂里不久就开始搞压缩。介绍我进厂的汪阿姨就是因为孩子多，经常在上班时间请假回家，给孩子喂奶，被压缩出厂了。我哪里再敢粗心大意。唉，那时候也奇怪。生活那么困难，肚子都吃不饱，还容易怀孕，又不懂避孕。有的人一年生一个，生一大堆孩子，哪里还能去工作？我是坚决要工作的，不愿意一辈子靠男人吃饭。所以怀孕九个月了，还在上班。直到生产前两天才休假。那是长庆，生下来是个缺嘴，饿得哇哇乱叫，奶也吮不进，好可怜。当时你们外婆还在，在家帮我带长宝长英，已够她累了。我就把长庆送到厂里的育婴室。育婴室里孩子多，几十个孩子睡成一排，每个床上吊个奶瓶。孩子饿了就自己吸奶。哭了呢，婴儿床下装有一排轮子，保育员用脚一蹬，一排小床都摇晃起来。半小时的吃饭时间，我几口就把饭刨完，跑去看长庆，想给他喂奶，还想以后有时间，就带他去医院补嘴巴。没想到他自己命薄，才几个月就……唉，又是个儿子，你们爸爸就一直怨我，说我为了工作不顾孩子。其实我哪里是不顾嘛，我要顾得过来噻！"

几个人都不吱声了，被郑母的话带入那个悲伤的年代。"唉，那时候人命也不值钱。家家户户都生一大堆孩子，可真正带大的又有几个？特别是三年自然灾害，大人都饿死那么多，就更不说娃儿了。记得那时候没得吃，就去田里刨泥巴吃。有一种泥巴叫'观音土'，白生生的，刨回来放锅里加水煮，再加点盐，当饭吃。能填饱肚子，但屙不出来，肚子胀得好难受，还浑身水肿。就那样子，大人都只剩半条命了，还会怀孕。长娟头上，我还生了长秀，生下来才三斤。长秀含着我的奶，使劲吸，也吸不出半滴奶水来，就哇哇大哭。我心都碎了，也抱着她一起哭。后来实在没办法，只能给她喂点糖开水，喝那观音土熬的汤。没想到那汤只进不出。长秀浑身都瘦，只有肚子胀鼓鼓的像个气球，好可怜，就这么活活饿死了。"

郑母已经浊泪横流："都怪我不是个好妈妈啊，对不起长庆长秀，还有长宝。我把你们带到这个世界上来,却没有能力让你们都健康长大,过幸福的生活……"

长娟从后面环拥着母亲,将头靠在母亲肩上,说:"妈,那些事都过去了,就别再提了。"长英哭丧着脸,为母亲擦泪。橄榄刚刚当了母亲,深切体会到那份孕育之情,眼睛都红了,把脸贴在孩子脸上说:"外婆,你好可怜哟。甜甜就是咳一声,我的心子都捏紧了,而你居然眼睁睁看着孩子饿死。"

"橄榄啊,所以你们才叫幸福,没有经历过那种苦,一定要好好珍惜现在的生活。"

郑长乐就趁机道:"所以我说嘛,要知足常乐。长娟你还责怪我。对比一下妈过的那种生活,我们现在真的很幸福。"

郑长娟瞪他一眼,懒得理他,又掉过头去看对面的江北老城,对母亲说:"妈,我们家从 1958 年搬到江北城,一直住到现在拆迁,差不多住了五十年?"

"是啊,你看时间过得好快,简直像飞。几十年一眨眼就过去了,你以为好漫长呀?"大家又一起朝江北望去,目光齐刷刷望着那片光秃秃的黄土坡,凝重而深沉,像行注目礼。近五十年的岁月,半辈子生命,就这样随着旧城改造消逝无踪。郑长乐长叹一声说:"唉,拆了也好。旧的不去,新的不来。妈你要实在舍不得,等新城建好后,我们再想办法搬回去。"

"搬不回去了。没听说呀,今后的江北城,是重庆的文化商务中心。只建歌剧院、科技馆、商务大楼、主题公园,不会再建住房了。"一直沉默的冯元也发话了,依然高屋建瓴,暗中跟长乐较着劲,"不过我们可以回去逛逛。听说歌剧院会建成重庆的标志性建筑。"

"啥子叫歌剧哟?"郑母问,"我只喜欢听川剧、越剧和黄梅戏。"

"歌剧嘛,顾名思义,就是要唱歌的剧。妈,你喜欢听的川剧、越剧、黄梅戏,都要唱歌,所以都是歌剧。"

"哦,原来是修一家戏院子嗦,就是把原来的老戏院拆了,建新的啊?也要得。那老戏院是太老了。新的要好久才修得好呢?"

"估计最少也要两三年吧。"

"两三年？那么久啊？妈不晓得还等不等得到那么久哟。"

"妈，你又乱说话了。啷个等不到那么久嘛！"

"不是妈乱说，上了年纪的人，哪个说得准呢。要是到时候妈不在了，你们几姊妹就自己去吧。江北城建好后，肯定比以前更漂亮。到时候你们一定要多回去走走看看，就当帮妈去逛了看了。"

几个人这才面面相觑，十分无奈地在心里承认，妈说的也不是没道理。现实就是这么残酷，由不得你不承认。八十岁的人，有谁知道，还有多少日子可以等待？

江风吹来，很有些寒意。郑母回头对长英说："长英啊，孩子不要对风吹，当心着凉。"长英立即背过身子，用小被子把孩子又裹了裹。郑母这才回过头去找长宝，拉着长宝的手说："长宝啊，你看那对面，就是我们住过的江北城。你睁大眼睛再好好看看，不看今后再看不到了。"

没有人听出这话的弦外之音。只是事后回想，才明白母亲这话中有话。

40

过完年，郑长娟陪约翰报名参加了一个三日游的旅游团，去逛重庆的周边景色，尤其是去看大足石刻。没想到，这短暂的离开，家里竟然出了大事。

这天晚上，郑母肚子又痛了，腰也痛。她天天吃药，一痛就靠止痛药缓解。桌子上一瓶药又见底了，她拿着那空药瓶，仿佛听到谁在召唤。该行动了。

天色已晚，长乐估计也休息了。她撩起衣服，发现"蛇缠腰"又长了些——差不多快合拢了，就悲哀地想，是时候了。再不行动，怕来不及了。

她打开柜子，翻出两年前买下的墓位证，放在客厅茶几上。那是一个墓园的两个灵位，她去看过，很喜欢，有点像当年父亲药店的草药抽屉，在一间宽大的地下室里，一排排高大的红柜子，密密麻麻的都是小抽屉，那就是她最后的归宿了，大家上上下下挤在一起，也不寂寞。她喜欢热闹，才不要睡那种荒郊野外冷清的墓地。她买的是一个中间的双位，要把长宝也带在身边，今后孩子们来看也方便。现在啥子都贵，丧葬烧埋都要用钱。她早早就为自己安排好后事，即使死，也不要给儿女添负担。

寿衣早就准备好了，先是长宝的，一套崭新的灰色内衣和一套蓝色的咔叽布外套，是去年长娟逛街时遇到打折买的。她悄悄为他留下了，平时舍不得给他穿，只在今年她过生日，全家逛街和过年那天，让他穿过。她要让他干干净净地上路。长宝最近也听话，不乱拉屎尿，过年前长乐帮他洗澡，他还知道害羞，脱裤子要背过身去，惹得长乐都笑了。她抱着衣服进了屋，见长宝还坐在床头，面无表情地盯着电视，也不知他到底看懂没有，就说："来，长宝，我们穿新衣服。"长宝站起身来，任由母亲摆弄。郑母一边帮他穿衣服，一边说："长宝真乖，今年过年还逛了街，看了热闹，又下了馆子，还是解放碑的旋转餐厅呢，吃了大虾螃蟹，怕又花了长娟好多钱。这个年过得好不好啊？"

长宝不看母亲，只傻笑。他知道母亲在跟他说话，却不懂。等新衣服换好，又坐下。这才望着母亲，等待她继续使唤，比如该去洗脸洗脚，或者睡觉。但今天母亲有点怪，只是久久地看着他，什么也不说。他被她看得不好意思，低下头去。郑母一边轻轻抚摸着他的脸，一边说："长宝，我的儿啊，妈对不起你。那年要不是你为妈送饭，也不会挨枪子成残废，都怪我啊！"

客厅的电视柜抽屉里，搁了两包过年前学校发的耗子药。郑母拿出两只杯子，接了水，把药抖进去，又用筷子搅了搅，一闻发觉有些怪味，又放了些白糖，才端了一杯进屋给长宝。"来，长宝，喝杯糖开水再睡觉。"长宝接过那杯子，头也不抬，咕噜一口就喝光了。再抬起头来看母亲，那目光竟是从未有过的清澈明亮，仿佛小狗望着主人，满满的都是无辜和信任。郑母不忍再看他，说："睡吧，长宝，这是好药，虽然苦点，却能治好你的病。等你今天这一觉睡去，明天醒来病就会好了。"长宝也听话，乖乖地把身子一侧，上了床。郑母为他盖好被子，带上门出去，只听见屋里电视还在高唱："今天是个好日子……"

这才让自己也换上寿衣。这还是她七十岁生日时，长英陪她去做的，说是添寿。郑母换好衣服站在镜前，愣愣地望着镜中的自己，满心悲凉。真是老得不像话了，眼窝深凹，头发花白，背也驼了，腰也弯了，眼也快瞎了，自己都觉得惨不忍睹。人老了，既不中看，也不中用，活着只是拖累后人，还有啥子意思啊？她摇了摇头，走开了，在屋子里这里摸摸，那里看看。这是长娟的家，是她人生最后的驿站。没想到当年和丈夫吵了一架才保下的那条小生命，竟让她过上幸福的晚年。几个孩子都孝顺，但长娟最甚。因为经济比哥哥姐姐好，她为父母奉献得最多。家里的电视是长娟买的，熊猫牌。冰箱也是长娟买的，将军牌。她条件最好，也最舍得。还送他们金戒指，带他们坐飞机去旅游，深圳海南，走了一大圈，吃了龙虾，看了大海，让他们实实在在地享了福。好人也有好报啊。当年生下长娟，丈夫一见是女儿，就不想要，要送人。长宝废了，长庆死了，就只剩长乐一个儿子。丈夫不甘心，总想让她再生儿子。她骂他重男轻女是封建思想，都是自己身上掉下来的肉，是儿是女她一样疼。她拼了命才留下长娟。外婆带长娟到半岁就去世，是她抱着孩子跑回老家，东挑西选找奶妈。

柜子上那张放大了的全家福，还是老头七十岁生日时照的。她伸手去摸照片中的人，先是老头的脸，再滑向长宝、长英、长乐和长娟，还有冯元、小龙和橄榄。廖艳的头像被剪掉了，留下一个小小的空白。她枯瘦的手指在每个人脸上都走了一圈，最后才停在长乐脸上。照片上的长乐一脸幸福，笑得小眼睛都成一条线了。她突然想起他出生时的样子，肉嘟嘟的，被接生婆提起脚脚，朝小屁股上轻轻一拍，便哇哇大哭。哭着哭着，又睁大眼睛，望着头上的电灯泡笑。真是个天生快乐的孩子。她为他取名"乐"，希望他一辈子都快快乐乐。谁知他竟这样不幸！郑母的心都碎了。

这时她听到长宝房间传出一阵闷响，是重物撞击的声音。一定是药效发作了。郑母一个激灵，闭上眼睛，双手合十地捂着胸口，生怕手一松动，她那颗心就会滚落出来。"长宝，我的儿啊，妈对不起你。可妈也照顾了你一辈子，为你端茶送水，洗屎洗尿，把妈欠你的，都还给了你。妈现在老了，又有病，估计也活不了多久了，你就跟妈一起走吧，免得拖累你弟弟妹妹。他们也都活得不容易啊。等到了那边，妈再继续照顾你吧！"

郑母语无伦次，扶着桌子，念念叨叨，一张老脸已浊泪纵横。

等屋子终于静下来，只剩下热闹的电视声音，她才推门进去，见被子已被掀落在地，郑长宝四仰八叉地躺在床上，鼓着眼睛，没了呼吸，流了一嘴白泡子。

她的心突然宁静下来，有一种出奇的轻松和空灵。她去取了毛巾，为长宝擦洗干净，重新为他盖上被子，合上眼睛，最后摸了摸他还有些余温的脸。

现在她可以上路了。来到这人世走一遭，苦的甜的，她都尝了，也该走了。她没有遗憾，想象着明天孩子们回来，短暂的悲伤之后，生活将变得更加轻松，她就笑了。她爱他们，只要他们幸福，她就死不足惜。八十岁，算高寿了，她真的感到很知足。郑母坐在客厅里，昏昏沉沉地胡思乱想了一通，就端起她的那杯药水。

郑长乐这天下班后，直接去了药材批发市场。那里一瓶止痛药，比普通药店便宜两块。他每次买五瓶，也能节约十块钱。反正有月票不花路费，只花时间。回家时再顺便去逛超市，想母亲吃药上瘾可不行，得让她吃点别的来代替，就买了母亲爱吃的糕点，才兴冲冲地往回赶。一进屋，他就习惯性地叫了声"妈——"，却没有回应，就去推开母亲的房门，见里面黑糊糊的，两个人果然还在睡觉，他"嘿"了一声，想妈一定是昨晚看电视看晚了，就进了厨房。

郑长乐刚把菜兜放在灶台上，就感觉不对。再冲进屋子，人就呆了，如五雷轰顶。母亲身体都硬了，一身寿衣。长宝也是——便觉得天旋地转。

客厅的茶几上，郑母还留下一封遗书，一页歪歪斜斜的繁体字：

"长英长乐长娟，我亲爱的孩子们。妈决定走了，请你们一定不要伤心。妈这一生，有你们几个好孩子，已经很幸福很满足了。但是我已经八十岁了，身体也不好，我不愿意忍受病痛，也不愿意拖累你们，所以我就决定离开。长宝我也一起带走。他是我带来的，我不能把他留给你们，成为你们的负担。我希望我们走后，你们都高高兴兴的，不要难过。要知道，妈是自己愿意走的，是带着幸福走的。妈走后，你们一定要搞好团结，互相帮助，健康快乐地活下去。"

郑长娟和约翰第二天下午才回来。出租车一直开进校园，刚一下车，听到有隐隐的哀乐声传来。就暗想，过年过节的，谁死了呢？拎着行李和约翰说话，就听有人在叫她。是楼上教数学的唐老师，买了菜回来。"长娟，你才回来呀？"长娟淡淡一笑，一脸惊讶地低声问："唐老师，是谁家在办丧事啊？"唐老师推了推脸上的眼镜，比她更惊讶，说："哪个，你还不晓得呀？是你家呀！"

郑长娟这才吓得半死，愣头愣脑地拨开人群，冲上前去，就见一张熟悉的脸在对她微笑。那是母亲的遗像，果然见母亲躺在里面，就像遭了电击，木头人一样不能动弹。等那电流在体内来回疯狂撞了几圈，脑子才慢慢活动起来，身子一软，就往下坠，只剩一口气往上冲，那一声"妈——"像尖刀划破长空，刺痛了所有人的耳膜。郑长乐从人堆里冲过来，叫了声"长娟"，一把将她从地上扶起，自己早已泪水长流。

怎么可能，怎么可能！他们一定搞错了！临走时她还跟妈说说笑笑，不过才三天，怎么就阴阳两隔?！郑长娟挣扎着，拼了命去打冰棺，要让妈出来。"长乐你快点，让妈出来！里面好冷！让妈出来！你要把妈冻死啊?"

"长娟，你冷静点，妈已经走了……"长乐紧紧抱住长娟，任她朝自己又踢又打，疯了似的乱叫。

长英这时也过来了，兄妹三人搂成一团，哭得昏天黑地。哭累了，才围在冰棺前，静静凝望。母亲像睡着了，表情安宁，眼睛却半睁半闭。有人说，人只有心愿未了，死的时候才会这样。是什么让母亲死不瞑目？长英的辛劳？长乐的现状？月梅的病？长娟的婚事？还是小龙的不争气？没人知道。母亲习惯了为儿女牵挂。儿女却不知道，这牵挂竟然会绵绵无期，连远去天堂也放不下！长乐揭开冰棺，伸手去为母亲合眼，合了几下都没合拢。长娟也伸手进去，一只手刚落在母亲脸上，就动弹不得。这哪里还是母亲的脸？冰冷，僵硬，仿佛记忆中菜市上的冻肉，不觉又一阵钻心的痛。长英见长娟又呆了，赶紧抽出她的手，关了那冰棺。

母亲走了。那个曾给了他们生命和爱，又把他们养大的善良女人，抛下他们，撒手远去。他们在一瞬间成了孤儿。十多年前父亲肺癌去世，他们也伤心痛哭，却没有今天这样的彻底，因为母亲还在。有母亲，他们的日子即使过得再苦再累，仍有一个温暖的家。现在母亲走了，家彻底没了。他们顿时像被抽空，漂漂浮浮没了根。

有人过来劝慰他们："长英、长乐、长娟，你们的妈妈已经走了，你们兄妹几个也不要太伤心，要节哀保重，节哀保重。"连说带拉，把几兄妹拖离开冰棺，重新带回人群中坐下。郑长娟觉得身上的骨头全散架了，嗓子沙哑，口干舌燥，还头昏脑涨，无力地靠在长英身上。长乐这才又细细说起昨天的情景，又从包里掏出母亲留下的遗书，让长娟看。

长娟一边读母亲的遗书,一边哭。她的双眼已成了泉眼,只是不停地汨汨流出泪来。她越明白母亲的良苦用心,就越自责。回来这几天,她只顾着解决长英、长乐的矛盾,给母亲过生,陪约翰东走西看,就忘了关怀母亲的内心。原来,母亲生日和全家人一起逛街,是想和家人及这城市临终道别。她还以为是母亲好热闹的天性——母亲的计划其实早露出蛛丝马迹,可惜大家太粗心。郑长娟悔得痛心疾首,想她要是多在家里陪陪母亲,这场悲剧或许可以避免,或许不能?母亲去意已定。结局早就摆在那里,只是谁都不敢、也不愿朝那个方向多想。

约翰这时来到她面前,一脸悲哀地朝她伸出双臂,想抱抱她:"哦,对不起,长娟……"她抬起头来,泪眼凄迷中,竟对他突然感到陌生。他有些尴尬,在她身边坐下来,拍了拍她的肩以示安慰。

有人来了,三兄妹被人拉来架去,接受安慰,也感谢安慰。短暂的欷歔叹息之后,大家就围坐一堂,嗑瓜子聊天。开饭了,有人开始收拾桌子,上菜上饭,大家吃着喝着,悲伤的就只剩郑家人。只有不断低回的哀乐,一遍又一遍提醒大家,这里正经历生离死别。晚饭后还有音乐歌会,灯光下扯起场子,更把热闹推向高潮,围观的人越来越多,像免费露天音乐会。有人在声情并茂地致悼词,唱歌,固定节目之后,还有听众点播。亲友们为了表达哀悼,纷纷掏出钱来,十块一首,点的其实是自己爱听的歌,跟死者无关。只有演唱的人,赚了钞票,心中暗喜,却唱得更悲更动情,就像自己死了亲娘。

这是一种特殊的重庆幽默,结婚是喜事,死人也是喜事,不同的只是颜色而已,重庆人称做"红白喜事",都要办得欢欢喜喜,热热闹闹。负责操办丧事的"丧事一条龙服务公司",只需一个电话,就来搭建灵堂,布置场地,为客人提供茶水和三餐,还有专业的演唱队,帮人哭丧唱孝,就是要让死人在亲友的陪伴下,热闹地踏上去另一个世界的不归路。

这天晚上,廖艳也来了。她依然是浓妆艳抹,一来就往郑母的冰棺前一跪,放声大哭:"妈呀,你哪个就这样走了——"在场的人都愣住了。郑长乐正跟朋友说话,也吃了一惊。幸好陈月梅病得恍恍惚惚,坐在旁边,没反应。她应该是认得廖艳的,也不知心里会怎么想?郑长乐看一眼捶胸痛哭的廖艳,再看一眼表情麻木的陈月梅，心里就打鼓。

廖艳是跟儿子一起来的。原来郑小龙在外地转了一圈，又回来了，不敢再回郑长乐家，就暂时住在廖艳那里。一听说郑母去世了，母子俩就一起回来奔丧。

郑小龙跟在母亲身后，却一动不动。郑长乐一见就生气。这该哭的不哭，不该哭的，倒哭得起劲，搞反了！就上前拉了儿子一把，怨声道："小龙，看你妈都跟婆婆下跪了，你还好意思站起不动？"郑小龙这才跪下来，却没哭，只闷闷地磕了三个响头，再点了香烛。

半夜了，客人亲友渐渐散去，只有郑长乐和几个哥们儿还在守灵，打麻将熬通宵。郑长娟坐在冰棺前，头昏脑涨，呆若木鸡。今晚她要为母亲守灵。明晨太阳升起之前，母亲一火葬，她就再也见不到她了。喧嚣后的夜，更加沉寂，浓浓的夜色下，只有哀乐呜呜咽咽在低低萦回。约翰坐在她身旁，一只手紧紧抓住她的手。两人默默无语。半晌，她才说："约翰，你去休息吧。"他低低地说："不，长娟，我愿意在这里陪伴你。"一切都恍然若梦，只有这只手，这手上的温热，让郑长娟感受到些许人生的真实。

41

  这一年的冬天似乎特别漫长，而且寒冷。快过大年时，重庆还离奇地下了一场多年不见的大雪。雪花纷纷扬扬，飘了两天两夜，整座山城银装素裹，分外妖娆。大雪中的城市热闹起来，大家纷纷走出户外，赏雪，拍照，欣赏这难得一遇的美妙雪景。但这一切都与郑长娟无缘。母亲火化后，她一回家就病倒了，躺在床上昏迷不醒。郑长乐急坏了，和长英商量后，请来了学校医务室的医生，每天到家里为她输液。

  郑长娟在昏迷两天后，才慢慢睁开眼睛，望着窗外一片茫茫白雪，一时不知自己身在何处。约翰捧了一本书，坐在窗边，时而看书，时而看人，见她突然睁开眼睛，就俯过身来轻声问："长娟，你醒了？"长娟惊诧地望着他，愣了半天，游走的魂魄才重返体内。想撑起身来，挣扎了一下，却浑身无力。约翰就把她扶起身来。

  "下雪了？"她望着窗外，喃喃道，"约翰，重庆的冬天一般不下雪，看来是老天也动容了。这雪花啊，其实是老天爷落下的泪……"说着又滚落出一串泪珠来。

  约翰想让她转移注意力，就问："你饿不饿，想吃什么？"

  "饿？好像不太饿。"

  "你已经昏睡了两天，不吃不喝。现在一定得吃点东西。"

  "真的吗？"郑长娟望着他，也很惊愕，自己居然睡了两天，"对不起，约翰，这两天你是怎么过的？就一直在家陪我，没出去吗？"

约翰笑了，说："没有呀，有时候也出去，婷婷带我上街买菜，还去逛公园。对了，长乐为你煮了稀饭，说是你喜欢吃的，我帮你盛一碗吧？"

"谢谢，我自己来吧。"长娟慢慢下了床。

在客厅做作业的婷婷这时跑进来了，说："姑姑，爸爸说，你醒来后应该先喝点稀饭。我帮你盛一碗吧。"说罢就转身跑进厨房。

长娟要去上厕所，约翰扶她出了卧室。母亲住过的那间卧室门还开着，里面只剩两张空床。长娟停下来，呆呆地望着里面，恍惚中，看见母亲和长宝还睡在那里，不敢相信他们是真的走了，去了遥远的另一个世界，就突然又感到一阵虚弱，身体发软，幸亏有约翰搀扶着。她却不好意思起来，歉意道："对不起，约翰，本来想让你来重庆过年，过一个快乐的寒假，没想到……现在还让你照顾我，真的非常对不起！"

"长娟，发生这样的事，我也很难过。不过，我很愿意陪伴你。真的。特别是现在。"

婷婷又从厨房跑过来。郑长乐嘱咐过她，要她照顾小姑姑。约翰叔叔是外宾，是客人，啥事都尽量别让他插手。她说了声"药咸叔叔，我来吧"，就从他手里接过长娟，搀扶她慢慢去卫生间。

郑长乐熬的是菜稀饭，还加了肉末。郑长娟一边喝稀饭，一边跟约翰说话。很快就要开学了，按原先的计划，他们返校时该坐船去宜昌，游三峡，看大坝，再从宜昌坐火车回北京。可现在她身体虚弱成这样，怕是有心无力了。约翰静静地坐在她对面，像个听话的小学生，双手托腮，望着她吃饭，说："没关系，长娟，那些都不重要。重要的是，你的身体得健康起来。"

他们又说起郑长娟的家事。约翰独自住在楼顶，亲眼目睹了长乐的生活是何等艰难。今天早晨下楼时，他看见陈月梅摔倒在客厅，叫长乐，长乐不在。后来是婷婷跑出卧室，他才和婷婷一起，把陈月梅又搀扶回床上。

"爸爸呢，大清早怎么不在家？"郑长娟问婷婷。

"爸爸去楼下买早点了，说药咸叔叔喜欢吃豆浆、油条。"婷婷垂手立在旁边，气鼓鼓的，"妈妈是想去上厕所。最近她经常一个人摔倒。"

"那你赶快回家吧,婷婷。爸爸现在去上班了,家里没人,要是妈妈又摔倒了,怎么办?"

"可是爸爸说了,让我陪药咸叔叔,在下面照顾你。"

郑长娟明白郑长乐的用意,就说:"我现在好了,不用你照顾。你还是赶快回家吧。你妈妈一个人在家,身边没人怎么行?"

"那好吧。"婷婷这才慢腾腾去客厅收拾书包。小姑娘半年不见,又长高了,而且学习还好。她的班主任唐老师就住楼上。长娟回来专门上楼去拜访过她,送了她两盒北京果脯,这才知道婷婷进步飞快。几年前刚转学过来时,成绩还是班里的倒数几名,现在竟是班上的前几名了。唐老师很喜欢婷婷,说这孩子单纯朴实,又听话,上进心也强。马上小学毕业了,婷婷考上重点中学的希望很大。郑长娟就叫她过来,拉过她的手说:"婷婷,现在妈妈身体不好,你平常除了努力学习,要多在家里照顾妈妈,多帮爸爸做些家务,明白吗?"

婷婷点了点头:"我明白。"

两个人目送婷婷出了门,约翰转过身来,对长娟摇头,说:"可是长娟,过几天学校开学了,婷婷要上学,长乐要上班,月梅病成那样,家里没有人照顾怎么行?为什么不送月梅去医院?"

郑长娟把碗里最后一口稀饭喝干净了,感觉身体有了些力气,这才抬头望着约翰说:"约翰,事情不像你想象的那么简单。我跟你说过,月梅得的是脑癌,晚期,差不多就没救了。长乐四处借钱才把她送到医院,动了手术。可那手术治不断根,只好了差不多半年吧,就又复发了。医生说她最多还能活一年。送医院?钱呢?长乐为了救月梅,已经借了好多外债,家里的,外面的。我们家再也承担不起了。"

她又联想起母亲自杀,跟月梅生病、长乐负债累累,也不是没有一点关系,心里又免不了一阵痛。

"你问我,妈妈为什么要那样?还带走长宝。现在我就告诉你,她一是自己有病,害怕进医院要花钱,二是怕她突然走了,留下长宝会拖累我们,所以就……你明白吗?"

"不,对不起,我不明白。"约翰轻轻地说,却使劲地摇头,"你妈妈的病，白内障，胆结石，完全可以治好的。她没有必要那样做。生命重要还是钱重要？"

"约翰，这是中国！谁都明白生命重要，可没有钱，你拿什么来治病？拿什么来——活命？"长娟痛苦得直摇头，"按理说，妈妈条件还不错，退休工人有退休金，生病可以报销一部分费用，比那些无业的、农村的，好多了。可我们家自从月梅生病，全家都被拖入深渊，再也拿不出多余的钱来。妈妈即使能享受医保，也得自己承担一些，那也不是一笔小数。我太了解我妈妈，她善良、仁慈，从来都宁愿自己受苦，也不愿意拖累我们。这样的母爱，你们外国人也许无法理解。"

大滴的泪水又滚落出来。约翰不说话了，只紧紧握住她的手。

她低下头来，看着自己的手，被他的大手紧紧握住，突然想起母亲的话，说他也许喜欢她。可她年长他那么多，怎么可能？正胡思乱想，就听约翰说："可是长娟，我还是不能完全明白。所有的生命都应该得到敬重，都有权利活下去，即使这生命是残缺的，也不应该被剥夺生存的权利。"

长娟冷笑了，抽出手来，幽幽地望着他说："生存不是一句空话，钱呢？谁出？母亲年纪大了，又有病，如果哪天突然走了，留下长宝，谁来照顾？她这样做，是不想让长宝成为负担，拖累我们呀。几十年来，妈一直把长宝当成长不大的孩子，为他端水送饭，洗屎洗尿，都无怨言。唉，她下手的时候，心里一定比谁都痛——"

约翰有些惊讶道："你的意思是，残疾人在中国，除了家人照顾，就没有社会救助机构可以接纳？"

"当然有，但社会救助机构主要是接纳没有扶助人或扶助人无力承担抚养义务的残疾人，否则就得交钱才能接纳。"

约翰这才"哦"了一声，耸耸肩，喃喃道："原来这样！"然后掉过头去，望着窗外惨淡的天空，若有所思，说，"中国现在这么强大，经济上这么富有，如果能建立一套有利于老百姓的福利体制就好了。比如，像我们德国那样的全民保险，让月梅那样的病人，能住进医院得到治疗；让长宝那样的智障者，也能在社会的帮助下，幸福地生活，而不拖累家人，这个国家就更美好了。"

"全民保险？那也得家里有钱买吧？"郑长娟好奇地问。

"不一定啊。为什么叫全民保险？就是，无论贫富贵贱，每个国民都有医疗保障。这种保险，有钱的人必须自己买，没钱的人就由国家买。这是法律规定，是生命平等的保障，也是社会和谐的保障。"

"真的？"郑长娟瞪圆眼睛说，"约翰，你不是在编故事哄我吧？你们德国不是资本主义国家吗？穷人还能享受免费医保？"

约翰笑了，说："没错，我们是资本主义国家。但这并不妨碍我们的人民得到社会救助，特别是穷人和弱者。让人人都活得有尊严，这是宪法的第一条。所以，即便是失业者，没钱的穷人，也能衣食无忧，正常地生活，比如有饭吃，有衣穿，比如有房住，孩子能接受正常教育，病了能享受医疗救护，老有所依，老有所养。"约翰越说越显出得意的神色。

郑长娟不禁有点心里不舒服起来，自己的国家再有不足也是自己的国家呀。她提高声音说："你也不要把你们资本主义国家说得那样好。我在网上读到，欧洲的资本主义国家虽然社会福利好，但却感到难以为继。最近，法国政府为了解决社保短缺问题，准备把退休年龄推迟两年，还引起了大罢工和大游行。而我们中国虽然现在还没有完全解决所有人的社保、医保以及住房问题，但已经有很大进步了，现在退休工资大幅增加，社保、医保的覆盖面也越来越大。听说重庆正在筹划和修建满足农民工和城市低收入人群住房需求的公租房呢！"

见长娟有点愤愤不平的样子，约翰拍了拍她的肩，淡淡道："你可能有点误解了。我说的意思也不是说我们的政府有多好，政府为了赢得老百姓的拥护，就得让老百姓安居乐业。否则，四年一次的选举，反对票多了，你就得下台，让别人来执政。正像你说的，我们的政府实行的高福利政策确实也有不好的一面，就是社会福利资金投入过大，造成了赤字，造成了经济发展的投入减少，动力不足，所以，这几年的发展速度比你们中国慢了很多。"

郑长乐来了，还没下班，就请了同事帮忙顶班，提前走了。他实在放心不下家里。进门一看长娟已经起床了，正在饭厅跟约翰说话，就欣喜道："起来了，长娟？今天我还跟姐姐打了电话，准备让她明天过来照顾你，你就好了。"

郑长乐说罢，把手里的一兜菜放在桌上，见长娟面前一只空碗，问："稀饭好不好喝？"又从菜兜里掏出一个广柑，客客气气地递给约翰，"来来来，吃个广柑。"再伸长脖子朝客厅张望，"婷婷呢？让她在下面照顾你，啷个又跑了？"

"是我让她回去的。听约翰说，月梅今天摔倒了？"长娟站起身来，去洗碗。

郑长乐阴下脸来，说："是啊，月梅的情况越来越糟，很不稳定。好的时候还行，能自己吃饭，上卫生间。坏的时候就不行了，人都认不出，走路头重脚轻，动不动就摔倒。有时还浑身麻木，动弹不得。医生说，恐怕拖不过今年。"

几个人都沉默下来。

郑长娟决定为母亲烧完头七就走。还是按原计划，先坐船去宜昌，再乘火车回北京。她身体已经慢慢康复，就打电话，订了船票。

去宜昌的船是晚上起航。白天约翰就让长娟陪他去银行取钱。按原先说好的，食宿费一共五百块。傍晚，郑长乐来送他们时，约翰给了他五千块。郑长乐接过那钱，瞪眼望着长娟，还以为是自己当初听错了。约翰就说："五百块是原先说好的食宿费。另外有五百块，是给婷婷的。婷婷喜欢学英语，我想送她一部学习机，可惜没有时间去买。剩下的四千块，给月梅。月梅病了，需要人照顾，就拿这钱为她请个护理吧。"郑长乐还望着长娟，不知这钱该不该收。长娟也愣了。她和他外出，所有花销都AA制，各付各的。她一直以为他小气、抠门，是个穷学生，没想到他也有慷慨的时候，她也一脸疑惑望着约翰。约翰就说："我想帮月梅。"两个人这才不再说话。郑长乐默默收了钱，紧紧握住约翰的手，感激得不知说什么才好。

一路上少不了千叮咛，万嘱咐。郑长乐送两人上船后，找到舱位，搁好行李才离开。郑长娟靠在船舷边，望着郑长乐孤单的身影走过跳板，上了岸，在夜色中的岸边越来越小，最后变成一个黑点，彻底消失在夜的尽头，一颗心就跟着起起伏伏。她一直恨铁不成钢，怨他没出息。现在母亲走了，这个不成气的哥哥和命苦的长英，成了她这世上最后的亲人。长英眼看好起来了，不用担心。可长乐呢？垂危的病妻，上学的幼女，不争气的儿子，几万块的外债，微薄的收入，苦日子啥时才有个头啊？

拉汽笛了，笛声沉闷而悠长，像从记忆深处回荡而来。郑长娟感到船身轻微地晃动，重庆城的万家灯火，就在她视线里慢慢退远。她突然想起当年的母亲，也曾这样站立船头，一点一点靠近重庆。而她却正在一点一点地离开。以前的南下深圳，现在的北上北京，一次次离开，又一次次回归。毕业后也许还会走得更远。前几天约翰跟她说，他希望能邀请她去德国看看。她会去吗？不知道。但她知道，无论走得多远，她都会回来。她深深爱恋这座城市，这里有她生命的根，这里是她永恒的家园。就像童年的家，无论她在外如何疯玩，在满山遍野的油菜花地里，疯跑得辨不出东南西北，只要黄昏来临，炊烟升起，她就会听到母亲的呼唤："长娟，吃饭了——"然后她就不顾一切，冲回家去。

母亲不再呼唤她了，可这沉默的山峦，这奔流的江水，还有这里熟悉的一切，都是对她的深情呼唤。

"好美的城市，好美的夜色。"约翰不知啥时来到她身边，半眯着双眼，望着那一团烟波尽头的阑珊灯火在夜色中渐渐远去，感叹地说，"长娟，从这里望过去，重庆城让我想到一个中国成语，'海市蜃楼'。我都不敢眨眼睛了，担心再睁开眼睛时，她就不见了。"

长娟笑了："那是你，我不会！"一手捂着自己的胸，说，"她在我这里，永远永远！"

42

陈月梅的病更重了，舌头发硬，说不出话；视力模糊，看不清人；走路不稳，稍不注意就摔倒，起床摔过，上卫生间摔过，身上青一块紫一块的。郑长乐看着就揪心，问她疼不，她摇头说不疼。陈月梅身边不能没人。郑长乐正考虑用约翰给的钱，请个护理，不料熊大哥突然住院，就把借他的三千块钱先还了。无奈之中，只得打电话向岳母求援，希望她能来帮忙照顾，共渡难关。

陈母在电话里犹豫了，先说老伴病了走不开，又说自己最近身体不好。郑长乐一听就急了，说："妈，月梅毕竟是你女儿！我不上班的时间全都用来照顾她了，可我还要上班呀，你就忍心让你女儿一个人在家，饥一顿饱一顿，整天摔得鼻青脸肿？她就是要走，难道就不能让她走得轻松点，少受点折磨和痛苦？"

再次从老家赶来的陈母，已没了上次来看望女儿的热情和兴致，只背了半袋新米，带了一脸愁容。当年女儿能嫁城里人，她喜出望外，庆幸今后老有所养。她有两个儿子，一个女儿，三个孩子都进城打工，最后都在城里定居。儿子最早还好，挣了钱多少孝敬她些，但自从娶了儿媳妇，关系就淡了。她和两个媳妇的关系尤其恶劣，多年来都不说话。儿子们又都是"妻管严"，她是指望不上儿子了，就一心指望陈月梅。女儿善良老实，女婿也不错，穷是穷点，还算厚道，晚年看来有依靠了。没想到天降横祸，女儿患了绝症，她不仅赞助了一千块钱医药费，晚年的依靠也落空了，就不禁暗自悲伤绝望，明白了谁也靠不住，只有手中多攒些钱才靠得住。

郑长乐生活一贯节俭，从前还好些，困难时有母亲的退休工资可暗中挪用。母亲走后，他一点活泛的钱都没有，只得更加节俭度日，买菜都买最便宜的，通常是菜场的收尾货，蔬菜歪瓜裂枣，肉菜不再新鲜。家里的水龙头，一天到晚都滴滴答答，满屋都是蓄水桶，洗衣水存起来冲厕所，洗菜水留起来浇菜园。天气又热，长些蚊虫满屋飞。陈母是农村人，可也看不惯。老家生活便宜，她再穷也没把日子过得这样。又不好明说，毕竟是女儿拖累了人家，闷闷不乐。一周后，看女儿短期康复无望，又牵挂家里的老伴，就想离开。陈月梅说不出话来，却能听懂。她见母亲想走，就长时间眼巴巴地望着母亲，满脸满眼都是不舍，仿佛害怕母亲这一走就永不相见。那生离死别的目光看得人心寒。陈母心一软，决定把女儿带回老家，一来老家生活便宜，空气新鲜，对病人康复也许有好处。二来呢，如果陈月梅真走了，叶落归根也简单。

郑长乐送她们去长途汽车站坐汽车，一路搀扶着陈月梅，感觉真的是生离死别。但他佯装轻松，不断嘱咐陈月梅，要她每天坚持散步，多走路，多呼吸新鲜空气，还要坚持喝中药。陈月梅不断"嗯嗯"地点头，也不知是否真的听懂。想她这一去，有可能不会再回来了，郑长乐眼睛又一次红了。

一个月后的一天傍晚，郑长乐接到陈母的电话，让他给陈月梅寄生活费去。郑长乐一听就恼了，想陈母又不是不知道他的经济状况，对自己女儿还算得那么精。不是说老家生活便宜吗？临走时他给了陈母五百块钱，作陈月梅的生活费。她只是吃饭，怎么会一个月就吃光了？她居然也开得了这个口！

他又想起上次陈月梅住院动手术时，陈母那一万块钱的基金券。当时她哭哭啼啼地求郑长乐，一定要救人，不惜代价。结果呢，那一万块钱的经济援助不过是一个美丽的谎言。因为提前支取得有身份证，她先说身份证被亲戚借走了，亲戚又去了外地打工。郑长乐等钱缴住院费，让她打电话叫亲戚把身份证寄回来，用特快专递，几天就到了。结果左等右等，陈母才支支吾吾，说亲戚把身份证弄丢了。郑长乐说丢了就赶紧补办吧。陈母返回老家后，一个多月都不见动静。郑长乐打电话去问，才说因为拆迁征地后的地址变动，补办不了。她大大方方给女儿的救命钱，就这样东拖西拖，在各种理由的搪塞下，直到现在陈月梅快死了，也不见踪影。郑长乐脑子也简单，想农村人真笨呀，不就一个身份证么？这么点小事都办不好。幸好他厚起脸皮四处借钱，才让陈月梅成功地做了手术。如果真要等那笔钱救命，陈月梅恐怕早死了。后来跟人说起这事，人家才笑他，说："郑长乐，你娃遭耍了。她妈妈才精呢，那笨不过是装出来的。或许她一开始就没真想拿钱出来救女儿，只是碍于母女关系，见死不救说不过去，才使出这招缓兵之计，既保了面子，又没有真正的经济损失。"郑长乐这才恍然大悟，原来她竟这么狡黠，富有心计！他也许真是小看她了。

其实，如果他真的狠下心来，不管陈月梅母女的死活，也说得过去。尤其是现在，法律上他跟陈月梅已经离婚，婷婷也跟他没关系了。说白了，这头不过是一场短暂的露水夫妻，而那头却是血浓于水的母女亲情，她怎么就狠得下心来计较这些？！

真是越想越生气。郑长乐强压怒火，尽量平静地说了自己的经济窘况。为了省钱，他戒烟戒酒，和婷婷几乎一周才吃一次肉，还尽量争取加班、顶班，多挣钱。陈月梅这病，花掉了他积攒一生的几万块存款，还搭上郑长娟的两万块，母亲的养老钱。长英经济那么困难，都悄悄塞给他一千块，橄榄也单独给了一千，其余就是他东拼西借的几万块。而陈月梅的娘家呢，不想则罢，一想就心寒：陈母也就实际支援一千块，陈月梅的两个兄弟，在城里都买了商品房，一个给一千，另一个才给五百，也好意思拿出手！还不如他那帮穷朋友。

"她还是不是你们陈家的人啊？"郑长乐说着说着，就要哭了。"妈，说实话，当时我也可以不管月梅，就说没钱啷个嘛，那也是事实。好多人都劝我不要管她。我们不过是半路夫妻，才结婚几年，我也确实没有钱。十多万的医疗费，不吃不喝都拿不出来。但是我看她太可怜，不救她我于心不忍，才到处借钱。不瞒你说，当初我还想去为她卖血……现在我们离婚了，不管她和婷婷，更天经地义。可我并没那样做，还在继续尽一个丈夫和父亲的责任。没想到你还是她的亲生妈妈，竟然还为这点生活费跟我计较！"

陈母在电话里沉默了。搁了电话，郑长乐已经泪流满面。他突然闪过一个奇怪的念头，想陈月梅也许不是她亲生的吧，或者是她捡来的？也难说，不然她对她怎么可以如此冷漠？

没过几天，郑长乐又接到陈母的电话。这次她语气缓和多了，也没再提生活费,只说她陪陈月梅散步,摔倒了,扭伤了骨头,不能走路,也不能再照顾陈月梅了,希望郑长乐去把人接走。

郑长乐就再也无话可说。

路还是当年的那些路,坎坎坷坷;山还是当年的那些山,郁郁葱葱。这是郑长乐第二次来到陈月梅老家。回想几年前青春作伴,两人手牵手在这满山的松林里散步,一起憧憬美好的未来,还希望将来等他退休,夫妻双双重归故里,过男耕女织的田园生活,那些欢声笑语还犹在耳旁,转眼之间就物是人非。郑长乐一个人走在乡村小路,内心大恸,脚都似乎挪不动了。

陈母买的房子在镇上,楼下是一家小超市,屋后是一片蔬菜地。陈月梅坐在阳台的凉竹椅上,已经彻底说不出话了,还是那么唇红齿白,目光清澈,楚楚动人。见了郑长乐,她嘴唇嚅动,呜呜嗯嗯,想说什么又说不出来,一脸焦急。郑长乐心都碎了,蹲在她身边,拉过她的双手,问她想说什么呢,他来看她了,她高兴不?她笑了,艰难地点头。他又问她,是想继续留在老家,留在妈妈身边,还是跟他回重庆?她又艰难地点点头,含含糊糊地"嗯嗯"着,郑长乐听明白了她的意思,她是要跟他回重庆的家。

陈母走路一拐一拐的,也不知是真的扭伤了骨头,还是装的。她在厨房做饭,见郑长乐进来,就长叹一声,愁苦着脸说:"她这个样子好磨人哟,现在连大小便都不能自理了,这样拖着,她受罪,我们也跟她一起受罪,还真不如早点走了好,早走早投胎,我们也可以早点解脱……"一把鼻涕一把泪,呜咽起来。

郑长乐简直不敢相信,这话居然是从陈月梅母亲口中说出来的。他直愣愣地瞪着陈母,一针见血地说:"妈,你是想月梅早点死?!"陈母不看他,只低头悻悻地转身走开,去淘米煮饭,面无表情地支吾道:"既然医生都说她活不过今年,我有啥子办法嘛?就听天由命吧。"

陈母的老伴嘴里含着叶子烟杆,坐在客厅看电视,这时也起身过来,把烟杆朝垃圾桶里抖了抖,说:"长乐啊,不是我们不管月梅,是管不了。她那么大的个子,她妈妈根本弄不动她。牵她出去散步吧,她一个踉跄,自己摔倒不说,还把她妈妈也拉倒了。你说我们都这么大年纪,要是有个三长两短,又有哪个来管我们啊？我们也实在有难处啊。"

陈母就把手里的盆子往灶台上一搁，挽起衣袖，露出手肘上的一块红疤来，说："看吧，看吧，这就是前几天牵她去散步摔伤的。她现在走路就打偏偏，我们两个都拉不住她，反被她拉得打蹿蹿。那天要不是老头子伸手抓住我，我怕都摔到阴沟头了。唉……"

郑长乐还能说什么呢？

带陈月梅回家，郑长乐很是费了些周折。陈月梅右边身体彻底瘫了，单靠左边身子，走几步就不行了。郑长乐看似搀扶着她，实际上是用自己的身体撑着她，托着她走。上车下车还得背。陈月梅个子又高大，生病后，光吃不动，还胖了。郑长乐简直拿她没办法，一路都咬紧牙关硬撑着。好不容易回到重庆，望着九楼上的家，郑长乐双腿直打闪闪。陈月梅无力抬腿，他只得背她，一步一步向上爬。郑长乐自己是小个子，背着高大的陈月梅，几乎被她淹没了。他每爬几步就得歇脚，喘着粗气，却不忘跟陈月梅打趣逗乐。

"月梅你啷个恁个重哦？吃得睡得，原来是想折磨我啊。"

"月梅你啷个像三座大山，压得我喘不过气来哟？"

"月梅……你觉得我这个老公好不好？觉得我好，你就应该长秀气点，背你我也轻松些啊。"

"月梅，你比我小十多岁，别忘了你自己说过的话哈，等我老了走不动了，你也要背我哟……背我去医院看病，还要为我端茶送水，给我煮饭。到时候不准嫌弃我是个糟老头哈……"

"月梅，你晓得不，为啥子我长得比你矮小？那是因为我爱你疼你，怕我长得太高太重，今后你背我会受累……"

……

郑长乐每说一句话，就听陈月梅在背后"嗯嗯"回应。郑长乐就这么一边爬楼，一边歇气，又一边跟陈月梅打趣逗乐。等终于爬上了九楼的家，他才发现整个后背都湿透了，以为是汗，甚至怀疑是否陈月梅尿裤子了，等把陈月梅安放在床上，才发现还有她的泪——原来她早已泪流满面。

她虽然已经说不出话来，原来心里却啥都明白。

43

两个月后,陈月梅走了。

这时候她已经很频繁地头痛,痛起来在床上尖叫打滚。郑长乐急得没办法,打电话去向医生求救。医生说,是颅压升高引起的,只能靠吃止痛药暂时缓解。郑长乐又开始跑药材市场打批发,一次买十瓶止痛片,看她一痛,就大把大把喂她吞下。她几乎全身都瘫了,不能起床,郑长乐扶她也不行,浑身像被抽走了骨头,饭也吃不下,人也认不得,大小便失禁。郑长乐不得不找来破旧衣物床单,撕成尿布,为她垫上。

一晃就到夏天了,郑长娟放暑假回到重庆,上来看她,站在床前问她:"我是谁?"陈月梅努力睁大眼睛,眨巴着,却只是摇头。长娟说:"月梅,我是长娟啊!"她张大嘴"啊啊"乱叫,伸出双手朝空中乱抓,想抓住长娟的手。郑长娟一把接住那手,鼻子一酸,泪水就哗啦啦流了出来。

尽管窗户开着,房间里仍然臭烘烘的。陈月梅躺在凉竹席上,身下垫了厚厚的废纸和尿布。郑长乐上班不在家时,她就这样一躺一天。婷婷中午放学回家,弄不动母亲,只能给她喂点流食,等郑长乐下班回家,才能为她翻身换洗。天气又热,陈月梅整天睡在屎尿里,身体渐渐也沤烂了。长娟还以为长乐早已为她请了护理。约翰留下的那笔钱,至少能请个钟点工吧,郑长乐却拿去还了债。郑长娟也不好说他,一咬牙,决定自己为陈月梅请个护理来。

郑长娟也是个节俭的人,现在读书不挣钱,手头也有些紧巴巴的,去北京来回只坐火车，而且是硬座，腿都坐肿了，就舍不得多出几百块钱去坐飞机，或者卧铺。可为了家人，一次又一次慷慨解囊，竟从不心痛。郑长乐恨自己拖累了家人，想起母亲的死，长娟对自己的节省和对他的援助，晚上觉都睡不着，半夜爬起床打自己耳光，左一下，右一下，说："郑长乐我叫你乐，叫你乐……"

郑长娟带保姆来的这天，郑长乐无以为谢，就让婷婷给长娟跪下，说："婷婷啊，姑姑是我们家的大恩人，妈妈看病给了那么多钱，现在又请人来照顾妈妈，你长大一定要报恩啊！"

婷婷就"扑通"一声给长娟跪下，任长娟怎么也拉不起来，还倔犟地磕了三个响头，然后用细细的声音说："姑姑，我和爸爸妈妈都谢谢你了。等我长大了，我一定报答你的恩情。"

"起来起来，谢啥子哟？"郑长娟最后一用力，一把把婷婷拉起身来，"一家人就别说谢了。婷婷你现在也懂事了，妈妈病成这样，你一定要好好读书，让妈妈高兴。放学后早点回家，多帮爸爸做些家务，多陪陪妈妈，知道吗？"

婷婷抿着嘴，哭了，使劲点头："知道了。"

新来的保姆姓丁，大家都叫她丁阿姨，四十出头，是近郊农民，跟丈夫一起在城里打工，是婷婷的班主任唐老师介绍的。唐老师母亲生病期间，就是请的她去照顾。她耐心好，手脚利索。唐老师母亲病好后，被唐老师的妹妹接走了。唐老师就把她介绍过来。郑长乐让丁阿姨住屋顶花园的那间小屋。丁阿姨也不挑剔，每天不仅做家务，煮饭做清洁，照顾陈月梅的饮食起居，还抽空照料屋顶上的那片菜地和几只母鸡，一分钟都停不下来。自从她来了，家里顿时清爽多了，不再像病房。郑长乐长长松了口气，感觉肩上的担子被丁阿姨分担了一大半。现在除了上班，郑长乐主要负责买菜，不上班时也自己下厨烧饭菜，或者和丁阿姨一起，把陈月梅从床上架起来，两人一左一右搀扶着，从卧室到客厅，再从客厅到卧室，或者架她到上面的屋顶花园，晒太阳，呼吸新鲜空气，帮她抬腿甩手，锻炼身体。

人世间最痛苦的事，不是贫穷，也不是病痛，而是眼睁睁看着自己所爱的人遭受痛苦，却无能为力。郑长乐几乎推掉所有的朋友聚会，断了所有娱乐，一下班就脚步如飞地赶回家。每天临走去上班时,看陈月梅都像是最后一眼,是生离死别。陈月梅自己却糊涂,偶尔能说话时还哀叹:"乐哥,我啷个看不清你的脸啊?要是眼睛坏了,今后啷个找工作啊?"

都病成这样,还在念着找工作,挣钱还债。郑长乐听了肝肠寸断。又想,这样也好,陈月梅自己并不知道死期临近,她还有梦想,还有希望,承受的只是肉体之痛,而他却为她承受了死之将至的恐惧和折磨,完完全全的精神之痛。这痛并不比那痛轻。真是相濡以沫,甘苦共当啊。

陈月梅是昏迷了三天后走的,也算走得沉静安详。郑长乐一觉醒来,习惯性支起身子先看她,发现她静静地平躺着,双手合十放在胸前,像睡着了,只是没有呼吸。他立刻意识到她已经走了,没有惊慌,也没有恐惧,只是起身去拉开窗帘,再回头时,才惊诧地发现,死去的陈月梅竟肤白唇红,美艳动人。尤其是那两片唇,艳若桃花。他从没见陈月梅这么美过,一时大惊,想她是真的升天了,成了仙女。她仿佛是要将她一生的美丽,过去、现在和将来的,都浓缩起来,要献给身边这个男人,谢谢他的爱,谢谢他为她做的一切。

郑长乐情不自禁伸出手去,轻轻抚摸她的脸,那么冰凉美丽,像一尊冰雪美人。

没有伤心的号啕大哭,他似乎已经麻木了,只默默做他该做的一切。打电话通知亲朋好友,请来"丧事一条龙服务公司",在楼下的坝子里搭建灵棚,送陈月梅上路。

这天晚上,廖艳又来了,依然是浓妆艳抹,一见郑长乐,就一把抓住他的手,塞给他一百块钱,哽咽着说:"老公,人走了,你也不要太难过了。她得那样的病,走了算她得到解脱……"说着竟眼睛红了,滚出泪来。郑长乐表情尴尬。婚都离了那么多年,一见面还喊他老公,拉拉扯扯的不像话,就想挣脱。不料那手却被她紧紧捏住,动弹不得。郑小龙陪廖艳一起来的,站在母亲身后不说话。见廖艳哭了,才开口:"妈你自己身体不好,不要哭。"郑长乐把头扭向一边,不明白陈月梅死了,她廖艳有啥子伤心的。想她又在演戏了。

郑长乐问小龙:"最近都在干啥子?有没有找到新工作?"廖艳立即来了精神,捏郑长乐的手更有力了。郑长乐越发反感了,用力一甩,把手抽出。廖艳倒也不介意，贴上脸来掏心掏肺地说："老公啊，这叫'细刷刷打人，打不死人痛死人'。还好老黄是个老实人，我拿捏得住他。小龙一住就这么久，又能吃，像个大嘴老鸦，天天要吃肉。喊他出去找工作呢，又说总找不到合适的。唉，还说是我们离婚害得他失去了家庭温暖，害得他成了孤儿，害得他对生活失去了信心。我也不晓得是哪一辈子造的孽，欠了他，现在跟我讨债来了！"

郑小龙站在旁边，一脸漠然，身体还一抖一抖的，一副典型的小流氓相。郑长乐见他就是气。

有一桌麻将三缺一，廖艳被他们拉去凑角。郑小龙把父亲拉到边上，低声对他说，妈在那边并不幸福。那个黄老头爱喝酒，脾气不好，经常惹得她生气。郑小龙看不过去了，不久前教训过黄老头一次，指着他的鼻尖说，你若再敢欺负我妈，老子灭了你，信不信?! 郑小龙长得牛高马大，又一脸凶相。黄老头怕他，又不敢撵他走，就很少到廖艳这边来。钱也不拿回来。廖艳也不便去找他，他家里还有妻子孩子。两人的关系就淡下来了。所以一听说陈月梅死了，廖艳就跟小龙说，她想回来，夫妻还是原配好。她犯过错误，因此更加懂得珍惜。就像有首歌里唱的，"不经历风雨，怎能见彩虹?"她想用后半生的实际行动来弥补她曾经犯下的罪过，重新还儿子一个完整的家，就是不知道郑长乐是否还肯原谅她，给她这机会。

郑长乐听了冷笑道："儿子，你劝她趁早死了这心。早知今日，何必当初？她不是历来都梦想不劳而获？傍个老板让人包养，穿金戴银，吃香喝辣。只是她心比天高，命比纸薄，没得哪个老板看得上她。"

郑小龙愤怒地瞪父亲一眼，说："老汉，请你不要这样说她，好不好？她毕竟是我妈。她跟那老头也是生活所逼。昨天她还跟我说，'小龙，你要对你老汉好点，你老汉也可怜，摊上个倒霉的陈月梅，真是越来越霉，害得最后人财两空。'你看妈一直都为你担心。黄老头当初说好的，让妈陪他两年，两年到了他就给妈一笔钱。他们还签了合同的。妈说等熬满两年，拿到这笔钱就帮你还账。老汉你不要敬酒不吃吃罚酒。妈再不好，她也是顾我们的，她既没让你倾家荡产，也没让你负债累累。你为什么不给她一个机会？"

"机会？她还要机会？"郑长乐瞪着儿子说，"小龙，你现在不小了，大人的事你也该懂了。你妈是没让老子倾家荡产，也没让老子负债累累，但她给老子带来的伤害远不止这个，她伤害的是老子做男人的尊严！"

郑小龙白了父亲一眼，不以为然："老汉，你现实一点好不好。啥子是尊严？尊严能当饭吃？现在陈阿姨走了，家里拖起那么多债，还留下婷婷那个烧钱包包，我看哪个女人还愿意跟你？除非又找个农村来的，就不怕再被剥一层皮？吃二遍苦，受二茬罪？"

郑长乐"嘿嘿"冷笑两声，拍了拍儿子的肩膀说："儿子，这是我的事，不是你应该操心的。跟你妈说，她爱傍哪个，就去傍哪个。她有本事，傍十万八万是她的，跟我无关。我郑长乐就是穷死、饿死，还不起债被人拿刀捅死，也不稀罕她的钱。好马不吃回头草，没听说过？"

郑小龙急了，脚一跺，说："老汉，你这个人不识好歹，我看你是死要面子活受罪！"

这天晚上郑长乐多喝了两杯，昏昏沉沉的，被几个朋友架回楼上，横在床上呼呼睡去。也许是长期紧绷的神经终于松弛，他睡得很沉，迷迷糊糊中还做了梦，先梦见母亲，一个人坐在老屋的床边，泪流满面地对他说："儿啊，你命好苦——"又梦到陈月梅，艳若桃李，美若天仙，娇滴滴地喊他："乐哥，救我——"他伸手想去摸她的脸，却空空的什么也摸不着，便醒了，一骨碌翻身爬起来。房间漆黑，四下无人，恍惚中他闻到陈月梅的气息，又隐隐听到母亲的哭声，一时就弄不清自己到底是在梦里，还是在梦外。等终于慢慢清醒过来，明白母亲走了，月梅也走了，这两个他深深爱着的人，从此都和他阴阳两隔，他抬头看窗外的夜空，仿佛看见她们的幽灵正在天边徘徊，遥望着他依依不舍，便一个踉跄蹿到窗前，撕心裂肺地高喊声"妈——"，然后又愤愤地想骂人："月梅——你他妈给老子滚回来！"

没有回音，只有隐隐的哀乐声，如泣如诉，若有若无。他这才像突然被蜇醒了，身体一瘫，靠着窗沿往下滑，情不自禁地大哭起来。

这是陈月梅死后他第一次哭，哭得汹涌澎湃，地动山摇。

卧房门突然轻轻开了，黑暗中出来一个人影，是婷婷，怯怯地来到郑长乐身边，蹲下身来，伸手抚住他的肩，刚说一声"爸爸莫哭——"，她自己却哭了。

郑长乐揉揉眼睛，站起身来，才想起原来婷婷在家，哽咽地说："是婷婷啊，怎么还没睡？去睡吧。"

婷婷已长得差不多跟他一样高了，可怜兮兮地问他说："爸爸，妈妈走了，你是不是也不要我了？要把我送回老家去？"

郑长乐这才彻底清醒，一把按住她的肩膀问："哪个说的，哪个说我不要你了？"

婷婷没有回答，哀求道："爸爸，你让我留下好不好？我一定乖，一定听你的话，一定好好学习。我不想走，不想跟外婆回老家去。我想留在重庆继续读书。"

没妈的孩子像根草。可怜的婷婷，小小年纪，从没见过亲生爸爸，现在又没了亲生妈妈。他一把搂过婷婷，抱着她说："放心吧，婷婷，妈妈走了，你还有爸爸。爸爸不会不要你的，永远不会！"

"爸爸，你放心，我一定会努力学习的。现在我考上重点中学，今后还要更加努力，考大学，然后找份好工作，挣好多好多的钱回来，我要帮你还债，要让你天天有肉吃。"

郑长乐鼻子一酸，大颗的泪珠滚落下来。

"还有小龙哥哥，"婷婷抽泣着，继续说，"爸爸，请你告诉他，我再也不惹他生气了，再也不骂他的妈妈了。上次都是我的错。你让他回来打我吧，只要他肯原谅我，我还帮他擦皮鞋，帮他洗脏衣服，帮他买烟买口香糖，给他跑腿当狗腿子……"

泪水简直就喷涌而出。郑长乐用头抵住婷婷的头，温柔地说："婷婷这么乖，爸爸啷个舍得让你走啊？快别胡思乱想了，这么晚了，回屋睡吧。"

目送婷婷摇摇晃晃地走开了，那么孤单无助、可怜，郑长乐在心里说："不会的，月梅走了，我怎么能让婷婷再离开我呢？就是再穷再苦，我一定要把她拉扯大，让她继续读书，以后还要送她读大学，帮月梅完成她的愿望。一定！"

44

生活仿佛又回到从前，上班下班，买菜做饭，侍弄楼顶的菜园子，周末偶尔和朋友聚聚，喝点小酒，打几圈麻将，傍晚去公园散步听歌，情绪上来也吼几嗓子，见了人又像从前那样嘻哈打笑，努力睁大眯眯小眼，在苦涩的生活中去寻找幸福。除了头上新添的白发，眼睛深处的沧桑，没人能看出郑长乐经历了一场怎样的劫难。

这天他正在上班，手机响了，这还是长娟淘汰给他的手机。社区小郭打电话来，请他有空去一趟。他的心"咯噔"一下紧张起来。陈月梅走了，婷婷从法律上成了孤儿，他们会不会把婷婷送去孤儿院呢？正提心吊胆地胡乱猜测，电话那头的小郭开口了，仿佛看穿了他的心事："郑老师，你不要担心，我请你来是好事情。"郑长乐赶紧问："我会有啥子好事情？"小郭卖了个关子，说："等你来了就晓得了。"

第二天去了，小郭笑眯眯地让他在一张表格上签名，原来是帮婷婷领取五百块钱的特困补助。原来他们知道他和陈月梅是假离婚，并不准备把婷婷送去孤儿院。郑长乐有些感动了。他接过牛皮纸信封，望着小郭，说了声"感谢"，就转身要走，却被小郭叫住了。"郑老师，你不慌走，今天你是好事成双。"她叫他过去看电脑。郑长乐探过身去凑近了些，看见那上面是一张图片，有些眼熟，却一时想不起熟在哪里。小郭侧过身子，冲他笑着说："郑老师，你现在成了网络名人，晓得不？"

郑长乐蒙了，不懂啥叫网络名人。他家里也有一台电脑，是长娟淘汰给婷婷的。电脑这种高科技产品，对郑长乐来说太复杂了。他只看婷婷用过几次，就再也没有关心过。他盯着电脑上的照片看，突然发现那背景好熟，仿佛就是自家楼下，还有那人——这才认出竟是他自己，正背着陈月梅爬楼梯呢。他被她压得弯了腰，几乎就快被淹没了，两只手反叉过去搂住她，头还扭过来冲她笑，正跟陈月梅说话呢——顿时大惊："小郭，啷个……我的照片会在你的电脑里呢？"

小郭这才歉意地笑了："对不起啊，郑老师。这几张照片是我拍的。那天我正好路过，看见你背你爱人回家，觉得那情景挺感人的，就用手机拍了下来。后来我把这组照片放进我的博客，还写了文章，主要还是因为感动。按理说，你跟你爱人都离婚了，可以不再照顾她了，可你还对她不离不弃。没想到，那篇博文引起了轰动，好多网友跟帖转载，后来还引起媒体关注。"

"媒体关注？"郑长乐眼睛都瞪圆了，一时还没反应过来。

"是啊，有好几个记者给我留言，想要你的联系方式，想采访你，还有些网友留言说，想给你捐款，帮你共渡难关。知道你爱人去世后，又有网友想认婷婷做干女儿，帮你一起供她上学。我就想啊，这不是件坏事情，是不是？你先看看这个。"边说边拉开留言板，让郑长乐读那上面的网友留言。

郑长乐虚起眼睛，离得远点，看那些留言。一条一条读下来，这才明白是怎么回事，紧锁的眉头舒展开来，却又不好意思起来，伸手摸着脑袋说："原来是这么回事嗦……"

接触多了，小郭也渐渐没有了当初的一本正经。她调皮地撅了撅嘴，说："对不起了，郑老师，我没有事先经你的同意，就把你的故事和照片放进博客，没想到一不小心流传到网上，又一不小心让你成了网络红人。"

郑长乐"嘿嘿"憨笑，大气地说："没关系没关系，你也是一片好心。我应该感谢你才对。"

"那你愿不愿意接受记者采访？"

"采访我？我有啥子好采访的呢？"

"郑老师，我觉得你应该接受采访。你的事吧，你自己觉得没得啥子，很一般，这其实就是你的可贵之处。现在这社会，人情淡薄，夫妻关系也冷漠。你和你爱人虽是贫贱夫妻，却患难真情。特别是后来，你们都离婚了，你还那么不离不弃地照顾她，这种精神很值得学习。"

郑长乐又一次不好意思了，说："你真这么认为啊？小郭，跟你说句实话吧，其实我们离婚是假离婚，只是为了申请吃低保。这你恐怕也猜到了。作为老公，老婆病了，竭尽全力鼎力相救，应该算是分内的事吧？未必有啥子特殊意义？"

郑长乐见小郭还执著地盯着他，索性懒得再推脱："那好吧，小郭，我听你的。你要是觉得我该接受记者采访，我就接受。记者又不是麻老虎，我肯信他会把我吃了？"

小郭就开心地笑了，马上帮郑长乐联系记者。那记者原来是她的大学同学。小郭又把她的博客地址写下来，让郑长乐回家自己上网，好好读读那些网友来信和帖子。郑长乐临走时，她又冲他诡秘一笑，说："郑老师，好人好报。没想到吧？你爱人生病去世本是件坏事，现在却成了一件好事。你看看，有这么多人给你写信留言，愿意捐款帮你还债，愿意帮你抚养女儿，还有跟你交朋友的。回家上网好好看看，有感觉好的，也跟人家回回信，说不定下一个爱人已经在网上等你了呢。"

"要不得要不得，哪里搞得这么快哟？"

他却笑了，站在门口很感慨："小郭，古人说，'塞翁失马，焉知非福'。这世上的事，真的都是祸福相依，说不清楚。所以说呢，凡事我都往好处想，不着急，天垮下来都不着急。人这一辈子，短暂得很，痛苦是一生，快乐也是一生。如果要你选择，你肯定愿意快乐一生，对不对？其实这快乐不快乐，主要取决于我们的心态。同一件事，你如果只看到坏的一面，你就痛苦。换了我，只看好的一面，我就快乐。所以要幸福快乐也很简单，风光的时候不要得意，坎坷的时候也不用悲伤，平平淡淡才是真，这就是我的人生逻辑。你说对不？"

"对头对头。郑老师，你说得太对了。"小郭连忙点头，暗暗惊诧，郑长乐没啥文化，居然能说出这么富有哲理的话。以前她真是小看他了。

郑长乐一路兴奋小跑回家，当晚就让婷婷教他上网，如何读那些来信和帖子。他不会拼音，不会打字，读到有几个感觉很不错的帖子，就让婷婷帮忙回帖。

春天到了，公园里桃红柳绿，鸟语花香，郑长乐拎一把二胡，独自走在黄昏的路上，突然听到有人在喊："郑老师，郑老师。"那声音有点熟，侧身一看，是曾经短暂帮过他家的丁阿姨。陈月梅走后，她又在附近找到事情，照顾一个坐在轮椅上的老人，每天黄昏，都推老人到公园逛逛。郑长乐停下脚步，应了一声："是丁阿姨嗦。""丁阿姨"是他跟着婷婷叫的，其实人家比他还小两岁。

丁阿姨性格开朗，直言快语："郑老师，陈老师都走了几个月了吧，你现在还是一个人啊？"丁阿姨对所有的雇主都尊称"老师"，郑长乐听着很舒服。

"一个人好啊，自由自在。"郑长乐幽默地笑了。

"自由是自由，可是孤孤单单的也不好。"丁阿姨一直很同情他。从前同情他爱人生病，现在同情他孤身一人。

郑长乐放慢脚步，跟她并肩而行。"嘿，孤单只是暂时的，面包会有的，一切都会有的。"他自嘲道。作为网络红人，他现在竟有了好多粉丝，而且都是女粉丝，还有人给他写求爱信，想要跟他交朋友。他不急，一点都不急。这些丁阿姨当然不知道。

丁阿姨也笑了："那是那是。郑老师你好不容易哟，陈老师生那个病，把你折磨得好惨哟。她走了你也解脱了，该重新好好找个人了。"

"慢慢来吧，该是我的也跑不脱。"

丁阿姨突然神秘起来，压低嗓子对他说："郑老师，我想给你说个人，就不晓得你嫌不嫌弃，看不看得起人家？"

郑长乐"嘿嘿"笑了，露出一口醒目的白牙，说："丁阿姨，看你说的！我现在一穷二白，人家不嫌弃我就万幸了，我哪还有资格嫌弃别人？"

"你这么说我就放心了。"丁阿姨松了一口气，"我要说的这个人呢，是我妹儿，比我小两岁，相貌生得比我好，也很勤快能干。男人死了好几年了，出车祸死的，有个娃儿在读高中，她本人呢，跟我一样，也在城里帮人。"

郑长乐伸手搔了搔脑袋说："丁阿姨，我的情况，你要跟人家说清楚哟，我一没钱，二有债，跟前妻有个儿子，跟后妻又有个女儿。"他还是那样，一生对爱情都不会主动，要靠人介绍，牵线搭桥，或者守株待兔，等待别人撞上门来投怀送抱。

丁阿姨有些吃惊了："婷婷不是带来的吗？她妈都走了，你跟她又没得血缘关系，你还管她呀？何况你和她妈也是离了婚的。不如让她走算了。她不是还有外婆和几个舅舅么？他们毕竟才是血亲啊。"

"丁阿姨，话可不能这么说。婷婷她妈在，她是我女儿。她妈走了，她还是我女儿。我不能人走茶凉，撇下一个没爹没娘的孩子不管，是不是？做人是要讲良心的。至于说离婚嘛，那不过是走过场。"

丁阿姨笑道："那是那是。可是……说句老实话，郑老师，如果婷婷不走，你今后再找人恐怕有点麻烦哟。"

"麻啥子烦？"郑长乐很不以为然，"不瞒你说，丁阿姨，现在想跟我好的有好几个呢，我都是先把自己的情况跟人家讲清楚了再说。愿意接受的就来往，不愿意的就免谈。这种事情，两相情愿，先说断才后不乱。我不急，一点都不急。"

"真的啊？"丁阿姨有些惊讶，又有些明白，"唉，现在这社会就是这样，中年男人老来俏，中年女人没人要。郑老师，你随便再找个人是容易，可是，婷婷跟哪头都不沾亲，夹在中间，那种感觉好怪哟。"

"怪啥子怪？养只猫狗时间长了都有感情，何况还是个大活人。婷婷虽然不是我亲生的，但她比我亲生儿子还要亲。"

"可是……在城里要养一个娃儿，特别是婷婷这么半截子大的读书娃儿，好费钱哟。"

"生二胎还要遭罚款呢，好几万，还要从小养起，一把屎一把尿，更辛苦。我们家婷婷已经大了，又听话又乖巧又懂事，学习也好，为她花钱我乐意。"

两人一边走一边说话。郑长乐说的都是实话。郑小龙不求上进，看来没啥指望了。只求他不在外惹祸，自己能够养活自己，就烧高香了。和儿子相比，婷婷简直就是天使，模样又乖，人又懂事听话，还喜欢学习，连学校老师都表扬她，说她进步最大。又轻松考上重点中学。婷婷的班主任唐老师就说过，婷婷一定能考上大学。郑长乐心里乐开了花。如果婷婷真考上大学，他所有的辛苦都值了。

更何况现在婷婷已经不再是负担。她突然有了两个干妈，都是网上找上来的，自愿和郑长乐共同抚养婷婷成长。郑长乐和她们见了面，很不错的两个女人，一个是公司老板，一个是大学教授。她们每人每月出两百块钱帮助婷婷，直到婷婷年满十八。如果婷婷考上大学，她们还愿意继续负担，直到婷婷大学毕业参加工作。这社会还是好人多啊。婷婷她一个农村丫头，现在居然每个月能拿到六百多，快赶上郑长乐的工资了，而且都是爱心钱，她才是掉进福窝窝了，失去了妈妈，又得到两个妈妈和更多的爱，这就叫做因祸得福。

郑长乐也要因祸得福。

多年来一直摇摇欲坠的工厂，终于垮了。所有的工人都一次性了结，按工龄买断。郑长乐度过了最初几天的心惊胆战和惶恐不安，终于勇敢地接受了现实——不接受又啷个办？去跳嘉陵江大桥？他才没有那么傻呢。想想月梅，病成那样都还想活，他身体健康，四肢健全，为什么不？活着多好，每天有吃有喝，有耍有乐，有歌唱。何况他还有房子，还不算太老，还有那么多新鲜爱情，正前赴后继朝他涌来。领了几万块的补偿费，他首先拿去还清了外债，又用所剩不多的钱，为自己买了份最便宜的养老保险，就身无分文了，但也一身轻松。有句话是怎么说的？无产阶级失去了枷锁，却获得了自由。一切正好从零开始。咬咬牙再坚持几年，等熬到退休就好了。

他突然觉得工作没了，世界反而更广阔了，可走的路也更多了：他可以去应聘当保安，在商场或者中高档小区。以他的资历，去做个保安小组长应该没问题。他还可以去餐馆打工，当厨师。他喜欢烧菜，有一把烧菜的好手艺，一定会受到顾客的欢迎。或者，跟儿子学习，曲线救国？小龙最近在网上找了个女朋友，是附近郊区果农的女儿。因为是独女，家人舍不得放她远走，见小龙身体健壮，嘴又甜，喜欢得不行，硬要招去当上门女婿，那应该是小龙不错的归宿。郑长乐也想找这样的女人，倒插门去当上门女婿，种菜养鸡，反正他喜欢田园生活，做梦都想当农民，种不喷农药的有机蔬菜，养不用激素的营养土鸡，一来能吃上放心食品，强身健体，二来呢，没准还能投入市场，赚钱发财……

不管怎样，现在而今眼目下，健康快乐最重要。

前方湖边的黄葛树下，已经响起熟悉的音乐。郑长乐现在正式成了这里的二胡手。每天黄昏，这里就是他的快乐天堂。他加快脚步，跟着那音乐声哼唱起来："嘿，我们的生活变了样呃，呀啦唆。我们幸福乐无疆呃，呀啦唆。感谢亲人解放军，感谢救星共产党……"

正唱得欢，就听见腰间的手机响了。他掏出来一看，是条短信，也不知道谁发的：

"该吃吃，该喝喝，遇事别往心头搁；洗洗脚，泡泡澡，快乐一秒是一秒。"

郑长乐读完就笑了，脱口道："这就对了。横竖都是一辈子。再加句横批：将就活！"

（完）